U0093779

紅樓夢與百年中國

劉夢溪 著

題　序

人的一生，知遇最可貴，也最不易得。所以《文心雕龍》有「知音篇」，劈頭就發為感慨：「知音其難哉？」學問文章亦復如是，見知於當代，總是比較困難的事情。所以陳寅恪寧願相信：「後世相知或有緣。」文化史上一些典範性著作，常常藏有特定文化系統的密碼，由誰來完成這樣的作品，接受群體中誰能成為當時或後世的真正「知音」，參與其中的個體生命角色固茫然若無所知，歷史也無法預設。不只是知識和學養的問題，對他人和前人的著作能否具有「了解之同情」的態度，尤其重要，甚至還需要「有緣」。

《紅樓夢》作者曹雪芹可謂深明此中三昧，他先就對閱讀他的作品的人表示了相當懷疑的態度：「滿紙荒唐言，一把辛酸淚。都云作者癡，誰解其中味？」自《紅樓夢》問世以來的二百多年間，有多少讀者、研究者，曾殫精竭智地想解開《紅樓夢》的謎底，頗不乏癡心不改或謬托知己的「解味人」。研紅解紅的一大特色，在一個「癡」字，不癡不呆，不足以言紅。「無故尋愁覓恨，有時似傻如狂。」第三回嘲諷賈寶玉的這首〈西江月〉，用來形容一些紅迷和紅學家，再合適不過。上句稱「尋愁覓恨」，當指女性讀者；下句以「似傻如狂」相形容，自然是讀者中的男性。「癡人說夢」這句成語，本來寓負面意涵，但如果以之概括歷來紅學研究者的癡情狀態，反而有若合符契之感。

因此我的研究《紅樓夢》，距離此門學問的專業水準，不知相差有幾里許。主要是我用「情」不夠專一，遠沒有進入癡的境界。不時為另外領域的其他學問所吸引，研究一段紅學以後，就不想再研究了，老想告而別之。可是你看周汝昌和馮其庸兩位先生，研紅已經到了出神入化的地步。周先生已是望九之年，然著書不輟，文章鋪滿南北報刊，電視講論，神采飛揚。而且創闢勝解，愈出愈新，他新近兩本研紅著作的書名，一叫《紅樓十二層》，一叫《紅樓奪目紅》。馮先生也已八十有二，仍研紅不倦，不斷有新書出版，不久前竟托人送來三大厚冊《瓜飯樓重校評批紅樓夢》，裝幀精美，氣象萬千，光是書前的序言就寫了三萬多字。卷首題詩，第一首起句：「老去批紅只是癡。」第二首結句：「老去方知夢阮顛。」扉頁圖章，赫然四個篆書大字，正是「癡人說夢」。研紅研到以「癡」對「顛」，晚生後學就不容易望其項背了。但研紅也讓他們變得更年輕了。

周、馮兩先生畢竟是科班出身，專業如此，成就驕人，精神可敬，但還不至於讓人感到驚奇。值得驚奇的是另有一位出身名門的佳公子，部級幹部，政務在身，卻也為曹雪芹和《紅樓夢》而神魂顛倒。他承繼已故紅學家吳恩裕先生的衣缽，深研曹雪芹被抄家後從南京回到北京後的活動，特別是晚年著書西郊的蹤跡。中華書局前些時出版他一本新書，題目是《說不盡的紅樓夢——曹雪芹在香山》。最近他又發現了考證《廢藝齋集稿》的新材料，證明《集稿》中的殘文〈瓶湖懋齋記盛〉，對明代畫家商祚所繪「秋葵圖」的記述，淵源有自。我聽了他在一次學術研討會上所作的論文報告，也看了他在現代文學館的電視演講，甄別史料和考鏡源流如數家珍，全身洋溢著學問的快樂。若非沈醉爲學，癡心研紅，斷不是如今這個樣子。此係何人？乃胡耀邦的哲嗣胡德平是也。

因爲有了周、馮、胡三人的推動和帶動，當下的紅學由不得讓人刮目相看。雖然不一定恢復往日的繁華，上世紀初由王（國維）、蔡（元培）、胡（適之）三大師儒建立的現代紅學，庶幾後繼有人了。我個人頗敬佩周汝昌、馮其庸兩先生孜孜不倦的學問精神，他們稱得上紅學的殉道者。台灣風雲時代出版公司負責人陳曉林先生爲我的忘年交，時有談學論文的機會，如今由他安排在台出版繁體字版《紅樓夢與百年中國》，亦一快事也。近年來本人研究方向早已轉入其他學問領域，紅學已成爲我的舊相知。只不過藕斷絲連，仍揮之不去。《紅樓夢》十二支曲的〈枉凝眉〉寫道：「若說沒奇緣，今生偏又遇著他。」可以斷章比喻我和《紅樓夢》以及紅學的關係。

目錄

紅樓夢與百年中國

目錄

紅樓夢與百年中國

目錄

紅樓夢與百年中國

第一章 《紅樓夢》與百年中國

引子

我所說的百年中國，是指十九世紀末、二十世紀初，也就是清末民初以來的中國社會，至今已經有一百年的歷史了。

《紅樓夢》裡敘述賈家的來歷，說自國朝定鼎以來，赫赫揚揚，已歷百載。國朝定鼎當然指的是清兵入關，是爲一六四四年，至曹雪芹寫作《紅樓夢》，甲戌本的底本是一七五四年的再評本，已稱披閱十載、增刪五次，上推十年，是一七四四年（約爲雪芹撰寫是書的時間），距一六四四年恰好一百年。而《紅樓夢》研究，如果從一九〇四年王國維發表《紅樓夢評論》開始，也有快一百年的歷史了。

這一百年的中國，鬧鬧嚷嚷，不可終日；這一百年的紅學，也是鬧鬧嚷嚷，無有竟時。《紅樓夢》裡的好了歌注——「亂哄哄，你方唱罷我登場，反認他鄉是故鄉」，是百年中國的寫照，也是百年紅學的寫照。杜甫詩云：「聞道長安似弈棋，百年世事不勝悲。」陳寅恪亦有詩云：「一局棋枰還未定，百年世事欲如何」；「遙望長安花霧隔，百年誰覆爛柯棋」；「此日欣能獻一尊，百年世局不須論」①百年中國的事情許多都說不大清楚，百年紅學的事情又何嘗說得清楚？潘重規先生寫過《紅學五十年》、《紅學六十年》，我本人寫過《紅學三十年》。現在該有人來寫《百年紅學》了。

上篇　「遙望長安花霧隔，百年誰覆爛柯棋」

百年紅學，都有些什麼値得記憶的事情呢？這裡用得上《紅樓夢》第六回作者自敍結構之難的一句話：「按榮府中一宅人口合算起來，人口雖不多，從上至下也有三四百丁，雖事不多，一天也有一二十件，竟如亂麻一般，並無個頭緒可作綱領。」百年紅學的事情，比榮府的家政要複雜得多。只好舉其突出之點，略志梗概。

我想至少有六個方面的故實値得注意。

第一，中國現代學術是以《紅樓夢》研究開其端的。中國是學術大國，傳統學術經歷了先秦子學、兩漢經學、魏晉玄學、隋唐佛學、宋明理學、清代樸學、晚清新學等不同的發展階段，至清代樸學已經開始有了現代學術的一些萌芽。因爲傳統學術和現代學術的分野，我們可以從兩個方面看出來：一是學者是否把學術本身當作了目的；二是學術研究中是不是有了知識論的因素摻入。中國傳統學術是不重知識論的，也可以說有道德傳統，少知性傳統。但到了清中葉，傳統學術的道德傳統有了向知性傳統轉變的跡象。章太炎稱清儒的治學方法有六：一曰審名實，二曰重佐證，三曰戒妄牽，四曰守凡例，五曰斷情感，六曰汰華辭②。把斷情感作爲治經的六法之一，說明傳統學術所缺乏的工具理性已經在一定的意義上發揮作用。而按照梁啓超的說法，盛清學者的獨異之處，是具有爲學術而學術的精神③。因此我們說中國學術至清中葉已經開始有了現代學術的萌芽，可以得到理據的支持，但也只是萌芽而已。真正現代學術之開端還是在晚清，歐風美雨襲來，學人產生追求學術獨立的自覺性，並試圖用新的學術觀念和方法反思固有學術，尋求新解。

這一轉變的時間約在十九世紀末、二十世紀初。一八九八年嚴復發表《論治學治事宜分二途》，一九〇二年梁啓超發表《論學術之勢力左右世界》和《新史學》，一九〇四年王國維發表《紅樓夢評論》，現代學術思想和學術規範得到比較集中的體現④。其中尤以王國維的《紅樓夢評論》最具有學科的代表性，是學術史上文學評論一門第一次引入西方的觀念和方法，來研究中國古典文學。在時間上，《紅樓夢評論》比蔡元培的《石頭記索隱》早十三年，比胡適發表《紅樓夢考證》早十七年。如果說王、蔡、胡分別爲紅學的小說批評、紅學索隱、紅學考證建立了學派的典範，那末王靜安先生的《紅樓夢評論》不僅爲紅學的小說批評建立了典範，在中國現代學術史上也具有奠基的意義。

第二，回顧百年以來的紅學，我們可以發現一個特異的現象，現代中國思想文化舞臺上許多第一流的人物，都程度不同地捲入紅學。有的是自覺捲入，有的是被迫捲入，有的是不知不覺地誤入。王國維之外，蔡元培、胡適之、陳獨秀、顧頡剛、俞平伯、吳宓等，都寫過研究《紅樓夢》的專著或單篇論文。「五四」前夕，吳宓、陳寅恪、湯用彤、俞大維在哈佛留學，當時中國學生會曾舉行過學術聚會，請吳宓講《紅樓夢》，後來這篇演講以〈紅樓夢新談〉爲題，在刊物上公開發表。演講時間爲一九一九年三月二日。三月二十六日陳寅恪爲這次演講題詞，寫了一首七律：

等是閻浮夢裡身，夢中談夢倍酸辛。
青天碧海能留命，赤縣黃車更有人。
世外文章歸自媚，燈前啼笑已成塵。
春宵絮語知何意，付與勞生一嗆神。⑤

吳宓和陳寅恪發表對《紅樓夢》的見解，也都在一九二一年胡適發表《紅樓夢考證》之前。一九四五年吳宓在成都時又寫過《紅樓夢》系列論文，連載於《流星》、《成都周刊》等雜誌。直到晚年，吳宓仍以對《紅樓夢》有特識獨見自居。陳寅恪的著作中，也每以紅樓爲喻，增加理趣。

陳獨秀也寫過研究《紅樓夢》的長篇文章，發表在一九二〇年出版的小說月報上，題目是《紅樓夢新評》，署名佩之。蔡元培的《石頭記索隱》，是索隱派紅學的典範之作。胡適的《紅樓夢考證》，是考證派紅學的典範之作。胡、蔡論戰是本世紀二十年代學術思想界最引人注目的事件之一。《紅樓夢》以及紅學的影響的擴大，實際上與這次論戰有很大關係。胡適批評蔡元培的《索隱》是「牽強附會」的「猜笨謎」，蔡元培回答說：「胡先生所謚爲笨謎者，正是中國文人習慣」，《紅樓夢》的內容很「值得猜」。對此胡適起而回應，並在文章結尾處申明：「朋友和真理既然都是我們心愛的東西，我們就不得不愛真理過於朋友了。」論戰雙方觀點截然對立，措辭亦相當尖銳，但態度溫婉忠厚，不失學者風度。

王、蔡、胡都是當時的學術重鎮，他們出面大談紅學，影響是很大的。俞平伯先生寫於一九七八年的〈索隱與自傳說閑評〉一文，其中有一段話頗值得我們注意。他寫道：

紅學為諢名抑含實義，有關於此書之性質。早歲流行，原不過紛紛談論，即偶形諸筆墨固無所謂「學」也。及清末民初，王、蔡、胡三君，俱以師儒身分大談其《紅樓夢》，一向視同小道或可觀之小說遂登大雅之堂矣。⑥

「師儒」一詞，顯然用的是《史記．孟子荀卿列傳》，「田騈之屬皆已死，齊襄王時，而荀卿最爲老師」之義。應該承認，俞平伯先生對紅學之所以爲紅學的歷史過程的辨析，是很有見地的。從而可見第一流的學者參與或捲入紅學，就學科的樹義而言具有怎樣的學術典範意義。事實上，在王、蔡、胡的影響之下，參與或捲入紅學的中國現代人文學者還有很多，連現在已是新儒家代表人物的牟宗三先生，在三十年代也曾發表過專業性很強的研究《紅樓夢》的長篇論文，題目是《紅樓夢悲劇之演成》，連載於一九三五年至一九三六年出版的《文哲月刊》。此外，古文字學家容庚，敦煌學家姜亮夫，中西交通史專家方豪，唐史研究專家唐長孺，社會活動家王昆侖先生，文學史家鄭振鐸、阿英、李長之、劉大傑等，都寫過有關《紅樓夢》的專文或專書。

至於五十年代以後，躋身於紅學的著名人物就更多了。翦伯贊、鄧拓、郭沫若、王力、郭紹虞、韓國磐、傅衣淩、程千帆、鄭朝宗等等，一口氣可以舉出一大串名字，而且不包括專門研究古典小說的學者。我使用的是賈寶玉提倡的「疏不間親」的原則。另外旅居海外的趙岡教授以經濟學家的身分寫出《紅樓夢新探》，余英時教授以史學家和思想史家的身分撰寫《紅樓夢的兩個世界》。柳存仁、周策縱兩位先生，早已被視爲紅學中人，但他們畢生治學，另有偉績，重點絕不在紅樓。潘重規先生固然以紅學名家，但其研究敦煌學和文字學的成就，早爲學術界所矚目。馮其庸先生近二十年頗治紅學，且成就卓著，但他同時也治藝術考古和譜牒之學。最近，旅居北美的歷史學家何炳棣先生，也對紅學發生了興趣，撰寫了一篇近三萬字的論文，汪榮祖先生推薦給我，已發表在《中國文化》第十期。我初步印象，這是近年來《紅樓夢》研究領域頗有特見的文章，相信出來後紅學界會有相當的反響。何炳棣先生主要治中國經濟史和人口史，退休以後轉而注意思想與文化，前不久曾在香港《二十一世紀》雙月刊與杜維明先生討論新儒學，這次又來涉足紅學，確不乏心得。文章嘗送錢鍾書、夏志清兩位先生看過，都相當肯定。

第三，許多知名作家介入紅學，爲百年來的紅學研究增添了色彩。當然中國現代作家很少有不熟習《紅樓夢》的。我所說的介入，是指發表過研究《紅樓夢》的專著或專論。沈從文、魯迅、巴金、沈雁冰、冰心、張天翼、吳組緗、周立波、端木蕻良等著名小說家，都寫過重要的《紅樓夢》文字。詩人何其芳寫於五十年代的《論紅樓夢》，更是代表一個時期學術水準的紅學專論。詩人徐遲也著有紅樓夢的專書。林語堂的專著《平心論高鶚》、清宮小說家高陽的《紅樓一家言》，人們非常熟悉。高陽先生不幸作古，他的關於《紅樓夢》的奇思儻論，足可以給常常固執一端的紅學界帶來刺激和啓迪。女作家張愛玲出版過《紅樓夢魘》。另外散文、戲劇家，錢鍾書先生的夫人楊絳先生，也寫過重要的紅樓夢論文，題目是《藝術是克服困難》，一九六三年爲紀念曹雪芹逝世兩百周年而作。楊絳先生以作家的身分兼通中外文學，她選擇淵源研究、比較研究的視角，使文章成爲非常規範的比較文學論文。錢鍾書先生雖然沒寫過專門的《紅樓夢》文字，但所著《管錐編》、《談藝錄》兩書中，引證《紅樓夢》處俯拾可見。詩人、作家的介入紅學，打開了《紅樓夢》的另外一個世界，即藝術創造的世界，使本來容易流於枯燥的學術研究插上了藝術創造和藝術感悟的翅膀。

最近在中國大陸，又升起了兩顆以作家身分研究《紅樓夢》的新星——王蒙和劉心武。一九九一年北京三聯書店出版了王蒙的紅學專著《紅樓啓示錄》，十五萬字，基本是在一九八九年下半年至一九九〇年初寫成的。當時作者住在醫院中。成書之前，單篇文章曾披載於報刊，讀者爭相傳閱，有洛陽紙貴之勢。作家宗璞爲《紅樓啓示錄》作序，稱讀王蒙的紅學文字「有炎炎日午而瑤琴一曲來熏風之感」。她說這「的確是新星，不是因撰之者新涉足這一領域，而是因文章確有新意，是以前研究者沒有寫出，讀者沒有想到，或可說雪芹也沒意識到的」。讀過王著的人，會認可這一評價，不會認爲是作家之間的調侃溢美之詞。《紅樓啓示錄》第一版印行一萬冊，不久再版、三版，現在已經印行五六萬冊了。

劉心武對《紅樓夢》中的人物有別出新裁的理解，他發表在《讀書》雜誌上的《話說趙姨娘》一文，頗有可讀性。後來還作起了紅學考證，提出「秦可卿的出身未必寒微」，文章發表於《紅樓夢學刊》，周汝昌撰文呼應，一時在讀者中有較大的反響。

第四，百年來的《紅樓夢》研究表明，紅學的盛衰似乎與社會變端有一定的關係。何時《紅樓夢》研究變得熱門，往往有具體的文化背景。一八九八年，戊戌變法失敗之後，有人寫了一首詩：「說部荒唐遣睡魔，黃車掌錄恣搜羅。不談新學談紅學，誰似蝸廬考索多。」詩後有小注寫道：「都人士喜談石頭記，謂之紅學。新政風行，談紅學者改談經濟，康、梁事敗，談經濟者又改談紅學。」⑦這說明《紅樓夢》研究有自己的現實的關注點。

一九二一年，胡適之、俞平伯、顧頡剛通信討論《紅樓夢》，俞在給顧的信中說：「京事一切沈悶（新華門軍警打傷教職員），更無可道者，不如劇談紅樓爲消夏神方，因此每一執筆必奕奕然若有神助也。」⑧「劇談紅樓」的雅興，使他們躲開了不忍觀的現實的關注點。今天的《紅樓夢》研究和社會變端是否仍然存在什麼關係，我不敢斷言。但我模模糊糊地意識到，凡是紅樓走紅、全社會大談紅樓，紅運上升、紅潮洶湧的時候，似乎並不是什麼大吉大利之事，常常國家民族的命運在此時卻未必甚佳。紅運和國運似乎不容易兩全——不知我這樣說是不是有以偏概全之嫌。

第五，百年紅學，大故迭起，波詭雲譎，爭吵不休，是學者們打架打得最多的領域。多年來，紅學論爭和紅學公案之多，已成爲紅學的學科特點。我曾舉出十七次論爭、九樁公案，還不免掛一漏萬。因此我說紅學是一個「擁擠的世界」。而且紅學論爭格外牽動人們的感情。清末資料記載的因對寶釵、黛玉的評價不同而「幾揮老拳」的傳統看來是承繼下來了。一些客串紅學的學者，問題還不大。以紅學爲本業的人，爭論起來大有天翻地覆的味道。而且紅學論爭絕不以地域爲限，哪裡有中國人，哪裡讀《紅樓夢》，哪裡就有論爭。大陸固不必說，台灣、香港以及北美的論爭，即使沒有更勝一籌，也絕不相形見絀。

如此激烈的紅學論爭，使許多研究者望而卻步，擔心一旦陷進去，無以自拔。余英時先生就說過，《紅樓夢》是一個碰不得的題目。李田意先生也說，斬不斷，理還亂，是紅學。詩人邵燕祥寫過一篇文章，題目叫《怕談紅樓》。我本人也幾次聲明，從此洗手不幹了。我主編的《中國文化》雜誌，決計不輕易發表有關《紅樓夢》的文章。近年我一直在逃離紅學。沒想到生平第一次到寶島，參加的又是《紅樓夢》的會議。這只有用「在劫難逃」四個字來形容了。

第六，近百年來的紅學，所以爲人們所關注，保持著學科的生命力，與不斷有新材料的發現有很大關係。胡適起而與索隱派紅學論戰，憑藉的就是新發現的《紅樓夢》早期抄本，一個是甲戌本，一個是庚辰本，上面有署名脂硯齋、畸笏叟的許多批語，透露了一些曹雪芹寫作《紅樓夢》的家世遭遇和背景情況。隨後又有大量清宮檔案出世，對曹雪芹的家世和親戚的情況了解得更多了。再就是曹雪芹朋友的材料的發現。

對一門學科來說，新材料的發現，是這門學科設立的先期條件。王國維氏嘗言：「古來新學問起，都由於新發見。孔子壁中書出，而後有漢以來古文家之學。有趙宋古器出，而後有宋以來古器物、古文字之學。」⑨ 陳寅恪也強調：「一時代之學術，必有其新材料與新問題。取用此材料，以研求問題，則爲此時代學術之新潮流。治學之士，得予於此潮流者，謂之予流（借用佛教初果之名）。其未得予者，謂之未入流。此古今學術史之通義，非彼閉門造車之徒所能問喻者也。」⑩

《紅樓夢》背景材料的一再發現，爲紅學研究開拓了新的區域。所以有脂學出焉，有曹學出焉。事實上，後來的紅學研究，已擴大到整個明清史和文化史的研究，在一定意義上具有超學科的特點。因此現代學術史中的紅學一目，才有那樣強的生命力，那樣大的吸引力。

但隨即發生一個問題，檢討百年來的紅學，研究者對《紅樓夢》本文的研究反而多少忽略了。另一方面，新材料的發現，總是極爲偶然的。對已有材料的詮釋，到一定時期也會達到一個極限。其結果研究隊伍如此龐大、不時成爲學術熱點的百年紅學，所達成的一致結論並不很多。相反，許多問題形成了死結。我曾說紅學研究中有三個「死結」：一是芹係誰子；二是脂硯何人；三是續書作者。⑪ 這三個問題，根據已有材料，我們只能老老實實地說不知道。當然，以後如有新材料發現又作別論。

對一門學科來說，研究了一百年，在許多問題上還不能達成比較一致的結論，甚至形成許多死結，我想無論如何不能說這是這門學科興旺的標誌。所謂真理愈辯愈明，似乎不適合《紅樓夢》。倒是俞平伯先生說的「愈研究愈糊塗」⑫，不失孤明先發之見。我把《紅樓夢》與百年中國聯繫起來——百年中國也是欲理無序，曲折萬端，可能也潛蘊著許多未解之謎。《紅樓夢》研究扭成了許多死結，百年中國也扭成了許多死結。話說回來，也許百年紅學的命運確乎與社會的變端真有一點什麼關係？吾不知矣，吾不知矣。難言之哉，難言之哉。

下篇　「百年頓盡追懷裡，一夜難爲怨別人」

二十世紀眼看就要走完了它的行程。百年紅學也走到了百年的盡頭。世紀轉換，紅學將怎樣發展？紅學未來的命運如何？說來很不幸，以我個人的觀察，現在國內的紅學，多少有一點「禮失，求諸野」的味道。比如多種版本的《紅樓夢》電影、電視連續劇的相繼問世，站在學術的立場，我無法認同這些視覺形象。又比如現在中國大陸，南北都在大建大觀園。紅樓服飾、紅樓宴大興其時。紅樓服飾雖有混淆明清兩代的跡象，但清代的特點還是明顯的。而清代服飾是否代表了中華傳統服飾文化的正宗？我頗表懷疑。唐宋裝是好看的，日人有所承繼，我們這故國，卻被清代「剃髮易服」而後隔斷了。

一九九一年，台灣中央大學的康來新教授首創紅樓之旅，我隨喜著參加了在上海舉行的懇談會。當時我被問及該怎樣看待這並不古老的「浪漫之旅」，我感到很不好回答。我想這創意是極佳的，也許有助於古典文學名著的詮釋與普及。這裡有一個如何看待紅樓文化問題。我認爲紅樓文化固好，但要避免俗世化。因爲現在有人提出了「應用紅學」的概念。我說「應用紅學」如果也可以算作紅學的話，用得上史湘雲的一句話：「這鴨頭不是那丫頭，缺少二兩桂花油。」蓋缺少學術是也。

所謂「應用紅學」，不應該成爲未來紅學的發展方向。

儘管如是，真正的有學術價値的《紅樓夢》研究，仍在繼續中。受材料的限制，考證派紅學和索隱派紅學很難前進了。所謂巧婦難爲無米之炊。但小說批評派紅學不存在無米的問題。小說批評從文本出發，只要《紅樓夢》在，就可以做出各種各樣的飯來。何況《紅樓夢》本身——文本中，還潛伏著許多未解之謎，足夠睿智之士猜上幾個世紀了。不久前，鄧雲鄉先生透露一條消息，說前些年有一次他從上海到北京看望俞平伯先生，兩個人閒聊，談到有人考證林黛玉是吊死的，因爲太虛幻境裡黛玉的冊子上，寫的是「玉帶林中掛」。說到這裡，俞老先生非常嚴肅地問鄧雲鄉：《紅樓夢》第五十回，榮國府元宵開夜宴，寶玉離席回怡紅院，偷聽襲人、鴛鴦說話，然後又出園回到席上。半路寶玉要解手，跟隨寶玉的麝月、秋紋都站住，背過臉去，笑著提醒寶玉：「蹲下再解小衣，留神風吹了肚子。」俞老先生問鄧雲鄉：「寶玉爲什麼要蹲下來解手？」鄧是研究北京民俗的專家，他說北方兒童穿滿襠褲，站著撩衣露很大一塊肚子，天冷吃不消，所以北方的父母都教小男孩蹲下來小解。問題本身自然小之又小，弄得清楚和弄不清楚，都無關宏旨。但《紅樓夢》研究者不同，就是探究得這樣深細，所以才出現許多紅迷。

總之，依賴於《紅樓夢》文本的紅學小說批評，前途是無量的。無論再過多久，人們仍然會根據自己的生活經驗和審美情趣，對《紅樓夢》作出新的解釋。每個時代的每一個人，都有自己心中的賈寶玉和林黛玉。社會的復興，文化的建設，總是伴隨著回歸原典的活動。《紅樓夢》作爲一部文化經典，魅力是永存的，紅學不紅學，倒在其次。

當然現在的《紅樓夢》讀者，對作品的關注點與過去已有所不同。百年紅學的一個積極成果，是《紅樓夢》這部古典變成了人們生活的一部分。不只紅樓，水滸、三國、西遊等幾部具有典範意義的古典小說，一直活在人們的心裡，參與人們的生活，成爲人們語言、生活，甚至價值判斷的借用符號。如果加以區分，大體上少年兒童喜歡西遊，老年人喜歡三國，農民喜歡水滸，知識分子喜歡紅樓。

對《紅樓夢》中的人物，今天的讀者有不同的選擇。青年中喜歡賈寶玉、林黛玉的人愈來愈少，而王熙鳳備受青睞。《紅樓夢學刊》近年多次收到稱頌王熙鳳是時代新人的文章。有一年春節，我和內子在深圳，一位朋友帶她的十五歲的女兒看我們。這個女孩喜歡《紅樓夢》，不知讀了多少遍。我問她喜歡哪個人物，她說喜歡王熙鳳。我大感意外。她還說也喜歡朱自清，將來找丈夫就找個朱自清一樣的人，但要有個郁達夫做她的情人。我和我太太、她的媽媽，三個人都驚呆了——她媽媽也是第一次聽到小女兒的如此高論。

這說明隨著社會的發展，人們的價值觀念、審美情趣在發生變化。事實上，就一個具體的人來說，對《紅樓夢》人物的選擇也是變化的。我自己也有這方面的經驗。十幾歲的時候讀《紅樓夢》，最喜歡的人物是晴雯。二十幾歲的時候，很欣賞史湘雲。現在想，《紅樓夢》中最了不起的人物，應該是平兒。給王熙鳳做貼身丫鬟，可不是一件容易的事。但平兒做得很好。王熙鳳視平兒爲心腹，其他的人，例如李紈，也說平兒是鳳姐得力的臂膀。平兒絕對沒有對鳳姐不忠實的地方。但王熙鳳做壞事，平兒絕對不做。不僅不做，她還要背著王熙鳳做好事。「相濟」而不「同惡」。

「同惡相濟」這句成語，不適合用在平兒和王熙鳳的關係上。平兒是維護鳳姐的，但鳳姐的罪惡，平兒卻沒有份。賈府上下沒有人說平兒不好的。我們可以設想，假如王熙鳳犯事，案情牽連平兒，一定不知有多少人出來作證，認定平兒無辜。做人做到如此地步，可以說達到了做人的一種極致。要說做人難，沒有比平兒做人更難了，但她卻做得最好。所以我覺得平兒其人最爲難得。不過這樣的認知，須得有了一定的閱歷之後方能取得。就像《紅樓夢》裡平兒的思想風貌，必須經過「柳葉渚邊嗔鶯吒燕，絳雲軒裡召將飛符」、「茉莉粉替去薔薇硝，玫瑰露引來茯苓霜」這些紛擾之後，然後方能在「判冤決獄」的大關目上顯現出來一樣。

研究者從研究對象身上最終找到的是他自己。文學研究尤其如此。

但《紅樓夢》研究作爲一門學科，研究紅學作爲一種職業，她的盛世恐怕是過去了。百年紅學已經極盡了學術之盛。現在的情勢有點像《紅樓夢》裡的賈府，外面的架子雖未甚倒，內囊卻也盡上來了。

一九九一年在新加坡召開的國際漢學會議上，我曾說紅學研究已到了「食盡鳥投林」的地步。實際情形確實如此。國內的紅學名家續有新作的很少。正是在這種情勢下，《紅樓夢》研究的僞考證之風趁虛而入。近兩年大陸紅學最轟動的新聞，是有人撰文說《紅樓夢》後四十回比前八十回寫得更好。其目的是翻「五四」以來顧頡剛、俞平伯等老一輩紅學家對前八十回和後四十回比較研究成果的案。再就是有人連篇累牘地寫文章，說現存各種脂硯齋評本都是假造的，企圖把「五四」以來新紅學的研究成果一筆抹煞。主張不應否定後四十回的功績，是對的，早有不少學者這樣做過了。吳組緗教授於此持論甚堅。但一定要說後四十回比前八十回寫得好，恐怕稍具文學鑒賞眼光的讀者都不會認可。至於脂本假造說，尤其缺乏堅實的根據。還有作者問題，近年對曹雪芹是《紅樓夢》原作者的質疑文章明顯增多，但也只是提出疑點，證據並沒有少許增加。因此這類紅學新聞，大半是「炒」出來的，輿情儘管沸揚，於紅學的學術進境卻鮮有小補。相反，這種炒冷飯、僞考證的行時，恰好說明作爲一種學術思潮的紅學，已經到了梁啓超所說的學術衰落期，呈現出佛家所謂之「滅相」。⑬

如果要我來展望世紀轉換後的紅學，那末我可以作一個比喻：已往的百年紅學，相當於《紅樓夢》前八十回，從今而後的紅學，最多是後四十回續書而已。也許我的看法過於悲觀。不過沒關係，樂觀的朋友絲毫不必緊張，因爲前面說了——現在不是正有人力圖證明《紅樓夢》後四十回比前八十回寫得更好嗎？王國維撰寫《紅樓夢評論》的一九〇四年，曾寫過一首〈出門〉詩，全詩八句寫道：「出門惘惘知奚適，白日昭昭未易昏。但解購書那計讀，且消今日敢論旬。百年頓盡追懷裡，一夜難爲怨別人。我欲乘龍問羲叔，兩般誰幻又誰真。」我草這篇論文此時此刻的心情，和王靜安先生九十年前撰寫《紅樓夢評論》的同年所寫那首詩的心情，實相彷彿，我也不知我之所論是接近「幻」還是更接近「真」？

注釋

①參見《陳寅恪詩集》第一二六、一二七、一〇七頁，清華大學出版社一九九三年版。

②參見《太炎文錄初編·說林下》，《章太炎全集》第四冊，第一一九頁，上海人民出版社一九八五年版。

③梁啟超在《清代學術概論》中嘗言：「凡真學者之態度，皆當為學問而治學問。」參見《梁啟超論清學史二種》第四十頁，復旦大學出版社一九八五年版。

④參閱拙稿《文化托命與中國現代學術傳統》，載《中國文化》第六期，北京三聯書店、香港中華書局、台灣風雲時代出版社聯合出版。

⑤原載《雨僧日記》，《陳寅恪詩集》收入，載於第七頁，寫作時間署「一九一九年三月」。原詩第四句後面有注：「虞初號黃車使者」。

⑥參見《俞平伯論紅樓夢》第一一四三頁，上海古籍出版社一九八八年版。

⑦參見《古典文學研究資料彙編·紅樓夢卷》第二冊，第四〇四頁，中華書局一九八三年版。

⑧參見俞平伯《紅樓夢辨》顧序第四頁，人民文學出版社一九七三年版。

⑨王國維：〈最近二三十年中中國新發見之學問〉，《靜安文集續編》第六十五頁，載《王國維遺書》第五冊。

⑩陳寅恪：〈陳垣敦煌劫餘錄序〉，《金明館叢稿二編》第二三六頁，上海古籍出版社一九八〇

年版。

⑪ 請參閱本書第八章下篇「紅學之謎和紅學死結」。

⑫ 俞平伯在《紅樓夢研究》一書的自序中說：「我嘗謂這書在中國文壇上是個夢魘，你愈研究便愈覺糊塗。」參見《俞平伯論紅樓夢》第三七二頁，上海古籍出版社一九八八年版。

⑬ 梁啟超論學術思潮，分爲啟蒙期、全盛期、兑分期、衰落期，並以佛家「流轉相」之生、住、異、滅概括之。其論衰落期寫道：「凡一學派當全盛之後，社會中希附末光者日眾，陳陳相因，固已可厭。其時此派中精要之義，則先輩已浚發無餘，承其流者，不過捃摭末節以弄詭辯。且支派分裂，排軋遂之，益自暴露其缺點。環境既已變易，社會需要別轉一方向，而猶欲以全盛期之權威臨之，則稍有志者必不樂受。而豪傑之士，欲創新必先推舊，遂以彼為破壞之目標。於是入於第二思潮之啟蒙期，而此思潮遂告終焉。此衰落期無可逃避之運命，當佛說所謂滅相。」見《梁啟超論清學史二種》第二至三頁。

第二章　《紅樓夢》與紅學

已成為顯學的當代紅學

中國近百年來的學術界，很少有一門學問像《紅樓夢》研究這樣，既吸引大批學有專攻的專家學者，又爲一般的讀者和愛好者所傾倒；而且歷久不衰，學術發展過程，大故迭起，雨雨風風，《紅樓夢》裡彷佛裝有整個的中國，每個有文化的中國人都可以從中找到自己。因林黛玉焚稿斷情而瘋癲，埋怨母親「奈何燒殺我寶玉」①，固是輾轉流傳下來的文壇佚話，未必盡真；現在深研紅學而達到物我兩忘的境界，或者突然宣佈自己於紅學有重大發現的「紅迷」，卻代不乏人。甲骨學和敦煌學，在世界上有東方顯學之目，如果說紅學已成爲當代顯學，自是無可否認的事實。

一九八〇年春天，美國威斯康辛大學召開國際《紅樓夢》研討會，中國、美國、日本、加拿大、英國、新加坡及台灣和香港地區的紅學家，共八十多人與會，提交論文五十多篇。一九八六年六月，第二次國際《紅樓夢》研討會在哈爾濱舉行，由哈爾濱師範大學和美國威斯康辛大學共同發起，到會的各國學者超過百人，宣讀論文九十多篇；同時舉辦《紅樓夢》藝術節和中國文學講習班，內容豐富多彩，盛況超過前次。

國內全國規模的《紅樓夢》學術討論會，第一次於一九八〇年在哈爾濱召開，一百三十多人與會，提交論文七十多篇，並成立了紅學的大型學術團體——中國紅樓夢學會。自那以後，一九八一年在山東濟南、一九八二年在上海、一九八三年在南京、一九八五年在貴陽，接連舉行四屆年會。每次代表人數均在一百五十人以上，論文一次比一次增多，貴陽會議提交論文數達九十多篇。中國藝術研究院設有專門的紅學研究機構《紅樓夢》研究所，聚集了一批專業研究人員。發表《紅樓夢》研究論文的專刊也有兩個：一個是《紅樓夢學刊》，邀集三十二位知名紅學家組成編委會，每年出版四期，自一九七九年創刊以來，已出版三十四期；另一個是《紅樓夢研究集刊》，由中國社會科學院文學研究所主辦，已出版十三輯。這兩種刊物每年發表的《紅樓夢》研究文章在二百萬字以上，吸引了大批《紅樓夢》研究者，擁有各自的讀者群。中國紅樓夢學會成立以後，遼寧、江蘇、上海、貴州、黑龍江等不少省市相繼成立分會，有的分會印行交流刊物，也常常有好文章和有價值的資料披露出來。

說到這裡，我們還須提到，早在上述紅學專刊問世之前，由潘重規先生指導的香港中文大學《紅樓夢》研究小組，已編輯出版了《紅樓夢研究專刊》，一九六七年創辦，至一九七三年，共出版十輯，趙岡、周策縱、柳存仁、方豪、陳慶潔、李治華等許多紅學專家爲之撰稿，與內地的紅學熱成互相輝映之勢。台灣雖沒有研究《紅樓夢》的專門刊物，散見於報刊雜誌的各類論文和出版的專書，數量相當可觀。紅學早已超越了海峽的波瀾，因爲《紅樓夢》是中華民族的共同財富，人爲的域區阻止不住文化的傳遞。清嘉慶年間京都竹枝詞說：「開談不說《紅樓夢》，讀盡詩書是枉然。」② 今天則有「紅水泛濫」之譏。後者雖略含譏諷，卻也反映了紅學的圈子逐漸擴大並進而普及於社會的實情。

一九八七年夏天，中央電視臺播出了長達三十二集的《紅樓夢》電視連續劇，影響所及，紅學一時又熱了起來，街頭巷尾聚談不已，紅學書籍處處罄銷。即使曹雪芹在世，他也會對二十世紀中國的紅學熱感到驚異罷。何況《紅樓夢》作者並不認為自己會有好的命運，書裡面隨時流露出一種前途無望而又無可如何的消極情緒。第一回寫英蓮出場，癩頭和尚和跛足道人對甄士隱說：「你把這『有命無運、累及爹娘』之物抱在懷裡作甚？」脂硯齋在這句話上面加了一條眉批：「八個字屈死多少英雄？屈死多少忠臣孝子？屈死多少仁人志士？屈死多少詞客騷人？今又被作者將此一把眼淚灑與閨閣之中，見得裙衩尚遭逢此數，況天下之男子乎？」脂硯齋對曹雪芹的心境是洞察入微的，他知道《紅樓夢》的寫作有所寄託。這裡直接寫的是英蓮，實際上包括作者的經歷在內。所以曹雪芹地下有知，斷不會想到他的作品在二百年後的今天會享此殊榮，以至於還有什麼紅學「造劫歷世」，鬧鬧嚷嚷，不可終日。

曹雪芹原希望他寫的《紅樓夢》的故事，不必為世人稱奇道妙，也不一定要世人喜閱檢讀，「只願他們當那醉淫飽臥之時，或避世去愁之際，把此一玩」，省些壽命精力就是了③。誰知「把玩」的結果，竟冒出一個紅學來。如果說開始的時候，紅學這個詞帶有一定的玩笑性質，現在已大不相同。據說清末有一個叫朱昌鼎的文士，篤嗜《紅樓夢》，而當時的風氣是講經學，人家問他

「治何經」，他說：「吾之經學，係少三曲者。」問的人不理解，他解釋道：「吾所專攻者，蓋紅學也。」這是均耀在《慈竹居零墨》中的記載④。李放在《八旗畫錄》中也說：「光緒初，京朝士大夫尤喜讀之，自相矜爲紅學云。」⑤可見紅學一詞，開始是有一定的戲謔和玩笑意味的。徐兆瑋作的《遊戲報館雜詠》詩：「說部荒唐遺睡魔，黃車掌錄恣搜羅；不談新學談紅學，誰似蝸廬考索多」，則又爲紅學的出現提供了背景材料。他在詩的小注中說：「都人士喜談《石頭記》，謂之紅學。新政風行，談紅學者改談經濟，康、梁事敗，談經濟者又改談紅學。戊戌報章述之，以爲笑噱。」⑥當然這是舊話，可以押下不表。且說隨著《紅樓夢》的廣泛流傳，《紅樓夢》研究的日益發展，紅學已經名逐實遂，現在可以說完全獲得了作爲一門專項學科的真實內容。

對一部作品的研究成爲一門專學，世界上並不多見。如果一定找例證的話，只有英國的大戲劇家莎士比亞可與之相匹比。英國有莎氏學，有專門的研究機構，也有莎士比亞研究專刊⑦，每年要開規模很大的莎學討論會。和《紅樓夢》研究一樣，莎士比亞研究現在也是公案迭出，漫無頭緒，甚至著作權問題也沒有完全解決，至今有人懷疑世界上是否真有莎士比亞其人，如同曹雪芹的著作權不斷遇到詰難一樣。而且無獨有偶，莎士比亞筆下的劇中人物也有四百多個，與《紅樓夢》裡的人物相彷彿，只不過莎翁筆下的人物分散在三十七個劇本中，《紅樓夢》一部作品裡就有四百多個⑧。莎士比亞研究是世界性的學問，《紅樓夢》研究也在變成世界性的學問。

對這種狀況，有人感到不可理解，認爲是一種不公正的發展，提出《紅樓夢》研究可以成爲專學，研究其他作家的作品爲什麼就不能？比如說，爲什麼不可以有「水滸學」、「三國學」、「西遊學」、「金瓶梅學」或「聊齋學」？其實，不是可不可以的問題，是能不能名實相符的問題。「水滸學」、「三國學」人們已在叫了，但能否叫得開，最終能不能獲得一門學科應有的內容；叫開了，在學科建設上有無科學依據，仍是未知數。應承認，以一書名學，絕非尋常之事。中國從前有「選學」的說法，那是由於昭明太子蕭統的《文選》對後世影響太大了，唐以後經常把《文選》與儒家經典並列，文士手中必備此書，恰同於《紅樓夢》的「家置一編」⑨。誠如錢鍾書先生所說：

> 詞章中一書而得為「學」，堪比經之有「易學」、「詩學」等或《說文解字》之蔚成「許學」者，惟「選學」與「紅學」耳。寥落千載，儷坐儷立，莫許參焉。「千家注杜」，「五百家注韓、柳、蘇」，未聞標立「杜學」、「韓學」等名目，考據言「鄭學」、義理言「朱學」之類，乃謂鄭玄、朱熹輩著作學說之全，非謂一書也。⑩

錢鍾書先生對一書以名學的剖解，完全出自嚴謹的學術立場，可謂不刊之論，啓示我們治學之道，唯在慎思明辨，而不能逐無實之名，動輒以專學自詡。

一書以名學的緣由

那末，究竟是何種緣由使得《紅樓夢》研究能夠一書以名學呢？

我認爲首要的一點，還是《紅樓夢》這部作品自身的特點決定的。《紅樓夢》不是一般的著作，而是在一個特殊的時代，作者經歷了一番特殊的經歷之後，用獨特的藝術手法，寫出來的具有劃時代意義的偉大作品。她的問世，爲中國古典文學的發展，作了一個總結，標誌著小說創作的最高峰。她與其他幾部長篇小說不同，無論內容還是形式都帶有特殊的質的規定性。概括言之，可以說《紅樓夢》具有反映時代的深刻性、思想內容的豐富性、藝術表現手法的多樣性和成書過程的複雜性。

曹雪芹熟悉歷史，痛切感到清朝的現實政治的腐敗，看到他所屬的階級已不配有更好的命運，因此對賈氏家族諸種弊病和子弟們惡德敗行的描寫不遺餘力。書中充滿了悲哀感和末世的氣氛，愈到後來這種氣氛愈突出，直到賈家及其親族徹底敗亡，「落了片白茫茫大地真乾淨」。

賈府這樣的封建世家，在十八世紀中葉的清王朝頗具代表性，實際上這些大家族構成了傳統宗法社會的一個個支柱，它們的敗亡預示著整個封建社會走向沒落。儘管作者主觀思想並不一定很明確，更多地表現出來的是悲觀、絕望、無可奈何，意識到矛盾，卻無法解決矛盾，否定了舊的，又不知道新的是什麼。太虛幻境室內寫著「幽微靈秀地，無可奈何天」的對聯，《紅樓夢曲》所謂「趁著這奈何天、傷懷日，寂寥時，試遣愚衷」，就是曹雪芹矛盾而痛苦的心情的寫照。所以《紅樓夢》成爲古今一大悲劇絕非偶然，既是作者的悲劇，也是時代的悲劇，作品裡透露出來的情緒和氣氛，包含著那一特定歷史時代的情緒和氣氛。

另一方面，書中又蘊含著理想的成分，包括美學理想、道德理想和政治理想，渴望有一個合乎人性發展的家庭環境和社會環境。現實中沒有這樣的環境，就虛擬一個，這就是大觀園。作者愈是渲染大觀園生活的明朗、歡愉、充滿生機，就愈顯示出現實生活的晦暗、沈滯、沒有前途。許多章節，出發點原是想寫喜劇，結果呈現出來的卻是悲劇。這種情狀恰好是當時社會情狀的真實寫照。《紅樓夢》爲中國古典文學作了一個總結，也爲幾千年來的封建社會作了一個總結。

《紅樓夢》的思想內容極爲豐富，舉凡封建社會的經濟、政治，包括各種制度，如土地制度、商業制度、法律制度、官吏制度、宗教制度、婚姻制度、奴婢制度、嫡庶制度等，書中都有所涉及。而思想領域的東西，涉及的更加廣泛，幾乎包容了封建社會的全部思想體系。曹雪芹具有強烈的反叛精神，對封建正統主義思想持決絕的批判態度，這是眾所周知的；對佛、道、老莊思想，書中也多有描繪，反映出作者思想的複雜性。《紅樓夢》裡出現的僧、道、尼姑不少，大都被作者寫成欺世盜名的江湖騙子，可見曹雪芹對世俗宗教不懷什麼好感，但對宗教哲學，特別是宋明以來廣爲流行的禪學，雪芹似乎興味頗濃。第二十二回寶玉悟禪機可爲一例。敦敏〈贈芹圃〉詩說的「尋詩人去留僧舍」，大約也是指探討佛教哲學吧，未必說明雪芹篤信宗教。而大段大段地摘引《南華經》原文，從內篇的《人間世》到外篇的《胠篋》，到雜篇的《列禦寇》⑪，引錄之後又叫人物對景體味，足見曹雪芹對老莊思想的重視。

本來麼，處於文網密布的封建極權之下的有特操的知識分子，如果不想走自殺的道路，只有用老莊遁世無爲的思想填充自己的靈魂。《紅樓夢》中不肯苟活的人物的結局，主要是出家和自殺兩途，此外就是口誦「巧者勞而智者憂，無能者無所求，飽食而遨遊，泛若不繫之舟」，身心被各種矛盾迷眩纏陷得不可開交。這後一種，就主觀世界來說，可以說獲得了某種精神自由，聯繫現實世界，實際上仍是變相的苟活。當然作品的主流，作者所執著追求和著力描寫的，是帶有反封建性質的初步民主主義思想，這在主人公賈寶玉身上表現得最爲突出，其他的人物包括一些被壓迫的奴婢身上也時有表現。說《紅樓夢》的思想內容有極大的豐富性，一點也不爲過。

《紅樓夢》的藝術形式和藝術表現手法具有多樣性。從文學語言的運用和創造來說，作品中敍事的語言、描寫的語言、抒情的語言，包括對話、插話、獨白、旁白、議論、回憶、插敍、倒敍、補敍，以及古語、成語、俗語、諺語、暗語，隱語、雙關語、歇後語等等，應有盡有。《紅樓夢》中隱語、暗語之多，有時令人難以索解。第一回敍寶、黛故事緣起，說西方靈河岸上三生石畔有一株絳珠草，另有赤瑕宮神瑛侍者日以甘露灌溉。脂硯齋在句旁批道：「細思絳珠二字，豈非血淚乎？」又說「赤瑕」點紅字、玉字。這些地方，作者用的就是隱語。還有多得不勝枚舉的人名和地名的諧音，如元春、迎春、探春、惜春四姊妹諧「原應歎息」，賈府的清客詹光、單聘仁、卜固修諧沾光、善騙人、不顧羞；大荒山、無稽崖諧荒唐、無稽，十里街諧勢利，仁清巷諧人情等等，脂評及後來的研究者多有指出。這些地方無疑增加了讀者的求索興味。

作品中人物的語言更富特色，不僅是充分個性化的，而且有聲音，有色彩，有音樂美，彷彿能夠從人物身上和故事情節中獨立出來，單獨構成欣賞對象。鳳姐之爲人，劣跡甚多，但她的語言，沒有不稱道的，連平素懼怕她的丫環們也喜歡聽她說笑話。同是運用俗語、歇後語，黛玉和鳳姐迥然有別：一個細，一個粗；一個文，一個野；一個雅，一個俗。「癩狗扶不上牆的種子」、「拿著皮肉倒往那不相干的外人身上貼」、「我是耗子尾巴上長瘡——多少膿血兒」。這類語言，黛玉斷說不出，寶釵也說不出。第四十三回寶釵評論鳳姐和黛玉：「世上的話，到了鳳丫頭嘴裡也就盡了。幸而鳳丫頭不認得字，不大通，不過一概是市俗取笑。惟有顰兒這促狹嘴，她用《春秋》的法子，將市井的粗話撮其要，刪其繁，再加潤色比方出來，一句是一句。」曹雪芹提煉文學語言，用的就是這種方法。鳳姐的語言也是經過提煉的。至於刻畫人物，則對比、烘托、鋪墊、渲染、正面描寫、側面描寫、反面描寫、動態描寫、靜態描寫、肖像描寫、心理描寫，樣樣俱全。

論者曾有一種說法，認爲中國古典小說重視動態描寫和外貌描寫，心理描寫經常表現爲薄弱環節。可是細詳《紅樓夢》，我們發現這部作品的心理刻畫頗爲獨到。寶、黛愛情從前世宿因寫起，至第三回一見如故，然後因寶釵的到來頓生不虞之隙，口角不斷發生，一波未平，一波又起，到第三十二回訴肺腑，兩人的愛情漸趨成熟。這時，對黛玉的愛情心理有一段細緻入微的描寫：

原來林黛玉知道史湘雲在這裡，寶玉又趕來，一定說麒麟的原故。因此心下忖度著，近日

> 寶玉弄來的外傳野史，多半才子佳人都因小巧玩物上撮合，或有鴛鴦，或有鳳凰，或玉環金珮，或鮫帕鸞絛，皆由小物而遂終身。今忽見寶玉亦有麒麟，便恐借此生隙，同史湘雲也做出那些風流佳事來。因而悄悄走來，見機行事，以察二人之意。不想剛走來，正聽見史湘雲說經濟一事，寶玉又說：「林妹妹不說這樣混帳話，若說這話，我也和他生分了。」林黛玉聽了這話，不覺又喜又驚，又悲又歎。所喜者，果然自己眼力不錯，素日認他是個知己，果然是個知己。所驚者，他在人前一片私心，稱揚於我，其親熱厚密，竟不避嫌疑。所歎者，你既為我之知己，自然我亦可你為之知己矣。既你我為知己，則又何必有金玉之論哉？既有金玉之論，亦該你我有之，則又何必來一寶釵哉！所悲者，父母早逝，雖有銘心刻骨之言，無人為我主張。況近日每覺神思恍惚，病已漸成，醫者更云：「氣弱血虧，恐致勞怯之症。」你我雖為知己，但恐自不能久待；你縱為我知己，奈我薄命何！想到此間，不禁滾下淚來。

這樣細膩、連貫、深切的心理描寫，作者要求讀者同他一起停下來，共同探求人物的潛在意向，這種寫法，我們在《紅樓夢》以外的中國古典小說中還不曾看到過。甚至說這種寫法已帶有心理分析性質，便是熟悉現代小說觀念的西方讀者也不會感到愕然。

下面再舉一例。第二十九回寶玉和黛玉發生口角，兩個人鬧情緒，沒有去薛姨媽家看戲。賈母爲此很著急，說：「我這老冤家是那世裡的孽障，偏生遇見了這麼兩個不省事的小冤家，沒有一天不叫我操心。」這等於把寶、黛的特殊關係由賈母公之於眾。緊接著第三十回，王熙鳳親自去勸解，沒想到寶、黛互賠不是，她拉了黛玉就走，當著眾人說：「倒像黃鷹抓住了鷂子的腳，兩個都扣了環了，那裡還要人去說合。」又一次公佈了寶、黛的特殊關係，使得滿屋裡都笑起來。此情此景，寶、黛二人極爲尷尬。黛玉一言不發，挨著賈母坐下；寶玉則沒話找話，和寶釵搭訕，結果又失口說寶釵像楊貴妃，一下子惹惱了寶釵，自己更加不好意思起來。

林黛玉聽見寶玉奚落寶釵，心中著實得意，才要搭言也趁勢兒取個笑，不想靚兒因找扇子，寶釵又發了兩句話，他便改口說道：「寶姐姐，你聽了兩齣什麼戲？」寶釵因見林黛玉面上有得意之態，一定是聽了寶玉方才奚落之言，遂了他的心願，忽又見問他這話，便笑道：「我看的是李逵罵宋江，後來又賠不是。」寶玉便笑道：「姐姐通今博古，色色都知道，怎麼連這一齣戲的名字也不知道，就說了這麼一串子。這叫《負荊請罪》。」寶釵笑道：「原來這叫做《負荊請罪》！你們通今博古，才知道『負荊請罪』，我不知道什麼是『負荊請罪』！」一句話還未說完，寶玉、林黛玉二人心裡有病，聽了這話早把臉羞紅了。鳳姐於這些上雖不通達，但只見他三人形景，便知其意，便也笑著問人道：「你們大暑天，誰還吃生薑呢？」眾人不解其意，便說道：「沒有吃生薑。」鳳姐故意用手摸著腮，詫異道：「既沒人吃生薑，怎麼這麼辣辣的？」寶玉、黛玉二人聽見這話，越發不好過了。寶釵再要說話，見寶玉十分討愧，形景改變，也就不好再說，只得一笑收住。

這又是一段集中刻畫人物心理的文字，但在寫法上與前引例證不同，如果說前者帶有心理分析性質，敘述者和人物合而爲一，採取同時觀察的方法，這裡則是通過語言、舉動、情態，扣住寶、黛、釵之間的微妙關係，來表現三個人各自的心理，敘述者站在人物之上，採取從後面觀察的方法。⑫ 寶玉、黛玉之間口角而又自行和好這件事反覆在大庭廣眾中渲染，等於將他們的戀愛關係公之於眾，在心理上寶玉和黛玉早已處於劣勢。寶釵不必說話，就已經是勝利者了，何況她連續反攻。再加上鳳姐打趣，寶、黛羞愧難當，無地自容。作者用了「形景改變」四個字，可見對寶、黛的打擊多麼沈重。

這是一場驚心動魄的心理戰，作者寫來似輕巧如常，筆底卻有千鈞之力。第五十四回賈母破陳腐舊套，痛貶才子佳人小說，曾使在場的寶玉、黛玉頗感尷尬，但這裡所寫是《紅樓夢》中寶、黛最爲難堪的一幕。不是說其他中國古典小說，如《水滸》、《三國》、《西遊記》、《儒林外史》、《金瓶梅》等完全沒有心理描寫，而是與《紅樓夢》相比，總是略遜一籌或者幾籌。現在人們喜歡講詩化的小說，一些年輕的小說作者對國外的此類作品刻意手摹心追；殊不知，《紅樓夢》在中國文學史上實際上已開了小說詩化的先河，細心的讀者不難發現作品中的詩意的成分，即便用現代小說理論研究《紅樓夢》的諸種藝術特徵，也絕不會一無所獲⑬。

《紅樓夢》的成書過程具有複雜性。曹雪芹生前沒有最後整理完成這部作品，前八十回和後四十回不是出自一個人的手筆，續書的思想和藝術遠遜於雪芹原作。但後四十回究竟是誰人所續？原來認爲是高鶚，後來產生懷疑，迄無定論。前八十回的待補之處也很多，如庚辰本的第

十七、十八兩回未分開，第十七至十九回只有一個回目；第二十二回結尾處缺詩謎，畸笏叟注明：「此回未成而芹逝矣。」第六十四和第六十七兩回缺佚。每一回的開頭和結尾方式也很不統一，顯示出未經統一整理的痕跡。確如畸笏叟在甲戌本卷首的一條批語所說：「書未成，芹為淚盡而逝。」而且在《紅樓夢》之前，曹雪芹寫過一部《風月寶鑑》，不排除《紅樓夢》中摻有《風月寶鑑》的文字，就像後四十回續書中可能雜有雪芹原稿一樣。成書過程的種種複雜性，留下一個又一個未解之謎，給研究者帶來困難，也增加了研究者的興趣。紅學之成為紅學，與《紅樓夢》成書的複雜性有直接關係。

《紅樓夢》不過是一部作品，就對象來說，是一個比較狹小的領域，但由於內容無限豐富，為研究者提供了廣闊的研究天地。能夠以一書名學，歸根結底還是由作品本身的特點決定的。就是說，書裡面必須有可以不斷進行深入研究的素材、資料和問題，這是最主要的，舍此則其他理由便無以立足。

其次，考據學引入《紅樓夢》研究，是使紅學成為一門專門學問的重要因由。考據是中國古代的學術傳統，發源甚早，漢代就有了，唐、宋也沒有中斷，明代漸具規模，只不過成熟、發展為一種完善的學術研究的方法，並形成各種學術流派，是在清代的乾嘉時期。皮錫瑞在《經學歷史》中寫道：「乾隆以後，許鄭之學大明，治宋學者已稀。說經皆主實證，不空談義理，是為專門漢學。」⑭ 專門漢學直接承繼明末清初的實學而來，但與顧炎武、王夫之、黃宗羲提倡的實學有很大不同。實學是與經世致用相聯繫的；漢學則主要是考據學，重實證，不空談義理，是其主要特徵。

當時專門漢學有吳派和皖派，前者以吳縣惠棟爲代表，後者以安徽戴震爲代表。惠、戴之外，王鳴盛、錢大昕、汪中、劉台拱、江藩、余蕭客、任大椿、盧文招、孔廣森、段玉裁、王念孫、王引之、阮元等，都是名重一時的考據大師，競相著書立說，蔚爲風氣。

錢大昕總結戴震的爲學特點是：「由聲音文字以求訓詁，由訓詁以尋義理，實事求是，不偏主一家。」⑮ 阮元也說：「余之說經，推明古訓，實事求是而已，非敢立異也。」⑯ 直接標出實事求是四字，可反映清儒的一般旨趣。戴震結合自己的治學經驗，提出經學有「三難」，即「淹博難、識斷難、精審難」⑰，如若獲得十分正確的見解，必須做到「征之古而靡不條貫，合諸道而不留餘議，鉅細畢究，本末兼察」⑱，反對「依於傳聞以擬其是，擇於眾說以裁其優，出於空言以定其論，據以孤證以信其通」⑲。要求是很嚴格的，難怪清儒在古書辨僞、名物訓詁方面取得超越前代的成就，甚至在某些點上也將後無來者。

考據學在清代達到全盛，和康熙、雍正、乾隆統治時期在大興文字獄的同時，通過設博學鴻詞、開四庫館牢籠知識分子的文化政策有關，學者們沈潛古義，以處爲出，既有益於學術，又可以自保。如章太炎所說：「近世爲樸學者，其善三：明徵定保，遠於欺詐；先難後得，遠於徼幸；習勞思善，遠於媮惰。故其學不應世尙，多悃愊寡尤之士也。」⑳ 但另一方面，以考據爲其特徵的清代漢學，又是直承宋明理學和晚明的蹈空之心學末流而來，雖然是以反叛的形式出現的，卻是中國學術發展之必然。早在明朝的嘉、萬年間，陳第撰《毛詩古音考》，便一反宋儒作風，提出「本證」、「旁證」的原則。㉑ 這之前，楊愼著《丹鉛總錄》及《升庵內外集》，也以考證事物見長，隨後又有陳耀文的《正楊》、《翼楊》等書，繼續加以辨證，開了考證學的先河㉒。至顧炎武則進一步發揮之，所謂「亭林之學，成於責實」（包世臣語），終於爲專門漢學的興起準備下堅實的地基。只是到了後來，繁瑣日甚，始於考據，止於考據，完全丟棄顧炎武、黃宗羲、王夫之倡導的經世致用的傳統，把考據和義理對立起來，這已是漢學的末流了。

同時代人章學誠已發爲抗議，批評當時的風氣「徵實太多，發揮太少，有如桑蠶食葉而不能抽絲」㉓。顯然單純的漢學已不能滿足我國學術發展的需要。回過頭來看，還是戴震和章學誠的態度和方法比較允當，既糾正了宋明儒末流的鑿空之弊，又避免走向考證就是一切的極端，將義理、考據、詞章結合起來㉔，兼顧並用，實爲中國學術的優秀傳統，今天仍值得弘揚。

章炳麟把清儒治學原則歸納爲六點：一、審名實；二、重佐證；三、戒妄牽；四、守凡例；五、斷情感；六、汰華辭㉕。這六點既是考據的原則，又是考據的方法，對學術研究具有普遍意義。廣義地說，文史各學科均離不開考證，並不是只有研究《紅樓夢》才需要。

那末，爲什麼還要說紅學之爲紅學與考證有關呢？問題在於，《紅樓夢》不是一般的作品，我們前面指出的諸種特殊性，特別是成書過程的複雜性，使得紅學考證顯得格外必要。研究問題的前提條件是弄清楚對象的性質，如果《紅樓夢》是誰寫的，哪些出自曹雪芹之手，哪些是後人妄改，何者爲脂批，何者爲正文，前八十回和後四十回有哪些異同，這些基本問題不分辨清楚，紅學就失去了穩定的對象，一門學科的形成便無可能。另外幾部古典文學名著雖然也存在類似問題，如《金瓶梅》的作者問題迄無定論，《水滸》的成書過程也相當複雜，但情形都不像《紅樓夢》這樣嚴重。而解決這些問題，就須借助於考證。胡適在《紅樓夢考證》中說的：「我們只須根據可靠的版本與可靠的材料，考定這書的著者究竟是誰，著者的事跡家世，著書的年代，這書曾有何種不同的本子，這些本子的來歷如何。這些問題乃是《紅樓夢》考證的正當範圍。」㉖現在看來，胡適這些話並沒有錯，至於他的具體結論是否正確，方法上存在哪些毛病，是另外的問題，下面幾章我要具體談到。

胡適的《紅樓夢考證》寫於一九二一年，依時間而論，比蔡元培發表《石頭記索隱》晚了四五年㉗，但索隱派紅學沒有考證派紅學的攻伐則影響不彰，所以真正的紅學——成爲一門學問的紅學——應從胡、蔡論戰算起㉘。從那以後，紅學長時間都是考證派的天下。一些學者爲紅學所吸引，許多治文史的人關心紅學，大都是紅學考證的影響所致，因爲考證容易引起人們的學術興趣。研究其他古典文學作品固然也需要考證，但沒有像《紅樓夢》運用得這樣集中，形成一種引人注目的獨特的研究方法。考證的語言跟一般的論述不同。我們讀俞平伯考證《紅樓夢》的一些文章，或者看周汝昌的《紅樓夢新證》，那是另一番筆墨，另一番特色，另一番心思。考證文章如寫得好，很有味道，本身就有欣賞價值。我認爲考證對於使《紅樓夢》研究成爲一門專門學問，有功不可沒的貢獻。

寫到這裡，不妨向讀者介紹一下前不久發生的一場關於什麼是紅學的爭論。爭論是由周汝昌先生引起的。他在〈什麼是紅學〉一文中談到：「紅學顯然是關於《紅樓夢》的學問，然而我說研究《紅樓夢》的學問卻不一定都是紅學。爲什麼這樣說呢？我的意思是，紅學有它自身的獨特性，不能只用一般研究小說的方式、方法、眼光、態度來研究《紅樓夢》。如果研究《三國演義》、《水滸傳》、《西遊記》以及《聊齋志異》、《儒林外史》等小說全然一樣，那就無須紅學這門學問了。比如說，某個人物性格如何，作家是如何寫這個人物的，語言怎樣，形象怎樣，等等，這都是一般小說學研究的範圍。這當然也是非常必要的。可是，在我看來，這些並不是紅學研究的範圍。紅學研究應該有它自己的特定的意義。如果我的這種提法並不十分荒唐的話，那麼大家所接觸到的相當一部分關於《紅樓夢》的文章並不屬於紅學的範圍，而是一般的小說學的範圍。」㉙觀點不謂不明確。一言以蔽之，就是主張相當一部分關於《紅樓夢》的文章，如研究作品裡的人物形象塑造和語言等等，不屬於紅學研究的範圍。

那麼紅學研究的範圈都有哪些呢？周先生舉出四個方面：一、曹學；二、版本學；三、探佚學；四、脂學。對此，應必誠同志提出異議，認爲周先生的觀點實際上是把《紅樓夢》本身的研究「開除出紅學，道理上是講不通的」。應文發表在《文藝報》一九八四年第三期，題目是〈也談什麼是紅學〉。接著，周汝昌先生在同年《文藝報》第六期上發表〈「紅學」與「紅樓夢研究」的良好關係〉一文，回答應必誠同志的批評，繼續申明原來的觀點，並提出「紅學」和《紅樓夢》研究（**周先生注明指作品**）是兩個「既有關聯又有區分的名稱和概念」，二者應該有所分工。不久，《文藝報》又在同年第八期上刊出趙齊平同志的文章，支持應必誠同志的觀點，明確提出：「凡是研究與《紅樓夢》有關問題的，都屬於紅學。」

就爭論雙方的邏輯歸宿來說，周汝昌先生的立論顯得過於偏頗，應、趙的批評理由很充分，會得到絕大多數紅學研究者的同情。但是，周先生的主張是否也有值得重視之處呢？我說有。這就是周先生看到了紅學考證對紅學這門學問的形成具有不容忽視的作用。他說的曹學也好，版本學也好，探佚學也好，脂學也好，都是紅學考證的重點範圍，正是這些方面的發現、闡發、辯難、爭吵，吸引了包括第一流學者在內的大批《紅樓夢》愛好者的注意。

如果周先生改變一下提出問題的角度和立論方法，說研究曹雪芹的家世、《紅樓夢》的版本、探討雪芹原著和後來續書的異同及脂批，對歷史上的紅學能夠成爲一門專門學問，具有重要意義，甚而說如果離開了對這幾個方面的研究，紅學能否成爲紅學也值得懷疑，則完全指的是紅學形成的歷史情況，就不是不可以接受。他在答覆應必誠同志的文章中寫道：「在古典小說名著中，只有《紅樓夢》產生了專學，即『紅學』。比方研究《三國演義》、《水滸》、《西遊記》等書的，難道是少？可是皆無專學之稱，或雖有專學而無專名；或規模、範圍、深度廣度，皆遠近不能與紅學相比。這是何故？僅僅從這一點，就該想到：紅學之產生並不斷發展，定然有不同於其他古典長篇小說之學的特殊原因。」

這段話強調「紅學之產生並不斷發展」的「特殊原因」，也就是認爲曹學、版本學、探佚學和脂學對「紅學之產生並不斷發展」有「特殊」作用，顯然指的是紅學形成的歷史狀況。這樣就對了，與我前面闡述的觀點可謂不謀而合。我向讀者介紹這場爭論的目的就在這裡——意在說明紅學考證和紅學成爲專門學問有直接關係。但是周先生這段話只是行文中對前文的一種不自覺的邏輯修正，論點並沒有改變，還是主張曹學、版本學、探佚學、脂學之外的《紅樓夢》研究不算紅學，不知這可是周先生的初衷。

最後一點，紅學之爲紅學，還因爲「五四」以來出現一批深孚眾望的畢生以研究《紅樓夢》爲業的學者，他們的勞動及其成果爲社會所注意，受到人們的尊敬。這樣說好像是本末倒置，實則不然。一門學科的形成，與學者的努力是分不開的。研究對象雖然是客觀的，但不經過研究者的發掘、梳理、提煉、概括，形成不了一門學問。

歷史上許多學科的出現，都和潛心於該學科而又成就卓著的學者密切相關。沒有愛因斯坦就沒有現代物理學。心理學從哲學中分離出來，形成一門單獨的科學，以馮特一八七九年在萊比錫建立世界上第一個心理實驗室，卡特在一八八八年被賓夕法尼亞大學任命爲心理學教授爲標誌㉚。精神分析學則是奧地利的神經科醫生弗洛伊德所創立。甲骨學的對象是商周時代刻在龜甲、獸骨上的文字，最早發現於河南安陽小屯，而成爲一門專學，則是羅振玉、孫詒讓、王國維、商承祚、容庚、郭沫若、董作賓、唐蘭、陳夢家、胡厚宣、裘錫圭等史學家和古文字學家長期精研撰述的結果。任何一門科學，總是學科和學者的名字並存史冊。學科因學者的研究而創立和發展；學者因學科的創立和發展而名世。

《紅樓夢》研究成爲一種專學，是和一大批紅學家的名字聯繫在一起的。王國維、蔡元培、胡適、顧頡剛、俞平伯、李玄伯、周汝昌、吳恩裕、吳世昌、馮其庸，以及後來在海外的李辰冬、潘重規、趙岡等，都以治紅學聞名於世，不愧爲使紅學成爲專學的有功之臣。而且這些學者無不以考證見長，由此可見考據方法的引入《紅樓夢》研究，確是紅學形成的一個因由。當然對紅學做出貢獻的學者還有很多，不可能都一一列出名字。特別近三十年來紅學一直是熱門學問，古典文學工作者必涉足紅學不必說了，許多史學家、思想史家、經濟學家和外國文學專家，也熱心紅學，使《紅樓夢》研究帶有超學科的特點，結果大大提高了紅學的身價，增加了這門學問的知名度和影響力。

紅學的超學科特點

紅學的內涵、學術意義和學科價值是多方面的，爲了明白起見，下面不妨進一步從學理上略加說明。

前面在談到《紅樓夢》時，我曾說這部書具有反映時代的深刻性的特點。正是基於這樣的認識，我認爲《紅樓夢》有歷史價值，同樣，紅學研究也具有認識民族歷史的學術價值。誠然，《紅樓夢》是小說，是文學作品，不是歷史著作，但這和具有歷史價值並不矛盾。世界上很多大作家的作品，特別是現實主義的創作，無不具有巨大的歷史深度。歷史感，是成熟的文學的內在標誌。巴爾扎克、托爾斯泰、菲爾丁、雨果，都是這樣的偉大作家。莎士比亞的戲劇所以歷久而不衰，而且研究莎翁也成爲專門的學問，和莎氏劇作中包含的歷史容量有極大關係。《紅樓夢》描寫了中國十八世紀社會生活的各個側面，主要著眼點雖然是賈家的榮、寧二府，可是又不局限於賈家，把清中葉的整個社會相和盤托了出來。

王希廉在《紅樓夢總評》中說：「一部書中，翰墨則詩詞歌賦、制藝尺牘、爰書戲曲，以及對聯匾額、酒令燈謎，說書笑話，無不精善；技藝則琴棋書畫、醫卜星相，及匠作構造、栽種花果、畜養禽魚、針黹烹調，鉅細無遺；人物則方正陰邪、貞淫頑善、節烈豪俠、剛強懦弱，及前代女將、外洋詩女、仙佛鬼怪、尼僧女道、娼妓優伶、黠奴豪僕、盜賊邪魔、醉漢無賴，色色俱有；事跡則繁華筵宴、奢縱宣淫、操守貪廉、宮闈儀制、慶弔盛衰、判獄靖寇，以及諷經設壇、貿易鑽營，事事皆全；甚至壽終夭折、暴病亡故、丹戕藥誤，及自刎被殺、投河跳井、懸樑受逼、吞金服毒、撞階脫精等事，亦件件俱有。可謂包羅萬象，囊括無遺，豈別部小說所能望其項背。」㉛

這說的並不是溢美之詞，每一條都可以在書中找到例證。封建社會末期社會上存在的諸種矛盾，可以說都程度不同的有所反映。對《紅樓夢》的主題和主線，研究者之間有不同看法，認爲書中描寫了多重社會矛盾，如統治階層與被壓迫的奴婢的矛盾、統治集團內部的矛盾、封建正統主義思想和反封建正統主義思想的矛盾等等，大家是一致的。至於封建家族中那種明爭暗鬥、陰攻陽結、巧取豪奪、貪贓枉法、驕奢淫逸、兄弟相鬩、叔嫂鬥法、婦姑勃谿，或者如鳳姐向賈璉表功時所形容的「坐山觀虎鬥、借劍殺人、引風吹火、站乾岸兒、推倒油瓶不扶」等「全掛子的武藝」，以及興兒評論鳳姐時說的「嘴甜心苦、兩面三刀，上頭一臉笑，腳下使絆子，明是一盆火，暗是一把刀」，總之人類的各種根性，社會的諸多惡習，書中都有極深刻的描寫。曹雪芹的筆無異於一把鋒利的解剖刀，表面上是解剖一個大家庭，實際上是在解剖走向沒落的封建社會。

我們看《紅樓夢》裡的賈府，由於跟皇室的特殊關係，朝廷中每一細小的動向都牽動著當權者的神經。第十六回寫全家人丁正在慶賀賈政的生日，忽然門吏報說六宮太監夏老爺來了，「唬的賈赦、賈政等一干人不知是何消息，忙止了戲文，撤去酒席，擺了香案，啓中門跪接」。待宣佈讓賈政入朝時，「賈赦等不知是何兆頭」，「賈母等合家人等心中皆惶惶不定，不住的使人飛馬來往報信」。別看賈母這個老太君，每日裡在眾人圍繞、孝敬、奉承之下安享榮華富貴，平常萬事不操心，閉目休息也有丫鬟用美人拳輕輕捶腿，但一遇朝廷有什麼事情，她立即警覺起來，有時不免要「按品大妝」，準備行動。江南甄府被抄，對賈母的震動最大，書中對此有一系列描寫。所以，《紅樓夢》這部書，在兒女喧笑的背後充溢著一種政治氣氛，絕非「家務事、兒女情」幾個字所能概括。

曹雪芹雖然不是歷史學家，他在寫作時卻常常「用史筆」，使《紅樓夢》比歷史書更具歷史感，如《紅樓夢說夢》一書的作者所說，「太史公紀三十世家，曹雪芹只紀一世家」，「然雪芹紀一世家，能包括百千世家」[32]。這大約就是《紅樓夢》不獨研究文學的人喜愛，治哲學、歷史、法律、經濟的人也格外重視的原因吧。紅學的超學科的特點，反而證明它具有特殊的學科價值。

《紅樓夢》與民族文化傳統

紅學的學科價值還表現在，研究《紅樓夢》這部偉大作品可以提高、加深、豐富對中國傳統文化的認識。《紅樓夢》是特定歷史文化背景的產物。廣一點說，到清中葉爲止的持續四千多年的中國古老文化傳統，都可以看做是《紅樓夢》產生的大的文化背景。長期的文化積澱爲文化藝術精品的孕育提供了適宜的土壤。當然還有明清之際的具體文化背景，這也是至關重要的，它決定一部作品在這個時候出現而不是出現在另外的時候。

清王朝雖然以文化比較落後的民族入主，又經過明末社會大動蕩給文化發展造成的創傷，但不久，隨著社會經濟的恢復和發展，文化也開始復甦。到曹雪芹時代，不僅經濟達到相當的繁榮，文化也呈現出蓬勃發展的趨勢。如果說在清朝開國之初，滿族的達官顯貴於漢文化還感到隔膜，因此朝儀宮規尚需閹侍指點，到康、雍、乾時期滿漢文化的融合已達到相當高的程度，王公大臣及宗室子弟受傳統文化薰陶，無不以華夏文化的正宗繼承者自命。曹雪芹和他的家族，就是這一歷史時期特定文化環境的產兒。傳統文化的大背景、明清之際的具體文化背景和曹氏家族的文化環境，這三者在曹雪芹身上化而爲一了。

《紅樓夢》是傳統文化的結晶，裡面滲透的傳統文化的因子異常豐富。就反映生活的豐富性來說，是封建社會的百科全書；就其包含的文化因子來說，堪稱中華民族傳統文化的總匯。文學、藝術、技藝的各種形式，包括詩、詞、曲、賦、歌、贊、誄、偈、匾額、對聯、尺牘、謎語、笑話、酒令、說書、百戲、雕刻、泥塑、參禪、測字、占卜、醫藥，以及詩話、文評、畫論、琴理，《紅樓夢》中應有盡有，真可以說是文備眾體。沒有多方面的文化積累，斷寫不出《紅樓夢》這樣作品。

同樣，真正讀懂《紅樓夢》，也需要相應的知識儲備。這就是爲什麼五大古典小說中，《水滸》、《西遊》、《三國》易爲一般讀者所接受，而《紅樓夢》更受知識階層歡迎的原因。不僅僅是題材問題，《儒林外史》寫的也是知識分子，但接受起來比《紅樓夢》容易得多。文化精品的生產和接受，需要作家和讀者兩方面都具備相當的條件。當然，文學史上任何經受住時間檢驗的作品，都是藝術傑構，無不是某一種文化的象徵，只不過《紅樓夢》的檔次更高，不僅代表中國的傳統文化，而且是中國傳統文化的一個寶庫。

《紅樓夢》裡用很多篇幅描寫十八世紀中葉封建貴族的日常生活，其中很大一部分屬於文化生活，如吟詩、作賦、猜謎、行令、品茗、繪畫、下棋、撫琴、說書、觀戲、鬥草、簪花、遊園、宴飲等，都是封建社會上層的文化活動。飲饌一般應是物質享受，但在《紅樓夢》裡已有所變異，有時昇華爲藝術，成爲文化藝術活動的一部分。第三十八回寶釵協助湘雲做東，請賈母等吃螃蟹，是和遊園、賞花、做詩結合在一起的，藝術價值多於實用價值。第四十四回賈母給湘雲還席，「每人跟前擺一張高几，各人愛吃的東西一兩樣，再一個什錦攢心盒子」，「攢盒式樣，亦隨几之式樣，每人一把烏銀洋鏨自斟壺，一個十錦琺瑯杯」。作者的目的主要是寫充滿雅趣的飲饌方式和款儀，不在飲饌本身，因而究竟怎麼吃，誰吃了些什麼，隻字未提。接著便大寫特寫熱鬧非凡的牙牌令，又轉到遊樂方面了。第七十一回賈母八旬大壽，榮寧二府各開筵宴，寧府請官客，榮府請堂客，然後是各種形式的家宴，前後持續一周，還穿插著觀戲等活動，但重點是在渲染排場和禮儀，總離不開文化的內容。想按《紅樓夢》裡的菜譜進行烹調，甚至準備開一家餐館，用賈府的菜肴招徠顧客，這樣的「紅學家」兼實業家從來不乏其人，但成功者寥寥。原因何在？蓋由於《紅樓夢》裡的飲饌觀賞價值每多於實用價值。曹雪芹一方面把藝術生活化了，另一方面也把生活藝術化了。謂予不信，劉老老讚不絕口的那種「茄鯗」，哪位依法按料做一個試試？恐怕未必成功。

《紅樓夢》中滲透的傳統文化的因子，不僅表現在大量的關於文化生活和文化活動的直接描寫中，更主要的是書裡面的人物集中代表了中國人的文化性格。

中國長期是一宗法社會，以家族爲本位，親親尊尊，根蒂連結，單獨的個人無以立足，只有在人際關係中才能見出性格。《紅樓夢》中的各色人物圍繞賈府這一封建大家族旋轉，縱橫捭闔，互相勾連，生出無窮故事。所謂晴爲黛影，所謂襲爲釵副，既是寫人物的一種手法，又是同處一家族環境中人物性格的表現。書中眾女子，各代表不同的文化層次，高低、貴賤、雅俗、文野，彼此互爲區別。賈家四姐妹，以探春的文化素質最突出，元春、迎春、惜春稍次之，但也不乏優良的教養，只是各有偏長罷了。同是服侍主子的丫鬟，襲人、紫鵑、平兒、鴛鴦，個性互不相同，但性情教養中又有受傳統文化薰陶的共同的一面。她們自己不能讀書識字，卻有一定的文化教養，完全是環境習染所致。即使是雪雁、麝月、鶯兒、翠縷、玉釧等小丫頭，耳濡目染，也無異於「鄭家詩婢」。第六十二回小螺、芳官等幾個人鬥草，這個說「我有《牡丹亭》上的牡丹花」，那個說「我有《琵琶記》裡的枇杷果」，兩部戲曲名著的名字脫口而出；第四十六回鴛鴦抗婚，頂撞她嫂子說：「什麼『好話』？宋徽宗的鷹、趙子昂的馬，都是好畫兒！」這兩個例子，足以證明賈府的不識字的丫鬟也有一定文化素養。

文化是個大概念，言談、行爲、舉止、待人、接物、儀表、服飾，都反映一個人的文化風貌。劉佬佬誤把平兒當做鳳姐，不單是看見平兒遍身綾羅，插金戴銀，恐怕也和平兒的舉止不凡有關。就連與詩書無緣的鳳姐，心機、鋒芒、手段固然勝人一籌，甚至有撒潑打滾、胡攪惡罵的表演，另一方面也極善處理老幼尊卑各種複雜的關係，反映出封建大族的一定教養。賈母說：「我喜歡他這樣，況且他又不是那不知高低的孩子。」賈母說的「高低」，即是指處理人際關係需要掌握的「度」，也就是象徵文化教養的「禮」。鳳姐的特點，是不知書卻能達禮。當然，文化素養最高，不僅在《紅樓夢》中出類拔萃，置諸青史亦光輝熠熠的，是寶釵和黛玉。這是兩個由古典文化熔鑄出來的藝術典型，而又分別代表著禮和詩兩個不同的文化流脈。就傳統文化的功用來說，詩和禮是統一的，就其表現形式來說，二者又有所不同。《禮記‧樂記》寫道：「樂由中出，禮自外作。樂由中出故靜，禮自外作故文。」前者可爲黛玉寫照，後者可爲寶釵擬形。一個代表藝術精神，一個代表道德精神，共同象徵著中國傳統文化。賈家被稱作「詩禮簪纓之族」，剛好和釵黛兩個表現形態不同的文化性格協調起來。

賈寶玉是作爲封建禮教的叛逆者在書中出現的，他的思想、性格、言論、行爲常常與傳統文化格格不入，但他並沒有脫離開民族文化的土壤，相反，他的身上溶解著豐富的傳統文化的因子。按書中所寫，寶玉的故事大都發生在十三至十五歲之間，一個十足的少年，其幼稚之處自不待言，但細心的讀者不難發現，寶玉也有相當成熟的一面。例如處理人際關係，他是很自如的，不是搬用什麼處世之道，而是已成爲一種修養，一種文化性格。他遇事謙讓，從不爲自己爭什麼。做詩，總是說自己的不好。對人則充分體諒，不只對女孩子，對兄弟子侄也一視同仁，敬恕有加，不願因自己的特殊地位給別人造成難堪。第二十四回寫寶玉給賈赦請安，邢夫人讓至上房，同坐一個坐褥，又用手百般摩挲撫弄寶玉，使賈環看了大不自在，示意賈蘭離去。寶玉見此情景也起來告辭，說明他不願冷落別人。第二十五回賈環故意推翻蠟燈，燙傷了寶玉的臉，王夫人大發雷霆，把趙姨娘和賈環痛罵了一頓。寶玉則說：「有些疼，還不妨事。明兒老太太問，就說是我自己燙的罷了。」表現出忍讓克己的特點。第六十六回柳湘蓮向寶玉問尤三姐的品行，寶玉說「你既深知，又來問我做什麼？」不作正面回答。這些地方，都可以見出寶玉的修養，完全是中國式的爲人行事的方法，無疑帶有中國傳統文化的特徵，包括對愛情的執著和在強力面前的無可奈何，不得已便用莊禪解脫自己，也滲透著我們民族文化性格的某些共性。

《紅樓夢》中的許多人物，二百年後的今天，仍然能在生活中看到他們的影子，原因就是中國人的文化性格易時相通。想了解中國人和中國文化嗎？讀《紅樓夢》應是最方便的途徑。《紅樓夢》反映了中國文化的深層結構，是一種成熟的文化形態，對這樣的作品進行研究，其學術意義和學科價值自可想見。

《紅樓夢》在中國古典文學裡面是最富有典範意義的作品，不理解《紅樓夢》就不容易理解中國古典文學。中國歷史悠久，創造了燦爛的古代文化，僅就文學成就而言，三百篇、楚辭、漢賦、唐詩、宋詞、元曲，每一歷史時期都有大家名世，優秀作品汗牛充棟，何獨《紅樓夢》最有典範意義？當然，每一時代有每一時代的文學，無論何種文學樣式，一旦走向成熟，都具有典範意義，而且它的高峰是不可企及的。但文學本身有歷史的承繼性，後來的作家總是要從先輩那裡吸取營養，因此愈是晚出而又能達到高峰的作品，包含的文學傳統的成分愈多，對一國文學來說，其典範意義也就越發突出。《紅樓夢》是中國古典文學的集大成的作品。曹雪芹有志於文學創作，而不選擇詩、詞、曲、劇的形式，選擇了小說，這是他的聰明處。如果他當初想以詩、詞、曲、劇創作名世，恐怕文學史上就沒有他的位置了，至少不會像今天這樣顯赫。明、清兩代是小說的繁盛期，馮夢龍、羅貫中、施耐庵、吳承恩以及《金瓶梅》的作者已經提供了先鑒，曹雪芹有條件把小說這種文學樣式推向高峰。

小說的特點是容量大，可以展開廣闊的社會生活的畫面，時間和方位不再限制作家的手腳，古今中外可以連成一片。同時，小說之外的各種文學樣式，也可以伴隨人物的活動包容在小說之中。《紅樓夢》裡的詩、詞、曲、賦很多，而且不是通常小說中的回前詩和開場詩，而是貨真價實的創作，雖然有一部分是代作品中的人物擬的，也可以看到雪芹的詩才。張宜泉稱雪芹「工詩」，脂評也說「雪芹撰此書中亦為傳詩之意」，當不是虛談。

總之，從《紅樓夢》中我們看到了曹雪芹的多方面的才能，這是他的前輩作家不及他的地方。曹雪芹可以在《紅樓夢》裡寫詩、塡詞、度曲，屈原、陶淵明、杜甫、歐陽修、辛棄疾卻不能在他們的詩詞中寫小說。文學形式的演變，總是使作家的創作天地愈來愈廣闊，後來的典範雖不能代替先前的典範，卻能夠包容先前的典範的一些因素，中國古典文學的主要藝術特徵我們在《紅樓夢》中都能找到。作者經常用寫詩的手法、寫戲劇的手法或者繪畫的手法，來寫他的作品。人們常說戲劇和電影是一種綜合藝術，殊不知《紅樓夢》也是綜合藝術，而且綜合的東西比某些戲劇和電影要多得多——她把中國傳統藝術、整個古典文學都綜合進去了。

紅學與中國文藝學

由於《紅樓夢》集中表現了中國文學和中國藝術以及中國文化的主要特徵，如果對這部作品提供的藝術經驗進行深入的理念性的探討，對了解本民族文藝學的特性，從理論上建設中國文藝學這一學科大有好處。

中國文藝學是我喜歡使用的一個概念，我認爲中國文藝學不同於西方的文藝學，也不同於印度的和日本的文藝學，雖然許多規律是相同的，但強調的重點和表述方式我們有自己民族的特色。實用理性思維和思維的直觀性，到底是不是我們民族的思維特點？學術界有爭論，且不去管它。但表現在藝術創作上，一方面強調藝術的社會效益，特別是重視作品的正心清欲的教化作用；另一方面相信靈感思維，認爲「文章本天成，妙手偶得之」，則有充分的審美資源的依據。作品藝術形象的構成，客觀物象固然離不開，但創作主張傾向於突出意境和意象，這和天人合一、物我渾成的哲學思想密切相關。對藝術的理解，則崇尚妙悟，提倡心領神會。《文子·道德篇》說：「上學以神聽之，中學以心聽之，下學以耳聽之。」被列爲「上學」的「以神聽之」，就是通常所說的意遊神會，也就是悟。藝術的表現和表達，務求簡約，不求窮盡，點到爲止，言有盡而意無窮。它的極致是司空表聖所謂「不著一字，盡得風流」。這和主張「道不可言，言而非也」、「言者所以得意，得意而忘言」的老莊哲學，以及禪宗的「不立文字」互爲表裡。形諸文藝學的概念，大都具有象徵性、不確定性，如氣、韻、格、調、風、骨、神、味等等。這些特徵，《紅樓夢》都有所表現。書中或直接或間接陳述曹雪芹的藝術見解和美學主張的言論，研究者注意得比較多，藝術構思和藝術描寫中體現出來的美學思想探討得就不夠了。

這裡不妨以第二十三回「牡丹亭豔曲驚芳心」爲例略加分析。這一回先寫寶玉和眾姊妹搬入大觀園之後的歡樂情景，接著寫寶玉的根源於心理變化的苦悶，所以讓茗煙到坊肆中買了許多古今小說、傳奇腳本。然後便是寶、黛在沁芳閘橋邊共讀《西廂》，兩個人借景傳情，構成《紅樓夢》中最旖旎的一段文字。正在這時，襲人走來傳賈母命，叫寶玉去看望賈赦，於是黛玉一個人悶悶的若有所失，不知往哪裡去好。

正欲回房，剛走到梨香院牆腳邊，只聽牆內笛韻悠揚，歌聲婉轉，林黛玉便知是那十二個女孩子演習戲文呢。只因林黛玉素習不大喜看戲文，便不留心，只管往前走。偶然兩句吹到耳內，明明白白，一字不落，唱道是：「原來姹紫嫣紅開遍，似這般都付與斷井頹垣。」林黛玉聽了，倒也十分感慨纏綿，便止住步側耳細聽。又聽唱道是：「良辰美景奈何天，賞心樂事誰家院。」聽了這兩句，不覺點頭自歎，心下自思道：「原來戲上也有好文章。可惜世人只知看戲，未必能領略這其中的趣味。」想畢，又後悔不該胡想，耽誤了聽曲子。又側耳時，只聽唱道：「則為你如花美眷，似水流年……」林黛玉聽了這兩句，不覺心動神搖。又聽道「你在幽閨自憐」等句，亦發如醉如癡，站立不住，便一蹲身坐在一塊山子石上，細嚼「如花美眷，似水流年」八個字的滋味。忽又想起前日見古人詩中有「水流花謝兩無情」之句，再又有詞中有「流水落花春去也，天上人間」之句，又兼方才所見《西廂記》中「花落水流紅，閑愁萬種」之句，都一時想起來，湊聚在一處，仔細忖度，不覺心痛神癡，眼中落淚。

我們應該感謝《紅樓夢》的作者曹雪芹，他爲我們描繪出一幅維妙維肖的藝術欣賞達到共鳴的圖畫。不僅寫出了共鳴現象本身，還寫出了由欣賞達到共鳴的全部過程，包括欣賞者藝術領悟和藝術理解的各個層次。

開始是聽者無心，兩句戲文不過偶然吹到耳內，黛玉僅僅感到「倒也十分感慨纏綿」。聽了「良辰美景奈何天」兩句，才「點頭自歎」，意識到戲裡也有好文章，但忽然想到了「世人」，沒有和自身聯繫起來，說明尚未入境。聽了「如花美眷，似水流年」兩句，開始「心動神搖」，漸漸進入藝術境界。接著又進一步，由「心動神搖」到達「如醉如癡」，幾乎不能自持，竟一蹲身坐在山子石上，反覆咀嚼戲文的滋味。至此，黛玉作爲欣賞者已經完全被湯顯祖的戲曲藝術所征服。可以想見，黛玉一定是結合自己的身世際遇和到賈府以後的生活經驗，細嚼「如花美眷，似水流年」八個字的滋味的。

藝術欣賞過程到這裡本來可以完結了，不料《紅樓夢》作者另出己意，讓黛玉憑藉自己的文化知識，展開一系列豐富的聯想，用欣賞者的藝術經驗儘量加以印證和補充，把藝術欣賞中的共鳴推向極致。這就是「忽又想起」古人詩句，即唐代崔塗〈旅懷〉詩中的「水流花謝兩無情」；「再又」記起前人詞中的句子，即李煜〈浪淘沙〉中的「流水落花春去也，天上人間」；「又兼方才」和寶玉共讀《西廂》看到的「花落水流紅，閑愁萬種」的句子。一時間都想起來，「湊聚在一處，仔細忖度，不覺心痛神癡，眼中落淚。」整個過程，始而「點頭自歎」，繼而「心動神搖」，最後「心痛神癡」，漸次深入，情感滲入得愈來愈多，終於情景交融、主客一體、物我兩忘，達到藝術領悟的制高點。

值得注意的是，作者形容欣賞者的情感漸次變化時，連用了三個「不覺」，就是說，藝術欣賞中的一層比一層深入的感情變化，是不自覺的，目的性讓位給無目的性。理解的方式主要是感悟，自由聯想代替了邏輯推演。文化素養構成了藝術欣賞深化的必要條件。如果不是林黛玉，而是一個缺乏文化知識的普通「世人」，即使看到《牡丹亭》的演出，也不一定產生共鳴，至少不會如此強烈，達到這樣高層次的境界。我們從這段描寫中，可以領悟到和總結出多少文藝學的大道理啊！

中國古典詩詞的創作一向講究意境，不僅創作中多有表現，理論上也有概括。最突出的是王國維，他說：「文學之事，其內足以攄己，而外足以感人者，意與境二者而已。上焉者意與境渾，其次或以境勝，或以意勝。苟缺其一，不足以言文學。」㉝ 而在談元雜劇的特點時又說：「元劇最佳之處，不在其思想結構，而在其文章。其文章之妙，亦一言以蔽之曰：『有意境而已矣。』何以謂之有意境？曰：『寫情則沁人心脾，寫景則在人耳目，述事則如其口出』是也。」㉞

王國維對意境這一概念解釋得最明確，而把「意與境渾」看做文學的上乘，是很有見地的，但他沒有談小說。小說是否也有意境？有，《紅樓夢》中例證很多。第二十六回，寶玉與黛玉《西廂》戲語不久，兩個人都在情意纏綿之中。一天，寶玉無精打采，「順著腳一徑來到一個院門前，只見鳳尾森森，龍吟細細。舉目望門上一看，只見匾上寫著『瀟湘館』三字。寶玉信步走入，只見湘簾垂地，悄無人聲。走至窗前，覺得一縷幽香從碧紗窗中暗暗透出。寶玉便將臉貼在紗窗上，往裡看時，耳內忽聽得細細地長歎了一聲道：『每日家情思睡昏昏。』寶玉聽了，不覺心內癢將起來，再看時，只見黛玉在床上伸懶腰。」這一段描寫，意與境完全融爲一體，景都是爲情而設，目的是寫出林黛玉春困幽情的意境。湘簾、翠竹寫其幽，黛玉長歎寫其情。第三十回齡官在薔薇架下畫「薔」，是表現她的癡情，而寶玉在花架外面看齡官畫「薔」竟忘記自己被雨淋濕，說明寶玉之癡勝過齡官。整個一大段文字都是爲了化出一個情癡的意境來。

當然，最有代表性的是第三十五回，黛玉立於花蔭之下，遠遠地望見賈府很多人都去怡紅院看望被打的寶玉，不由得想起自己的身世，傷心得哭起來了。紫鵑勸慰再三，才回到瀟湘館。

一進院門，只見滿地下竹影參差，苔痕濃淡，不覺又想起《西廂記》中所云「幽僻處可有人行，點蒼苔白露泠泠」二句來，因暗暗的歎道：「雙文，雙文，誠為命薄人矣。然你雖命薄，尚有孀母弱弟；今日林黛玉之命薄，一併連孀母弱弟俱無。古人云『佳人命薄』，然我又非佳人，何命薄勝於雙文哉！一面想，一面只管走，不防廊上的鸚哥見林黛玉來了，嘎的一聲撲了下來，倒嚇了一跳，因說道：「作死的，又扇了我一頭灰。」那鸚哥仍飛上架去，便叫：「雪雁，快掀簾子，姑娘來了。」黛玉便止住步，以手扣架道：「添了食水不曾？」那鸚哥便長歎一聲，竟大似林黛玉素日吁嗟音韻，接著念道：「儂今葬花人笑癡，他年葬儂知是誰？試看春盡花漸落，便是紅顏老死時。一朝春盡紅顏老，花落人亡兩不知。」黛玉、紫鵑聽了都笑起來。紫鵑笑道：「這都是素日姑娘念的，難為他怎麼記了。」黛玉便令將架摘下來，另掛在月洞窗外的鈎上，於是進了屋子，在月洞窗內坐了。吃畢藥，只見窗外竹影映入紗來，滿屋內陰陰翠潤，几簟生涼。黛玉無可釋悶，便隔著紗窗調逗鸚哥作戲，又將素日所喜的詩詞也教與他念。

蘇東坡說陶淵明的「採菊東籬下，悠然見南山」，「著一『見』字而意境全出矣」。看了上面這段描寫，也是「意境全出矣」！如果把「境」區分爲物境、意境、情境的話，那麼瀟湘館中的竹影、苔痕當是物境，徵引《西廂》的詞句是情境，黛玉自歎是意境。但在這裡，物、情、意三境是化而爲一的，同爲黛玉而設。鸚哥的長歎和誦詩，則又把已化出之意境重新渲染、疊印、深化，使物境全部情意化、人格化，然後又通過黛王隔紗窗戲鸚哥把已成之境淡而化出。其中，鸚哥誦〈葬花吟〉是詩境，黛玉隔紗窗戲鸚哥是畫境。此等妙文，只有曹雪芹才寫得出。明人朱承爵說：「作詩之妙，全在意境融徹，出聲音之外，乃得真味。」試看《紅樓夢》中這類描寫，可謂意境融徹，因而真味無窮。脂硯齋在一條批語中也說過：「余所謂此書之妙皆從詩詞句中泛出者，皆係此等筆墨也。」至於用畫家的筆法寫小說，幾經皴染便成一寫意畫或工筆畫，一部《紅樓夢》中更是多多。從文藝學的角度研究《紅樓夢》，有數不盡的好課題。

《紅樓夢》寫人物尤其不同凡響，可以說集中了中國古典小說寫人物之大成，創造了極爲豐富的藝術經驗。人物的語言的充分個性化，使讀者根據說話人的聲音就可以分辨出是哪個人物，研究者多有指出。至於人物形象的生動、逼真、傳神，每個讀者都留有深刻印象。值得注意的是，曹雪芹寫人物常常是一擊數鳴，一筆多用。

例如第二十九回，賈母帶領全家人等去清虛觀打醮，張道士送給寶玉一盤子賀物。地點是清虛觀的樓上，賈母及眾姐妹都在。寶玉於是叫小丫頭捧著賀盤，他用手翻弄，一件件地拿給賈母看，說這件怎麼樣，那件怎麼樣。忽然賈母從盤子裡發現了一件金麒麟，便伸手取出來，笑著說：「這件東西，好像我看見誰家的孩子也帶著這麼一個的。」賈母對哪個女孩子帶什麼飾物是關心的，因爲她知道自己的寶貝孫子賈寶玉的脖頸上繫著一塊玉，但因年紀大，沒有記清楚是誰帶的，所以說「好像我看見」。這寫得很真實，完全符合賈母的年齡、性格、思想。薛寶釵馬上接過去說：「史大妹妹有一個，比這個小些。」

寶釵自己有金鎖，她自然注意別人帶什麼東西，不僅記得，連大小都一清二楚，可見用心之細。這並不奇怪，因爲她的金鎖是爲了將來找有玉的配，這在第八回就作了交代，所以第八回的回目是「比通靈金鶯微露意」。寶釵在此場合表態，一來是博取賈母歡心，同時也說明她對飾物的關心，內心活動是相當複雜的。是否也擔心賈母過於重視金麒麟，因而情敵中又多一史湘雲？黛玉是有此想的，寶釵似也略有所動，只不過隱而不露罷了。

寶釵一說，一下子提醒了賈母：「是雲兒有這個。」證明賈母確曾看見過史湘雲戴金麒麟，只不過一時未想起來。寶玉聽寶釵、賈母說了以後，甚感詫異，說道：「他這麼往我們家去住著，我也沒看見。」這是實在話。他痛恨金玉之說，誰帶什麼根本不留意，怎麼會看得見呢？探春接過去說：「寶姐姐有心，不管什麼他都記得。」理家時殺伐決斷的三姑娘，夠精明的了，但她對寶釵記憶力的評價卻有一點欠深刻。所以林黛玉立刻冷笑道：「他在別的上心還有限，惟有這些人帶的東西上越發留心！」一語道破，純是黛玉口吻，鋒芒、率真、急切心情躍然紙上。寶釵聽黛玉如此說，便回頭裝沒聽見，正合「自云守拙，人謂裝愚」的性格，但內心怕是也很難堪吧。

寶玉此時的動作也很有意思，他聽說湘雲有這個東西，便悄悄把賀盤中的金麒麟揣在懷裡了。

而且一邊揣一邊又怕黛玉看見，於是拿眼睛來瞟人，結果黛玉恰好看見，正向他點頭，似有讚歎之意。寶玉很不好意思，馬上又掏出來，向黛玉笑道：「這個東西倒好玩，我替你留著，到了家穿上你帶。」說是好玩是真的，寶玉的用意原是拿回去和史湘雲比並玩耍一番；至於說給黛玉戴，那倒是敷衍之詞，他未必不了解黛玉如是。所以黛玉說「我不希罕」。寶玉還是揣了起來，說道：「你果然不希罕，我少不得就拿著。」第三十一回「因麒麟伏白首雙星」反證了寶玉的用意。

這段文字在書中只有一百六十個字，樞紐是金麒麟，每個人只說一句話，但賈母、寶釵、探春、黛玉、寶玉五個人性格全活跳出來。不過是平常的幾句對話，卻讓人感到緊張，富有戲劇性。古往今來的文學名著不妨拿來一比，寫人物達到如此境界的我想不易找到。還有《紅樓夢》作者寫人物時善於同中見異、異中有同、相似而不相同、疊影而不重複的本領，也足堪讚歎。

黛玉、寶釵、湘雲三個人在賈府所處的地位和身分大體上是相同的，所受教育也基本相似，性格卻迥然有別。如果說黛玉的性格和人生是藝術化的，寶釵則是社會化的，湘雲可以說是自然化的。元、迎、探、惜四位小姐的同中之異和異中之同就更明顯了。元春之貴，迎春之懦，探春之敏，惜春之僻，書中反覆刻畫。服侍小姐的丫鬟們，一個個伶牙俐齒，俏麗多姿，遠遠望去，實難區分，但為人、行事、言談、舉動，即氣質和個性，又千差萬別。如晴雯的鋒芒，襲人的陰柔，平兒的寬和，鴛鴦的剛烈，紫鵑的篤厚，每個人最主要的性格特徵總不見雷同。晴雯和小紅口角都很厲害，但晴雯清高，小紅淺薄。論才幹，探春和鳳姐旗鼓相當，但一個文，一個野，所以鳳姐承認探春比她還厲害一層。

《紅樓夢》從不把人物簡單化，慣於多側面、多層次地展現人物的性格特徵。薛蟠是一個地地道道的紈袴子弟，打架鬥毆，行爲放誕，但內心深處時有忠厚的一面。柳湘蓮救他一命，便忘卻舊怨，只頌恩德，爲湘蓮出家當眾落淚，茶飯不進。賈珍固然不好，可是秦可卿死後他「哭的淚人一般」，公開失態，倒也說明他對秦可卿不乏真情實感。至於寶釵的豐富內涵，使得研究者和讀者長期聚訟紛紜，褒貶萬殊，迄無定論，歸根到底還是因爲這個人物的內心世界和外在表現太豐富了，簡單的線性思維絕得不出正確的結論。

《紅樓夢》裡的許多女子，才貌都相當出眾，但作者在寫法上採取的是傳神寫意的手法，經常把具象抽象化，把形體靈動化，把相貌神韻化，把環境意象化，給讀者若即若離之感，留有充分的想像餘地。

黛玉的相貌自然是絕頂出眾的，但翻遍全書，竟找不到關於黛玉相貌長得如何的具體刻畫，甚至面孔是長是圓，眼睛是大是小，身材是高是低，皮膚是黑是白，都未涉及。只在第三回進賈府時，通過寶玉的眼睛，說她形容特別，連用了五個排句：「兩彎似蹙非蹙罥煙眉，一雙似喜非喜含情目。態生兩靨之愁，嬌襲一身之病。淚光點點，嬌喘微微。閑靜時如姣花照水，行動處似弱柳扶風，心較比干多一竅，病如西子勝三分。」

眼睛寫到了，但只說是一雙「含情目」，作「似喜非喜」狀，絕口不提形狀大小及眸子光暗深淺。眉毛像一抹輕煙，粗細、長短沒有說明。到了第七十四回，曹雪芹寫的《紅樓夢》快結束了，才又通過王夫人的嘴，說晴雯的「眉眼又有些像你林妹妹」。反過來說，就是黛玉的眉眼有點像晴雯。但晴雯的眉眼是什麼樣的？書中沒有寫。當然晴雯長得是好看的，鳳姐說：「若論這些丫頭們，共總比起來，都沒晴雯生得好。」賈母也說：「我的意思這些丫頭的模樣、爽利、言談、針線多不及他。」得到鳳姐和賈母這樣評價，晴雯模樣的出眾可想而知，在丫鬟隊中她夠得上群芳之冠了。而林黛玉的眉眼像晴雯，由此也可知黛玉的美貌。作者這樣寫，就是藝術表現上的含蓄、不求窮盡，留空白、留餘地，調動起讀者的想像力和作者共同創造人物。

寫史湘雲更奇，壓根兒沒講湘雲長得什麼樣，面孔、眉毛、眼睛、嘴巴，都未作正面刻畫，一個字也沒有提起。第二十一回寫湘雲睡覺：「一把青絲拖於枕畔，被只齊胸，一彎雪白的膀子撂於被外，又帶著兩個金鐲子。」寫到了頭髮、臂膀，沒有涉及面容。第四十九回寫湘雲雪天的裝束：「穿著賈母與他的一件貂鼠腦袋面子大毛黑灰鼠裡子裡外發燒大褂子，頭上帶著一頂挖雲鵝黃片金裡大紅猩猩氈昭君套，又圍著大貂鼠風領。」脫了褂子，「裡頭穿著一件半新的靠色三鑲領袖秋香色盤金五色繡龍窄褙小袖掩衿銀鼠短襖，裡面短短的一件水紅裝緞狐肷褶子，腰裡緊緊束著一條蝴蝶結子花穗五色宮絛，腳下也穿著麂皮小靴，愈見得蜂腰圓背，鶴勢螂形。」

從外到裡，衣著打扮寫得細極，就是不及相貌。第六十二回湘雲醉臥芍藥捆，從別人的眼裡看是：「湘雲臥於山石僻處一個石凳子上，業經香夢沈酣，四面芍藥花飛了一身，滿頭臉衣襟上皆是紅香散亂，手中的扇子在地下，也半被落花埋了，一群蜂蝶鬧嚷嚷的圍著他，又用鮫帕包了一包芍藥花瓣枕著。」不獨未及面孔，連身體形態也不著一筆。散落的芍藥花、半埋的扇子、鬧嚷嚷的蜂蝶、鮫帕包的花枕，都是湘雲的身外之物。再就是作者寫她好笑，喜歡講話，又有點口吃。全部關於史湘雲的外貌描寫就是這些了。可是《紅樓夢》的讀者都覺得湘雲長得不同一般，與黛玉、寶釵相比，鼎足而三，難分高下，不好硬說誰比誰更出眾一些。

《紅樓夢》裡值得總結的藝術經驗和藝術規律太多了，豈止人物寫得好，其他方面也不乏獨創之功，不愧為文藝學極為豐富的原料的寶藏，從這方面深入發掘，學術意義和理論價值是很大的，紅學研究在這裡尚有不易窮盡的用武之地。

具有典範意義的學科

紅學之所以具有學科價值，與《紅樓夢》作者曹雪芹的特殊經歷也有一定關係。魯迅在〈吶喊自序〉中說：「有誰從小康人家而墜入困頓的麼，我以為在這途路中，大概可以看見世人的真面目。」魯迅的這番經歷，使他在轉折中和對比中了解了人生；後來走出家庭，東渡留學，然後又棄醫學文，投身文學事業，終於成為中國文化的巨人。這和他早年的經歷直接相關。一個大作家的造成，除了必需的其他條件，作家本人的曲折的生活經歷和豐富的人生閱歷至關重要。

曹雪芹的一生是富於傳奇性的，生活道路比魯迅不知曲折多少倍，遭遇的家庭變故和政治打擊，為文學史上許多作家望塵莫及。他的祖上是從龍入關的皇室近臣，特別是曾祖父曹璽和祖父曹寅時期，他的家族達到鼎盛，如《紅樓夢》中形容賈府時所說的：「真是烈火烹油，鮮花著錦之盛。」

曹雪芹的童年和少年就是在這種極度榮華富貴中度過的。但是後來，隨著康熙和雍正的政權交替，曹家受政治牽連，被抄家沒產，從此雪芹社會地位大降，晚年竟流落北京西郊，過著身微運蹇、貧困潦倒的生活。由飫甘饜肥的富貴之家，一變而爲「舉家食粥酒常賒」；從地處江南的「溫柔富貴鄉，花柳繁華地」，到「寂寞西郊人到罕」；原來是朝廷的寵兒，現在是「壞了事」的罪犯的後裔。這種「金滿箱，銀滿箱，展眼乞丐人皆謗」的生活巨變，這種堪稱「大閱歷、大悲歡」的人生經歷，這種「翻過筋斗」的社會閱歷，是曹雪芹創作《紅樓夢》的直接契機。

大作家是需要有大閱歷的，沒有大閱歷絕成不了大作家。曹雪芹的生活經歷和人生閱歷在中外文學史上有代表性。中國過去講究窮愁著書，認爲文窮而後工，不是沒有道理。司馬遷在《報任安書》裡說：「文王拘而演《周易》；仲尼厄而作《春秋》；屈原放逐，乃賦《離騷》；左丘失明，厥有《國語》；孫子臏足，《兵法》修列；不韋遷蜀，世傳《呂覽》；韓非囚秦，《說難》、《孤憤》。《詩三百》篇，大抵聖賢發憤之所爲作也。」史遷這段名言，經常爲人所稱引，其實後面接下去還有「此人皆意有所鬱結，不得通其道，故述往事，思來者。乃如左丘無目，孫子斷足，終不可用，退而論書策以舒其憤，思垂空文以自見。」明確提出著書舒憤的觀點。司馬遷身受腐刑而撰寫《史記》，就是實踐他的主張。作爲參證，恩格斯也講過「義憤出詩人」的話。曹雪芹寫作《紅樓夢》，就是窮愁著書、發憤著書的典型，研究曹雪芹可以啓發我們了解世界上一些偉大作品產生的一般過程。

最後，我想強調《紅樓夢》是中國文學和中國文化的成熟形態，這一點，對認識紅學的學科價值有關鍵意義。研究對象的內部結構是成熟形態還是不成熟形態，直接關係一門科學的理論建設。馬克思研究人類社會的發展規律，從解剖資本主義社會開始，就因爲資本主義是人類社會發展到十九世紀的最成熟的社會形態。馬克思說：「資產階級社會是歷史上最發達的和最複雜的生產組織。因此，那些表現它的各種關係的範疇以及對於它的結構的理解，同時也能使我們透視一切已經覆滅的社會形式的結構和生產關係。資產階級社會借這些社會形式的殘片和因素建立起來，其中一部分是還未克服的遺物，繼續在這裡存留著，一部分原來只是徵兆的東西，發展到具有充分意義，等等。人體解剖對於猴體解剖是一把鑰匙。低等動物身上表露的高等動物的徵兆，反而只有在高等動物本身已被認識之後才能理解。因此，資產階級經濟爲古代經濟等等提供了鑰匙。」㉟《紅樓夢》自然不同於《資本論》，我引用馬克思的話帶有一定的比喻性質，但馬克思概括的研究政治經濟學的方法，具有普遍的方法論的意義。

《紅樓夢》是古典文學的總匯，是中國小說發展的最高峰，古代文學中某些「只是徵兆的東西」到《紅樓夢》裡「發展到具有充分意義」，這方面的例證是很多的，比如語言的藝術和寫人物的藝術等等。因此，研究《紅樓夢》猶如解剖高等動物，可以爲理解整個中國古典文學提供一把鑰匙。正是在這個意義上，我覺得紅學是一個有一定典範意義的學科。

注釋

① 見於鄒弢的《三借廬筆談》卷四，《中國古典文學研究資料彙編．紅樓夢卷》第二冊第三八八頁，中華書局一九六三年版。

② 參見一粟編《古典文學研究資料彙編．紅樓夢卷》第二冊，第三五四頁，中華書局一九六三年版；以下引此書簡稱《紅樓夢卷》。

③ 參見《紅樓夢》第一回石頭與空空道人的對話。

④ 參見《紅樓夢卷》第二冊第四一五頁。

⑤ 參見《紅樓夢卷》第一冊第二十六頁。

⑥ 參見《紅樓夢卷》第二冊第四〇四頁。

⑦ 英國康橋學者Kenneth Muir主編的《莎士比亞研究年刊》，一九四八年創刊，至一九八一年共出版三十四輯，每輯有一個單獨的研究主題。參見裘克安的《莎學在英國》一文，載《莎士比亞研究》創刊號，第三四四至三四五頁，浙江人民出版社一九八三年版。

⑧ 《紅樓夢》到底寫了多少人物，各家說法不一。諸聯在《紅樓評夢》中寫道：「總核書中人數，除無姓名及古人不算外，共男子二百三十二人，女子一百八十九人，亦云夥矣。」（參見《紅樓夢卷》第一一九頁）蛟川大某山民加評本的明齋主人總評，說法同諸聯，但上面有姜季南的批語：「男子二百三十五人，女子二百十三人。」姚燮的《讀紅樓夢綱領》統計為：男二百八十二人，

女二百三十七人，共得五百十九人。吳新雷的《曹雪芹》則主張：「上上下下的人物有六百二十多個。」（江蘇出版社一九八三年版，第七十四頁）又香港中文大學潘銘燊所編《紅樓夢索引》（龍門書店一九八三年五月初版），用電腦統計，全書一百二十回，共得人物四百九十三人；何錦階、邢頌恩編寫的《百二十回紅樓夢人名索引》（香港集賢社一九八四年版）則認為：「本書人物實得七百二十名，其中男四百二十一名，女兩百九十四名。」謹錄以備考。

⑨ 汪堃：《寄蝸殘贅》云：「《紅樓夢》一書，始於乾隆間，後遂遍傳海內，幾於家置一編。」參見《紅樓夢卷》第二冊，第三八一頁。

⑩ 錢鍾書：《管錐編》第四冊，第一四〇一頁，中華書局一九七九年版。

⑪ 第二十二回寫寶玉聯想到《南華經》上「山木自寇」的句子，語出《莊子．內篇．人間世》，原文為：「山木自寇也，膏火自煎也。桂可食，故伐之；漆可用，故割之。」同回「巧者勞而智者憂」句，語出《莊子．雜篇．列禦寇》。第二十一回引錄的「故絕聖棄知，大盜乃止；擿玉毀珠，小盜不起；焚符破璽，而民樸鄙；掊鬥折衡，而民不爭；殫殘天下之聖法，而民始可與論議」一大段文字，語出《莊子．外篇．胠篋》。

⑫ 作品敘述者和作品人物的關係，是敘述學重點闡述的問題。法國的茲韋坦．托多羅夫認為有三種敘事形態，即從後面觀察、同時觀察、從外部觀察。參閱法國茲韋坦．托多羅夫的〈敘事作為話語〉一文，載《外國文學報導》一九八四年第四期，朱毅譯。

⑬ 美國康乃爾大學K．Wong博士著有《紅樓夢的敘述藝術》一書，黎登鑫譯，台北成文出版社

一九七七年版，可參閱。

⑭皮錫瑞：《經學歷史》第三四一頁，中華書局一九五九年版。

⑮錢大昕，《戴先生震傳》，《潛研堂集》第七一〇頁，上海古籍出版社一九八九年版。

⑯阮元：《揅經室集自序》，中華書局校點本《揅經室集》卷首，一九九三年版，上冊。

⑰《與是仲明論學書》（癸酉），《戴震集》第一八四頁，上海古籍出版社一九八〇年版，湯志鈞校點。

⑱⑲《與姚孝廉姬傳書》（乙亥），《戴震集》第一八五頁。

⑳《檢論》卷四：《學隱》，《章太炎全集》（三）第四八一頁，上海人民出版社一九八四年版。

㉑參看謝國楨：《明末清初的學風》第四一頁，人民出版社一九八二年版。

㉒參看謝國楨：《明末清初的學風》第四一頁，人民出版社一九八二年版。

㉓《章氏遺書》卷九：《與汪龍莊書》第八二頁，文物出版社一九八五年版。

㉔據段玉裁《戴東原先生年譜》披露，戴震開始認為：「天下有義理之源，有考核之源，有文章之源，吾於三者皆庶得其源。」後來又說：「義理即考核、文章二者之源也。」這一轉變，說明戴氏學術思想是義理、考核、文章三者並重，而尤突出義理的地位。見《戴震集》附錄三，第四八六頁，中華書局一九八五年版。

㉕《太炎文錄初編．文錄》卷一：《說林下》。

㉖ 胡適：《中國章回小說考證》第一八九頁至一九〇頁，上海書店一九八〇年複印本。

㉗ 蔡元培《石頭記索隱》載一九一六年《小說月報》第七卷第一—六期，一九一七年九月商務印書館鉛印本。

㉘ 潘重規先生在《紅學六十年》一文說：「我認為自從民國六年，蔡元培先生刊行了《石頭記索隱》一書，引起和胡適之先生的論戰。胡先生寫的《紅樓夢考證》，的確和清儒治經方法非常相似。而且經論戰以後，引起全世界學人的重視。因此不斷地搜求新資料，發掘新問題，造成了紅學輝煌的時代。所以我認爲真正的紅學，應該從蔡、胡兩先生開始。」按潘說極是。詳見潘著《紅學六十年》第一頁，台北文史哲出版社一九七四年版。

㉙ 周汝昌：〈什麼是紅學〉，載《河北師範大學學報》一九八二年第三期。

㉚ 參看杜．舒爾茨《現代心理學史》第二頁，人民教育出版社一九八一年版，楊立能等譯。

㉛ 參閱《紅樓夢卷》第一冊第一四九頁。

㉜ 《紅樓夢卷》第一冊，第一〇二頁。

㉝ 這段話見於署名山陰樊志厚的〈人間詞乙稿序〉，據趙萬里先生說，序文實係王國維自己所作。參見人民文學出版社一九六〇年版《人間詞話附條》及徐調孚的「重印後記」第二五六頁、第二六一頁。

㉞ 王國維：《宋元戲曲考》，《王國維遺書》第十五冊，第七十四頁。

㉟ 馬克思：《導言》，《馬克思恩格斯全集》第十二卷，第七二五頁至七二六頁。

第三章　紅學與曹學

紅學是關於《紅樓夢》的學問，因此小說《紅樓夢》自然是紅學的主要研究對象，否則紅學的「紅」字就落空了。研究曹雪芹，歸根結底也是爲了更準確、更深刻、更豐富地理解《紅樓夢》。這是文學研究的一般程式，不獨《紅樓夢》如此。但是，紅學還是有其特殊性。長期以來，許多有名望的紅學家把主要精力投放到對曹雪芹及其家世的研究上了，在這方面所做的努力遠遠超過研究作品本身，所以才有曹學之稱。

曹學的緣起

最早提出曹學這個概念的是余英時教授。他在〈近代紅學的發展與紅學革命〉一文中寫道：

胡適可以說是紅學史上一個新「典範」的建立者。這個新「典範」，簡單地說，便是以《紅樓夢》爲曹雪芹的自敘傳。而其具體解決難題的途徑則是從考證曹雪芹的身世來說明《紅樓夢》的主題和情節。胡適的自傳說的新「典範」支配了《紅樓夢》研究達半個世紀之久，而且餘波至今未息。這個新紅學的傳統至周汝昌的《紅樓夢新證》（一九五三年）的出版而登峰造極。在《新證》裡，我們很清楚地看到周汝昌是把歷史上的曹家和《紅樓夢》小說中的賈家完全地等同起來了。其中「人物考」和「雪芹生卒與紅樓年表」兩章尤其具體地說明了新紅學的最後趨向。換句話說，考證派紅學實質上已蛻變為曹學了。①

同一篇文章的另一處又說：

本來材料是任何學問的必要條件，無人能加以忽視。但相對於研究題旨而言，材料的價值並不是平等的。其間有主客、輕重之別。就考證派紅學而論，對材料的處理就常常有反客為主或輕重倒置的情況。試看《紅樓夢新證》中「史料編年」一章，功力不可謂不深，搜羅也不可謂不富，可是到底有幾條資料直接涉及了《紅樓夢》旨趣的本身呢？這正是我所謂曹學代替了紅學的顯例。②

余英時先生的〈近代紅學的發展與紅學革命〉，主要是從學術史的角度探討近六十年來紅學發展的過程，目的是尋找紅學研究的突破口，從行文語意看，似乎並沒有想從理論上對紅學的研究對象加以界說。曹學的提出帶有偶然的性質，是檢討考證派紅學的利弊得失逼出來的邏輯概念。可是，他的文章卻在紅學界掀起了軒然大波，導致一場有好幾位著名紅學家參加的關於紅學的對象和範圍的爭論。前面談到的《文藝報》一九八四年接連發表應必誠、周汝昌、趙齊平的論辯文章，實際上也是這一場爭論的繼續。

國內讀到余英時先生的文章比較晚，率先起而辯難的是在美國威斯康辛大學任教的趙岡教授。趙岡先生是海外成就很突出的《紅樓夢》考證專家，他的辯難文章雖然主要針對的是余英時先生的「兩個世界」論，但忍隱著對「曹學」一詞的很大不滿。他說：「英時兄說半個世紀以來的『紅學』其實是『曹學』，是研究曹雪芹和他的家世的學問。他並且認爲這樣做所付的代價很大，最大的代價之一便是模糊了《紅樓夢》中兩個世界的界限。『盛衰論』的紅學家是想弄得『真事存，假語隱』，這種舍從攻主，去假存真的還原工作，不可避免要使這兩個世界的界限在短期內變得模糊一點。但這樣做是得是失，現在下結論還略嫌太早一點。這要看基本假設如何而定。如果麵包是麵粉做的，研究麵粉是有用的；如果麵包是空氣做的，研究麵粉當然是錯了。」③ 字面上沒有就「曹學」的提法正確與否進行辯駁，態度和意向是明確的，即不贊成余英時先生「半個世紀以來的『紅學』其實是『曹學』」的觀點。

余英時先生使用「曹學」一詞究竟是褒是貶，可以姑且勿論，但在理解上，一些以考證見長的紅學家，顯然以爲余先生對研究曹雪芹家世的重要性和必要性估計不足，所以趙岡才有麵粉和麵包的比喻。當時國內學術界也醞釀著對紅學考證的不滿，特別對考證雪芹遠祖存在反感，余英時先生的文章介紹過來後，很得到一些研究者的共鳴。而近年來一直在從事曹雪芹家世研究的馮其庸先生則首當其衝，他不得已著文論辯，寫道：

紅學的內容既如此廣泛，我們就不可能要求一個「紅學」研究者去研究「紅學」的一切，而應該向專門化的方向發展。比如說，有的研究者有興趣研究曹雪芹本身，有的研究者有興趣研究《紅樓夢》本身，有的研究者又喜歡研究《紅樓夢》的版本，有的研究者又喜歡研究曹家上世的歷史，如此等等。對於研究中的這種各人的愛好和專長，應該儘量各盡所好，揚長避短，而不要強人所難，不要指責他為什麼老愛研究這個而不愛研究那個。我們可以評論研究者的成果，指出他的得失，卻無權規定他只能研究什麼，不能研究什麼。④

他接下去還說：

我認為世界上學問之大，無奇不有，《紅樓夢》本身包羅萬象，它所涉及的面實在太廣泛了，《紅樓夢》所描寫的任何一個側面，都可以使你花費很大的精力去研究它，所以我們切不可抱狹隘的實用主義觀點來對待科學研究事業。偉大的曹雪芹曾經說過：「閨閣中歷歷有人，萬不可因我之不肖，自護己短，一併使其泯滅也。」我覺得研究者也歷歷有人，決不可因為我們自己的局限，而有意無意地去限制別人的研究，一併使其泯滅。⑤

這些話，都是有感而發的，內在情緒溢於言表。文章雖然寫於一九八一年初，但這些想法是馮先生憋了很久的意見，他一九七九年和一九八〇年曾多次談起過。對考證工作已經做得差不多了的說法，馮先生尤其不贊成，他說：「我們不能斷定今後永遠也不會出現有關《紅樓夢》和曹雪芹的任何新材料了，只要有新的材料出現，我們就要鑒別它的真僞，這就離不開考證。」⑥ 這與趙岡先生的意見可謂不謀而合，而與余英時先生的觀點是相左的。

當然余英時先生也不是反對紅學考證，以他的國學根底不至於做出這種簡單論斷；他的意思只是覺得考證受客觀材料的限制，再有新的發現已經很困難了，按曹學的路子走下去紅學不會有光明前途。我個人是頗同情余英時先生的觀點的，但現在寫《紅樓夢與百年中國》這本書，需要我超越於紅學之外來看待紅學的論爭，因此對趙岡先生和馮其庸先生的看法同樣抱有好感。我想探尋的是，他們何以對考證曹雪芹的經歷和家世有如此濃厚的學術興趣。

有一件事很值得深思。這就是幾位以考證曹雪芹家世見長的紅學家，不管對曹學的提法持何種態度，都不否認自己研究的是曹學。不僅不否認，後來還理直氣壯地張揚曹學。馮其庸先生說：「我個人認爲研究曹雪芹而成爲一門專門學問，並得列於世界學術之林，這是我們偉大祖國的光榮，也是曹雪芹的光榮，我們不應該用諷刺鄙視的眼光來對待『曹學』這兩個字，不承認它是一門真正的學問。」⑦ 周汝昌先生在威斯康辛國際《紅樓夢》研討會上，甚至說自己是「曹學家」，並提出「內學」和「外學」的概念，認爲以作品本身爲主的研究可以叫「內學」，側重時代背景、家世歷史的研究可以叫「外學」⑧。結果余英時先生站起來聲明：「曹學這名詞也許是因爲我說的，但是我並不是反對曹學，我很尊重曹學。不過，我個人覺得考證應受材料的限制，今天我們所能發掘到的有關曹家的家世，至少關於曹雪芹本身的，還是很有限。」⑨對曹學的發展取向怎麼看是另一回事，曹學這個概念的應該存在，看來已成不爭之論。

這到底該怎樣理解呢？紅學的種種公案尚且未了，憑空又多了個曹學，研究《水滸》的人，自然也研究作者施耐庵，但從未見有人叫「施學」；同樣，《三國演義》和《西遊記》也沒有「羅學」、「吳學」之稱。爲什麼研究《紅樓夢》就會有曹學呢？而且一叫就能叫開，說者或許無意，聽者卻受之泰然，直言不諱地供認自己就是「曹學家」，一般《紅樓夢》愛好者也不覺「曹學」兩個字拗口，很快就約定俗成了。就中道理究竟是什麼呢？須知，參加討論的都是很有聲望的紅學家，治學態度並無不嚴肅認真之處，絲毫不會有早期「紅學」一詞的戲謔意思。莫非研究《紅樓夢》的人都是「間氣所鍾」，是賈寶玉的同黨，「其乖僻邪謬不近人情之態，又在萬萬人之下」？

曹雪芹身世經歷的獨特性

問題的關鍵，還是曹雪芹本人的身世經歷有其特殊性，他的家族的歷史有其特殊性。

曹雪芹本人身世經歷的特殊性，首先在於我們對他的身世經歷知道得太少。一九二一年以前，很多人並不知道或者說還不能確定《紅樓夢》的作者是曹雪芹。書中第一回臚列書名一段文字，有「後因曹雪芹於悼紅軒中披閱十載，增刪五次」的記載，只說「披閱」和「增刪」，沒有指明就是曹雪芹所作。乾隆五十六年（一七九一年）《紅樓夢》首次排版印行時，程偉元在卷首寫道：「《紅樓夢》小說本名《石頭記》，作者相傳不一，究未知出自何人，惟書內記雪芹曹先生刪改數過。」⑩ 採取的是闕疑的態度。嘉慶刊本《綺樓重夢》的作者蘭皋居士則說：「《紅樓夢》一書，不知誰氏所作。」⑪ 訥山人於嘉慶二十五年（一八二〇年）爲《增補紅樓夢》寫序，也認爲「《紅樓夢》一書，不知作自何人，或曰曹雪芹之手筆也，姑弗深考」⑫。

即使有的記載對曹雪芹是《紅樓夢》的作者持比較肯定的態度，也是輾轉相傳，沒有真憑實據。而且曹雪芹爲誰，大都「不盡知也」⑬。有的說雪芹是曹寅的孫子，有的記載又說是曹寅的兒子。袁枚在《隨園詩話》中說：

康熙間，曹楝亭為江寧織造，每出，擁八騶，必攜書一本，觀玩不輟。人問：「公何好學？」曰：「非也。我非地方官，而百姓見我必起立，我心不安，故借此遮目耳。」素與江寧太守陳鵬年不相中，及陳獲罪，乃密疏薦陳，人以此重之。其子雪芹撰《紅樓夢》一部，備記風月繁華之盛。⑭

袁枚生於康熙五十五年（一七一六年），卒於嘉慶三年（一七九八年），和曹雪芹同時略晚，曾任江寧知縣，他辭官後卜居的小倉山也在江寧，照說記載應該是可靠的。然而卻大成問題。把雪芹說成是曹寅的兒子固屬弄錯輩分，《隨園詩話》的另一版本稱大觀園就是他們家的隨園⑮，也是以訛傳訛。《棗窗閑筆》的作者裕瑞說：「聞前輩姻戚有與之交好者。其人身胖頭廣而色黑，善談吐，風雅遊戲，觸境生春。聞其奇談娓娓然，令人終日不倦，是以其書絕妙盡致。⑯這是迄今所能見到的關於曹雪芹相貌的惟一記載，但又是聽「前輩姻戚」說的，不過是傳聞，究竟可信與否，無法確定。至於曹雪芹叫什麼名字，雪芹二字是字還是號，裕瑞承認都「不得知」。此外還有說雪芹的後人因爲貧窮，陷入嘉慶年間的林清逆案⑰因而被殺的等等。總之，曹雪芹的真實身分和具體生活經歷，從《紅樓夢》問世到晚清，長時間湮沒無聞，只停留在傳說階段；便是前面提到的幾則有關記載，有的也是後來發現的，因當時的風氣，小說、戲曲不過是消遣書，人們並不特別關心作者究竟是誰。

直到一九二一年胡適發表《紅樓夢考證》，曹雪芹的身世經歷才有了一個極粗略的輪廓。胡適把考證結果概括爲五點：（一）《紅樓夢》的著者是曹雪芹。（二）曹雪芹是漢軍正白旗人，曹寅的孫子，曹頫的兒子，生於極富貴之家，身經極繁華綺麗的生活，又帶有文學與美術的遺傳與環境。他會做詩，也能畫，與一班八旗名士往來，但他的生活非常貧苦，他因爲不得志，故流爲一種縱酒放浪的生活。（三）曹寅死於康熙五十一年。曹雪芹大概即生於此時，或稍後。（四）曹家極盛時，曾辦過四次以上的接駕的闊差，但後來家漸衰敗，大概因虧空得罪被抄沒。（五）《紅樓夢》一書是曹雪芹破產傾家之後，在貧困之中作的。作書的年代大概當乾隆初年到乾隆三十年左右，書未完而曹雪芹死了⑱。這五點，是根據《雪橋詩畫》、《八旗文經》和《熙朝雅頌集》三部書考證出來的，比較接近曹雪芹的真實情況⑲。不久，胡適又得到了敦誠的《四松堂集》的稿本，裡面除有《熙朝雅頌集》曾收錄的〈佩刀質酒歌〉和〈寄懷曹雪芹〉外，還有兩首與曹雪芹有關的詩，一首是〈贈曹芹圃（雪芹）〉，全詩八句爲：

> 滿徑蓬蒿老不華，舉家食粥酒常賒。
> 衡門僻巷愁今雨，廢館頹樓夢舊家。
> 司業青錢留客醉，步兵白眼向人斜。
> 阿誰買與豬肝食，日望西山餐暮霞。

另一首是〈輓曹雪芹（甲申）〉：

四十年華付杳冥，哀旌一片阿誰銘。
孤兒渺漠魂應逐，新婦飄零目豈瞑。
牛鬼遺文悲李賀，鹿車荷鍤葬劉伶。
故人惟有青山淚，絮酒生芻上舊坰。

前一首詩的標題透露出，曹雪芹又叫曹芹圃，這在有關曹雪芹的資料極短缺的情況下，也不失爲有價値的發現。後一首詩表明曹雪芹活了四十多歲，胡適假定爲四十五歲，因爲「四十年華」只能是舉整數⑳。「孤兒渺漠魂應逐」句後有注：「前數月，伊子殤，因感傷成疾。」說明曹雪芹曾有一個先他而逝的兒子，同時還有個續娶未久的新婦。一九二八年，胡適購得甲戌本《脂硯齋重評石頭記》，依據脂批，認定曹雪芹卒於乾隆二十七年（一七六二年）除夕，改變了卒於甲申的說法。

關於曹雪芹，胡適的考證主要就是這些，這在當時已經是難能可貴的大收穫了。不過，即使這樣，我們對《紅樓夢》的作者曹雪芹知道得還是太少。知道得少，於是就想多知道，因而曹學便發達起來了。而且胡適的考證，遺留下許多疑點，更增加了人們解疑問難的興趣。比如，胡適說曹雪芹是曹寅的孫子，是對的，但怎麼知道是曹頫的兒子？根據是什麼？爲什麼就不可能是曹顒的兒子？胡適沒有回答。關於雪芹的卒年，胡適始主甲申，後改主壬午，到底哪個對？至於生年，胡適說「大約生於康熙末葉」，即西元一七一五年至一七二〇年之間。然而根據呢？還有，雪芹是什麼時間從南京來到北京的？到北京以後做了些什麼？上過學嗎？跟敦誠、敦敏那樣熟悉，他們之間是什麼關係？爲什麼死的時候在北京西郊？何時、什麼原因促使曹雪芹要到北京西郊去住？西郊範圍甚大，曹雪芹具體住在哪裡？新婦是誰？何時結的婚？等等，等等。問題成串、成堆，都需要給予解答。如果說雪芹的名、字、號問題還是小問題的話，那麼回到北京以後曹雪芹的行蹤，就是與創作《紅樓夢》有直接關係的大問題了。

當然受資料的限制，胡適不可能一一求得答案。而沒有答案的問題，正是學者的興趣所在和責任所在。這些問題現在也沒有全部解決，甚至大部分都沒有解決，所以研究曹雪芹的身世經歷具有一定吸引力，有的研究者自稱是曹學家，就是可以理解的了。

曹寅的歷史地位

曹雪芹的祖父是曹寅。曹寅在清代尤其康熙統治時期，可是個不尋常的人物。他的名氣好大，所以比較早的關於曹雪芹的傳聞，都是把雪芹和曹寅聯繫起來，甚至誤認爲雪芹是曹寅的兒子。雪芹的好友敦誠是了解情況的，他在〈寄懷曹雪芹〉詩中也特意加注說：「雪芹曾隨其先祖寅織造之任。」㉑ 在紀念曹雪芹的詩裡專門點出曹寅，可見曹寅其人的重要以及研究曹雪芹不了解曹寅是不行的。不僅因爲曹寅是雪芹的祖父，作爲一個歷史人物，曹寅也有大可注意之處。

史料記載，曹寅自幼穎慧，四歲能辨聲律㉒，十幾歲時，「即以詩詞經藝驚動長者」，被稱爲「神童」㉓。康熙二十三年（一六八四年），曹寅二十七歲，由鑾儀衛治儀正兼第三旗鼓佐領，協理江寧織造，次年即任內務府慎刑司郎中；康熙二十九年出任蘇州織造，三十一年任江寧織造，至五十一年卒於任所，只活了五十五歲。他的政績是很出色的，不僅皇帝賞識，同僚也給予好評。江寧知府陳鵬年與他的關係並不好，但皇帝因聽信總督的讒言，要殺陳鵬年，曹寅立即爲之辯誣，免冠叩頭，血被前額。蘇州織造李煦怕曹寅觸怒康熙，悄悄拉他的衣角，曹寅不聽，憤怒地看著內兄李煦說：「云何也？」接著又叩頭堅請，至碰階有聲，終於使陳鵬年得到赦免㉔。這一勇敢的義舉，一直被當世以及後人傳爲佳話。還有前引袁枚在《隨園詩話》裡的記載說，曹寅每次出去，都要帶一本書，不停地觀玩。人家問他爲什麼這樣好學？他說：「我非地方官，而百姓見我必起立，我心不安，故借此遮目耳。」㉕可見曹寅的性格和爲官的風貌自有不同尋常之處。

曹寅的文學造詣和在文化方面的貢獻更值得我們注意。他能詩，擅詞曲，今存《楝亭集》包括詩鈔八卷、詩別集四卷、詞鈔一卷、文鈔一卷，只是曹寅文學創作的極小部分。楊鍾羲在《雪橋詩話》裡說：「子清官侍從時，與輦下諸公爲長短句，興會飆舉，如飛仙之俯塵世，不以循聲琢句爲工，所刻《楝亭詞鈔》僅存百一」㉖，就反映了這種情況。關於曹寅的詩，顧景星說是：「清深老成，鋒穎芒角，篇必有法，語必有源」㉗；杜蒼略說曹寅「以詩爲性命、肌膚」，須臾不離㉘，當是紀實之言，而非虛美之辭。曹寅還寫過《續琵琶》的劇本，以蔡文姬與配偶董祀的離合爲線索，公開表彰曹操追念蔡中郎，義敦友道，在演出時也不讓阿瞞塗上粉墨，真不啻戲曲史上的創舉。所以當時有人說，這樣做是因爲曹寅和曹操同姓，「故爲遮飾」㉙，顯然這是誤解。劉廷璣曾爲之辯護，說：「夫此一節，亦孟德篤念故友，憐才尙義豪舉，銀台（**指曹寅——筆者注**）表而出之，實寓勸懲微旨，雖惡如阿瞞，而一善猶足改頭換面，人胡不勉而爲善哉。」㉚郭沫若一九五八年發表歷史劇《蔡文姬》，把曹操寫成賢明丞相，抹去了曹操臉上的白粉；殊不知，戲劇史上第一個給曹操抹去白粉的不是郭老，而是《紅樓夢》作者曹雪芹的祖父曹寅。這一點，《續琵琶》的開場詞就已經交代明白：「千古是非誰定?人情顛倒堪嗟。琵琶不是這琵琶，到底有關風化。」而《紅樓夢》第五十四回，賈母竟指著史湘雲向薛姨媽說道：「我像他這麼大的時節，他爺爺有一班小戲，偏有一個彈琴的湊了來，即如《西廂記》的『聽琴』，《玉簪記》的『琴挑』，《續琵琶》的『胡笳十八拍』，竟成了真的了，比這個更如何?」

可真是信不信由你，《紅樓夢》裡的人物直接點出了曹寅的《續琵琶》，而且由賈母以回憶往事的方式點出，足見曹雪芹受曹寅影響之大，《紅樓夢》的寫作與曹寅的生平事跡不無關合之處。曹寅認爲自己的曲寫得最好，詞差一些，詩又差一些。《紅樓夢》中的詩、詞、曲，也存在類似特點，如果不是巧合，更說明雪芹與他祖父在文學上有淵源關係。

曹寅同時還是藏書家和刻書家。他藏的書，據《楝亭書目》著錄，共有三千二百八十七種，分三十六大類，僅「說部類」就有四百六十九種。後來這些書散佚了，乾隆中葉有人從琉璃廠買回的書中，發現上面有曹楝亭的印章㉛。曹寅刻的書也不少，自己的詩鈔、詞鈔除外，著名的有《楝亭五種》和《楝亭十二種》。《楝亭五種》包括《類編》十五卷、《集韻》十卷、《大廣益會玉篇》三十卷、《重修廣韻》五卷、附《釋文互注禮部韻略》五卷；《楝亭十二種》包括《都城紀勝》一卷、《釣磯立談》一卷、《墨經》一卷、《法書考》八卷、《硯箋》四卷、《琴史》六卷、《梅苑》十卷、《禁扁》五卷、《聲畫集》八卷、《後村千家詩》二十二卷、《糖霜譜》一卷、《錄鬼簿》二卷。搜集的都是世不經見的書，但都屬於文化藝術的範圍，使這些書得以流傳，功德自是無量。

朱竹垞的《曝書亭集》，也是曹寅捐資刊刻的。章學誠說曹寅刻古書十五種，世稱「曹楝亭本」㉜，可見在當時的影響之大。更重要的是《全唐詩》和《佩文韻府》，都是曹寅一手經營而成，實在是對文化的一大貢獻。康熙朝興文教，先後整理刊刻的類書有《佩文韻府》、《淵鑒類函》、《分類字錦》、《圖書集成》等；總集有《全唐詩》、《古文淵鑒》、《歷代賦彙》、《唐宋元明四朝詩選》等。而曹寅主持刊刻的獨佔其二。難怪當時的一般文人學士那樣推崇曹寅，包括名重一時的耆老宿儒，也以與曹通政荔軒㉝相互贈答唱和爲榮。現存《楝亭圖詠》四卷，在上面題詠者有四十五家之多，大都是儒雅名流，如葉燮、姜宸英、徐乾學、毛奇齡、王士禛、鄧漢儀等。據有的研究者統計，和曹寅有過詩文應酬或官場交往的文化名人近二百人左右㉞，這個數字是相當驚人的。所以程廷祚在《青溪文集》裡說：「管理織造事楝亭曹公，主持風雅，四方之士多歸之。」又說：「及公轄鹽務於兩淮，金陵之士從而渡江者十八九。」㉟

和曹寅相過從的文人學士中，不少是對清廷不滿的明遺民，他們之間交往過從的思想基礎是什麼？是那些遺老耆宿轉變了立場，向官運亨通的曹通政攀附，還是曹寅出於某種原因向那些「草衣卉服」的「岩穴幽棲」者認同？它和曹雪芹以及《紅樓夢》的思想構成是否有一定牽連？這些，歷來是紅學家最感興趣的課題。考證派紅學家感興趣，索隱派紅學家更感興趣。看來研究《紅樓夢》不了解曹雪芹不行，而研究曹雪芹不了解曹寅，也不能使研究深入一步。紅學之外或者說之中而有曹學，殆非偶然。

值得注意的是，不管曹寅與明遺民及江南思想活躍的知識分子如何接近，康熙皇帝對曹寅仍舊信任有加，不僅不疑，反而當作股肱近臣，格外賞識。江南一帶的細小之事，他讓曹寅及時奏報㊱；織造任上有虧空，他囑咐曹寅「必要設法補完，任內無事方好」㊲。甚至南巡這樣的「核心機密」大事，也提前向曹寅通報，說「明春朕欲南方走走，未定」㊳。

自康熙二十三年至四十六年，玄燁南巡六次，其中有四次駐蹕在江寧織造府中，都是曹寅接的駕。曹寅病了，康熙派驛馬星夜去送藥㊴。曹寅死了，康熙還說曹寅的好話，降旨說：「曹寅在織造任上，該地之人都說他名聲好，且自督撫以至百姓，也都奏請以其子補缺。」㊵於是命曹寅的兒子曹顒繼任了江寧織造的職務。原來曹寅死後，江寧的士民、機戶、車戶、匠役和杭、嘉、湖的絲商，圍住了江西巡撫郎廷極的公館，稱頌曹寅的善政，籲請曹顒繼任織造㊶。這一舉動嚇壞了巡撫郎廷極，當即報告了康熙。如此說來，曹顒繼任織造莫非是康熙順從民意，不得不這樣做？只要看看在立儲問題上康熙是如何決斷，就知道這位君主並不受別人的意見所左右。何況在封建政權眼裡，請願不過是聚眾鬧事的另一種形式，康熙不會看重這些的。說到底還是對曹寅的印象好，由其父蔭及其子。

在封建社會，一個簡派到地方上的官員，皇帝說好，同僚說好，老百姓也說好，可不是一件容易的事情。曹寅這個歷史人物，從紅學以及不從紅學的角度，甚至不牽涉曹學，也値得研究。

曹寅的父親曹璽也很受康熙的賞識。曹璽的夫人孫氏曾給幼年康熙當過保姆，憑藉這層關係，曹璽得寵不足爲怪。不過，曹璽主觀條件也是很優越的，他自幼聰明好學，「讀書洞徹古今，負經濟才，兼藝能，射必貫札」[42]，早在順治統治時期就已經提升爲皇室的侍衛，後因跟隨攝政王多爾袞在山西立有軍功，又升爲內務府工部郎中。康熙二年，被簡派爲江寧織造，政績卓著，「積弊一清」，把織造局的亂攤子治理得井井有條，使朝野都非常滿意。《江寧府志》的《曹璽傳》對此有詳細記載：

> 康熙二年，特簡督理江寧織造。江寧局務重大，黼黻朝祭之章出焉。視蘇杭特為繁劇，往例收絲則憑行儈，顏料則取鋪戶，至工匠缺則僉送，在城機戶有幫貼之累。眾奸叢巧，莫可端倪。公大為厘剔：買絲則必於所出地平價以市；應用物料，官自和買，市無追胥，列肆案堵；創立儲養幼匠法，訓練程作，遇缺即遴以補；不僉民戶，而又朝夕循拊稍食。上下有經，賞賚以時，故工樂且奮，天府之供，不戒而辦。歲比祲，公捐俸以賑，倡導協濟，全活無算，郡人立生祠碑頌焉。[43]

織造在清代是一種特殊官職，主要督理寧、蘇、杭一帶的紡織事務，向朝廷供奉綢緞、衣飾、果品，直接對皇帝負責。曹璽之前，每三年更換一次，由於曹璽工作得好，才改成「專差久任」。康熙十六、十七兩年，曹璽向玄燁彙報工作，講江南的吏治情況㊹，深得康熙好評，當即，「賜蟒服，加正一品」，並送給一塊寫有「敬慎」二字的匾額。康熙二十三年，連續做了二十一年江寧織造的曹璽病故了，恰好趕上玄燁第一次南巡，親自到織造衙門「撫慰諸孤」，稱讚曹璽說：「是朕藎臣，能爲朕惠此一方人者也。」㊺康熙的這一考語，證明曹璽、曹寅父子在織造任上，確負有在江南一帶溝通滿、漢感情，促進民族團結的使命。應該說，他們的這一工作是做得很好的，曹璽做得好，曹寅做得更好。

就一般讀者的眼光而言，知道了曹雪芹的祖父曹寅，或者再進一步，對雪芹的曾祖父曹璽也有所了解，就足夠了。但紅學家們可不以此爲滿足，他們要沿波討源，振葉尋根，繼續上溯，非把曹雪芹的家族世系弄個水落石出不可。

胡適在《紅樓夢考證》中，已上溯到曹璽的父親曹振彥和祖父曹世選，並說曹家是正白旗包衣人，世居瀋陽地方，來歸年月無考。㊻周汝昌在《紅樓夢新證》中則提出，曹雪芹祖籍河北豐潤咸寧裡，上溯可以查考的只能到曹世選的父輩曹登瀛，再往上就不得而知了。他列出了一個詳盡的「豐潤曹氏世系表」，推斷曹家歸旗的年代十分湮遠，可能是遼、沈一帶的邊民被虜爲奴所致，先世雖爲漢人，後來已與滿人無異。㊼《紅樓夢新證》初版於一九五三年九月，九年後的一九六二年，周汝昌在《曹雪芹家世生平叢話》中，補上了《新證》的空缺，把雪芹家世從曹世選上溯到十七世，認爲北宋時的大將曹彬是曹家的始祖㊽。曹彬是河北正定縣人，第三子曹瑋在江西做官，又四傳到曹孝慶。曹孝慶的五代孫曹瑞明和曹瑞廣，因生活所迫重新流落到河北，哥哥瑞明在豐潤縣咸寧里八甲落戶，弟弟瑞廣繼續北上到了遼東和鐵嶺一帶。曹世選就是鐵嶺曹氏瑞廣的七代孫。明神宗萬曆四十四年（一六一六年），努爾哈赤即位於赫圖阿拉，兩年後大敗明軍，又一年陷鐵嶺。「曹世選這時正是一位二十多歲的好小夥子，遂為金兵俘虜」㊾，成了王貝勒的奴隸，被編入滿洲正白旗。滿語奴隸為「包衣」，意思是「家裡的人」，社會地位是很低下的。這和曹寅死後，曹頫在奏摺中說的「奴才包衣下賤，自問何人，敢擅具折奏」㊿正好對景。到了曹世選的兒子曹振彥長大以後，才有了「出身」，因從龍入關有功，於順治七年任山西吉州知府，不久升任大同府知府及浙江鹽法參議使，逐漸發達起來。

周汝昌先生在通貫曹雪芹家族世系的基礎上，著重辨明原係漢族的曹家，被俘後編入的是正白旗，而不是「漢軍旗」，因為明朝的降兵和漢人軍隊才編入漢軍旗籍，這與早年被俘的已成為「家裡人」的曹家是兩碼事。可以看出，通過對曹雪芹家族世系的研究，清朝開國史上的一些繁難的官職和制度問題，也隨之提出並解開了一些疙瘩。在這點上，紅學向史學靠攏，曹學專家和清史專家互相認同。

馮其庸不同意周汝昌的曹雪芹籍貫「豐潤說」。提出曹家的籍貫是遼陽，後遷瀋陽。他依據《五慶堂重修曹氏宗譜》及有關史料，考定曹俊是曹雪芹的始祖。曹俊約生活在明朝的永樂至天順或成化時期，即西元一四〇三至一四六五年左右，係由明朝的軍官歸附後金的。曹俊有五個兒子，順序為曹異、曹仁、曹禮、曹智、曹信，雪芹的上世是曹智這一支，即第四支。但《五慶堂譜》中三支最詳，四支曹智以下缺四至八世，至曹世選已經是第九世了。馮其庸認爲曹家開始是漢軍旗，後來才歸入滿洲正白旗。51

一九七〇年香港文藝書屋出版的趙岡和陳鍾毅撰寫的《紅樓夢新探》，也以《五慶堂譜》和《八旗滿洲氏族通譜》爲據，論定曹雪芹的始祖是曹良臣，不同意周汝昌的「豐潤說」52。周汝昌寫《紅樓夢新證》時，主要從《豐潤縣誌》獲得材料，提出雪芹籍貫河北豐潤，後來發表《曹雪芹家世生平叢話》，已看到了一部《豐潤曹氏宗譜》。所以，就有一個《豐潤譜》和《五慶堂譜》何者可信的問題。周汝昌在新版《紅樓夢新證》「籍貫出身」章的附記中寫道：

> 到底信哪個譜？在這裡又是我和他（指《紅樓夢新探》作者趙岡——引者注）看法各異。拙見認為，遼東《五慶堂譜》編次曹錫遠於智之系下，當中隔斷五世，關係不清，驟然突接，我還不能無疑。而豐潤譜卻就是曹寅屢次親口稱爲「骨肉」的「沖谷四兄」家。相信誰呢？我寧願相信曹寅在康熙年親口所說的話，而不敢輕信同治年增修《五慶堂譜》的那種五世空白的「接續法」。53

那末，「到底信哪個譜？」就目前所掌握的材料，似不好遽然論定。好在曹世選以下脈絡是清楚的，各家看法並無異見。請看，光是雪芹的籍貫、出身、世系、旗籍，就有這許多紛爭，使人莫衷一是，足見曹學是個極麻煩的題目，難度遠遠超過對《紅樓夢》本身的研究，也許，這正是曹學之爲曹學的吸引人之處？

雍正奪嫡和曹家的敗落

當然，真正吸引人的，需要我們給予極大注意的，是曹家的榮華富貴並未持久，康熙朝達到頂峰，雍正上臺以後便急轉直下，終於被抄家沒產，落了個「家亡人散各奔騰」的悲慘局面。

曹寅是康熙五十一年病故的，曹寅死後，子曹顒繼任江寧織造。但曹顒短命，在織造任上不到三年便去世了。康熙對此也感到很痛惜，傳旨道：「曹顒係朕眼看自幼長成，此子甚可惜，朕所使用之包衣子嗣中，尚無一人如他者。看起來生長的也魁梧，拿起筆來也能寫作，是個文武全才之人。他在織造上很謹慎，朕對他曾寄予很大的希望。」㊿ 曹顒是曹寅的獨子，爲了保全曹家，康熙命從曹荃的諸子中過繼一個給曹寅，並說要「找到能奉養曹顒之母如同生母之人才好」㊿。

根據曹寅的妻兄李煦的建議，選中了曹荃的第四子曹頫，於是又由曹頫繼任江寧織造。種種跡象表明，曹頫的才幹遠遜於曹璽和曹寅，和曹顒也不能同日而語，因此康熙似不甚喜歡，但還是加以關照和愛護㊿。曹寅織造任上留下了幾十萬兩的大虧空，別人攻訐，康熙卻回護說：「曹寅、李煦用銀之處甚多，朕知其中情由。」㊿ 什麼「情由」？還不是四次接駕造成的！《紅樓夢》中李嬤嬤說的：「還有如今現在江南的甄家，噯喲喲，好勢派！獨他家接駕四次，若不是我們親眼看見，告訴誰誰也不信的。別講銀子成了土泥，憑是世上所有的，沒有不是堆山塞海的，『罪過可惜』四個字竟顧不得了。」這肯定是曹雪芹的「史筆」。這種「拿著皇帝家的銀子往皇帝身上使」的事情，皇帝本人是要負一定責任的，所以康熙說他知道「其中情由」，並幾次恩准李煦代管鹽差[58]，幫助曹顒和曹頫補完虧空。但曹頫就任織造僅七年，康熙帝就駕崩了，曹家失去了榮華富貴的保護傘，處境陡然大變。

曹家是否陷入了康熙末年諸皇子爭奪儲位的鬥爭，以及在這場曠日持久的皇室鬧劇中曹家表現出什麼傾向和態度，可以姑且不論，雍正上臺後明顯地厭惡曹頫，進而一步步加以整治，則是確定無疑的。

雍正元年，曹頫進灑金箋紙三百張、乳金宮絹四十張、灑金絹六十張、湖筆四百枝、錦扇一百柄，雍正未予理睬[59]。雍正二年正月，曹頫提出保證，織造補庫請求分三年帶完，雍正批道：「只要心口相應。若果能如此，大造化人了！」[60] 簡直聲色俱厲，與康熙從前對曹家的批示適成鮮明對照。四月，大將軍年羹堯征羅卜藏丹金告捷，曹頫表奏，恭賀聖功，無非是幾句祝賀勝利的話，雍正卻加批說：「此篇奏表，文擬甚有趣，簡而備，誠而切，是個大通家作的。」充滿了挖苦和諷刺。雍正二年閏四月二十六日，因售人參事，雍正又責怪曹頫等：「人參在南省售賣，價錢爲何如此賤？早年售價如何？著問內行府總管。」[61] 內務府總管來保報告後，雍正又傳旨說：「人參在京時人皆爭購，南省價貴，且係彼等取去後陸續售出者，理應比此地多得價銀。看來反而比此地少者，顯有隱瞞情形。」[62] 五月初六日，曹頫奏報江南發生蝗災，因連降大雨，災情已基本緩解。然而雍正批道：「蝗蝻聞得還有，地方官爲甚麼不下力撲滅？二麥雖收，秋禾更要緊。據實奏，凡事有一點欺隱作用，是你自己尋罪，不與朕相干。」[63] 始而吹毛求疵，接著殺機畢露，很快就要整治曹頫了。五月十三日，又查出庫存之紗有變色之事」，雍正更加不滿，不久，便指派怡親王傳奏了曹頫。爲此，雍正下了一條「特諭」：

> 你是奉旨交與怡親王傳奏你的事的，諸事聽王子教導而行。你若自己不為非，諸事王子照看得你來；你若作不法，憑誰不能與你作福。不要亂跑門路，瞎費心思力量買禍受。除怡王之外，竟可不用再求一人托累自己。為甚麼不揀省事有益的做，做費事有害的事？因你們向來混帳風俗慣了，恐人指稱朕意撞你，若不懂不解，錯會朕意，故特諭你。若有人恐嚇詐你，不妨你就求問怡親王，況王子甚疼憐你，所以朕將你交於王子。主意要拿定。少亂一點，壞朕名聲，朕就要重重處分，王子也救你不下了。[64]

可以想見，曹頫聽到這條「特諭」，恐怕早已嚇得魂飛魄散了。雍正簡直是破口大罵，直接指斥曹家「向來混帳風俗慣了」。不妨掂量一下這句話的分量——豈止是斥罵曹頫，連曹顒、曹寅乃至曹璽，可能還有曹家的親戚如李煦等，都包括在內了。

李煦是雍正元年正月初十被革職抄家的，距曹頫被傳奏只一年多，兩案是否有牽連，大可懷疑。從雍正的「特諭」看，似乎有人曾對曹頫施以「恐嚇」，因此由怡親王將曹頫控制起來，以免有走漏風聲、串通口供之類事情發生。研究者有的認爲這次傳奏是出於對曹頫的保護，看來不是。而且與虧空也沒有直接關係，因爲「特諭」中隻字未提虧空一事，通篇都是指斥和警告，所以我懷疑與李煦或別的什麼案件有關。也許怡親王允祥對曹頫真有一定顧惜，傳奏的結果沒有導致雍正立即採取行動，但曹頫的危險處境並沒有絲毫改善，雍正仍舊在步步緊逼。

雍正三年，內務府奏請停止曹頫等承造馬鞍、撒袋、刀等物之飾件，改由廣儲司依原樣鑄造銅飾件。雍正批示說：「此議甚好，應依議。」㊹ 雍正四年三月，突然發現庫存的綢過薄而絲又嫌生，新織造的緞也粗糙而分量輕，於是雍正傳旨讓內務府總管查奏，特別指示要查清楚「係何處織造所進」。核查的結果，「自雍正元年以來送進之新綢，秤量挑選」，分量輕薄和絲生的有二百九十六匹；寧、蘇、杭三處織造所送新緞，蘇州織造上用緞一百十三匹、官緞五十六匹，曹頫送的上用緞二十八匹、官緞三十匹，都存在「粗糙輕薄」的問題，「比早年織進者已大爲不如」。內務府這份報告特別強調，所送綢緞發生質量問題，是「自雍正元年以來」，這不分明是說曹頫等有意和新皇帝作對嗎？結果曹頫等除照數賠補外，各處以罰俸一年㊺。雍正四年十一月，曹頫等賠補的綢緞已經送到，雍正特別提出：「曹頫現在此地，著將曹頫所交綢緞內輕薄者，完全加細挑出交伊織賠。倘內務府總管及庫上官員徇情，不加細查出，仍將輕薄綢緞存庫，若經朕查出後，則將內務府總管及庫上官員決不輕輕放過也。」㊻ 這條旨意是相當厲害的，等於命令內務府一定要找出曹頫的破綻來，否則就一起論罪。

雍正五年閏三月，奏事員外郎又傳出旨意：「朕穿的石青褂落色，此緞係何處織造？是何員、太監挑選？庫內許多緞匹，如何挑選落色緞匹做褂？現在庫內所有緞匹，若皆落色，即是織造官員織得不好，倘庫內緞匹有不落色者，便是挑選緞匹人等，有人挑選落色緞匹，陷害織造官員，亦未可定。將此交與內務府總管等嚴查。」[68] 看來雍正是揪住織造不放了，一會嫌綢薄絲生，一會說緞匹落色，宗宗件件都和曹頫有關。經過「嚴查」果然發現：「做皇上服用褂面，俱用江寧織造送之石青緞匹。」而且庫存的所有這些緞匹，「俱皆落色」。就是說，這次事故與挑選緞匹的人無關，主要是「織造官員織得不好」，因此責任全部在曹頫。結果曹頫又被處以罰俸一年[69]。

五年五月，雍正命令曹頫送緞匹來京。本來這一年應該由當時的蘇州織造高斌送，但雍正叫他不必來，點名讓曹頫送。[70] 十二月，就發生了山東巡撫塞楞額告發曹頫在送龍衣途中勒索驛站。雍正立即傳旨說：「朕屢降諭旨，不許欽差官員、人役騷擾驛遞，今三處織造差人進京，俱於勘合之外，多加夫馬，苛索繁費，苦累驛站，甚屬可惡！」並表彰了山東巡撫「不瞻徇」的精神，肯定塞楞額告得好[71]。這裡似乎有一處暗筆：雍正說：「三處織造差人進京」，實際上他完全知道這次進京的只有曹頫，其一步步整治曹頫的用心昭然若揭。

一九八三年，中國第一歷史檔案館的工作人員從清代檔案中，發現了一件雍正七年的刑部致內務府的移會，其中寫道：「今於雍正七年五月初七日，准總管內務府咨稱：原任江寧織造、員外郎曹頫，係包衣佐領下人，准正白旗滿洲都統咨查到府。查曹頫因騷擾驛站獲罪，現今枷號。」[72] 這說明山東巡撫塞楞額不僅告中了，而且在內務府和吏部嚴審之後，擬定了處置曹頫的辦法，這就是予以枷號，並追回騷擾驛站侵貪的銀兩。雍正批准塞楞額的奏報是在雍正五年十二月初四。十二月十五日，便由隋赫德接替了曹頫的江寧織造職務，理由是「曹頫審案未結」[73]。十二月二十四日，查封了曹頫的家產。不過，在做出這樣處置時，並沒有涉及騷擾驛站問題，而是說：「江寧織造曹頫，行爲不端，織造款項虧空甚多。朕屢次施恩寬限，令其賠補。伊倘感激朕成全之恩，理應盡心效力；然伊不但不感恩圖報，反而將家中財物暗移他處，企圖隱蔽，有違朕恩，甚屬可惡。」[74]因此決定叫江南總督范時繹固封曹頫家財產，立即嚴拿重要家人。又把虧空和轉移財物作爲抄家的理由了。其實，所有這些統統是藉口，騷擾驛站最多也只是一條導火線，真正的原因還是雍正沒有把曹頫視作心腹，李煦整治之後，必然要處置曹頫。這從上面按年月引述的一條條材料中可以看得一清二楚。

不只對曹頫如此，江南的三處織造，雍正都不信任，所以才幾次三番地在供奉的綢、緞、飾物上大做文章。在查封曹頫家產之前，已於雍正元年籍沒了曹寅的內兄李煦的家產，並由胡鳳翬繼李煦爲蘇州織造[75]。雍正四年開始興阿、塞即允禩、允禟之獄；五年，查出李煦曾於康熙五十二年買蘇州女子送給允禩，是爲交結允禩，遂定爲「奸黨」，流往打牲烏拉[76]。雍正四年，新任蘇州織造胡鳳翬亦獲罪，舉家自縊，高斌繼任蘇州織造[77]。也是在這一年，曹家的另一門親戚——曹寅的女婿平郡王納爾蘇，被革退圈禁[78]。兩淮鹽政過去由曹寅和李煦兩家輪流兼管，雍正上臺後委派噶爾泰爲兩淮巡鹽。這位得寵的新巡鹽於雍正五年正月密奏曹頫：「訪得曹頫年少無才，遇事畏縮，織造事務交與管家丁漢臣料理。臣在京見過數次，人亦平常。」雍正加批道，「原不成器，豈止平常而已！」⑲態度極其嚴厲明朗，確如周汝昌先生所說：「雍正對曹家之久懷忌心矣！」⑳因此，曹頫的被籍沒家產，主要還是出於政治上的考慮，而不是具體的經濟問題。

曹頫被抄家原因之我見

紅學界對曹頫被抄家的原因的探討，過去主要有兩種意見：一是政治牽連說，一是經濟罪案說。前者以周汝昌爲代表，從一九五三年的初版《紅樓夢新證》到一九七六年增訂再版，始終力主此說，而且不斷補充一些新材料。國內的許多《紅樓夢》研究者，過去大都傾向於周汝昌先生的意見。趙岡在《紅樓夢新探》裡，也認爲這是一個複雜的案件，不只是追補虧空的問題，「此外可能還有其他牽連」㉑。他從雍正把曹頫的田產房屋人口一併賞給新任織造隋赫德一事推斷：「曹頫之罷官被抄，獲罪重心，已不再是虧空。」㉒堅持經濟罪案說最力的是黃進德先生，他近年連續發表〈曹雪芹家敗落原因新探〉、〈再論曹雪芹家被抄原因〉㉓等文章，論證「曹雪芹家敗落的真正原因在於經濟上的侵挪帑銀」，而不是在政治上與其他案件有何牽連。

筆者認爲，這種觀點無法與雍正上臺後對曹頫採取的基本態度及一系列做法相吻合，因而說服力是很微弱的，遠不如政治牽連說證據充分，尤其缺乏政治牽連說所具有的歷史感。在封建統治之下，經濟上的貪刮侵挪固然可以獲罪，但在處理時，常常摻入經濟以外的因素，具體地說，就是統治集團的政治利害的考慮。同是經濟上有侵挪行爲，整治不整治，從輕整治還是從重整治，不同的人，結果大爲不同。實際上，自雍正四年以後，已決定對虧空帑項的官員實行正法，不再去搜查宦囊家產。雍正三年三月二十七日的一條諭旨說：

> 夫此等侵帑殃民之人，若不明正國法，終於無所畏懼。今化悔三年，不為不久，倘仍然侵蝕，恣意妄為，不惟國法難宥，情理亦斷斷不容。自雍正四年以後，凡遇虧空，其實係侵欺者，實行正法無赦。

雍正五年正月十九日的諭旨又說：

> 上年已令九卿酌定條例，向後倘有侵欺虧空之員，則按所定之例治罪，有應正法者即照例正法。其搜查宦囊家產並追寄於寄放宗族親黨之處不必行矣。自此諭下之日，俱著停止。㉞

曹頫是雍正五年十二月被籍沒家產的，全部田產、房屋、人口都賞給了隋赫德，如係因「侵欺虧空」所致，則分明與雍正五年正月十九日的規定不符。據《故宮周刊》第八十四期所刊的隋赫德奏摺稱，僅雍正五年這一年，曹頫就虧空「上用、官用緞紗並戶部緞匹等項銀三萬一千兩」㉟，如按新例治罪，就不是籍沒的問題了。張書才先生在〈新發現的曹頫獲罪檔案史料考析〉[86]一文中，引用了上面的兩條諭旨，正確地指出：「雍正帝將曹頫革職抄沒，主要的不是虧空帑項。」那麼原因是什麼呢？

張書才先生提出了第三種意見，即騷擾驛站說。爲了驗證此說是否合理，我們不妨複按一下時間。

山東巡撫塞楞額奏報曹頫騷擾驛站，雍正加批，是在雍正五年十二月初四日；曹頫的被抄家是在同年十二月二十四日，中間只隔二十天。而這時曹頫尚在北京接受審理，至雍正六年六月才審理完畢，處以曹頫賠銀四百四十三兩二錢，並枷號催追。試想，一個案子剛剛審理，還沒有任何結果，就匆忙抄家了，以常情而論，是不可能的。何況，達到怎樣的程度才算騷擾驛站，伸縮性也是很大的。曹頫是在屢遭雍正斥罵，被傳奏，個人處境十分險惡的情勢下進京送龍衣的，他未嘗不知道就中的利害關係，他有幾個腦袋，膽敢在這個時候做騷擾驛站的事？焉知不是塞楞額看出了雍正欲整治曹頫的意向，所以才投主子所好，落井下石，乘機進讒？這從塞楞額告發之後，雍正立即表彰塞楞額「深知朕心，實爲可嘉」[88]的舉動中，也可以看出一些端倪。而雍正五年兩淮巡鹽奏報曹頫的爲人，用的是「訪得曹頫」[89]如何如何，這「訪得」二字豈是隨意用的？如不是雍正授意，哪個臣僚能夠這樣奏報？康熙四十八年曹寅幾次奏報熊賜履的情況，都是玄燁授的意，所以奏摺中有「探得」、「細探得」字樣[90]。

種種跡象表明，雍正欲整治曹家是久蓄此意的，抄家前已有所佈置，只不過正當阿、塞、年、隆大獄方興之際，沒有立即動手，採取了引而不發、小刀慢割的方法，這對曹家的打擊和震懾反而更加沈重。

新材料暴露出來的矛盾

這裡需要加以說明的是，一九八六年六月召開的哈爾濱國際《紅樓夢》研討會上，展出了一件新發現的雍正六年六月二十一日總管內務府題本的原件，內容包括山東巡撫塞楞額的奏疏、曹頫的口供等，詳細記錄了雍正五年十二月曹頫等「騷擾驛站」的經過及處理情況，屬結案題本。原件全文如下：

總管內務府等衙門總管內務府事務和碩莊親王允祿等謹題為遵旨議罪事。

據山東巡撫塞楞額疏稱：切惟驛遞之設，原以供應過往差使而應付夫馬，俱以勘合為憑。設有額外多索以及違例應付者，均干嚴例。然亦有歷年相沿，彼此因循，雖明知為違例而究莫可如何者，不得不為我皇上陳之。臣前以公出，路過長清、泰安等驛，就近查看夫馬，得知運送龍衣差使，各驛多有賠累。及詢其賠累之由，蓋緣管運各官俱於勘合之外，多用馬十餘匹至二十餘匹不等，且有轎夫、杠夫數十名，更有程儀騾價銀兩以及家人、前站、廚子、管馬各人役銀兩，公館中夥飯食、草料等費。每一起經過管驛州縣，所費不下四五十金。在州縣各官，則以為御用緞匹，惟恐少有遲誤，勉照舊例應付，莫敢理論；在管運各官，則以為相沿已久，罔念地方苦累，仍照舊例收受，視為固然。臣思御用緞匹，自應敬謹運送，不可少有貽誤。但於勘合之外，亦不可濫用夫馬，且程儀騾價尤為無稽。臣查訪既確，若不據實奏聞，殊負我皇上愛惜物力培養驛站之聖心。伏祈皇上敕下織造各官，嗣後不得於勘合之外多索夫馬，亦不得於廩給口糧之外多索程儀騾價。倘勘合內所開夫馬不敷應用，寧可於勘合內議加，不得於勘合外多用，庶管驛州縣不致有無益之花銷，而驛馬驛夫亦不致有分外之苦累矣。謹將應付過三起差使用過夫馬銀錢數目另單呈覽。為此謹奏。雍正五年十一月二十四日題。

十二月初四日奉旨：朕屢降諭旨，不許欽差官員人役騷擾驛遞。今三處織造差人進京，俱於勘合之外多加夫馬，苛索繁費，苦累驛站，甚屬可惡。塞楞額毫不瞻徇，據實參奏，深知朕心，實為可嘉。若大臣等皆能如此，則眾人咸知儆惕，孰敢背公營私。塞楞額著議敘具奏。織造人員既在山東如此需索，其他經過地方自必照此應付，該督撫等何以不據實奏聞？著該部一一察議具奏。織造差員現在京師，著內務府、吏部將塞楞額所參各項嚴審定擬具奏。欽此。再，查巡撫塞楞額所奏應付三路送緞人員馬匹銀錢數目單內開：一起杭州織造府筆帖式德文，管運龍衣進京，勘合內填用馱馬十匹，騎馬二匹。每站除照勘合應付，外加馬十七八匹不等。每州縣送程儀、騾價二十四兩，家人、前站、管馬、廚子等共銀九兩、十三兩不等。俱交舍人馮姓經手。公館中夥飯食、草料共錢十餘千、二十餘千不等。一起蘇州織造府烏林人麻色，管運龍衣進京，勘合內填用馱馬十九匹、騎馬二匹。每站除照勘合應付，外加馬十三匹。每州縣送程儀、騾價二十兩、二十四兩不等，家人、前站、管馬、廚子等共銀九兩、十三兩不等。俱交承差李姓經手。公館中夥飯食、草料共錢十餘千、二十餘千不等。一起江寧織造府曹頫，督運龍衣進京，勘合內填用馱馬十四匹、騎馬二匹。每站除照勘合應付，外加馬二十三五匹不等，又轎夫十二名、杠夫五十七名。每州縣送程儀、騾價二十四兩、三十二兩不等，家人、前站、管馬、廚子等共銀十兩、十四兩不等。俱交方姓經手。公館中伙飯食、草料共錢二十餘千、三十餘千不等。等語。即審詢由旱路送緞匹之江寧織造員外郎曹頫、杭州織造筆帖式德文、蘇州織造烏林人麻色：「你們解送緞匹於沿途州縣支取馬匹等物，理應照勘合內數目支取，乃不遵循定例，於勘合外任意加用沿途各站馬匹杠夫騾價銀兩草料等物，是怎麼說。」

據曹頫供：「從前御用緞匹俱由水運，後恐緞匹潮濕，改為陸運驛馬馱送，恐馬驚逸，途間有失，於是地方官會同三處織造官員定議，將運送緞匹於本織造處雇騾運送，而沿途州縣酌量協助騾價、盤纏。歷行已久，妄為例當應付，是以加用夫馬，收受程儀，食其所具飯食，用其所備草料，俱各是實。我受皇恩，身為職官，不遵定例，多取騾馬銀兩等物，就是我的死罪，有何辯處」等語。

筆帖式德文、烏林人麻色同供：「我二人俱新赴任所，去年初經陸運緞匹，以為例當應付，冒昧收受，聽其預備。這就是我們死期到了，又有何辯處」等語。

訊問曹頫家人方三、德文舍人馮有金、麻色承差李姓家人祁住等，「巡撫塞楞額奏稱：『沿途、驛站所給銀兩俱係你們經手，每站給過若干，共得過銀若干？』據同供：『沿路驛站所給銀兩俱係我們經手是實，所給數目多少不等，俱有賬目可查」等語。隨將賬目查看，內開曹頫收過銀三百六十七兩二錢，德文收過銀五百十八兩三錢二分，麻色收過銀五百零四兩二錢。

該臣等會議得：山東巡撫塞楞額奏稱，運送緞匹員外郎曹頫等，於勘合外加用沿途州縣各站馬匹、騾價、程儀、杠夫、飯食草料等物一案，審據曹頫供稱：「從前御用緞匹俱由水運，後恐潮濕，改為陸運驛馬馱送，又恐馬或驚逸，途間有失，是以地方官會同三處織造官員定議，將運送緞匹於本織造處雇騾運送，沿途州縣酌量協助騾價、盤纏。歷行已久，妄為例當應付，是以多支馬匹，收受程儀，食其所具飯食，用其所備草料，俱各是實。我受皇恩，身為職官，不遵定例，冒取驛馬銀兩等項，就是我的死罪，有何辯處」等語。筆帖式德文，烏林人麻色同供：「我二人新赴任所，去年初經陸運緞匹，以為例當應付，冒昧收受，聽其預備。就是我們死期到了，又有何辯處。」等因。俱已承認。隨將沿途索取銀兩帳目核算：曹頫收過銀三百六十七兩二錢，德文收過銀五百十八兩三錢二分，麻色收過銀五百零四兩二錢。查定例「馳驛官員索詐財物者革職」等語。但曹頫等俱係織造人員，身受皇上重恩，理宜謹慎事體，敬守法律，乃並不遵例，而運送緞匹沿途騷擾驛站，索取銀錢等物，殊屬可惡。應將員外郎曹頫革職，筆帖式德文、庫使麻色革退。筆帖式、庫使均枷號兩個月，鞭責一百，發遣烏喇，充當打牲壯丁。其曹頫前站家人方三、麻色家人祁住、德文舍人馮有金，雖聽從曹頫等指令，而借前站為端，騷擾驛途，索取銀錢，亦屬可惡。應將方三、祁住、馮有金各枷號兩個月，方三、祁住鞭責一百，馮有金責四十板。其曹頫等沿途索取銀兩，雖有賬目，不便據以為實。應將現在賬目銀兩照數嚴追令交廣儲司外，行文直隸、山東、江南、浙江巡撫，如此項銀兩於伊等所記賬目有多取之處，將實收數目查明，到日仍著落伊等賠還可也。臣等未敢擅便，謹題請旨。⑨①

該題本原藏大連市圖書館，與第一歷史檔案館發現的雍正七年七月「刑部移會」兩相照應，對研究曹家在雍正上臺後的遭際有一定意義。但有的研究者認爲，此一題本的發現，加強了曹家被抄原因的經濟罪案說，或更加證實了張書才提出的騷擾驛站說，余以爲不然。

題本中保留的口供說：「從前御用緞匹俱由水運，後恐緞匹潮濕，改爲陸運驛馬馱送，恐馬驚逸，途間有失，於是地方官會同三處織造官員定議，將運送緞匹於本織造處雇騾運送，而沿途州縣酌量協助騾價、盤纏。歷行已久，妄爲例當應付，是以加用夫馬，收受程儀，食其所具飯食，用其所備草料，俱各是實。」這說明運送龍衣時多加一些騾馬、草料、程儀，是三處織造會同地方官決定的，歷行已久，並不是曹頫膽大妄爲。家人方三等在口供裡也說：「沿路驛站所給銀兩俱係我們經手是實，所給數目多少不等，俱有賬目可查。」總管內務府查的結果是：「內開曹頫收過銀三百六十三兩二錢。」則又說明路上賬目異常清楚。

那末，既是「歷行已久」之事，賬目又一清二楚，爲何偏要在這個時候懲辦曹頫？豈不令人深長思之麼？此其一。

其二，此題本開頭部分山東巡撫塞楞額的奏疏最堪注意。塞疏也承認：各驛站的過往差使因種種原因額外多索以及違例應付的情況，經常發生，是「歷年相沿，彼此因循」已久的事情，雖然知道違例，大家也感到「莫可如何」。說明對此類事以前並未深究。何況塞疏說的是一般的驛遞差使，至於運送龍衣，恐怕更不好深究了。不僅不好深究，說不定沿途各地方驛站還要主動加馬加糧，惟恐拍不上織造官的馬屁而懊喪呢。這完全是情理中事——如果在康熙朝，誰敢碰江寧織造曹寅、蘇州織造李煦一根毫毛？可是這位塞楞額偏要追究，親自將三處織造最近一次運送龍衣的情況「查訪」得清楚「既確」，要求雍正皇帝敕下各織造官，以後不得多索夫馬、程儀，以發揚「愛惜物力、培養驛站之聖心」。而雍正也就立即接受此建議，並表彰塞楞額「毫不瞻徇，據實參奏，深知朕心，實爲可嘉」。要不是塞楞額事先已獲悉雍正對曹頫一家的態度，他和「聖心」能夠符合若契嗎？因此所謂曹頫「騷擾驛站」一案，說穿了不過是整治曹頫的口實而已。

其三，還有更可疑者，固封曹頫房產是在雍正五年十二月，而總管內務府對曹頫「騷擾驛站」案做出判決，已經是雍正六年六月，時間過去半年之久。豈有半年前發生的事情反而是半年後對另一事的判決所致之理？

因此，依筆者愚見，雍正六年總管內務府題本的發現，非但未給曹家被抄的經濟罪案說和單獨的騷擾驛站罪案說增添論據，反而暴露出此二說的重重矛盾，揆情度理，還是政治牽連說更接近歷史實際。

曹雪芹家族的命運是和康熙朝相始終的。曹寅在世時是它的鼎盛期。曹寅一死，就已經開始走下坡路了。至雍正五年底被抄家，政治上固然孤立無援，徹底失勢，經濟上也快淘空了。隋赫德細查曹頫家產及人口的結果是：「房屋並家人住房十三處，共計四百八十三間。地八處，共十九頃零六十七畝。家人大小男女共一百十四口，餘則桌椅、床杌、舊衣零星等件及當票百餘張外，並無別項。」㉜

另據曹頫於康熙五十四年奏稱，曹家在北京還有兩所住房和一所空房。㉝一九八三年新發現的雍正七年七月二十九日刑部致內務府的移會，有如下一段記載：「曹頫之京城家產人口及江省家產人口，俱奉旨賞給隋赫德。後因隋赫德見曹寅之妻孀婦無力，不能度日，將賞伊之家產人口內，於京城崇文門外菜市口地方房十七間半、家僕三對，給與曹寅之妻孀婦度命。」㉞這說明抄家已使曹家徹底敗落，曹頫被枷號，成爲罪囚，曹寅之妻並雪芹等淪爲一介平民。雪芹當時約十三歲左右，已開始懂得人生世事。如果說曹家上世的情況更多的是給曹雪芹提供了一個優良的文學環境，因而對《紅樓夢》的創作表現爲間接的影響，那末，康熙和雍正的政權交替所給予曹氏家族的打擊，則直接構成了曹雪芹寫作《紅樓夢》的歷史契機。正是在這個意義上，我認爲曹學不僅有存在的理由，而且是紅學發展的必要前提。

孟子說：「頌其詩，讀其書，不知其人，可乎？是以論其世也，是尚友也。」95 所以讀《紅樓夢》，應該知道曹雪芹；研究《紅樓夢》，需要探究曹雪芹的生平家世。紅學，離不開曹學。論其世也，是曹學！

注釋

①②見余英時著《紅樓夢的兩個世界》第八頁、第十六頁，台北聯經出版事業公司一九八一年增訂版。〈近代紅學的發展與紅學革命〉最初刊於《香港中文大學學報》一九七四年第二期，屬稿時間還要早些，這之前紅學書刊中未見曹學的說法，故曹學一詞實係余英時先生首創。

③趙岡：〈「假作真時真亦假」——《紅樓夢》的兩個世界〉，載香港《明報月刊》一九七六年六月號。

④馮其庸：〈關於當前《紅樓夢》研究中的幾個問題〉，《夢邊集》第四九頁、第四十頁至五十頁，陝西人民出版社一九八二年版。

⑤馮其庸：〈關於當前《紅樓夢》研究中的幾個問題〉，《夢邊集》第四九頁、第四十頁至五十頁，陝西人民出版社一九八二年版。

⑥同上，第五一頁至五二頁、第四七頁。

⑦馮其庸：〈關於當前《紅樓夢》研究中的幾個問題〉，《夢邊集》第五一頁至五二頁、第四七頁。

⑧海炯：〈首屆國際紅樓夢研討會情況綜述〉，《紅學文叢．我讀紅樓夢》第三七三至三七四頁，天津人民出版社一九八二年版。

⑨參見胡文彬、周雷編《紅學世界》第五十頁，北京出版社一九八四年版。

⑩參見《紅樓夢卷》第一冊，第三一頁。

⑪⑫分別見《紅樓夢卷》第一冊，第四五頁、第五三頁。

⑬西清，〈樺葉述聞〉，《紅樓夢卷》第一冊，第十三頁。

⑭袁枚：《隨園詩話》（上）卷二，第四二頁，人民文學出版社一九六〇年朩坎校點本。

⑮道光四年（一八二四年）刊本《隨園詩話》，在「其子雪芹撰《紅樓夢》一部，備記風月繁華之盛」後面，有「中有所謂大觀園者，即余之隨園也」一段文字，參見一粟編《紅樓夢卷》第一冊，第十三頁。

⑯參見《紅樓夢卷》第一冊，第十四頁。

⑰參見《紅樓夢卷》第一冊，第十五頁。

⑱胡適：《中國章回小說考證》第二一九頁，上海書店一九八〇年複印本。

⑲胡適：《紅樓夢考證》原文中還列有第六點，說「《紅樓夢》是一部隱去真事的自敘，裡面的

甄賈兩寶玉即是曹雪芹自己的化身」，已牽涉對《紅樓夢》的看法；關於曹雪芹的身世經歷主要是前面五點。

⑳胡適：《跋紅樓夢考證》，《中國章回小説考證》第二九六頁至二九八頁，上海書店一九八〇年複印本。

㉑《四松堂集》卷一：〈寄懷曹雪芹〉詩「揚州舊夢久已覺」句下夾註，上海古籍出版社一九八四年版。

㉒《上元縣誌，曹璽傳》稱：「寅，字子清，號荔軒，四歲能辨四聲，長，偕弟子猷講性命之學，尤工於詩，伯仲相濟美。」

㉓顧景星：《楝亭詩鈔》序，見上海古籍出版社「清人別集叢刊本」《楝亭集》卷首。

㉔參見《耆獻類征》卷一六四：《陳鵬年傳》。

㉕袁枚：《隨園詩話》（上）卷二，第四二頁，人民文學出版社一九六〇年版。

㉖參見《雪橋詩話》三集卷四第二十頁，周汝昌《紅樓夢新證》（上）第四八七頁。

㉗㉘分別見顧景星、杜岕為《楝亭詩鈔》所寫的序，《楝亭集》卷首，上海古籍出版社一九七八年版。

㉙㉚劉廷璣：《在園雜誌》卷三，第二一頁，參見周汝昌《紅樓夢新證》（上）第三五五頁，人民文學出版社一九七六年版。

㉛李文藻：《南澗文集》上卷《琉璃廠書肆記》。

㉜ 章學誠：《丙辰札記》，參見《紅樓夢研究參考資料選輯》第一輯，第十三頁，人民文學出版社一九七三年版。

㉝ 曹寅，字子清，號荔軒，又號楝亭，官至通政使司通政使，故稱。

㉞ 劉長榮：《玄燁和曹寅的關係的探考》，載《紅樓夢學刊》一九八一年第二期。

㉟ 程廷祚：《青溪文集》卷十二。

㊱㊲㊳㊴㊵ 分別見《關於江寧織造曹家檔案史料》第四九頁、第七八頁、第一三頁、第九八頁、第一〇五頁，中華書局一九七五年版。

㊶ 《關於江寧織造曹家檔案史料》第一〇一頁，中華書局一九七五年版。

㊷㊸ 《江寧府志》卷十七：《曹璽傳》，參見馮其庸《曹雪芹家世新考》第三一五頁至三一六頁，上海古籍出版社一九八〇年版。

㊹ 《江寧府志》卷十七：《曹璽傳》，參見馮其庸《曹雪芹家世新考》第三一五頁至三一六頁，上海古籍出版社一九八〇年版。

㊺ 熊賜履：《經義堂集》卷四「曹公崇祀名宦序」，參見周汝昌《紅樓夢新證》（上）第三〇三頁。

㊻ 胡適：《中國章回小說考證》第二一〇頁至二一一頁，上海書店一九八〇年複印本。

㊼ 周汝昌：《紅樓夢新證》舊版第一一五頁至一三一頁，新版第一一一頁至一四〇頁。

㊽㊾ 周汝昌：《曹雪芹家世生平叢話》第二節：「『將軍後』和『遼陽一籍』」，載一九六二年

一月三十日《光明日報》。

(50)《關於江寧織造曹家檔案史料》第一〇三頁，中華書局一九七五年版。

(51)參見馮其庸著《曹雪芹家世新考》第一、三、五章，上海古籍出版社一九八〇年版。

(52)趙岡、陳鍾毅：《紅樓夢新探》上篇第一至七頁，香港文藝書屋一九七〇年版。按《五慶堂曹氏宗譜》的始祖是曹良臣，元末朱元璋起義軍的名將，趙岡依該譜自然認為曹良臣是雪芹始祖。馮其庸經考證，確定曹良臣只有一個兒子曹泰，《宗譜》中所謂曹良臣有泰、義、俊三子是不可靠的，認為曹俊和曹良臣無關，因此說雪芹始祖不是曹良臣，而是曹俊。

(53)周汝昌：《紅樓夢新證》（上）第一三八至一三九頁，人民文學出版社一九七六年版。

(54)(55)《關於江寧織造曹家檔案史料》第一二五頁，中華書局一九七五年版。

(56)康熙五十七年在曹頫請安折上的一條朱批寫道：「朕安。爾雖無知小孩，但所關非細，念爾父出力年久，故特恩至此。雖不管地方之事，亦可以所聞大小事，照爾父密密奏聞，是與非朕自有洞鑒。就是笑話也罷，叫老主子笑笑也好。」見《關於江寧織造曹家檔案史料》第一四九至一五〇頁。

(57)參見《關於江寧織造曹家檔案史料》第一三六頁。

(58)參見《關於江寧織造曹家檔案史料》第一一八頁、一一九頁、一四四頁、一四五頁。

(59)(60)(61)(62)分別見《關於江寧織造曹家檔案史料》第一五六至一五七頁、一五八頁、一六一頁、一六二頁、一六三頁、一六四頁、一六五頁。

(63)分別見《關於江寧織造曹家檔案史料》第一五六至一五七頁、一五八頁、一六一頁、一六二頁、一六三頁、一六四頁、一六五頁。

㉔見《關於江寧織造曹家檔案史料》第一六五頁。

⑥⑤《關於江寧織造曹家檔案史料》第一七一至第一七二頁。

⑥⑥《關於江寧織造曹家檔案史料》第一七四至一七五頁、一七七頁。

⑥⑦《關於江寧織造曹家檔案史料》第一七四至一七五頁、一七七頁。

⑥⑧⑥⑨⑦⓪《關於江寧織造曹家檔案史料》第一八一頁、一八二頁、一八〇頁。

⑦①《關於江寧織造曹家檔案史料》第一八二至一八三頁。

⑦②見《歷史檔案》雜誌一九八三年第一期。

⑦③《關於江寧織造曹家檔案史料》第一八四頁。

⑦④《關於江寧織造曹家檔案史料》第一八五頁。

⑦⑤⑦⑥⑦⑦⑦⑧參見周汝昌《紅樓夢新證》（下）第五八三頁、六二一頁至第六二四頁、六一一頁、六一七頁。

⑦⑨見《雍正朱批諭旨》，轉引自《紅樓夢新證》（下）第六一三頁。

⑧⓪《紅樓夢新證》（下）第六一三頁。

⑧①⑧②趙岡、陳鍾毅：《紅樓夢新探》上篇第三三頁、三四頁。

⑧③吳新雷、黃進德：《曹雪芹江南家世考》第一五九頁至一八八頁、第二二一頁至二五九頁，福建人民出版社一九八三年版。

84 《上諭內閣》，雍正三年二月，第十五頁。

85 《上諭內閣》，雍正五年正月，第十五頁。

86 《故宮周刊》第八十四期，隋赫德奏摺。

87 載《紅樓夢研究集刊》第二輯，上海古籍出版社一九八五年版。

88 《關於江寧織造曹家檔案史料》第一八三頁。

89 《雍正朱批諭旨》，見《紅樓夢新證》（下）第六一三頁。

90 參見《關於江寧織造曹家檔案史料》第七十四頁至七六頁。

91 參見《紅樓夢學刊》一九八七年第一輯。

92 93 參見《關於江寧織造曹家檔案史料》第一八七頁、一三二頁。

94 《歷史檔案》一九八三年第一期。

95 《孟子．萬章下》。

第四章　考證派紅學的危機與生機

紅學史上影響最大、實力最雄厚的紅學派別是考證派紅學。考證派紅學的創始人是胡適。當然不是說胡適之前沒有《紅樓夢》考證，索隱派紅學也不能完全避開考證的方法。但把《紅樓夢》研究納入考證的道路，賦予紅學考證以特殊的對象、範圍和方法，並逐漸發展爲一種在社會上有廣泛影響的學派，確實自胡適開始。

胡適和俞平伯：歷史考證和文學考證

胡適的《紅樓夢考證》發表於一九二一年，次年，又寫了《跋〈紅樓夢考證〉》。這兩篇文章，可以看做是考證派紅學的開山之作。他在第一篇文章中說：「我覺得我們做《紅樓夢》的考證，只能在這兩個問題上著手，只能運用我們力所能搜集的材料，參考互證，然後抽出一些比較的最近情理的結論。這是考證學的方法。」①所謂需要做考證的「兩個問題」，指的是作者和版本，這就是胡適爲《紅樓夢》考證界定的對象和範圍。作者的考證，必然涉及作者所處的時代，所以胡適在第二篇文章中進一步強調，紅學考證的「證據」不是別個，而是「單指那些可以考定作者、時代、版本等等的證據」。②《紅樓夢考證》和《跋〈紅樓夢考證〉》兩文，主要考證的是作者和時代。一九二八年和一九三三年，胡適又撰寫了《考證〈紅樓夢〉的新材料》③、《跋乾隆庚辰本脂硯齋重評〈石頭記〉鈔本》④，則是屬於版本考證的範圍——前者介紹和考證甲戌本，後者介紹和考證庚辰本。一九六一年甲戌本《石頭記》在台北影印出版時，胡適附有跋語，補充論證了他對該本特徵和價值的看法。⑤

從今天的眼光和已經掌握的紅學知識來看，胡適的《紅樓夢》考證錯誤是很多的。例如他說脂硯齋就是那位愛吃胭脂的寶玉，「即是曹雪芹自己」⑥；甲戌本「是海內最古的《石頭記》抄本」，曹雪芹在乾隆甲戌年寫的《石頭記》初稿本，止有甲戌本現存的十六回，即第一至第八回、第十三至第十六回、第二十五至第二十八回⑦。這樣的一類看法，明顯地不能成立。還有說曹雪芹是曹頫的兒子，《紅樓夢》後四十回係高鶚所續等等，也是缺乏根據的論斷。

總的看，胡適對曹雪芹家族世系的考證比較接近實際，至少將《紅樓夢》作者的生平勾勒出一個大致的輪廓，爲後來的研究者提供了許多方便；對版本的考證，錯誤則比較多，雖據有兩部珍貴的《石頭記》鈔本⑧，卻未做精深的研究。但是，這並不影響胡適作爲考證派紅學首倡者的地位。歷史上創立新學派的人，主要意義是提出新的研究方法，建立不同於以往的研究規範，爲一門學科的發展打開局面，而不在於解決了多少該學科內部的具體問題。

胡適的《紅樓夢考證》，發表不到一年，俞平伯先生的《紅樓夢辨》就竣稿了⑨。在研究方法上，《紅樓夢辨》和《紅樓夢考證》有一致之處，都用的是考證學的方法，但所選取的內容、側重點，大爲不同。胡適在《考證》中著重解決的是《紅樓夢》的作者和年代，基本上屬於歷史考證的範疇，俞平伯的《夢辨》，重點在辨析《紅樓夢》本身的內容。這一點，顧頡剛在《紅樓夢辨》的序中講得很清楚：「適之先生常常有新的材料發現；但我和平伯都沒找著歷史上的材料，所以專在《紅樓夢》的本文上用力，尤其注意的是高鶚的續書。」⑩

再看《紅樓夢辨》的內容：上卷五篇，都是關於後四十回續書的，主要從行文優劣的角度和情節發展線索方面，對程、高補作加以批評；中卷六篇，第一篇談作者的態度，目的是探求曹雪芹的作意，其餘五篇，有的講作品的風格、時間、地點，有的推求八十回以後的情節，有的考訂秦可卿的死因，都沒有脫離開《紅樓夢》的「本文」；下卷六篇，第一、二兩篇談版本，實際上是對後四十回續書問題的補論，其他四篇內容較雜，故作爲附錄⑪。一九五二年，經過增刪修改過的《紅樓夢辨》以《紅樓夢研究》的書名重新出版⑫，內容上更突出了原書的特點，即研究的重心是《紅樓夢》的內容和有關版本。研究方法雖然是考證學的方法，但和作品扣得比較緊，是與文學鑒賞結合起來的文學考證。

一個是歷史考證，一個是文學考證，這是俞平伯的《紅樓夢》研究與胡適的《紅樓夢》考證的根本不同之處。過去我們把俞平伯和胡適完全等同起來，沒有發現俞平伯先生《紅樓夢》研究的特異點，在學術上未免失之交臂。現在看來，從《紅樓夢辨》到《紅樓夢研究》，俞平伯先生致力於紅學考證，卻不同於通常的紅學考證，他的研究一開始就包含有與小說批評派紅學合流的趨向。

考證派紅學集大成者周汝昌

考證派紅學的中堅、集大成者不是俞平伯，而是周汝昌。

周汝昌先生的《紅樓夢新證》係一九四七年秋天至一九五〇年寫就，一九五三年由上海棠棣出版社出版。這之前，他曾於一九四七年發表〈紅樓夢作者曹雪芹生卒年之新推定〉一文⑬，根據敦敏《懋齋詩鈔》的〈小詩代柬寄曹雪芹〉，提出曹雪芹當卒於乾隆二十八年癸未（一七六三年）除夕，受到了紅學界的重視⑭。胡適的《紅樓夢考證》，只是給曹雪芹的家世生平勾勒了一個大致的輪廓；周汝昌的《紅樓夢新證》，才真正構築了一所設備較為齊全的住室。

關於曹雪芹上世的資料，迄今為止，沒有哪部著作像《紅樓夢新證》搜集得這樣豐富，以至於和《新證》相比，胡適的《考證》中所引用的資料，不過是小巫見大巫。周汝昌寫道：「以我們今日所知，有關曹家歷史而足以幫助我們了解《紅樓夢》的史料，不僅超過那篇《考證》不知多少倍，抑且發現其中有許多不可饒恕的錯誤。」⑮ 曹家上世的三軸誥命、四軸《楝亭圖》、敦敏的《懋齋詩鈔》、裕瑞的《棗窗閑筆》、蕭奭的《永憲錄》等孤本秘笈，都是周汝昌以驚喜的心情一手發掘出來的。《新證》設有《史料編年》專章，引用書籍在一百二十種以上；一九七六年增訂時，該章擴展爲三十六萬字，約占全書篇幅的二分之一，內容更加充實。此外周汝昌先生還撰有《曹雪芹家世生平叢話》⑯和《曹雪芹小傳》⑰，有關《紅樓夢》作者曹雪芹家世生平的歷史資料，如果不能說已被他「一網打盡」，確實所剩無多。他憑藉這些資料，運用嚴格的考證學的方法，建構了自己的紅學體系。

周汝昌紅學考證的重點，是曹雪芹的家族歷史和作者的生平事跡，也就是胡適強調的時代和作者。這後一方面，周汝昌先生稱作「芹學」⑱，是爲曹學的一個組成部分。從曹雪芹家族的籍貫、所屬的旗籍、幾門重要親戚的狀況、盛衰的原因，到曹雪芹的生卒年和抄家後回到北京的行蹤，以及晚年著書西郊的經過，周汝昌都有自己獨到的和系統的看法。這些看法不僅和胡適有很大不同，與許多其他的紅學家也有所區別。真正是帶有系統性的紅學一家言。當然就捕捉的對象和運用的方法來說，他是承胡適而來，與俞平伯反而無涉。通過考證，康、雍、乾時期的社會政治特徵，特別是皇室的傾軋和攘奪⑲，得到了生動的再現，爲讀者理解《紅樓夢》提供了充分的背景材料。曹雪芹的祖父曹寅在江南的活動，織造一職負有的政治使命，曹寅和明遺民的關係，都是周汝昌具體考證出來並提出創見。

被稱爲「湖廣四強」之一的杜岕，是明遺民中有名的孤介峻厲之士，但與曹寅保持著非比尋常的關係。康熙二十四年五月，曹寅自江寧還京師任內務府郎中，杜岕賦長詩送別，其中寫道：「昔有吳公子，歷聘遊上國。請觀六代樂，風雅擅通識。彼乃聞道人，所友非佻達。又有魏陳思，肅詔苦行役。翩翩雍丘王，恐懼承明謁。《種葛》見深衷，《驅車》吐肝膈。古來此二賢，流傳著史冊。」又說：「我觀古人豪，保身謂明哲。其道無兩端，素位即自得。置身富貴外，蘧幾何通塞。譬如運甕者，醯雞非所屑。外身身始存，老氏養生術。」接下去還有：「經緯救世言，委蛇遵時策。奇文君能賞，疑義君能析。」通篇感情深摯不說，主要是規勸曹寅如何爲官處世，明顯地涉及政治態度，如「素位」、「委蛇」等等，可見「二人非泛交」。

這首詩是周汝昌從杜的《些山集輯》中找出來的，著錄在《紅樓夢新證》「史事稽年」一章，並做了詳細考訂。他提出：「曹寅等人當時之實際政見何若，頗可全面研究。」⑳ 而杜岕在爲曹寅的詩集所寫的序裡，更單刀直入地寫道：「與荔軒別五年，同學者以南北爲修塗，以出處爲戶限，每搔首曰：『荔軒何爲哉？』既而讀陳思《仙人篇》，詠閶闔，羨潛光，乃知陳思之心即荔軒之心，未嘗不爽然自失焉！」㉑ 這是說開始對曹寅感到不可理解，後來發現曹寅和三國時的曹植有相同的想法，便覺得原來的「戶限」沒有必要了。

那末，什麼是「陳思之心」呢？周汝昌在曹寅《南轅雜詩》第十一首的小注裡找到了線索。詩是七絕，四句爲：「不遇王喬死即休，吾山何必樹松楸。黃初實下千秋淚，卻望臨淄作首丘。」小注是：「子建聞曹丕受禪，大哭。見魏志。」㉒ 曹丕受禪而曹植痛哭，是歷史上有名的典故，就中包含著對司馬氏篡漢的預斷，因爲曹植於司馬氏的野心早有察覺。所以周汝昌發現的這條線索是極爲重要的。待到他看到明代張溥的評論：「論者又云，禪代事起，子建發憤怨泣，使其嗣爵，必終身臣漢，則王之心其周文王乎？余將登箕山而問許由焉。」㉓於是恍然大悟，說道：「杜老微詞閃爍地所謂『陳思』的『君子』的那『之心』，就是這個『臣漢』『之心』了。」㉔就是說，陳思王曹植有臣漢之心，杜岕說「陳思之心即荔軒之心」，證明曹寅也有臣漢之心。結論是否完全符合曹寅實際，是另外一回事，至少明遺民杜岕認爲曹寅有臣漢之心這件事㉕，被嚴絲合縫地考證出來了。只此一例，即可見出周汝昌先生紅學考證的功力。還有根據曹家習慣的命名方法，由曹寅的一個弟弟字子猷，逆推出他的名字叫曹宣，來源於《詩經・大雅・桑柔》：「秉心宣猶，考慎其相。」從而找到「迷失」的曹宣，就紅學考證來說，的確是一種學術貢獻。

周汝昌的紅學考證，以曹雪芹的家世生平爲主，卻又不限於曹雪芹的家世生平。《紅樓夢》的不同版本、脂硯齋的批語、後四十回續書與曹雪芹和《紅樓夢》有關的文物等，周汝昌都試圖考其源流，辨其真僞。《紅樓夢新證》的第八、第九章和附錄編，就是對這幾方面問題的考證。㉖

總的看，考證曹雪芹的家世生平，周汝昌頗多真知灼見，於版本、於脂批、於文物，雖不乏創見，但主觀臆斷成分經常混雜其間，減弱了立論的說服力。最突出的是認爲脂硯齋是史湘雲㉗，無論如何與脂批的內容接不上榫。如《紅樓夢》第四十九回有一條批語寫道：「近之拳譜中有坐馬勢，便以螂之蹲立。昔人愛輕捷便俏，閑取一螂，觀其仰頸疊胸之勢。今四字無出處，卻寫盡矣。脂硯齋評。」批語中大講拳譜，自然不會是女性，許多研究者指出了這一點，但周汝昌先生繼續堅執己說；這反映了他的紅學體系的封閉性。他主張紅學包括曹學、版本學、探佚學、脂學，研究《紅樓夢》本身的思想和藝術不屬於紅學範圍㉘，置考證派紅學於壓倒一切的地位，這正是學術宗派的所謂「嚴家法」。周汝昌先生自己或許並未意識到，他這樣做，實際上局限了包括考證在內的紅學研究的天地。

吳恩裕和吳世昌的貢獻

考證派紅學隊伍相當龐大，胡適、俞平伯、周汝昌之外，還有一批不乏個人心得的有影響的學者。

早在一九二五年，李玄伯就著文對《紅樓夢》的地點問題提出了自己的看法㉙；後來，一九三一年，胡適得到甲戌本，撰寫《考證紅樓夢的新材料》。不久，李玄伯又在《故宮周刊》上發表《曹雪芹家世新考》一文，根據曹寅、曹顒、曹頫的奏摺，比較詳盡地理出了曹家的一般狀況，並認爲曹雪芹是河北豐潤曹氏的後裔㉚。方豪於一九四四年發表的《紅樓夢新考》，則系統考證了《紅樓夢》裡的外國地名和外國物品，包括外國呢布、鐘錶、工藝品、飲食、藥品、動物、美術等，一一追溯其來歷，指出其中之洋貨大都是貢品，從而見出《紅樓夢》中之賈府以至於曹雪芹的家族的特殊身分和特殊地位㉛。

對於多種西洋器物，方豪盡可能考證出最早傳入中國的時間及在社會上的流行的情形。如《紅樓夢》第四十四回寫到洋漆架，第五十三回寫到洋漆茶盤，方豪查到了雍正賜給葡萄牙使臣的禮品單，其中有一箱全部是洋漆妝奩，另外一箱有洋漆柿子盒一對和洋漆蓋碗四件，說明洋漆器物在清初是很貴重的。又如自鳴鍾，是最早傳入的西洋物品，義大利傳教士利瑪竇來中國即帶有此物，到乾隆時已普及士大夫家，但康熙時還相當珍貴。《紅樓夢》第七十二回寫鳳姐變賣一個金自鳴鐘，售價爲五百六十兩銀子，而另外四五箱銅錫器皿總共賣了三百銀子。所以方豪得出結論說：「《紅樓夢》之作必在乾隆前也。」結論正確與否，自當別論，考證之細，令人讚歎。還有曾次亮、朱南銑，王利器、周紹良，也是考證派紅學的重要人物。曾次亮考證曹雪芹的卒年，引入「時憲曆」，證明癸未年春季的交節比壬午年早十八天㉜，增加了曹雪芹卒年癸未說的論證力量。王利器一九五七年發表《關於高鶚的一些材料》㉝，對後四十回續書的研究甚有裨益。朱南銑和周紹良合編的《紅樓夢書錄》、《紅樓夢卷》㉞是彙集曹雪芹和《紅樓夢》有關資料最全、最豐富的兩部書，給予紅學研究者的嘉惠，非三言兩語所能道盡。

不過，我想著重介紹一下吳恩裕和吳世昌兩位先生，他們是考證派紅學的兩員大將，是五六十年代與周汝昌鼎足而三的著名紅學家。周汝昌以考證曹雪芹的家世著稱，吳恩裕以搜求曹雪芹的生平事跡見長，吳世昌以研究《紅樓夢》的版本和成書過程爲主。三個人最活躍的時期，是考證派紅學最興旺的時期。

吳恩裕以治西方政治思想史而涉身紅學，始於一九五四年，《曹雪芹的生平》是最初的代表作㉟。不久，便有專門考證有關曹雪芹文獻資料的《有關曹雪芹八種》問世㊱，一九六三年，又擴展爲

「十種」㊲，最後彙輯爲《曹雪芹叢考》一書㊳。和周汝昌一樣，吳恩裕也很注意最新材料的發掘，敦敏的《懋齋詩鈔》手稿、敦誠的《鷦鷯庵筆麈》手稿、永忠的《延芬室集》稿本，及抄本《四松堂詩鈔》和《鷦鷯庵雜詩》，都是吳恩裕先生發現的。通過對這些新材料的考訂，雪芹從南京回到北京後的行蹤事跡得到了進一步說明。最突出的是對敦誠「當時虎門數晨夕」詩句的考證，使我們知道曹雪芹曾經在右翼宗學做過事，這是吳恩裕的一個獨特發現，已爲絕大多數紅學家所承認。

敦誠的〈寄懷曹雪芹〉是一首七言古詩，全詩十八句，寫道：

少陵昔贈曹將軍，曾曰魏武之子孫。
君又無乃將軍後，於今環堵蓬蒿屯。
揚州舊夢久已覺，且著臨邛犢鼻褌。
愛君詩筆有奇氣，直追昌谷破籬樊。
當時虎門數晨夕，西窗剪燭風雨昏。
接䍦倒著容君傲，高談雄辯虱手捫。
感時思君不相見，薊門落日松亭樽。
勸君莫彈食客鋏，勸君莫叩富兒門。
殘杯冷炙有德色，不如著書黃葉村。㊴

敦誠這首詩從曹雪芹的身世講到曹雪芹的人格，包括詩風和談風的特點，既有對往昔舊夢的回憶，又有貧窮著書的現實景況的描繪，無疑是考證雪芹生平事跡的極爲難得的材料。但詩中「當時虎門數晨夕」句，索解甚難。周汝昌《紅樓夢新證》，初版認爲「『虎門』不詳所指」，再版釋爲「侍衛值班守衛的宮門」，因而斷定「虎門」句是指雪芹與敦誠曾同爲侍衛，時間大約在乾隆四五年以後㊵。但現有關於二敦的材料中，並沒有敦誠做過侍衛的記錄，而且乾隆四五年的時候敦誠剛六七歲，也沒有做侍衛的可能。

所以吳恩裕不同意周汝昌對「虎門」的解釋，從敦敏和敦誠的詩文中找出另外五個「虎門」㊶，證明這個詞指的是宗學，即北京西單牌樓北石虎胡同的右翼宗學㊷。所提證據是極有說服力的，除個別學者尚有異見㊸，絕大多數紅學家都傾向於贊同吳恩裕先生的意見。這一考訂，塡補了曹雪芹生平事跡的一大段空白，意義自可想見。但也還有遺留的問題，主要是雪芹在右翼宗學做什麼事情不好肯定。讀書？不可能，因爲當時雪芹至少在三十歲以上，敦敏和敦誠，一個二十歲左右，一個十五六歲，不可能是宗學同學。況且敦誠詩中有句說：「同學盡同姓。㊹」可以反證。當教師？二敦關於雪芹的詩都是平輩口氣，不像是師生關係。因此吳恩裕疑爲當輔助教學的人員或是職員，然終無確證。

吳世昌的紅學考證的成果，主要反映在《紅樓夢探源》和《紅樓夢探源外編》㊺兩部論著中。他寫的《論脂硯齋重評〈石頭記〉（七十八回本）的構成、年代和評語》、《殘本脂評〈石頭記〉的底本及其年代》、《〈紅樓夢稿〉的成分及其年代》等關於版本的論文㊻，在紅學界有較大影響。胡適雖然於一九三三年得到庚辰本《石頭記》，但並未做細緻研究，只是簡單地介紹了一番；一九五五年該書影印出版以後，長時間也沒有深入的研究文章出現。吳世昌是對庚辰本《石頭記》進行全面的和細緻的考證的第一人。庚辰本、甲戌本，都是過錄本，不能代表各自底本的實際年份，吳世昌指出了這一點，不同意以庚辰、甲戌等干支作爲版本的名稱㊼，是頗有道理的。特別甲戌本卷首的一篇「凡例」，吳世昌認爲不僅不是曹雪芹所作，和脂硯齋也沒有什麼關係㊽，著論的說服力較強。自從胡適提出《紅樓夢》是曹雪芹的「自敍傳」以後，許多紅學家，包括不贊成自傳說的紅學家，都認爲主人公賈寶玉的模特兒是曹雪芹。對此，吳世昌則另立新說，在仔細辨別脂批的基礎上，得出「寶玉不是雪芹自述，作者用少年時代的脂硯爲模特兒」的結論，雖然坐實脂硯齋爲曹宣的第四子，名碩，字竹磵，證據似嫌不足㊾。還有，吳世昌根據甲戌本第一回的一段批語：「雪芹舊有《風月寶鑑》之書，乃其弟棠村序也。今棠村已逝，余睹新懷舊，故仍因之。」認爲早期抄本的一些回前總評，包括第一回前面「此開卷第一回也」以下一大段文字，均是棠村爲雪芹的舊稿《風月寶鑑》所作的序文㊿。

這些看法的可靠性如何，尚需進一步證實，但讀書之細、思考之勤、縷析之密，足可反映出紅學考證派好學深思的治學特點。

考證派紅學的大會戰

紅學考證達到高潮是一九六二年對曹雪芹卒年的考證。這是一次考證派紅學的大會戰，是對紅學考證隊伍的集中檢閱。僅一九六二年三月十日至七月八日四個月的時間，《光明日報》和《文匯報》就接連發表吳恩裕、吳世昌、周汝昌、周紹良、朱南銑、陳毓羆，鄧允建等寫的互相駁難的文章十三篇㊿，考證派紅學的幾員大將和主力隊員全部出動，無論動員的規模，造成的聲勢，還是達到的深度，產生的影響，都爲自有紅學考證以來所僅見。討論結果雖未達成一致意見，但彼此論點得到了澄清，使論證在現有材料基礎上被逼得大大深入一步。

曹雪芹的卒年過去主要有兩說。一是壬午說，主張雪芹卒於乾隆二十七年壬午（西元一七六三年二月十二日）除夕，一是癸未說，認爲卒於乾隆二十八年癸未（西元一七六四年二月一日）除夕。前者根據甲戌本《石頭記》第一回的一條批語：「能解者方有辛酸之淚，哭成此書。壬午除夕，書未成，芹爲淚盡而逝。」落款是「甲午八月淚筆」，沒有署名，但加批者不是脂硯齋就是畸笏叟，兩個人都是曹氏家族中人，對雪芹的卒年自然不會寫錯，所以認爲卒於乾隆二十七年壬午理應沒有什麼問題。

胡適一九二七年得到甲戌本時，即根據這條批語，認定雪芹卒年是壬午除夕，改變了以前的甲申說52。可是後來周汝昌從敦敏的《懋齋詩鈔》中，發現了〈小詩代柬寄曹雪芹〉一詩，寫道：「東風吹杏雨，又早落花辰。好枉故人駕，來看小院春。詩才憶曹植，酒盞愧陳遵。上巳前三日，相勞醉碧茵。」

這首詩前面的第三首〈古剎小憩〉題下署癸未二字，那末順沿下來，〈小詩代柬〉也應該是癸未年所作。「上巳」是農曆三月初三，乾隆癸未年二月小，「前三日」當是二月二十九日。就是說，敦敏在癸未年春天還向曹雪芹發出邀請，希望他二月二十九日到敦宅飲酒賞春，可見雪芹還健在，並沒有在壬午年除夕離開人世，而是死於癸未除夕。於是，便發生了《懋齋詩鈔》是否嚴格編年問題。

主癸未說者認為是嚴格編年，主壬午說者認為不是嚴格編年。《古剎小憩》詩題下的「癸未」二字，壬午論者目驗後發現是挖改貼補而成，更增加了對署年準確性的懷疑；癸未論者則說，如貼改也是作者自己貼改，只會改對，不會改錯。對於壬午說立論基礎的那條脂批，癸未說者斷定是脂硯或畸笏誤記，因為甲午是乾隆三十九年，距雪芹逝世已十一年之久，批者至少在七十五歲以上，況且是「淚筆」，激動如此，誤記年分是可能的。壬午論者則答覆說，正因為雪芹的逝世是對脂硯或畸笏的重大打擊，痛哭著批，反而不致弄錯年分。後來靖應鵾藏本出來，這條脂批署的是「甲申八月」，「誤記」的說法便不好成立了。但靖本迄今並未公諸於世，批語係轉抄，是否有誤，尚待驗證。對癸未論者懷疑脂批誤記年分而又不放棄除夕兩個字，壬午說者頗不以為然，指其自相矛盾，但癸未論者認為，年分可以記錯，除夕在中國是特殊的日子，絕不會記錯。一九六二年這場大論爭，主要圍繞脂批的可靠性和《懋齋詩鈔》的編年問題逐次展開。

考證曹雪芹的卒年，還涉及敦誠的輓詩問題。《四松堂集》稿本裡有一首〈輓曹雪芹〉：「四十年華付杳冥，哀旌一片阿誰銘。孤兒渺漠魂應逐，新婦飄零目豈瞑。牛鬼遺文悲李賀，鹿車荷鍤葬劉伶。故人惟有青山淚，絮酒生芻上舊坰。」第三句下有小注：「前數月，伊子殤，因感傷成疾。」這首詩的詩題下有「甲申」字樣，說明作於甲申，即乾隆二十九年。從詩的內容看，應該是雪芹死後不久的送葬詩，寫詩的時間和雪芹辭世的時間相去不會太遠。因此這首詩對癸未說是有利的，而不利於壬午說。但《鷦鷯庵雜詩》中，保留有另外兩首〈輓曹雪芹〉，一首是：

四十蕭然太瘦生，曉風昨日拂銘旌。
腸回故壟孤兒泣，淚進荒天寡婦聲。
牛鬼遺文悲李賀，鹿車荷鍤葬劉伶。
故人欲有生芻吊，何處招魂賦楚蘅。

另一首是：

開篋猶存冰雪文，故交零落散如雲。
三年下第曾憐我，一病無醫竟負君。

鄴下人才應有恨，山陽殘笛不堪聞。
他時瘦馬西州路，宿草寒煙對落曛。

第一首的第三句「腸回故壟孤兒泣」後面，也有「前數月，伊子殤，因感傷成疾」的小注，顯然是「四十年華付杳瞑」一詩的初稿，因五、六句出了韻（「八庚」變成「九青」），不得不加以改寫。這兩首詩沒有署年，壬午論者寧肯相信作於癸未年春天，最後定稿是在甲申。所以認爲和雪芹卒於壬午年除夕不僅不矛盾，反而理有必然。癸未論者則說這兩首詩肯定作於甲申，不可能初稿和定稿相隔一年多時間，況且「曉風昨日拂銘旌」句，明顯指送葬歸來即寫輓詩，這和改定稿的「絮酒」、「生芻」均指新喪正好相合。

以對輓詩的箋釋來說，癸未論者的析詞解詁是有說服力的，使壬午論者處於招架之勢。而且，懷疑輓詩作於甲申的只是一部分壬午論者，另外的壬午論者並不懷疑輓詩的署年，甚至也承認是送葬詩，只不過他們認爲是經年而葬，即卒於壬午，停靈一年，到甲申初下葬。這樣一來，問題更複雜化了，於是又產生了經年而葬是不是排場的爭論。愈討論愈生葛藤，雙方已沒有可能達成一致意見，只好暫時告一段落。

考證派紅學家中，俞平伯、王佩璋、周紹良、陳毓羆、鄧允建主張壬午說，周汝昌、吳世昌、吳恩裕、曾次亮、朱南銑主張癸未說。胡適開始發表《紅樓夢考證》時，認爲曹雪芹卒於乾隆二十九年甲申，後改主壬午，再後來表示同意周汝昌的癸未說，到晚年又改主壬午[53]。海外紅學家中，壬午說占上風，以《紅樓夢新探》作者趙岡堅持最力。[54]

危機中的生機

我覺得對曹雪芹卒年問題的大論戰，是考證派紅學的轉捩點。如果說這以前紅學考證處於不斷發展之中，並在一九六二至一九六三年紀念曹雪芹逝世二百周年時形成高潮，那麼，這以後紅學考證便從高峰上跌落下來，逐漸走向平淡無奇的道路，至少對曹雪芹生平事跡和家族歷史的考證是如此。出現這種情況，固然與六十年代後半期至七十年代前半期國內發生動亂有關，主要還是由於考證派紅學自身出現了危機。

紅學考證必須以客觀材料爲前提，而材料的發掘受種種條件的制約，到一定時期就要達到一個相對的極限。如同余英時先生所說：「新材料的發現是具有高度偶然性的，而且不可避免地有其極限。一旦新材料不復出現，則整個研究工作勢必陷於停頓。」[55] 所以，考證派紅學的危機，首先是材料的危機。儘管六十年代中期以來，陸續有過一些曹雪芹家世生平資料被發現的消息，但常常真僞莫辨，一邊「發現」，一邊引起爭議，很難作爲研究紅學或者曹學的科學依據[56]。當然危機也好，停頓也好，都是在相對的意義上說的，考證派紅學並沒有從某一天開始突然全部土崩瓦解。挖掘新材料有困難，對舊材料重新加以考訂，仍然有可能得出新的結論。

趙岡的《紅樓夢新探》就是一個突出的例子。

如果一定要求紅學考證必須以新發現的材料爲依據，則《新探》絕沒有這個條件，這一點，作者在序言裡說得很清楚：「我們因受環境及時間所限，無法按自己設想的線索去發掘原始材料。書中所用者都是第二手材料，早經別人反覆討論了很久。我們不過是把這些材料重新整理一番。」[57]然而這個「重新整理」的工作是極爲重要的，紅學考證持續了半個世紀，學者們忙於建立己說，一直沒有人做這種綜合的工作。《紅樓夢新探》把歷年來紅學考證的有關材料，加以溶解和進行系統的梳理，分門別類地做出解釋和說明，在充分比較諸說短長的基礎上，或從他說，或出己見，行文質樸，容易使人接受。書中有些觀點，如說敦誠詩「當時虎門數晨夕」的「虎門」，係指與雪芹共同參加乾隆丙子的順天鄉試[58]，以及認爲脂硯齋是曹顒遺腹子曹天佑[59]、畸笏叟是曹頫[60]等等，究竟可靠性如何，似不好遽然論定，只能作爲考證中的一說來看。但《新探》提出賈寶玉是曹雪芹和脂硯齋的合傳[61]，與脂批的內容肯定是相吻合的。還有推斷甲戌本的底本是庚辰本以後整理出來的一個新定本[62]，也是很深刻的看法，論證有相當說服力。

不過，更值得注意的是第四章對後四十回續書的研究，經過比較，考證出程、高排字本共有甲、乙、丙三版，通常所說的程乙本，實際上是程丙本，甲、丙之間還有一個胡天獵本，是爲真正的程乙本。這一發現，意義相當重大，可以完全否定高鶚續寫後四十回之說。《新探》通過對《紅樓夢稿》的研究，考證出夢稿本的大致產生經過，認爲該本藏主原有一部八十回的脂本，後來得知程偉元弄到了後四十回的文稿，便借來抄下，與前八十回合訂在一起，這就成了夢稿本的正文。但這時程、高正在「複集各原本詳加校閱」，於是夢稿本的前八十回也被高鶚借去，作爲一種版本的參考，看完之後遂在結尾處寫了「蘭墅閱過」四字。程偉元當時得到的後四十回殘稿，可能確實「漶漫不可收拾」，所以才拉上高鶚補訂、修改。夢稿本藏主一定了解程、高補訂工作的進程，俟其最後一次改定，便用此定稿本即程丙本來校改手中的抄本[63]。雖然這只是一種描述，帶有推論性質，但描述前已經作了詳細考證，不失爲對夢稿本抄配特點的一種合理的解釋。《新探》結合研究夢稿本，確認後四十回續書不出自高鶚手筆，列舉的理由比過去要充實得多。

再一個例子是馮其庸的《曹雪芹家世新考》。

一九六三年，紀念曹雪芹逝世二百周年展覽會展出了一部《遼東曹氏宗譜》，後來就不見了，所以一直沒有人進行深入的研究。一九七五年馮先生訪得此譜，在查閱大量歷史資料的基礎上，考證出五慶堂的始祖是曹俊，而不是宗譜上標出的曹良臣，連第二代的曹泰、曹義也是竄入的，都與曹俊不相瓜葛[64]。由於引證史料豐富，言必有據，無論對宗譜真僞持何種看法，都會贊同曹俊是五慶堂曹氏始祖的結論。馮其庸還從于成龍撰修的稿本《江寧府志》和唐開陶撰修的《上元縣誌》中，發現了兩篇完整的《曹璽傳》，這在資料短缺的情況下，不失爲重要的發現。

于《志》明確記載曹璽的第二子叫曹宣，證實周汝昌的考證是正確的；唐《志》有「孫顒，字孚若」、「頫，字昂友」的記載，補上了過去曹顒和曹頫有名無字的缺佚[65]。曹顒的「顒」字來自《易·觀卦》：「盥而不薦，有孚顒若。」所以名顒，字孚若，和曹寅字子清取自《尚書·舜典》

「夙夜惟寅，直哉惟清」，在用法上是一致的。曹頫字昂友，略同於元代畫家趙孟頫的字子昂，因力「頫」、「俯」音義全同，「昂」又同「仰」，都來自《易．繫辭上》的「仰以觀於天文，俯以察於地理」[66]。這是曹家取名字的慣例。馮其庸對曹雪芹家世的研究和考證，是近年來最勤奮成績最突出的一個，於周汝昌的《紅樓夢新證》有證實之處，也有是正之處。

曹寅和明遺民顧景星的關係，始終是考證派紅學家的未解之謎，周汝昌在《紅樓夢新證》「史事稽年」章引錄了張士伋爲顧氏《白茅堂集》所作序言後，寫道：「如是則景星與寅確屬舅甥無疑。然寅母姓孫氏，且遼沈旗人，如何能與蘄州明逸民人士聯姻？實不易解。」[67] 後來在《曹雪芹家世生平叢話》中又反覆致疑：「他們之間的『舅甥契誼』，已無疑問，這是因爲不但曹寅親口稱顧老爲『舅氏』，就是顧老做詩做文給曹寅，所用的典故，如『老我形骸穢，多君珠玉如』，如『李白贈高五詩，謂其價重明月，聲動天門，即以贈吾子清』等話，也正都是舅甥的故事。這事就奇了！我至今鬧不清，大明蘄州顧氏和大清滿洲曹氏，是什麼時候、什麼緣由而結成姻親的？」[68] 周先生發出呼籲：「誠盼海內博雅，告以原委，借明此段滿、漢、朝、野勢不相並的兩種家族間聯姻的掌故，所關或亦匪淺也。」[69] 博雅考訂如周汝昌者，尚且徒喚奈何，可見這個問題的難度。其實，鄧之誠在《清詩紀事初編》裡已經發出了疑問，說曹寅與「南中名士，無不交往，盛有所遺，或爲之刻集，唯稱顧景星舅氏，爲不可解」[70]。

顧景星字赤方，號黃公，湖北蘄州人，明朝貢生，與「黃岡二杜」齊名。康熙十八年舉博學弘詞，顧景星被征入京，稱病不試，是個很有氣節的明遺民。他是曹寅的舅舅，這一點是沒有問題的。康熙三十九年，顧景星棄世十四年之後，曹寅在《舅氏顧赤方先生擁書圖記》中對此已直言不諱⑪。問題在於如何結的姻親？《紅樓夢學刊》一九八二年第三期刊載的朱淡文的《曹寅小考》一文，專門就這個問題作了探討，雖不能說已獲得全部答案，終於在揭開謎底的道路上躍出了關鍵性的幾步。

作者首先根據明末清初的皇子保姆制度的有關規定，比較玄燁、曹璽妻孫氏和曹寅的年齡，確定孫氏不可能是曹寅的生母。玄燁生於順治十一年，此時入選爲保姆的孫氏二十三歲，至二十七歲，即順治十五年，曹寅已生。則懷曹寅應在順治十四年，彼時玄燁剛剛三四歲，孫氏不可能出宮，所以她不會是曹寅的生母。事實上，曹寅的生母最遲在康熙十八年的時候即已故去，而這時孫氏還健在。《曹寅小考》通過對顧景星〈懷曹子清〉一詩用典的考釋反證了這一點。〈懷曹子清〉意在追念康熙十八年南歸時與曹寅告別的情景，最後兩句是：「深慚路車贈，近苦寒鴻疏。」典出《詩經・秦風・渭陽》：「我送舅氏，曰至渭陽，何以贈之，路車乘黃。」按《詩序》的解釋，《渭陽》寫的是晉文公重耳離秦返晉，他的外甥秦康公送行到渭水，當時康公母已亡，所以詩中包含有「念母之不見也，我見舅氏，如母存焉」的意思。只有當母親亡故以後，才能用此「路車」之典。以顧景星的博學，他當然知道此典的用法。所以朱淡文得出結論說：「曹寅生母至遲在康熙十八年已經亡故。孫氏決非曹寅生母，因爲當時她好好活著，正在江寧做她的一品夫人。」這一反證，極其有力。如是，則曹寅爲顧赤方之妹顧氏所生無疑矣。

《曹寅小考》的作者又從顧景星的《先妣李孺人行狀》，及顧景星第三子顧昌的《耳提錄・神契略》中發現了線索，證明顧景星確有一個家傳不載的異母妹，如同秦康公的母親穆姬是晉文公的異母妹一樣。

顧家在明末大動亂中，自崇禎十六年開始流亡，先是幾乎被張獻忠部下所殺，倖免後避居鴻宿洲，不久又徙西塞山，僕婢三四人叛離，父子大病兩月。後來到九江，再到江寧，終於回到原籍昆山，這期間，姊、姑先後病死。順治二年，清兵屠昆山，顧家再次逃亡。接連不斷的逃亡生活，失落幼妹是可能的。《小考》的作者認爲就是在這一期間，顧景星的妹妹歸曹璽了，方式可能是被清兵劫掠，也可能如《紅樓夢》裡的英蓮一樣，被拐賣，然後爲曹璽收房，還可能如同嬌杏，係封肅之流轉贈。

曹寅生於順治十五年，假定顧景星的幼妹失落時五歲左右，到順治十五年合十八九歲，此時生曹寅，在年齡上是相宜的。甚至可以設想，顧景星的這個幼妹，是否爲逃難中叛離的三四個僕婢攜走？然後被「單管偷拐五六歲的兒女」的拐子所拐，「養在一個僻靜之處，到十一二歲，度其容貌，帶至他鄉轉賣」？可以想見，此幼妹長大之後，才貌必不尋常；而「讀書洞徹古今，負經濟才，兼藝能」的曹璽，也一定是個「絕風流人品」，他一定是「破價」買來，先做侍婢，後收房爲妾。還可以想見，顧氏和曹璽的感情一定至爲和美，孫氏不免耿耿，因此顧氏的早逝說不定與這種妻妾糾葛有一定關聯。如果這樣，那就和《紅樓夢》中英蓮的遭遇太相似了。難道曹璽和「平生遭際實堪傷」的顧氏的這段「夢幻情緣」，真的爲《紅樓夢》的寫作從一個側面提供了故事線索？也許因此之故，英蓮才被排在「副冊」的第一名，地位在晴雯、襲人以上，似乎格外爲作者所重。這真是「說起根由雖近荒唐，細諳則深有趣味」。

好了，我原是在向讀者介紹朱淡文的《曹寅小考》，不料被她的考證所吸引，不自覺地循其思路推演起來，幾乎忘了自己的使命，現在讓我們繼續介紹。

《小考》的另一貢獻，是對曹寅、曹宣兄弟關係的考證有所深入，解決了曹璽死後，曹寅繼任江寧織造，但旋即又受命北上，由桑格行織造職的原因。曹宣生於順治十七年，生時玄燁已滿七歲，第二年就登基了，恰好是孫氏出宮的時候。顧景星《白茅堂全集》隻字不及曹宣，可見曹宣不是顧氏所生，而是孫氏所生，寅、宣二人是異母兄弟。這從曹寅很早就到康熙身邊當差，曹宣卻一直留在曹璽和孫氏身邊這點上，也可以得到證實。曹寅是庶長子，這在封建宗法社會是很不利的，但由於他天分高，才能出眾，顯然曹璽喜歡，康熙也很賞識，故讓曹寅承襲父職。曹璽於康熙二十三年六月卒於任所，不久就「奉旨以長子寅仍協理江寧織造事務」。但不知爲什麼，第二年曹寅又回京師了，直到康熙三十一年，在做了兩年蘇州織造後，才到江寧任織造職，這期間由桑格行江寧織造職守。結果使紅學考證家們猜測紛紛，歧見百出。朱淡文對此提出了自己的看法，她說：

> 我們推測，事情可能是這樣發展的：曹璽一死，康熙有意讓曹寅繼任，故先命其「協理江寧織造」。但這一任命不會受到孫氏和曹宣的歡迎。當年十一月，康熙南巡至江寧，「親臨其署，撫慰諸孤」，孫氏當有見駕機會。她可以向皇帝提出請求。曹寅是「講性命之學」的理學家，最重忠孝友于，就奏請康熙更改旨意，讓「愛弟」曹宣承繼父職。但曹宣

> 年輕缺乏經驗，難以當此重任，未獲康熙批准。為了照顧孫氏保姆的感情，康熙命資歷較深的馬桑格任江寧織造暫為過渡。據《歷朝八旗雜擋》，桑格十二月初三升江寧織造，似為康熙根據曹家情況當場做出的決定。康熙心中自有成算，先安排曹寅回內務府任職，曹宣「為朝廷管冊府」，使兄弟倆各得其所。若干年後再將曹寅外放織造，就與庶子襲職無關了，孫氏和曹宣也無話可說。曹寅忠孝友一箭三雕，豈不妙哉。

考證固然靠材料說話，但在有關材料大體具備的情況下，從思路上加以連接，由已知推測未知，是容許的。上述推測顯然具有極大的合理性。爲增強論證力量，《曹寅小考》舉出曹寅奔父喪期間所作的〈放愁詩〉，指出詩中有「五臟六腑，瘡痍未補；芒刺滿腹，荼蘖毒苦」的句子，已超出「愁」的範圍。甚至曹寅想離家出走，以此來保證「手足輯睦，琴瑟靜偕」，或者以求仙學道爲卻愁之方。

這到底是爲什麼？如果不是母子、兄弟大鬧矛盾，曹寅斷不會做如是想。而杜岕送曹寅回京任職的《思賢篇》，也透露出消息：「翩翩雍丘王，恐懼承明謁。《種葛》見深衷，《驅車》吐肝膈。」雍丘王曹植的《種葛篇》的「昔爲同池魚，今爲商與參」的感慨[72]，《驅車篇》則要登泰山以求仙[73]，都是與曹丕的矛盾所致，恰好和曹寅同一心境。更主要的，曹寅、曹宣兄弟不和，康熙完全了解，所以當後來曹顒病故，選擇子嗣時，玄燁有「他們弟兄原也不和」的話，說不定就是曹璽死後因繼任織造發生矛盾的往事還留在康熙的記憶裡。

《曹寅小考》對曹寅與顧景星甥舅關係的探討，對曹寅、曹宣兄弟矛盾的考察，確實前進了一大步，因此不避辭費，做了較詳細的介紹。我想以此說明，由於客觀材料的限制，考證派紅學到一定時期無法不陷入危機，但也並不是走入絕境，如果方法對頭，還可以絕處逢生，重新獲得某種生機。這裡不妨再舉一例。曹雪芹的卒年，壬午、癸未兩說長期對峙，相持不下，經過一九六二年的會戰，仍無結果。但一九八〇年第三期《紅樓夢學刊》發表的梅挺秀的《曹雪芹卒年新考》一文，提出了新說。作者認爲甲戌本第一回關於雪芹卒年的那段批語是由不同部分組成的，具體說是三條批語，應作如下標點、分段：

能解者方有辛酸之淚，哭成此書。壬午除夕。

書未成，芹為淚盡而逝。余嘗哭芹，淚亦待盡。每意覓青埂峰再問石兄，余（奈）不遇獺（癩）頭和尚何！悵悵！

今而後，惟願造化主再出一芹一脂，余二人亦大快遂心於九泉矣！甲午八月淚筆。

認爲甲戌本上的這段脂批由不同部分組成，「今而後」起提行，和前邊有所分別，過去就有人提出過。但把「今而後」前面的批語也分解成兩部分，以「能解者方有辛酸之淚，哭成此書。壬午除夕」單獨作一條批語，則是梅挺秀先生的創見。就是說，他認爲「壬午除夕」四個字是批語署年，而不是雪芹逝世的時間。

過去把這段批語標點爲：「能解者方有辛酸之淚，哭成此書。壬午除夕，書未成，芹爲淚盡而逝。」是誤斷。「壬午除夕」應上屬，絕不該下屬。實際上，按過去下屬的讀法，語意上是有毛病的：一會說「哭成此書」，一會又說「書未成」，理解起來確有困難。只不過自從胡適一九二八年按下屬標點以後，人們習以爲常，沒有注意到這一點，致使以訛傳訛，訟案迭起。現在梅挺秀先生發現了這個問題，我以爲是對紅學考證的一個貢獻。作爲旁證，他提出壬午年是畸笏集中批《紅樓夢》的一年，庚辰本的第十二至第二十八回，署「壬午」的批語有四十二條之多；而且按記時習慣，有的直接署年月，有的則寫季節，如「壬午春」、「壬午季春」、「壬午孟夏」、「壬午夏雨窗」、「壬午孟夏雨窗」、「壬午重陽」、「壬午重陽日」等。那麼，「壬午除夕」是批語署年而不是雪芹逝世的時間，應無疑義矣。

這樣一來，原來卒年兩說種種爭論不休的問題都可以得到合理的解決。就是說，雪芹是卒於乾隆甲申（一七六四年）年春天，敦誠的〈輓曹雪芹〉及輓詩的兩篇原稿如詩題所標，都作於甲申，是雪芹死後送葬歸來就作的。張宜泉的〈傷芹溪居士〉也是甲申年雪芹死後不久作的，所以詩中有「琴裹壞囊聲漠漠，劍橫破匣影鋩鋩」句；如果寫詩時間很晚，他就看不到這種景象了，也不至於「懷人不見淚成行」那樣傷痛。起句「謝草池邊曉露香」已點明時間是在春天的一個早晨，當然是雪芹逝世那一年即甲申年的春天，不可能是第二年或第三年的春天。連甲戌本那條「淚筆」批語，看來也是靖本的準確，時間是「甲申八月」，而不是「甲午八月」，因爲如是十年以後的甲午下批，感情未必那樣激動。而敦敏的〈小詩代柬寄曹雪芹〉確實作於癸未，那時雪芹還健在，敦氏兄弟邀請他前去賞春飲酒，完全說得通。

至此我覺得雪芹卒年這段公案，可以宣告解決了㊉。本來壬午也好，癸未也好，甲申也好，相差不過一兩年，即使沒有確定下來，也不影響對曹雪芹生平的理解和對《紅樓夢》的評價，但對紅學考證來說，確定不下卒年總是一件憾事。現在確定下來了，即曹雪芹卒於乾隆甲申（一七六四年）年春天，紅學愛好者可以無憾了。

紅學考證的範圍及不平衡性

紅學考證的範圍，胡適最早提出的是作者、時間、版本三項，周汝昌再加以具體化和理論化，確認曹學、版本學、脂學、探佚學爲考證的主要對象。現在材料危機在曹學上表現得最爲明顯，版本學、脂學、探佚學三個方面還有一定的迴旋餘地。胡適、俞平伯、周汝昌開始做紅學考證的時候，《紅樓夢》的早期抄本有的沒有出世，有的雖然出世了，但珍藏在個別學者手中，絕大多數研究者無法窺其奧秘。現在己卯本、庚辰本、甲戌本、夢稿本、舒元煒序本、戚序本已經影印出版；蒙古王府本、夢覺主人序本、鄭振鐸藏本、南京圖書館藏戚序稿本，有的有複印件，有的可以供研究者借閱；連紅學界企盼已久的蘇聯列寧格勒藏抄本，中華書局今年也影印出版了。除「迷失」的南京靖應鵾藏本尚待追尋，已經知道的脂評系統的《紅樓夢》抄本，大多數都比較容易看到，有的已做到學者人手一冊，這爲版本研究提供了方便條件。

因此之故，七十年代中期以後，版本考證出現了小小的熱潮，僅一九七五年至一九八五年共十年的時間，各學術刊物發表的關於《紅樓夢》版本的論文就有一百三十篇之多，台灣、香港地區的數字還沒有包括在內。研究版本問題的專著，出版了多種。一九七五年，吳恩裕、馮其庸兩先生根據己卯本《石頭記》避「祥」字、「曉」字諱，考訂該抄本係怡親王府的藏抄本[75]，爲版本研究開了新生面。不久，馮其庸的對己卯和庚辰做綜合比較研究的《論庚辰本》問世了[76]，這是《紅樓夢》版本考證的第一本專著。當曹學陷入危機的時候，版本學卻出現了生機，這種情況說明，考證派紅學多少還保留一種在對象上的自我調節機制，使它不至於一下子走入絕境。

而從作品本身出發的文學考證，也還有進一步發揮的餘地。一九六九年宋淇撰有〈論「冷月葬花魂」〉一文[77]，參照各早期抄本文字的異同，考析黛玉、湘雲聯句的規定情境，以及黛玉〈葬花詞〉已有「知是花魂與鳥魂」句，第三十七回黛玉〈詠白海棠〉也用於「借得梅花一縷魂」，說明流傳已久的「冷月葬詩魂」實應作「冷月葬花魂」。考論得甚具說服力。因此可以說，研究紅學而採取文學考證的方向，就不會存在危機問題。

至於版本學，是和脂學、探佚學聯繫在一起的。研究版本，特別是研究早期抄本，必然要涉及脂批。現在看到的己卯、庚辰、甲戌、戚序本、夢覺主人序本、蒙古王府本、夢稿本前八十回和列藏本，保存下來的回數多寡不同，上面帶有批語則一。

批語多數沒有署名，但署名的批語爲數也不少。主要的批家是脂硯齋和畸笏叟兩個人，此外還有梅溪、松齋、鑒堂、玉蘭坡、綺園、立松軒等。加批的形式，有眉批、行間批、雙行夾批及回前總評和回末總評。現存早期抄本中，以庚辰本和甲戌本每個單位面積的批語最多。因爲都是過錄本，輾轉相抄的結果，不僅正文異同互見，批語也多有增刪或者經過重新整理。最明顯的是庚辰本和甲戌本，後者的許多批語都是在前者的基礎上整理而成。夢覺主人序本的批語最少，到第十九回，抄錄者索性聲明：「原本評注過多，未免旁雜，反擾正文，刪去以俟觀者凝思入妙。」由批語的多寡和整理情況，可以判定不同的版本過錄時間的早晚。

批語的內容，有的是藝術評論，有的是思想觀點的發揮，有的感歎自己的身世遭際，有的探求《紅樓夢》創作的最初生活依據，包括一言、一事、一個情節以及一個人物的來歷；有的則提示出八十回以後若干情節的線索。批語的特點，是感情貫注而濃烈，彷彿書中描寫的事情都是批書人和作者共同經歷的一般，經常邊批邊失聲痛哭，甚而至於哭得「血淚盈腮」。而且批書人在一定程度上參與了《紅樓夢》的創作過程，他們是批者、抄者兼述者。曹雪芹哪些地方寫得真切，就加批語：「真有是事」、「真有是語」，或更具體地寫道：「是語甚對，余幼時所聞之語合符，哀哉傷哉！」早期抄本一般都題名爲《脂硯齋重評石頭記》，甲戌本第一回且有「至脂硯齋甲戌抄閱再評仍用《石頭記》」的記載，可見批書人在《紅樓夢》寫作中佔有的地位。

脂硯齋和畸笏叟，原來以爲是一個人的兩個化名，靖本第二十二回的一條批語說：「前批知者聊聊。不數年，芹溪、脂硯、杏齋諸子，皆相繼別去。今丁亥夏，只剩朽物一枚，寧不痛殺。」自稱「朽物」，當係畸笏之批，而脂硯已先他而去，說明不是一個人。但脂硯齋是誰？畸笏叟是誰？一直是懸而未決的問題。沒有一個紅學家不想獲得這個問題的答案，說法已有種種，多係猜測，不能證實。研究者有的認爲畸笏是曹頫[78]，庶幾近之。至於脂硯，即使猜測，目前也物色不到合理的對象。

研究《紅樓夢》早期抄本和這些抄本上的脂批，有助於了解《紅樓夢》的寫作和成書過程，對深入理解這部作品的思想性質和藝術表現特徵，具有重要意義。脂批提供的八十回以後的有關情節的線索，爲研究雪芹的原稿和改稿以及「後三十回」的內容，準備了有利的條件。於是才有所謂探佚學。佚者，指的是曹雪芹想寫而沒有形諸文字，或者寫了，被後人篡改和丟失的那部分《紅樓夢》內容，主要是涉及書中人物結局的一些情節。探佚可以把雪芹原著和程、高補作區別開來。周汝昌說：「研究《石頭記》版本，是爲了恢復作品的文字，或者說『文本』；而研究八十回以後的情節，則是爲了顯示原著整體精神面貌的基本輪廓和脈絡。而研究脂硯齋，對三方面都有極大的必要性。」[79]這是他對版本學、探佚學和脂學三者關係的概括。

毫無疑問，這三方面的內容爲《紅樓夢》研究打開了一個新天地，是研究許多其他作家和作品所沒有的天地，考證派紅學可以在這個天地裡大顯身手。俞平伯先生的考證，側重的就是這方面的內容。

紅學考證一個時期集中在曹雪芹的家世和生平上，對版本、脂批、續書的研究顯得很不夠。特別是脂批，研究者人人都在引用，但迄今爲止，並沒有人進行全面的、系統的研究和考證，例如從內容到形式把全部批語一一加以分類，理清楚有署名的多少條，沒有署名的多少條，雖沒有署名但可以考出批主的有多少條，其中脂硯齋多少，畸笏叟多少，起止時間怎麼區分，哪一年批語最多，不同的版本批語如何變化等等，現在還缺少這種一目了然、「一網打盡」的研究脂批的文章和著作。俞平伯的《脂硯齋紅樓夢輯評》和陳慶浩的《新編石頭記脂硯齋評語輯校》兩書[80]，誠然給研究者帶來許多方便，搜求之功令人贊佩，只是仍感到資料價值多於研究成果。紅學考證在這方面主要是做得不夠，還沒有發生曹學面臨的那種嚴重的材料危機。

不過話說回來，考證版本，研究脂批，探討原稿和續作，同樣是有局限的，即使暫時沒發生危機，也有個材料不足的問題。版本就是那些版本：早期抄本共有十二個，除靖本外，都可以看到了。靖本正文無以得見，批語已傳抄出來。很難設想會突然又冒出一個本子，即使有此奇遇，估計那面貌與已有的十二種不過是大同小異。脂批就是那些脂批，提供的八十回以後的線索也就那麼多。總之材料就是這些材料，如果沒有新材料出現，對這些材料的整理、研究、闡釋，不會永無止境。它不同於研究作品本身的藝術創作經驗，可以因時、因人、因境產生不同的體驗，因而保持永久的魅力。考證要靠材料說話，嚴格地說，科學考證主要是求得不容別詁的證據。推理、猜測、估計，偶一用之可以，始於推理、猜測、估計，止於推理、猜測、估計，則不可。只不過紅學考證有其特殊性，由於資料過分缺乏，一些合理的推理、猜測、估計，也能引起人們的興趣，有時便不以嚴格的考據學的標準來要求了。可是做紅學考證的人，自己不能以此爲滿足，應該承認材料不足給考證帶來的局限性。

到目前爲止，紅學考證走過了六十多年的道路，應該解決而沒有解決的問題遠比解決的問題要多得多。這就是它的局限所在。曹雪芹的生父到底是誰？脂硯齋是哪一個？《紅樓夢》後四十回是誰作的？紅學產生之初提出的問題，六十年後的今天仍無確定的答案。最不幸的是，一些接近解決的問題，又爲重新分析現有材料提出的新說所動搖，比徹底否定還令人難堪，因爲這說明原來立論基礎的薄弱。偶爾有新材料出來，未及運用，就因真僞問題打得不可開交。可以說，在紅學考證的範圍裡，很少有大家一致接受的結論。連作者是不是曹雪芹，意見也沒有完全統一，懷疑論者非但沒有減少，反而有增加的趨勢。考證派紅學的興旺時期已經成爲過去，現在有點像《紅樓夢》裡的賈府：「外面的架子雖未甚倒，內囊卻也盡上來了。」

梁啓超論歷史上的學術思潮，分爲四個時期，即啓蒙期、全盛期、蛻分期和衰落期。他說蛻分期的特點是：「境界國土，爲前期人士開闢殆盡，然學者之聰明才力，終不能無所用也，只得取局部問題，爲窄而深的研究，或取其研究方法，應用之於別方面，於是派中小派出焉。而其時之環境，必有以異乎前；晚出之派，進取氣較盛，易與環境順應，故往往以附庸蔚爲大國，則新衍之別派與舊傳之正統派成對峙之形勢，或且駸駸乎奪其席。」㉛ 衰落期的特點是：「其時此派中精要之義，則先輩已濬發無餘，承其流者，不過捃摭末節以弄詭辯。且支派分裂，排軋隨之，益自暴露其缺點。環境既已變易，社會需要，別轉一方向，而猶欲以全盛期之權威臨之，則稍有志者必不樂受，而豪傑之士，欲創新必先推舊，遂以彼爲破壞之目標。於是入於第二思潮之啓蒙期，而此思潮遂告終焉。」㉜ 考證派紅學的現狀，既有蛻分期的特點，又有衰落期的徵候，比較起來，更接近衰落期。老紅學家俞平伯先生認爲：「有關紅學考證，因歷年來有關文物資料的發現不多，而且其中有許多是贗品僞作，所以困難重重，除了再有新資料發現，能做的事已經很少。」㉝此一見解如出自一般的《紅樓夢》研究者之口，考證派紅學家必大不以爲然，現在由俞平伯先生說出，實爲甘苦之談，自然會增加說服力。

考證派紅學家對紅學考證的意義，一般都能做較客觀的估計。胡適說他的考證只是做了一點掃除障礙的工作。俞平伯說：「考證正是遊山的嚮導，地理風物志，是遊人所必備的東西。」㉞他表示願「做一個掃地的人，使來遊者的眼，不給灰塵蒙住了」㉟。周汝昌說：「在爲了給進一步的更重要的工作提供一些較爲便利的條件上，在爲了給那一工作打下一個比較結實的基礎上，材料和考證才有它們的功用和價值。」㊱趙岡說：「從事《紅樓夢》考證工作的人始終了解，他們是在爲其他的研究工作整理材料，做一些鋪路的工作。路不會永無止境的鋪下去，路鋪好了自然會通車。考證工作有了可靠的結論，其他方面的研究工作就可以利用這些成果。」㊲

這些話當然都對，態度也很公允，而且是真誠的，但就研究紅學的學術興趣而言，考證家們可情有獨鍾，如果對曹雪芹和《紅樓夢》的考證因客觀材料的限制無法進行下去，至少有相當一部分研究者未必再願意涉身紅學領域，紅學本身也不會像考證派盛行時期那樣紅火。

注釋

① 胡適：《中國章回小説考證》第二三二頁，上海書店一九八〇年複印本。

② 胡適：《中國章回小説考證》第三〇五頁。

③ 見《胡適文存》三集卷五，《紅樓夢研究參考資料選輯》第一輯第五七頁至第八一頁，人民文學出版社一九七三年版。

④ 《胡適論學近著》第一集卷三，《紅樓夢研究參考資料選輯》第一輯第八二頁至第九一頁。

⑤ 《紅樓夢研究參考資料選輯》第一輯第九二頁至第一一五頁。

⑥ 同上，第八五頁。

⑦ 同上，第五七頁、第一〇二頁至第一〇九頁。

⑧ 甲戌本《石頭記》一九二七年爲胡適購得，直到一九六一年始影印流布，藏胡適手中達三十四年之久，庚辰本原為徐星署所藏，也是胡適最早看到的。

⑨ 俞平伯的《紅樓夢辨》竣稿於一九二二年夏初，距胡適發表《紅樓夢考證》只半年的時間；亞東圖書館出版《紅樓夢辨》在一九二三年四月，與胡適印行《紅樓夢考證》的時間也相去不遠。

⑩ 見《紅樓夢辨》第三頁，顧序，人民文學出版社一九七三年版。

⑪ 《紅樓夢辨》下卷作為附錄的四篇是：（一）〈讀紅樓夢雜記〉選粹；（二）〈唐六如與林黛玉〉；（三）〈記「紅樓複夢」〉；（四）〈札記十則〉。

⑫《紅樓夢研究》一九五二年由上海棠棣出版社出版，抽去了《紅樓夢辨》中卷的〈紅樓夢年表〉，下卷的四篇附錄，補入〈前八十回紅樓夢原稿殘缺的情形〉、〈「壽怡紅群芳開夜宴」圖說〉、〈紅樓夢正名〉、〈紅樓夢第一回校勘的一些材料〉及〈紅樓夢脂本（甲戌）戚本程乙本文字上的一點比較〉和〈讀紅樓夢隨筆二則〉兩篇附錄。

⑬載天津《民國日報》「圖書」第七十一期，一九四七年十二月五日。

⑭周汝昌的文章發表後，一九四八年二月二十日的天津《民國日報》刊出〈胡適之先生致周君汝昌函〉，表示同意雪芹卒於癸未除夕的論斷；一九六一年在〈跋乾隆甲戌脂硯齋重評《石頭記》影印本〉文中，胡適又改從壬午說。

⑮《紅樓夢新證》第二七頁，上海棠棣出版社於一九五三年版。

⑯〈曹雪芹家世生平叢話〉連載於一九六二年一月三十日至九月二十五日《光明日報》。

⑰《曹雪芹小傳》係在一九六四年人民文學出版社出版的《曹雪芹》的基礎上，增刪改撰而成，一九八〇年四月由天津百花文藝出版社出版。

⑱見《曹雪芹．後記》第二四五頁，百花文藝出版社一九八〇年版。

⑲康熙末年諸皇子爭奪儲位及雍正上臺後誅殺政敵，周汝昌在《紅樓夢新證》和《曹雪芹小傳》中敘述甚詳。他認為曹家的敗落與此直接相關，甚至說曹家的事故，是「以康、雍、乾三朝交替的政治變局為其關紐」（《曹雪芹小傳》第二三六頁），這是周汝昌貫徹始終的紅學觀點。

⑳《紅樓夢新證》（上）第三一三頁。

㉑《楝亭集》卷首，上海古籍出版社一九七八年版。

㉒曹寅：《楝亭集》（下）第三六二頁，上海古籍出版社一九七八年版。

㉓張溥：《漢魏六朝百三家集題辭注》第七一頁，人民文學出版社一九六〇年版。

㉔周汝昌：《曹雪芹家世生平叢話》（五），載一九六二年六月二日《光明日報》。

㉕關於陳思王曹植的臣漢之心，丁晏在《陳思王年譜序》中也説過：「陳王之不得立，魏之不幸，亦漢之不幸也。夫陳王固未嘗忘漢也。魏王受禪，王發喪悲哭，其〈情詩〉曰：『遊者歎黍離，行者歌式微』，〈送應氏詩〉曰：『洛陽何寂寞，宮室盡燒焚。』故宮禾黍之感，有餘痛焉。〈贈丁儀王粲詩〉曰：『皇佐揚天惠，四海無交兵』，稱其父曰『皇佐』，大義凜然。服事之忠，唯王能守臣子之節，使其嗣位，豈有篡漢之事哉！」《見三曹資料彙編》第二三三頁，人民文學出版社一九八〇年版。

㉖《紅樓夢新證》第八章為「文物雜考」，辨析了曹雪芹畫像、脂硯齋藏硯，「怡紅」石印章和曹雪芹筆山；第九章爲「脂硯齋批」，分脂批概況、脂硯何人、申著作權、議高續書四節，及補説三篇。

㉗參見《紅樓夢新證》（下）第八五六頁至第八六八頁。

㉘周汝昌：〈什麼是紅學〉，載《河北師範大學學報》一九八二年第三期。

㉙李玄伯：〈紅樓夢的地點問題〉，載北京《猛進》第八期，一九二五年四月二十四日。

㉚李玄伯：〈曹雪芹家世新考〉，載《故宮周刊》第八十四期、第八十五期，一九三一年五月

十六日、二十三日。

㉛方豪：〈紅樓夢新考〉，載《說文月刊》第四卷合刊本，一九四四年五月版。又見《紅樓夢研究參考資料選輯》第三輯，第二九九頁至三三二頁。

㉜曾次亮：〈曹雪芹卒年問題的商討〉，載一九五四年四月二十六日《光明日報》。

㉝王利器：〈關於高鶚的一些材料〉，《文學研究》一九五七年第一期。

㉞《紅樓夢書錄》原為古典文學出版社出版，一九六三年增訂後由中華書局出版，署名一粟編著；《紅樓夢卷》係「古典文學研究資料彙編」的一種，分第一、第二兩冊，一九六三年中華書局出版，編者亦署名一粟。

㉟〈曹雪芹的生平〉連載於一九五四年八月十二日至三十一日、九月一日至三十日、十月四、五日香港《大公報》，共二十四篇，五萬多字，相當於一本簡略的《曹雪芹傳》。

㊱㊲《有關曹雪芹八種》包括：一、四松堂集外詩輯；二、四松堂集外詩輯跋；三、懋齋詩鈔稿本考；四、鷦鷯庵筆麈手稿考；五、永忠的延芬室集底稿殘本；六、明義及其《綠煙瑣窗集》詩選；七、敦敏、敦誠與曹雪芹；八、考稗小記。中華書局一九五八年版。《十種》把原《八種》的第一種移作附錄，另外增加「紅樓夢脂硯齋批語淺探二則」、「曹雪芹卒年考辨存稿三篇」、「記關於曹雪芹的傳說」三種。一九六三年中華書局版。

㊳吳恩裕：《曹雪芹叢考》，上海古籍出版社一九八〇年版。

㊴敦誠：《寄懷曹雪芹》，見《四松堂集》卷一。

⑩ 周汝昌：《紅樓夢新證》一九五三年初版，第四二八頁至第四二九頁；一九七六年增訂版《新證》已修改舊說，認為吳恩裕的看法「為近是」，見《新證》下第七二二頁。

⑪ 二敦詩文中，除「當時虎門數晨夕」句，「虎門」一詞凡五見：一為敦敏的〈黃去非先生以四川縣令內升比部主事進京相晤感成長句〉云：「虎門絳帳遙回首，深愧傳經負鄭玄。」二是敦敏的〈弔宅三卜孝廉〉有句：「昔年同虎門，聯吟共結社。」三是敦誠的〈先妣瓜爾佳氏太夫人行述〉一文，裡面有「乙亥宗學歲試，欽命射策，誠隨伯兄，試於虎門」的記載。四是敦誠的〈寄子明兄〉說：「松堂草稿，嵩山已序之矣。尚留簡端，待兄一言，幸即揮付。嚁仙舊序，希為轉致，異日同在虎門一書，何如？」五是敦誠的《壽伯兄子明先生》詩，其中有句：「先生少壯時，虎門曾翱翔。文章擢巍第，筆墨叨恩光。」

⑫ 吳恩裕：《有關曹雪芹十種》第十三至第十九頁，中華書局一九六三年版。

⑬ 趙岡認為「虎門」一詞有時指宗學，有時指考試。敦誠詩中的「當時虎門數晨夕」的「虎門」，是指與雪芹一起參加乾隆丙子（一七五六年）年的順天鄉試，亦可作為一說。見趙岡《紅樓夢新探》上篇第四四頁至第六六頁。又，高陽提出，雪芹是以副貢任教正黃旗義學，因該校與右翼宗學都在石虎胡同，距離甚近，故與敦氏兄弟締交。見高陽〈曹雪芹以副貢任教正黃旗因得與敦氏兄弟締交考〉一文，載《首屆國際紅樓夢研討會論文集》第一三三頁至第一四〇頁。

⑭ 見敦誠《歲暮自述五十韻寄同學諸子》，載《四松堂詩鈔》。

⑮《紅樓夢探源》（On The Red Chamber Dream），英文，牛津大學出版社一九六一年版；《紅

樓夢探源外編》，上海古籍出版社一九八〇年版。

㊻吳世昌：《紅樓夢探源外編》第八〇至第二〇〇頁。

㊼吳世昌：《紅樓夢探源外編》第九六至第九七頁，上海古籍出版社一九八〇年版。

㊽見敦誠《歲暮自述五十韻寄同學諸子》，載《四松堂詩鈔》，第一三七頁。

㊾吳世昌：《紅樓夢探源外編》第十六頁、十七頁。

㊿吳世昌：《紅樓夢探源外編》第十日至第十二頁、第一八二至第一八七頁。

(51)計有吳恩裕的〈曹雪芹的卒年問題〉；周紹良的〈關於曹雪芹的卒年〉；陳毓羆的〈有關曹雪芹卒年問題的商榷〉；鄧允建的〈曹雪芹卒年問題商兑〉；吳世昌的〈曹雪芹的生卒年〉；朱南銑的〈曹雪芹卒年壬午說質疑〉；周汝昌的〈曹雪芹卒年辨〉；吳恩裕的〈曹雪芹卒於壬午說質疑——答陳毓羆和鄧允建同志〉；鄧允建的〈再談曹雪芹的卒年問題〉；陳毓羆的〈曹雪芹卒年問題再商榷〉；吳世昌的〈敦誠輓曹雪芹詩箋釋〉；周汝昌的〈再談曹雪芹卒年〉；吳恩裕的〈考證曹雪芹卒年我見〉。共十三篇，載一九六二年三月十日至七月八日的《光明日報》和《文匯報》。

(52)胡適：《考證紅樓夢的新材料》，《紅樓夢研究參考資料選輯》第一輯第六十頁，人民文學出版社一九七三年版。

(53)趙岡、陳鍾毅：《紅樓夢新探》上篇第八三頁。

(54)趙岡、陳鍾毅：《紅樓夢新探》上篇第七八至第九三頁。

(55)余英時：《紅樓夢的兩個世界》第十六頁，台北聯經出版事業公司一九八一年增訂版。

56 一九七三年吳恩裕先生在《文物》第二期發表〈曹雪芹的佚著和傳記材料的發現〉一文，公佈了新發現的《廢藝齋集稿》殘篇，其中包括曹雪芹的《南鷂北鳶考工志》的自序、董邦達的序文、敦敏的《瓶湖懋齋記盛》及一首雪芹的自題畫石詩；一九七七年，又在北京發現了保存有曹雪芹手跡和芳卿悼亡詩的兩個書箱；還有香山正白旗三十八號老屋的題壁詩文等，應該說都是極為重要的「發現」，但對其真偽，紅學界看法頗不一致，至今未獲解決。

57 趙岡、陳鍾毅：《紅樓夢新探》第一頁，香港文藝書屋一九七〇年版。

58 59 60 61 62 分別見《紅樓夢新探》第六二頁、第一六一至第一七二頁、第一七三至第一七七頁、第一九八頁、第一二三頁。

63《紅樓夢新探》第三二五至第三二六頁。

64 馮其庸：《曹雪芹家世新考》第十三至第三九頁，上海古籍出版社一九八〇年版。

65 66《曹雪芹家世新考》第三二五至第三三二頁。

67 周汝昌：《紅樓夢新證》（上）第二九九頁。

68 69 周汝昌：《曹雪芹家世生平叢話》（六），一九六二年八月十八日《光明日報》。

70《清詩紀事初編》卷六，上海古籍出版社一九八四年新一版第六五二頁。

71《楝亭集》下第六五一至第六五二頁，上海古籍出版社一九七八年「清人別集叢刊」本。

72 73《曹植集校注》第三一四至第三一五頁、四〇四頁，人民文學出版社一九八四年版。

74 梅挺秀的《曹雪芹卒年新考》發表後，《紅樓夢學刊》一九八一年第二期披載了徐恭時的〈文星隕落是何年——曹雪芹卒年新探〉一文，表示同意梅文對脂批的分解和「壬午除夕」係批語署年，做了大量補充論證，使此一卒年新說更加堅實，並具體推斷雪芹卒於乾隆甲申年仲春二月十八日春分節之際。

(75)吳恩裕、馮其庸：〈己卯本《石頭記》散失部分的發現及其意義〉，載一九七〇年三月二十四日《光明日報》。

(76)馮其庸：《論庚辰本》，上海文藝出版社一九七八年版。

(77)宋淇：〈論「冷月葬花魂」〉》，載《明報月刊》一九六九年第四十期。

(78)趙岡認為畸笏叟是曹頫，也就是第一回卷首列書名一段文字裡標出的吳玉峰。見《紅樓夢新探》第一七三頁至第一七七頁。戴不凡在《畸笏即曹頫辨》中亦持此說，參見拙編《紅學三十年論文選編》下卷第二九〇頁至第三三一頁，百花文藝出版社一九八四年版。

(79)周汝昌：《石頭記探佚．序》，山西人民出版社一九八三年版。

(80)俞平伯的《脂硯齋紅樓夢輯評》，上海文藝聯合出版社一九五四年初版，一九六〇年修訂後改由中華書局再版；陳慶浩的《新編石頭記脂硯齋評語輯校》，有台北聯經出版事業公司一九七九年版。

(81)(82)《清代學術概論》，《梁啟超論清學史二種》第二至第三頁，復旦大學出版社一九八五年版。

(83)《我讀紅樓夢》第三七五頁，天津人民出版社一九八二年版。

⑻⑸ 俞平伯：《紅樓夢辨》第二一三頁，人民文學出版社一九七三年版。
⑻ 周汝昌：《紅樓夢新證》第一頁，人民文學出版社一九七六年版。
⑻ 見趙岡為《首屆國際紅樓夢研討會論文集》所寫導言，香港中文大學出版社一九八三年版。

第五章　索隱派紅學的產生與復活

索隱派紅學的勢力沒有考證派紅學大，但出現的時間比考證派早，雖經考證派與小說批評派的屢屢打擊，影響從未斷絕，且不時有東山再起之勢。

索隱派紅學產生的內在理路

紅學索隱派的產生，有作品本身的原因，也就是學派觀點的發端有其內在理路。《紅樓夢》開卷第一回即引用作者的話說：

作者自云：「因曾歷過一番夢幻之後，故將真事隱去，而借通靈之說，撰此《石頭記》一書也。故曰甄士隱云云。」但書中所記何事何人？自又云：「今風塵碌碌，一事無成，忽念及當日所有之女子，一一細考較去，覺其行止見識，皆出於我之上。何我堂堂鬚眉，誠不若彼裙釵哉？實愧則有餘，悔又無益之大無可如何之日也。當此，則自欲將已往所賴天恩祖德，錦衣紈袴之時，飫甘饜肥之日，背父兄教育之恩，負師友規訓之德，以至今日一技無成，半生潦倒之罪，編述一集，以告天下人。我之罪固不免，然閨閣中本自歷歷有人，萬不可因我之不肖，自護己短，一併使其泯滅也。雖今日之茅椽蓬牖，瓦竈繩床，其晨夕風露，階柳庭花，亦未有妨我之襟懷筆墨者。雖我未學，下筆無文，又何妨用假語村言，敷演出一段故事來，亦可使閨閣昭傳，複可閱世之目，破人愁悶，不亦宜乎？」故曰賈雨村云云。

《紅樓夢》的讀者，一般不大注意這段卷首引言式的敘述，甚至可能略過去，從接下去的「列位看官，你道此書從何而來」讀起。研究《紅樓夢》的人可是不同，他們難得在作品中發現作者的自白，因而如獲至寶，格外重視，很想通過解讀這段話，找到最終打開《紅樓夢》之謎的鑰匙。特別是這段敘述中滲透出一種真真假假、若隱若顯、撲朔迷離的氣氛，增加了人們解讀的興趣。

既然作者自己說，他寫這部書的時候已經「將真事隱去」，書中的兩個人物甄士隱和賈雨村具有象徵意義，那麼，「隱去」的「真事」究竟是什麼？由不得動人尋根問底之想。而「已往所賴天恩祖德，錦衣紈袴之時，飫甘饜肥之日，背父兄教育之恩，負師友規訓之德」這些帶有懺悔意味的話，似乎是在回憶一個人家族中的往事，所以便有人猜測：《紅樓夢》可能寫的是清初某一個家庭。一般的家庭不會與「天恩」有什麼關係，更談不上「仰賴天恩」，能夠和朝廷發生關係的只有那些達官顯貴。於是又進一步猜想，可能是康熙末年「一勳貴家事」①。這樣看來，索隱派的產生倒也順理成章。作者自己一定要那樣說——隱去了「真事」，還能怪讀者沿著作者所說的方向——隱去的「真事」到底是什麼，去七想八想嗎？

早期索隱派猜測種種

這種關於《紅樓夢》寫的是哪一家的家事的猜測，開始比較分散，有的說明珠家，有的說傅恒家，有的說和坤家，有的說張侯家。所謂張侯家，是周春在《閱紅樓夢隨筆》中提出來的，敘述得很詳盡，其中寫道：

> 相傳此書為納蘭太傅而作。余細觀之，乃知非納蘭太傅，而序金陵張侯家事也。憶少時見《爵帙便覽》，江寧有一等侯張謙，上元縣人。癸亥、甲子間，余讀書家塾，聽父老談張侯事，雖不能盡記，約略與此書相符，然猶不敢臆斷。再證以《曝書亭集》、《池北偶談》、《江南通志》、《隨園詩話》、《張侯行述》諸書，遂決其無疑義矣。案靖逆襄

壯侯勇長子恪定侯雲翼，幼子寧國府知府雲翰，此寧國、榮國之名所由起也。裹壯祖籍遼左，父通，流寓漢中之洋縣，既貴，遷於長安，恪定開閫雲間，復移家金陵，遂占籍焉。其曰代善者，即恪定之子宗仁也，由孝廉官中翰，襲侯十年，結客好施，廢家資百萬而卒。其曰史太君者，即宗仁妻高氏也，建昌太守琦女，能詩，有《紅雪軒集》，宗仁在時，預埋三十萬於後園，交其子謙，方得襲爵。其曰林如海者，即曹雪芹之父楝亭也。楝亭名寅，字子清，號荔軒，滿洲人，官江寧織造，四任巡鹽。曹則何以廋詞曰林？蓋曹本作𣍘，與林並為雙木。作者於張字曰掛弓，顯而易見；於林字曰雙木，隱而難知也。嗟呼！賈假甄真，鏡花水月，本不必求其人以實之，但此書以雙玉為關鍵，若不溯二姓之源流，又焉知作者之命意乎？故特詳書之，庶使將來閱《紅樓夢》者有所考信云。②

周春這篇隨筆寫於乾隆五十九年甲寅，比程偉元、高鶚印行程乙本只晚一年多，正是抄本《紅樓夢》廣爲流行的時候，是早期索隱派最詳盡的一篇記載。文中不僅把張侯家與《紅樓夢》的有關人物一一對應起來，而且融入作者的閱讀經驗和理解過程，實證與書證相結合，終於由「不敢臆斷」發展到決信無疑。在方法上，分解「曹」字和「林」字俱爲雙木，猶「掛弓」而爲「張」，用拆字法加以比附，已開索隱派紅學基本方法之先河。也許因爲《閱紅樓夢隨筆》係一抄本，局限了流傳範圍，周春提出的張侯家事說沒有爲更多的人所接受。

輾轉相傳而爲很多人所接受的是明珠家事說。明珠是康熙朝的宰相，權傾朝野，比他的前任索額圖更貪酷，四方貨賄，日進斗金，家資累萬；並與余國柱、李之芳、科爾坤、佛倫、熊一瀟等權貴結黨，又有徐乾學、高士奇、王鴻緒等儒臣出入左右，因此有好士之稱。明珠的兒子納蘭性德，十五歲中舉，十六歲中進士，聰明穎慧，博學多才，是清代有名的抒情詞人，著有《飲水集》，傳誦一時。康熙二十七年，受御史郭繡彈劾，明珠被褫職，籍沒家產，一敗塗地。明珠家世說得以流傳，一則因爲《紅樓夢》裡賈府的遭遇與大學士明珠一家的榮枯不無相似之處，都經歷了由盛而衰的過程，二則是納蘭公子的性格才情，使人聯想到賈寶玉的性格特徵。

陳康祺在《燕下鄉脞錄》裡引述徐柳泉的話說：「小說《紅樓夢》一書，即記故明珠家事。金釵十二，皆納蘭侍御所奉爲上客者也。寶釵影高澹人，妙玉即影姜西溟先生。妙爲少女，姜亦婦人之美稱，如玉如英，義可通假。妙玉以看經入園，猶先生以借觀藏書，就館相府。以妙玉之孤潔而橫罹盜窟，並被以喪身失節之名，以先生之貞廉而瘐死圜扉，並加以嗜利受賕之謗，作者蓋深痛之也。」③《松軒隨筆》的作者張維屏說：「容若，原名成德，大學士明珠之子，世所傳《紅樓夢》賈寶玉，蓋即其人也。《紅樓夢》所云，乃其髫齡時事。」④甲戌本《石頭記》墨筆批書人孫桐生說得尤其肯定：「予聞之故老云，賈政指明珠而言，雨村指高江村，蓋江村未遇時，因明珠之僕以進身，旋膺奇福，擢顯秩，及納蘭勢敗，反推井而下石焉。玩此光景，則寶玉之爲容若無疑。」⑤

這些記載都把納蘭性德和賈寶玉聯繫起來，雖無實據，終究事出有因。離奇的是，何以《紅樓夢》中的金陵十二釵所指竟是高澹人、姜西溟等明府西賓。光是「義可通假」或「玩此光景」，是不足爲憑的。當然也有說「以寶玉隱明珠之名的」。⑥一人而二指，暴露出索隱派的自相矛盾。

明珠家事說的廣爲流傳，還和乾隆帝對《紅樓夢》的看法有一定關係。據《能靜居筆記》的作者趙烈文回憶，他曾聽宋翔鳳說過：「曹雪芹《紅樓夢》，高廟末年，和珅以呈上，然不知所指。高廟閱而然之，曰：『此蓋爲明珠家事也。』」⑦這條記載的可靠性如何，很難確定。如果可靠，乾隆的這一看法也不見得是自己的創見，不排除事先對明珠家事說已有耳聞。不管是哪種情況吧，皇帝的判斷總非等閒之事，流傳出去，引起盲從，擴大影響，完全可能。即使是誤傳，影響照樣存在。

持否定態度的不是沒有，如李慈銘即認爲明珠家事說「按之事跡，皆不相合」⑧。謝錫勳在《紅樓夢分詠絕句題詞》中也說：「裘馬翩翩濁世姿，納蘭情事半傳疑。」⑨不過在時間上，這已是後來的事情了。早一些的，如前引周春的《閱紅樓夢隨筆》，是在否定了「爲納蘭太傅而作」之後，提出的張侯家事說。只是比較起來，早期索隱派中還是以明珠家事說影響最大。

早期索隱派的特點是起於猜測，止於猜測，輾轉相傳，缺乏論證。張侯家事說和明珠家事說記載最詳盡，但也只是提出《紅樓夢》中哪個人物影射張侯家或明珠家某一個人，理由揭示得很不充分，甚至只提出觀點，不做任何說明。開始傳說的時間，大約在乾隆末年左右，當時附有程、高補作的百二十回本已問世，《紅樓夢》流傳範圍擴大，對這部書的本事和宗旨自然會有各種說法。把這些說法進一步加以引申，形諸更多的文字記載，是清末民初索隱派真正盛行的時候。所以，嚴格地說，以耳食之談爲其特徵的早期索隱，還不能說已經形成了一個紅學派別，我們稱它爲早期索隱派主要是爲了敘述的方便。研究紅學索隱派，必須從清末民初幾位索隱大家談起。

清末民初三大索隱派之一：明珠家事說

清末民初索隱派盛行之時，明珠家事說仍具有影響力，因此被胡適列爲晚清索隱三派之一。王國維反對一一去坐實書中人物，認爲藝術是「舉人類全體之性質置諸個人之名字之下」，如「對人類之全體，而必規規焉求個人以實之」⑩，對藝術的本性的認識就會失之膚淺。只是，明珠家事說他認爲還是有所本的，至少納蘭公子的《飲水集》與《紅樓夢》在文字上稍有關係⑪。當然，從根本上他不贊成這種比附。連主張用近代的美學觀點研究《紅樓夢》的王靜庵先生都如是說，可見明珠家事說影響之大。

但此派的弱點是，自最初傳聞到後來，始終只有零星記載，沒有人加以系統化，比之新興起的另外兩大派別——清世祖與董鄂妃故事說和康熙朝政治狀態說，顯得後力不接，相形見絀。錢靜方的《紅樓夢考》雖提出「《紅樓》一書，寫美人實寫名士，特化雄爲雌」⑫的觀點，以及認爲林黛玉是影射納蘭成德的「德配」，〈葬花詞〉脫胎於容若的〈飲水詞〉等等，似乎爲該說增添了一些內容，但總的還是一種引申和推演，而且是未經論證的引申與推演，於此說的漏洞無任何彌補，反而增添了新的漏洞。

如同胡適所批駁的：「錢先生說的納蘭成德的夫人即是黛玉，似乎更不能成立。成德原配盧氏，為兩廣總督興祖之女，續配官氏，生二女一子。盧氏早死，故〈飲水詞〉中有幾首悼亡的詞。錢先生引他的悼亡詞來附會黛玉，其實這種悼亡的詩詞，在中國舊文學裡，何止幾千首？況且大致都是千篇一律的東西。若幾首悼亡詞可以附會林黛玉，林黛玉真要成『人盡可夫』了。」⑬這批駁得相當有力量，錢氏只能無言以對。至於「寫美人實寫名士」的說法，錢氏自己也頗感遊移，寫道：「前清康熙帝為右文之主，一時渡江名士輻輳輦下，或以經術著，或以文才顯，或以理學稱，其遺聞軼事往往散見於各家記載。使按圖而索驥焉，號金釵之列，上中下三冊多至三十六人，亦不難一一得其形似，第恐失之附會，不若闕疑，以存其真之得也。」⑭結果是說和沒說差不多，還是不知道具體哪一個金釵影射哪一個名士。

明珠家世說一方面缺乏具體論證，另一方面在理論和方法上也沒有總結出帶有共性的東西，早期影響彰著，在清末民初索隱派紅學的三個支脈中勢力反最孤弱。

清末民初三大索隱派之二：王夢阮和沈瓶庵的《紅樓夢索隱》及清世祖與董鄂妃故事說

王夢阮和沈瓶庵在《紅樓夢索隱》中提出的清世祖與董鄂妃故事說，在清末民初盛行的紅學索隱派裡佔據顯要位置。所以如此，主要因爲它是第一次對索隱中的一說加以系統論述，不僅指明什麼是《紅樓夢》所依據的本事，而且列舉了支持自己論點的盡可能詳盡的理由，並逐回進行索隱，使書中許多人物和情節都有著落，形成一部自成體系的紅學專著。這在紅學史上，還是第一次，當然不能等閒視之。蔡元培的《石頭記索隱》，據壽鵬飛在《紅樓夢本事辨證》的序言裡說，⑮ 初稿當寫於一九一一年辛亥革命以前，但正式出版是一九一七年，按時間順序，已是王、沈的《紅樓夢索隱》公開發表兩年之後的事情了。

王夢阮和沈瓶庵的《紅樓夢索隱》，首先在一九一四年的《中華小說界》發表其提要，隨後於一九一六年九月由上海中華書局正式印行。作者在序言中寫道：「玉溪藥轉之什，曠世未得解人；漁洋《秋柳》之詞，當代已多聚訟。大抵文人感事，隱語爲多；君子憂時，變風將作。是以子長良史，寄情於《貨殖》《遊俠》之中；莊生寓言，見義於《秋水》《南華》。」⑯ 意在說明，從古至今，歷來的作家都是有所爲而發的，只不過在表現形式上多有婉曲，因而解釋起來，易生歧義，真諦很難把握。《紅樓夢》到底寫的是什麼？《索隱》的作者認爲：「大抵此書，改作在乾嘉之盛時，所紀篇章，多順、康之逸事。特以二三女子，親見親聞；兩代盛衰，可歌可泣；江山敝屣，其事爲古今未有之奇談；閨閣風塵，其人亦兩間難得之尤物。聽其淹沒，則忍俊不禁，振筆直書，則立言未敢。於是托之演義，雜以閑情，假寶黛以況其人，因榮寧以書其事。」這就是王夢阮、沈瓶庵兩位批評家所理解的《紅樓夢》，以及他們所摹擬的曹雪芹寫作《紅樓夢》的矛盾心境。不能說這些看法毫無道理，主要在於如何具體看待《紅樓夢》裡的人和事。

《紅樓夢》作爲一部長篇小說，自然要有相應的人物和情節，也就是王夢阮和沈瓶庵所說的「其人」和「其事」。他們在《紅樓夢索隱》的「例言」中寫道：「是書流行幾二百年，而評本無一佳構。下走不敏，卻於是書融會有年，因敢逐節加評，以見書中無一妄發之語，無一架空之事，即偶爾閑情點綴，亦自關合映帶，點睛伏脈，與尋常小說演義者不同。以注經之法注紅樓，敢云後來居上。」這說得夠大膽也夠自信的了。下面，不妨讓我們看看，什麼是王、沈所說的《紅樓夢》裡的人和事。

> 然則書中果記何人何事乎？請試言之。蓋嘗聞之京師故老云，是書全為清世祖與董鄂妃而作，兼及當時諸名奇女子也，相傳世祖臨宇十八年，實未崩殂，因所眷董鄂妃卒，悼傷過甚，遁跡五台不返，卒以成佛。當時諱言其事，故為發喪，世傳世祖臨終罪己詔書，實即駕臨五台諸臣勸歸不返時所作，語語罪己，其懺悔之意深矣。五台有清涼寺，帝即卓錫其間，吳梅村祭酒所為清涼山贊佛詩四章，即專為世祖而發。廉親王允禩世子著《日下舊見》，載世祖七絕一首，末句云：「我本西方一衲子，黃袍換卻紫袈裟。」近人〈清宮詞〉，內有「清涼山下六龍來」之句，皆詠此事。
>
> 又一說世祖出家在天泰山，為京西三山之一，都人有「山前鬼王，山後魔王」之諺，魔王謂即世祖，眾口一詞，流傳不禁。剃度時做詩數章，傳本不同，有「來時鶻突去時迷，空在人間走一回」，又「百年事業三更夢，萬里江山一局棋」等句；又「我本西方

一佛子，緣何流落帝王家」，與《日下舊見》中所載小異，均為世祖出家之證。康熙之世，聖祖屢幸五台，並奉太皇太后而行，皆有所為。且至今京師諺語，謂人虛誕曰孝陵，孝陵者，世祖之空陵也。漁洋詠鼎湖原云：「多事橋陵一杯土，伴他鴻塚在人間」，即指此乎？又茂陵懷古一首，亦對世祖而發，故有「緱氏仙何往，瑤池信不回」之句。父老相傳，言之鑿鑿，雖不見於諸家載記，而傳者孔多，決非虛妄。情僧之說，有由來矣。

至於董妃，突以漢人冒滿姓（清時漢人冒滿姓，多於本姓下加一格字，或一佳字，似此者甚多，不勝枚舉）。因漢人無入選之例，故偽稱內大臣鄂碩女，姓董鄂氏。若妃之為滿人也者，實則人人皆知為秦淮名妓董小宛也。小宛侍如皐辟疆冒公子襄九年，雅相愛重，適大兵下江南，辟疆舉室避兵於浙之鹽官，小宛豔名夙熾，為豫王所聞，意在必得，辟疆幾頻於危，小宛知不免，乃以計全辟疆使歸，身隨王北行。後經世祖納之宮中，寵之專房，廢后立后時，意本在妃，皇太后以妃出身賤，持不可，諸王亦尼之，遂不得為后，封貴妃，頒恩赦，曠典也。妃不得志，乃怏怏死，世祖痛妃切，至落髮為僧，去之五台不返。誠千古未有之奇事，史不敢書，此《紅樓夢》一書所由作也。⑰

總而言之，王夢阮、沈瓶庵認爲《紅樓夢》寫的是清世祖與董小宛戀愛的故事，這是《紅樓夢索隱》一書立論的全部基礎。可惜，關於清世祖到五臺山出家的說法，只是一種傳聞和間接推測，從來沒有直接證據。史家所謂的清初三大疑案：太后下嫁、世祖出家、雍正奪嫡，尤以世祖出家的材料依據最薄弱。把沒有直接證據的傳聞作爲立論基礎，不管故事編織得如何周詳，也缺乏可靠性。至於被順治皇帝封爲貴妃的董鄂氏，爲什麼就是秦淮名妓董小宛，更是無任何真實依據的歷史傳聞。

孟森在《董小宛考》一文裡⑱，以確切的史料考定董小宛生於明天啓四年，死於清順治八年，活了二十八歲。而世祖生於明崇禎十一年，比小宛小十四歲。當小宛「長逝」時，世祖不過是一個年僅十四歲的少年，兩個人「年長以倍」，不可能發生如傳說中的生死不渝的愛情。何況冒辟疆的《影梅庵憶語》，記小宛與巢民的情事甚詳，明載小宛於順治辛卯年正月初二日「長逝」，哪裡還會有被豫王掠入宮中的事情？小宛死後即葬在影梅庵中，所以冒巢民才作《影梅庵憶語》，同巢民相契的文友的詩作中也多有佐證⑲。胡適一九二一年發表《紅樓夢考證》，向索隱三派之一的王、沈發動攻擊，使用的就是孟森的考證材料。後來，孟森先生還著有《世祖出家事考實》一文，兩萬餘言，廣引博征，絲絲入扣，徹底揭穿了順治去五臺山出家的妄說。其中有幾處關鍵性的致疑點，孟森一一加以考辨，使之無以立足。

第一，史載清世祖崩殂於順治十八年（一六六一年）正月，而《紅樓夢索隱》的作者據傳說，認爲「世祖臨宇十八年，實未崩殂」。到底何者爲是？對此，孟森引《玉林國師年譜》的明文：「順治十八年正月初三，中使馬公二次奉旨至萬善殿，云『聖躬少安』，師集衆展禮御賜金字楞嚴經，選持大士名一千，爲上保安。初四，李近侍言：『聖躬不安之甚。』初七亥刻駕崩。」則世祖崩殂於順治十八年正月初七日，歷歷可考，毋庸置疑。王文靖是代世祖起草遺詔的漢大臣，他在自撰年譜中詳細記述了此事的經過，不僅載明世祖死於順治十八年正月初七，而且說明係出天花死的。此外，孟森又引錄張宸寫的記載世祖崩殂情形的一篇雜記，其中明白無誤地寫道：「辛丑正月，世祖皇帝殯天。」當時曾「傳諭民間毋炒豆，毋燃燈，毋潑水」，證明世祖患的是痘疾。

第二，所謂世祖的遺詔是駕臨五臺山後，諸臣勸歸不返時所作，因而「語語罪己，其懺悔之意深矣」。對這種說法，孟森讓起草遺詔的漢大臣王文靖站出來講話，證明遺詔是世祖崩殂的前一天，即正月初六日所寫，「凡三次進覽，三蒙欽定」。遺詔是奏知皇太后以後宣示的，因此不排除有皇太后及索尼、蘇克薩哈、遏必隆、鼇拜四位輔臣的意思摻入。誠如孟森所剖解：「以太后爲樞紐，而四輔臣之將順寄親，敷衍滿族，與宗親滿族之自爭利益，皆在此遺詔中決之。故知王熙之撰詔，大半爲太后輔臣之指，不言濫樹，情勢宜然。」這應該是遺詔臚列罪己各款的真正原因。

第三，關於吳梅村所作〈清涼山贊佛詩〉四首，歷來被視作世祖出家的重要旁證，孟森先生一一重新加以箋釋，說明此四首詩寫的是董鄂氏死後，準備在五臺山建道場的事，與世祖出家無涉。特別第三首，其中的四句寫道：「房星竟未動，天降白玉棺。惜哉善財洞，未得誇迎鑾。」明白暗示世祖未及動身，即已崩殂。吳詩約寫於順治十八年辛丑，在世祖遺詔頒佈之後，鋪陳瑰麗，情致綿綿，但紀事不應有二解。

第四，孟森先生考定，世祖之皇貴妃董鄂氏死於順治十七年八月十九日。董鄂氏係內大臣鄂碩女，十八歲入宮，順治十三年八月冊封爲賢妃，同年十二月晉爲皇貴妃，深受世祖寵愛。董鄂妃死後，世祖悲痛至極，也是事實。吳梅村〈清涼山贊佛詩〉中「王母攜雙成，綠蓋雲中來」、「可憐千里草，萎落無顏色」，所切之董，即此董鄂妃，絕非江南名妓董小宛。而且，世祖崩殂後，另有一位董鄂氏「克盡哀痛，遂爾薨逝」⑳，孟森先生考出，這是董鄂貞妃。還有一位寧懿妃，也出自董鄂氏。由此可見，將世祖之妃董鄂氏附會爲董小宛，純屬無稽之談。

歷史上既然並沒有清世祖與董小宛戀愛並出家的事實，那麼王夢阮、沈瓶庵的《紅樓夢索隱》的立論基礎便崩塌了。儘管如此，我們仍有必要略加考察，看王、沈是怎樣具體進行索隱的，以便從觀點和方法上總結是非得失，給該派紅學以客觀的歷史的評價。

《紅樓夢索隱》認爲《紅樓夢》的寫作，是敷演情僧即清世祖的故事，書中以寶玉況情僧，以黛玉況董妃，因而不得不費盡心思地去搜尋兩者的「關合之處」：

如世祖臨宇十八年，寶玉便十九歲出家；世祖自肇祖以來為第七代，寶玉便言「一子成佛，七祖升天」，又恰中第七名舉人；世祖謚章，寶玉便謚文妙，文、章兩字可暗射也。

這說的是數字方面的「關合之處」。此外還有性情的「關合」，如：

寶玉不讀書而文采甚茂，是聖人天稟聰明處；世祖優於文學，與寶玉正同。寶玉一生，兒女情深，不喜談家國正事，大有不重江山重美人之意。處處為情僧張本。

如果這些地方就算「關合之處」，《紅樓夢索隱》所舉例證未免太少了，我們還可以替他們多補充一些。但例證再多，能說明什麼呢？不是同樣可以舉出比這更多的不相「關合」的例證嗎？比如寶玉喜歡吃胭脂，世祖未必喜歡；寶玉罵「讀書上進的人」爲「祿蠹」，世祖並沒有這樣罵過；寶玉平時「毀僧謗道」，世祖延高僧入禁中，極爲好佛；寶玉崇尚一種平等的思想，待人接物很隨便，世祖則不能不擺出皇帝的架子；寶玉給芳官起名爲「耶律雄奴」，並說這是「犬戎名姓」，世祖無論如何不會這樣糟蹋自己的祖宗，如此等等。借用王、沈的話說，《紅樓夢》裡這類世祖與寶玉不相「關合」的例證甚多，「分見各卷，不復詳舉」。我們採用這種反證法，足可以證明《紅樓夢索隱》的立論和具體使用的方法是不科學的。尤其荒唐的是，因爲寶玉的伯父是賈赦，賈赦的夫人是邢夫人，寶玉的父親是賈政，賈政的夫人爲王夫人，於是《紅樓夢索隱》的作者便由此四人的名姓中抽出赦、邢、政、王四字，說這是「直言攝行政王」的事。清初，多爾袞被封爲「皇叔父攝政王」，不久又稱「皇父攝政王」㉑。叔也好，父也好，這和寶玉與賈赦、賈政的關係，實在無任何「關合之處」。況且賈赦是寶玉的伯父，尤不相關。這些地方，完全暴露出王、沈索隱的牽強附會的實質。

關於黛玉與董小宛的所謂「關合處」，《紅樓夢索隱》臚列的例證更多，然而仍不堪一駁。如說：

> 小宛名白，故黛玉名黛，粉白黛綠之意也。小宛書名，每去玉旁，專書宛，故黛玉命名，

> 特去宛旁，專名玉，平分各半之意也。且小宛蘇人，黛玉亦蘇人。小宛在如皋，黛玉亦在揚州。小宛來自鹽官，黛玉來自巡鹽御史之署。巡鹽御史即為鹽官，二字謎語趣甚（書中用謎語者甚多）。小宛入宮，年已二十有七，黛玉入京，年只十三餘，恰得小宛之半。老少相形，抑亦謔矣。不特此也，小宛愛梅，故黛玉愛竹；小宛善曲，故黛玉善琴；小宛善病，故黛玉亦善病；小宛癖月，故黛玉亦癖月；小宛善栽種，故黛玉愛葬花；小宛能烹調，故黛玉善裁剪；小宛能飲不飲，故黛玉最不能飲；小宛愛聞異香，故黛玉雅愛焚香；小宛熟讀楚詞，故黛玉好擬樂府；小宛愛義山集，故黛玉熟玉溪詩；小宛有奩豔集之編，故黛玉有五美吟之作；小宛行動不離書史，故黛玉臥室有若書房。且小宛遊金山時，人以為江妃踏波而上，故黛玉號瀟湘妃子。瀟湘妃子之義，實從江妃二字得來，不然閨人斷無以妃自名名人者，蓋有本也。況小宛實為貴妃，故黛玉不但有妃子之稱，且現妃子之服。又小宛著西洋褪紅衫，人驚絕豔，故瀟湘窗幀，獨言茜紗，有意關合處也。

如果說前面所舉清世祖和賈寶玉的一些例證，還勉強可以從數字和性情上找到某種「關合」的話，那末黛玉和董小宛的這些倒證，許多恰好是不相「關合」的。一個名白，一個名黛，就可以附會為「粉白黛綠之意」；依此，《紅樓夢》中的小紅，不是也可以與小宛「關合」，構成紅白相間嗎？琬，去掉了玉旁，寫作宛，便是與林黛玉「平分各半之意」，那麼《紅樓夢》中具備「平分」條件的何止一個黛玉？小紅即紅玉，不是同樣可以「平分」嗎？小宛二十七歲入宮，黛玉進賈府時十三歲。錯了——黛玉進賈府時年僅七歲㉒，差不多是小宛入宮年齡的四分之一，不是「恰得小宛之半」。

退一步說，即便黛玉送賈府時年齡是小宛的一半，何以兩者就有「關合」呢？兩個人都「善病」，也許可以勉強算作「關合」，那末，一個愛梅，一個愛竹；一個善栽種，一個愛葬花；一個烹調，一個裁剪；一個熟讀楚辭，一個好擬樂府；一個穿褪紅衫，一個有茜紗窗，又「關合」在何處呢？毋寧說這恰好是不「關合」之處。至於說黛玉又名瀟湘妃子，「實從江妃二字得來」，更是不折不扣的杜撰。《紅樓夢》第三十七回寫得明白：

> 探春因笑道：「你別忙中使巧話來罵人，我已替你想了個極當的美號了。」又向眾人道：「當日娥皇女英灑淚在竹上成斑，故今斑竹又名湘妃竹。如今他住的是瀟湘館，他又愛哭，將來他想林姐夫，那些竹子也是要變成斑竹的。以後都叫他作『瀟湘妃子』就完了。」大家聽說，都拍手叫妙。林黛玉低了頭方不言語。

這才是黛玉稱瀟湘妃子的真正來歷、直接內證，可以使《紅樓夢索隱》的作者無絲毫辯解的餘地。

王、沈的《紅樓夢索隱》的不科學，還表現在認爲一人可以影射多人或多人皆可影射一人。如影射董小宛的不只黛玉一人，襲人、晴雯、妙玉、寶釵、寶琴、秦可卿，都影射董小宛；元春、迎春、探春、惜春賈家四姊妹，以及寶釵、妙玉、香菱，都被看做影射陳圓圓。這樣一來，寶釵就可以同時影射董小宛和陳圓圓兩個人。影射清世祖的也不僅有賈寶玉，還有柳湘蓮和王熙鳳。而寶玉同時還影射侯朝宗，王熙鳳又影射楊龍友。香菱、夏金桂、薛蟠、包勇則都影射吳三桂。史湘雲影射的更多，顧眉樓、孔四貞、卞玉京、卞嫩、長平公主，都在影射之列。一身多任，性別不分，隨意牽引，實在無科學性可言。如同茅盾所說：「王、沈二氏之索隱除卷首有提要外，每回有總評，行間有夾註，廣征博引，而穿鑿附會，愈出愈奇。然而最不能自圓其說者，爲一人兼影二人乃至三人。」㉓

除了尋找人物的「關合」之外，還有事件和情節的「關合」，也是王、沈竭力搜索的對象。如第一回有三月十五日葫蘆廟炸供失火的描寫，王、沈便在三月十五日這個時間上做了一番索隱：「甲申之變，三月十九日，自成破京師，明社遂屋。此言三月十五，隱隱指此，亦借用三月十五陪襯八月十五，爲三桂卒於中秋作張本也。處處均有關合。」由三月十五想到三月十九，然後又想到八月中秋，這樣隨意聯繫歷史事件，即便是運用現代意識流的手法，恐怕也無從聯想起。又如第十二回王熙鳳設相思局，對賈瑞說道：「像你這樣的人能有幾個呢？十個裡頭也挑不出一個。」

王、沈認爲這裡的賈瑞是影射洪承疇，理由是明崇禎十四年松山之戰被俘的將領除洪承疇外，還有巡撫邱民仰，總兵王廷臣、曹變蛟、祖大樂，兵備道張斗、姚恭、王之禎，副將江翥、饒勳、朱文德等十人，但送往盛京、受到隆遇的只有一個洪承疇，所以王熙鳳才說「十個裡頭也挑不出一個」。王、沈在做了上述索隱之後稱頌說：「此等筆墨，若嘲若譽，餘意無窮。」這還有什麼好說的呢？如果這種索隱方法可以成立，豈獨明清的史實，秦、漢、唐、宋的一些歷史事件，同樣可以找到「闞合之處」。更妙的是第十九回，寶玉的小廝茗煙與一個叫萬兒的小女孩「幹那警幻所訓之事」，於是王、沈對此做了一大篇索隱：

情僧隨從，大抵皆刑餘之閹宦，斷無此事。若文學侍從，雖在內廷，而規制極嚴，似又不能與宮人幽會。作者寫此一段，當非無謂，既特意標寫其名，蓄意當即在此。按此上回，董妃喪父南行，意或挈其妹董年同返。先寓於外，情僧入觳後，乃納之宮中。此事即書於寶玉往襲人家之前。大約是以僮婢偷情代喻情僧外幸之事。其夢如錦，其名為萬，因明明隱藏一年字，錦固有萬年錦也。

真是不可多得的一段妙文。很難說清楚索隱者具體使用的是一種什麼樣的索隱方法。開始提出「隨從」不能，而「侍從」又不敢，這用的大約是排除法。可是，既非「侍從」，又非「隨從」，就一定是情僧即順治皇帝自己嗎？爲什麼不可以是其他人呢？不是說寶玉是情僧嗎？現在寶玉的小廝茗煙也成了情僧，兩個情僧同時上場，一問一答，戲劇性倒是有了，可是賴以索隱的真實依據何在？因爲萬兒的母親夢見一匹錦，於是就聯想到萬年錦，因而裡面便隱藏一個年字，所以萬兒就是董小宛的妹妹董年。這種曲徑通幽般的推求，爲任何保持正常思考力的人所不能理解。

王、沈的《紅樓夢索隱》也不是毫無是處。隨意比附史實雖然占去了該書的絕大多數篇幅，基本觀點和具體方法不能成立，但以史證文，好學深思之處不在少數，且間或有一些藝術分析，仍不乏獨到見解。特別是每一回的行間批註，並不都是史實索隱，很有一些剖解書中人物的性格心理和揭示寫作手法的地方，有時能發人所未發。如《紅樓夢》第三十四回，寶玉挨打後，寶釵、黛玉相繼探視，兩人的言語和情態適成對照。王、沈於此批道：「寶釵設詞以安寶玉之心，寶玉又設詞以安黛玉之心，可見寶玉意中原只有黛玉，而寶釵苦心孤詣，偏欲以小善小信擅移其愛。豈知天下事，凡出於勉強者，均不能持久，卒歸於敗。古今攘攘者，何釵之多也。」又說：「是情之真摯處，自又比寶釵之情加密一層。此段全寫釵、黛誠僞之分，及寶玉與釵、黛用情深淺之別。妙在不加褒貶，實處處右黛而左釵。一寫徑情而出之情形，而並不傷雅；一寫多端掩飾之舉動，而不免露痕。此中消息，解人自解。」

應承認，這些分析與作者的用意是相吻合的。又比如第四十一回，寶玉、黛玉、寶釵一起在櫳翠庵品茶，黛玉用的杯子叫點犀，寶釵用的是瓟瓟斝，獨將妙玉自己「常日吃茶的」一隻綠玉斗杯拿給寶玉，這一特定細節，反映出妙玉的極其微妙的心理。王、沈於此處寫道：「志此一筆，尤詆妙玉之深。尋常一未經用之盞，經老老一啜，便棄而不復顧；寶玉男子，反以己所常用者共之，獨不慮口澤及人乎？寫妙玉處處是假惺惺，見所欲則忘其潔矣。」而當書中寫寶玉笑道：「常言世法平等，他兩個就用那樣古玩奇珍，我就是個俗器了」，王、沈對此更大加發揮說：

此一層常屢思不得其解。以意淫之人，遇絕美之色，承相愛之雅，叨共巹之榮，自當怡然受之，惕然惟恐失之。寶哥方留神察看時，安能不覺？然忽爾舍用情之深，求用物之貴，此在常人所不肯出，況屬情種，當必無之事也。而作者特書此舉何意？蓋嘗思之重思之。寶哥蓋正以用情之深，留心之細，見妙玉之忘情造次，故詰一語，詞若有憾，以代妙玉在釵黛前掩蓋也。寶哥常日來此，用此杯者，必不止一次，當已早領其意，故妙玉一切性氣，均能體之細而知之深。今當釵黛之前，二人之心細，遇妙之矯矯不群，必先寶玉而留神察看。若見其率與寶玉共瓷，設若含酸微笑，則妙公無地自容矣。寶玉處處留心，知妙玉之獨厚於己，欲為掩蓋，故反以尊客之禮自居，若以不得平等為憾者。當時四人之意均微會矣。一則平兩美之酸，一則掩妙人之率；既掩妙人之率，可見兩美之尊。面面俱到，百節全靈，寶哥真天下第一有情人，亦第一有心人，更是第一慧捷機變人，吾真自笑莽漢矣。觀後文之舍盞不收，更可見此時之孟光，若遽接梁鴻之案。釵黛尖刻，斷無不退有後言者。寶玉愛玉，為之彌縫者甚微，且措詞雅善，中其竅要，妙亦解人，故不以為忤，而應聲立撤，平時不言之親愛，一掃而空。讀《紅樓》至此，真胸中三日作轆轤轉。不知世間善男信女，能識此者有幾？用情能至此而又僅止於此者又有幾？吾不禁謂寶妙皆天人也。

這段議論對寶玉和妙玉的微妙關係，以及與釵、黛共同品茶時四人的心理活動，縷析得非常細密，揭示得甚爲深刻，不失爲深得《紅樓》作意的賞析之文，而與隨意比附的索隱文字迥不相侔。

《紅樓夢索隱》中，類似的藝術分析不少，而且文字通脫流貫，讀來不覺吃力，這是王、沈這部著作的未可全然抹煞處，同時也是此書問世後一再重版的原因。㉔

清末民初三大索隱派之三：蔡元培的《石頭記索隱》及康熙王朝政治狀態說

蔡元培的《石頭記索隱》出版於一九一七年，寫作時間約同於王、沈的《紅樓夢索隱》，但醞釀時間較長，早在一九〇〇年以前蔡氏即開始留意紅學，並認爲影射康熙朝軼事的說法「十得四五」㉕，已傾向於索隱派紅學。在清末民初具有代表性的索隱三派中，蔡著影響最大，觀點和方法帶有系統性。

蔡元培對《紅樓夢》總的看法是：

> 《石頭記》者，清康熙朝政治小說也。作者持民族主義甚摯。書中本事在弔明之亡，揭清之失，而尤於漢族名士仕清者寓痛惜之意。當時既慮觸文網，又欲別開生面，特於本書以上加以數層障幕，使讀者有橫看成嶺側成峰之狀況。

明確提出《紅樓夢》是政治小說，認爲《紅樓夢》的作者具有深摯的民族主義思想，這在紅學史上有不可低估的意義，因爲這樣一來便擴大了對《紅樓夢》思想含意的理解。而認爲書中本事在「弔明之亡，揭清之失」，復以層層障幕掩蓋之，可看做蔡元培先生的紅學觀。他說：

最表面一層，談家政而斥風懷，尊婦德而薄文藝。其寫寶釵也，幾為完人，而寫黛玉、妙玉，則乖癡不近人情，是學究所喜也，故有王雪香評本。進一層，則純乎言情之作，為文士所喜，故普通評本多著眼於此點。再進一層，則言情之中善用曲筆，如寶玉中覺，在秦氏房中布種種疑陣，寶釵金鎖為籠絡寶玉之作用，而終未道破，又於書中主要人物設種種影子以暢寫之，如晴雯、小紅均為黛玉影子，襲人為寶釵影子是也。此種曲筆，唯太平閒人評本能盡揭之。

《紅樓夢》在思想上和藝術表現上有多種層次和多種角度，使讀者有橫看成嶺側成峰的感覺，是確實的，蔡元培看到並指出這一點，不愧有識之見。他指出《紅樓夢》有反滿思想，也完全符合作品的實際，蔡氏索隱的貢獻，主要在於對書中反滿思想的揭示。問題的癥結在於如何闡證本事。

蔡先生說：「闡證本事，以《郎潛紀聞》所述徐柳泉之說爲最合，所謂寶釵影高澹人、妙玉影姜西溟是也。近人《乘光舍筆記》謂書中女人皆指漢人，男人皆指滿人，以寶玉曾云男人是土做的，女人是水做的也，尤與鄙見相合。」徐柳泉的說法流傳甚廣，除《郎潛紀聞》所記，陳康祺在《燕下鄉脞錄》中也有轉述㉖，前面介紹明珠家事說時，已加以徵引。蔡氏的觀點顯然是從中受到了啓發，不過他未取明珠家世說，而是使寓意更加擴大，擴大爲整個康熙朝的政治小說。《乘光舍筆記》作者闕名，其中關於《紅樓夢》的一段寫道：

《紅樓夢》為政治小說，全書所記皆康、雍年間滿漢之接構，此意近人多能明。按之本書，寶玉所云：「男人是土做的，女人是水做的」，便可見也。蓋漢字之偏旁為水，故知書中之女人皆指漢人，而明季及國初人多稱滿人為達達，達之起筆為土，故知書中男人皆指滿人。由此分析，全書皆迎刃而解，如土委地矣。㉗

這則記載，一九一五年出版的《紅樓夢名家題詠》曾加以引錄，可見認爲《紅樓夢》是寫滿漢關係的書，在當時是一種時尚。蔡元培的《石頭記索隱》的特點，是把這種觀點加以系統化，上升爲理論，認定「弔明之亡，揭清之失」是《紅樓夢》的「本事」，同時也是全書的主題。他還對自己索隱的方法做了概括，即一、品性相類者，二、軼事有征者，三、姓名相關者。㉘依此三法，推求出林黛玉影射朱竹垞、薛寶釵影射高江村、探春影射徐乾學、王熙鳳影射余國柱、史湘雲影射陳其年、妙玉影射姜西溟、寶琴影射冒辟疆、劉老老影射湯潛庵，寶玉則是康熙的皇太子胤礽。《石頭記索隱》的大部分篇幅，都是引證史料，對比《紅樓夢》中有關情節，推求這幾個人物是如何影射的。以蔡氏的淵博和嚴謹，所引史料應承認是可靠的，具體推求，也不乏學術的嚴肅性，同爲索隱，終究有一種特異的學術味道，吸引讀者在一定程度上產生共鳴。

但蔡著之失，一是將「本事」與主題思想混爲一談，二是具體索隱求之過深，未能逃脫比附的歧途。

如說林黛玉影射朱竹垞，因黛玉名絳珠，這是影射朱竹垞的姓；黛玉居瀟湘館，院中多竹，是影射朱竹垞的號。這用的就是「姓名相關」的索隱方法。朱竹垞走到哪裡必帶《十三經》、《二十一史》，在京華仍有插架書，不廢著述；林黛玉奔父喪後也帶了許多書籍來，劉老老因而把瀟湘館誤認做「哥兒的書房」。這就是所謂「品性相類者」。朱竹垞與陳其年曾合刻《朱陳村詞》，而黛玉和湘雲在凹晶館聯過句，便成爲「軼事有征者」。

不過如此推求，讀者在佩服索隱者的好學深思的同時，也會感到困惑，不敢相信結論一定可靠。又如說探春影射徐健庵，因健庵名乾學，乾卦作三，所以探春稱三姑娘。徐乾學曾以第三名及第，稱探花，和探春的名字也有相類處。徐乾學喜愛文士，薦舉過許多人才，探春雖無此表現，但《紅樓夢》第二十七回寫探春囑寶玉說：「這幾個月我又攢下有十來串錢了。你還拿了去，明兒出門逛去的時候，或是好字畫好輕巧玩意兒，替我帶些來。」又說，「怎麼像你上回買的那柳枝兒編的小籃子，真竹子挖根的香盒兒，膠泥垛的風爐兒，這就好了。」蔡元培認爲，這些描寫表現的就是徐乾學「延攬文士之故事」。不知這依據的是索隱的哪一種方法，哪一條原則？「軼事有征者」？徐乾學「延攬文士」誠然可以看做他的一椿「軼事」，但這與探春的喜愛「輕巧玩意兒」如何「征」在一起？不免令人費解。《石頭記索隱》對寶釵影射高江村、湘雲影射陳其年、妙玉影射姜西溟、寶琴影射冒辟疆、鳳姐影射余國柱、劉老老影射湯潛庵等的推求，亦大率如此，參證之史事容或有別，具體推求的方法無大不同。

胡適在《紅樓夢考證》中，曾尖銳批評蔡元培對王熙鳳和余國柱「姓名相關」的索隱方法。蔡元培說：「王即柱字偏旁之省。國字俗寫作國，故王熙鳳之夫曰璉，言二王字相連也。」並注明「楷書王、玉同式」。胡適寫道：「他費了那麼大氣力，到底只做了『國』字和『柱』字的一小部分；還有這兩個字的其餘部分和那最重要的『余』字，都不曾做到『謎面』裡去。這樣的謎，可不是笨謎嗎？」㉙

批評得是很有道理的。但「笨謎」一詞，又言之過重了，因爲蔡先生對《紅樓夢》的反滿思想畢竟有所發現。又比如《紅樓夢》裡屢稱鳳姐不識字，蔡元培也視爲證據，認爲余國柱不是文學家，「故以不識字形容之」。其實，余國柱是順治九年的進士，無論如何不能用「不識字」來形容，如果說這也是在影射，只能說明《石頭記索隱》未能避免自相矛盾，不能圓解其說。蔡元培還認爲《紅樓夢》中的賈府代表「僞朝」，賈政是僞朝的吏部、賈敷和賈敬是僞朝的教育、賈赦是僞朝的刑部、賈璉爲戶部、李紈爲禮部，只缺兵部和工部沒有著落，否則就六部俱全了。至於如此索隱的理由，則顯得不夠充分，如不了解蔡先生的初衷，很容易認爲是望文生義。何況說賈赦代表僞朝的刑部，是因爲賈赦的妻子姓邢，與刑同音，兒媳婦姓尤，表示「罪尤」；賈璉稱璉二爺，戶部在六部中居第二位，所以賈璉就是戶部，李紈代表禮部，是因爲「李、禮同音」。這與《石頭記索隱》自定的索隱三原則也有所迕違。

蔡元培在《石頭記索隱》第六版自序中說：「《石頭記》凡百二十回，而余之索隱尚不過數十則；有下落者記之，未有者姑闕之，此正余之審慎也。」㉚就出發點來說，蔡元培的索隱不能說不審慎，因此他所說的自屬真誠，有些猜想，亦不無會心處；但因具體方法在求一一套實，結論固多誤，就整體而言，又不好以審慎目之。這並不是說可以無視《石頭記索隱》在紅學史上的價值，揭示出書中的反滿思想不必說了，應當承認有一些具體見解也是很有價值的。如認為元妃省親是影射康熙南巡，脂批也是這樣看的，觀點可以成立。即便是薛寶琴作的〈蒲東寺懷古〉詩：「小紅骨賤一身輕，私掖偷攜強撮成；雖被夫人時吊起，已經勾引彼同行。」蔡氏認為詩中「似以形容明室遺臣強顏事清之狀」，雖不一定指實，作為一說，也是可以的。問題在於不能把索隱擴大化，以為無一事無來歷，無一處不影射。

《紅樓夢》的政治內容，及有的情節中包含的政治寓意，蔡先生看到了，這是《石頭記索隱》的可取之處；甚至提出《紅樓夢》是政治小說，都不無一定道理。但一定說「書中紅字，多影朱字，朱者明也」，以及寶玉有愛紅之癖，就是滿人喜歡漢人文化，寶玉好吃女孩子們口上的胭脂，就是「拾漢人唾餘」，就有穿鑿附會之嫌了。《石頭記索隱》的失誤，主要是徵引指實得太具體，致使結論不易立足，湮沒了許多好見解。如果不拘泥於表面比附的索隱的方法，對《紅樓夢》給以實事求是的評價，蔡元培的紅學見解會引起更多的人的注意。

鄧狂言的《紅樓夢釋真》

鄧狂言的《紅樓夢釋真》，是繼王、沈和蔡元培之後的又一部紅學索隱專著，全書四冊，約二十七萬字，一九一九年九月由上海民權出版社出版。因爲沒有附《紅樓夢》原文，總體篇幅比蔡著《石頭記索隱》及王、沈的《紅樓夢索隱》要大得多，觀點發揮得比較充分，引證豐富，在索隱派紅學中有相當的代表性。

《紅樓夢釋真》的基本立論，與王、沈及蔡元培的觀點大體相同，即認爲《紅樓夢》是反映種族思想的書，作者是種族家，因而書中緊要人物無不與種族有關係。比如《紅樓夢》卷首有「此開卷第一回也」字樣，鄧狂言便發揮說：「必曰第一回者，即所謂開宗明義，即所謂此是人間第一日，當言人間第一事者也。開宗明義第一事者何事？孝也，種族也。便是宣佈全書發生之源頭，而因以盡其尾者也。」站在封建宗法觀念的角度，把孝當作人間第一事，應屬可以理解，但說種族也是人間第一事，就牽強了。何況小說的分回，主要是出於藝術結構上的需要，與人間第幾事無任何關係。如鄧說可通，則第二回就是人間第二事了。《紅樓夢釋真》的開宗明義就陷入了牽強附會的泥淖。

值得注意的是，這類牽強附會在《釋真》中比比皆是。且看對賈雨村三個字的解釋，「賈者，僞也，僞朝也。賈語者，僞朝之史也。村者，村俗也，言野蠻也。」蔡元培認爲賈府代表僞朝，鄧狂言更進一步，連賈雨村的賈也是僞朝的象徵；而且賈雨村的「村」，是村俗的意思，也就是野蠻，用以代表滿清。書中提到的大荒山，是「野蠻森林部落之現象」，指吉林；無稽崖，「滿洲之所自來，多不可考」的意思。甄士隱，則是「明亡而士隱」，但「隱而仍不失其爲費」，所以甄士隱又名甄費。甄士隱膝下無兒，「便是滅國滅種，中原無男子之義」。絳珠草，是說「朱已失色」，比喻明朝已亡，漢人失節。甄士隱一夢醒來，「只見烈日炎炎，芭蕉冉冉」，鄧狂言說：「烈日炎炎，朱明也，芭蕉冉冉，青清也。」幾乎無一事不和明清之際的民族糾葛有關係。第四十九回的回目是「琉璃世界白雪紅梅」，鄧狂言說這是象徵「明代之江山已爲長白山之種族所有」，並發揮道：「朔風凜冽，大雪霏霏，幾不知天地間尙有何物。足以放其異彩，而著花以留天地來復之心者，其惟梅乎？梅而色之以紅，朱明之義也。」甚至後四十回裡提到散花菩薩，原是散花寺的尼姑胡謅的，鄧氏也認爲是「暗讖天女」，因爲《東華錄》記滿清發祥地曾有天女的傳說。

這比蔡元培和王、沈的想像力更豐富，因而在索隱的道路上走得更遠，雖然他們的基本觀點趨於相同。《紅樓夢釋真》裡經常提到王、沈的索隱，大都表示贊許，只是感到王、沈發掘得還不夠深，未得作者最深層的「隱而又隱」的作意；而蔡元培的索隱，則「倉卒爲之」，同樣使《釋真》的作者不盡滿意。鄧狂言沈痛地宣告：「瞻仰先覺，沸泣無已，後死之責，余小子其何敢讓焉。」

鄧狂言所以敢於這樣宣告，是由於他對《紅樓夢》的創作過程做了下面的假設：原本《紅樓夢》的前八十回係吳梅村所作，後四十回是朱竹垞所補，吳、朱都是順治和康熙時期的明朝遺老，有故國之思，因此原本《紅樓夢》的內容是「明清興亡史」；曹雪芹是乾、嘉時人，擔心原本《紅樓夢》「事實太近」、「文字多放恣」，恐「不能久存」，於是「乃嘔心挖血」，加以增刪，把「明清興亡史」擴而變成「崇德、順治、康熙、雍正、乾隆五朝史」，所以書中有「增刪五次」字樣。而所謂刪者，是使書中的內容在表現上「隱而又隱」，種族思想並沒有變；增者，則是「用雙管齊下之法，書中所寫之重要人物，必另取一人焉以配之」。同時爲了避禁忌，又「不得不取朝臣之近似者以混之」。原本《紅樓夢》，鄧氏就認爲有些描寫已涉及明朝宮廷的事情，曹雪芹「後來居上，踵事增華」，使改作「有兩套本錢」，充分體現了「隱而又隱之力」。就是說，在鄧狂言看來，《紅樓夢》「寫一人而必化身爲數人以寫之」。正是依據這樣一種假設，《紅樓夢釋真》進行了前所未有的索隱擴大化。

《紅樓夢釋真》的作者認爲，清兵南下時掠得大批漢族女子，既有南明福王宮中的宮女，又有江南一帶的奇優名娼如董小宛、孔四貞、陳圓圓、劉素素等，《紅樓夢》寫的就是這些奇女子被掠入宮以後的情狀，同時又以此來影射因各種原因降清的漢族名士。

在此一層面上，所持觀點略同於蔡元培，而與王夢阮、沈瓶庵完全相同。不同的是，鄧狂言進一步加以擴大化，把書中人物安插在崇德、順治、康熙、雍正、乾隆五朝歷史中，爲尋找「配之」、「混之」的人物，隨意加以比附，常常一人三指、四指，甚至五指，變《紅樓夢》爲徹頭徹尾的明清兩朝的野史雜陳和宮闈秘事。比如賈寶玉，鄧狂言認爲原作者指順治，曹雪芹在不改變指順治的同時，又兼指乾隆。林黛玉原指秦淮名妓董小宛，王夢阮、沈瓶庵的索隱持此說最力，鄧狂言則認爲同時也指雍正朝的那拉后和乾隆元配孝賢皇后及朝臣方苞。薛寶釵既是順治的繼后，又是乾隆的那拉后，又是朝臣王鴻緒。史湘雲指孔四貞，同時兼及苗女龍么妹事。李紈原指康熙的母親佟氏和朝臣李光地，曹雪芹又加上了嘉慶皇帝的生母孝儀皇后魏佳氏。晴雯和襲人所指更多。按原作，鄧狂言認爲晴雯指董小宛的妹妹董年，並及朝臣姜西溟，曹雪芹則進一步指乾隆時的三姑娘，乾隆下江南在濟南所狎某妓，及史學家萬斯同和文人方苞；襲人指順治時的廢后和朝臣高士奇，同時又指明朝的李選侍及崇禎皇后。賈母指清初下嫁的孝莊皇后，又指乾隆生母孝聖憲皇后，有時還用以「比乾隆」。鳳姐指黃亮功的孀妻劉三秀，即後來的豫王妃，也包括豫王夫婦和福康安母子，朝臣方面則指徐乾學，如此等等。至於這樣一一指稱的道理安在？除了前面所說的對《紅樓夢》的創作過程鄧氏有自己的總體假設，對書中的情節和人物也有他的獨特看法。下面不妨讓我們欣賞幾個具體例證。

薛寶釵在書中的身分，鄧狂言認爲相當於順治的繼后博爾濟錦氏，理由是順治屬意於董小宛，曾有廢掉元后之舉㉛，而孝莊皇太后雖喜愛小宛的美貌，卻因小宛是漢人而不能立其爲后，在此期間，繼后與小宛便展開了角逐，這和《紅樓夢》中寶釵與黛玉的關係頗相似。黛玉既指董小宛，那末寶釵自然是繼后了。鄧狂言寫道：「后爲科爾沁族，亦係蒙古，與孝莊同族，故謂之曰王夫人之姨侄女。其與薛蟠爲兄妹者，蒙古諸王原亦呆霸王之類，其降其叛，皆可比擬。」不僅如此，在鄧狂言看來，書中的薛寶釵，處處都顯示出是順治繼后的身分。最妙的是第七回寶釵和周瑞家的關於冷香丸的一段對話，鄧氏對此做了大段的索隱：

> 此回寫寶釵似病非病情狀，即在順治與廢后定婚三年不協期同。周瑞家的忙笑道：「噯喲！這樣說來，就得三年工夫。」已經揭開道破。寶釵說：「只好再等罷了。」「再」字中即覬覦后位、覬覦廢后之意。何等細密明確！周瑞家的又笑說：「阿彌陀佛，真真巧死了人！等十年都未必這樣巧的。」廢后，非常事，詔旨所謂「遺議後世，朕所深悉」，而諸臣所謂「屢諫」者也，又兼伏出家一筆，巧極！況后即被廢，繼之者又有別人覬覦，如何不病？藥品要雨、露、霜、雪，自是求為后意思。黃柏，亦喻其苦心，且以柏舟伏後日守寡。

我們從這段索隱中可以看出，鄧狂言立論的主要依據，不過是語義的引申和數字的關合，這是索隱派紅學的慣技，王、沈以及蔡元培都曾這樣做過。周瑞家的說了一句「就得三年工夫」，鄧狂言便聯想到順治與廢后訂婚後的「三年不協」，然後又引申「可巧」二字往順治廢后問題上附會，說法之不能成立，顯而易見。寶釵和周瑞家的這段對話，牽涉的事情很多，鄧狂言只對「三年工夫」、「再等」、「巧」、「黃柏」、「雨露」做了索隱，那末其他語詞呢？寶釵接著說：「竟好，自他說了去後，一二年間可巧都得了。」這和「三年工夫」豈不矛盾？既然順治與廢后有「三年不協」，相當於繼后身分的寶釵怎麼可以說「一二年間可巧都得了」？

鄧狂言自己也常常感到他的索隱有矛盾，但又不肯放棄臆說，只好巧爲彌縫，強爲之解。第一百回寫薛蟠再次遇到人命官司，薛姨媽苦惱不堪，寶釵前去勸慰，說：「銀錢的事，媽媽操心也不中用，還有二哥哥給我們料理。單可恨這些夥計們，見咱們的勢頭敗了，各奔各自的去也罷了，我還聽見說帶著人家來擠我們的訛頭。」按鄧狂言以及王、沈的索隱，薛蟠在書中指吳三桂，「所謂擠訛頭者，實是擠清廷之訛頭，與三桂全然無干。若就三桂一方面言之，則滇勢窮促時，部下實有此情形，而特不應出之於繼后之口」，所以鄧氏承認：「此段疵謬之處，幾於不可通。」然而，《紅樓夢釋真》的作者並不就此罷手，寧可強爲之解，說什麼：「繼后，蒙古女也。蒙古自明中葉以來，爲中國之屬國，亦爲中國之與國，兄妹之義，實本於此。蒙古當時亦有與三桂同時反對清廷者，故借寶釵之口以出之。」這是說，如果薛蟠指吳三桂，寶釵作爲繼后的身分，不該說出「擠訛頭」的話，尤其解釋不了薛蟠與寶釵的兄妹關係；但從繼后出生於蒙古族這一層說，似亦可通，因爲蒙古與明朝有「兄妹之義」。真是千曲百轉，煞費苦心。

然而如此索隱，畢竟過分牽強，鄧氏自己也於心未安，只好自我解嘲地說：「鄙人於此等處，終嫌其立局之勉強也。蓋兄妹之義，作者以爲最好，然名兄妹而實仇讎，一說到此等地方，便難措手，故不得不恍惚迷離以取之，而終嫌其不大明了。閱者不能不爲之原諒者，隱之難也。」自己已經束手無策了，還要讀者諒解，而且不是諒解他的「索」不出「隱」來，卻要我們去諒解《紅樓夢》作者的「隱之難」，這不分明是爲自己開脫嗎？鄧氏接下去又寫道：「至於寶釵口吻，仍處處反對薛蟠，是因文字中表面、裡面之身分上之所當應有，故自無礙於篇幅焉。鄙人疑爲梅村作書時，三桂未反，而竹坨補本則在既反而後，於此等處當然爲難，故終不免有隔閡。」這不僅是強爲之解，簡直是曲爲之辯了。

林黛玉在書中的身分相當於董小宛，前面已經說過，王、沈持此說甚力，鄧狂言對此極表贊同，只不過鄧氏有進一步的發揮。發揮之一，認爲在朝臣方面，林黛玉指的是方苞。理由是方苞字靈皐，而靈皐也就是絳珠仙草，就是甘露，就是淚，「一而二、二而一者也」。方苞的父親方仲舒民族思想很強烈，方苞自己也因爲戴名世的《南山集》作過序而受株連，在刑部大牢裡關押一年有餘。康熙欣賞他的文名，獲釋後成爲宮廷的文學侍從，後來又任武英殿總裁、翰林院侍講及禮部侍郎等職，七十五歲告老還鄉，活了八十二歲。真看不出林黛玉和方苞的經歷有哪些共同之處。但鄧狂言說，方苞下獄後改變初衷，到清廷做官，「書中與之比擬者，實至密切」。例證是第十六回黛玉將北靜王贈給寶玉的鶺鴒香串擲還不取，說「什麼臭男人拿過的，我不要」，據說就是指方苞不爲果親王所容的史實。鄧氏寫道：「亦即作者痛罵靈皐，謂其不宜變其種族之初志，而近此腥膻，以全其性命而苟圖富貴者也。」分明是黛玉罵的「臭男人」，如黛玉即指方靈皐，不是方靈皐在罵別人嗎？怎麼變成作者「痛罵靈皐」呢？如此索隱實難成立。

又第三回寫林黛玉進京，係賈母「致意務去」，鄧狂言說這和方苞成爲禮部侍郎一樣，都是「非本心也」，「活活寫出專制君主只顧自己要人，不顧他人不願情事」。按書中交代，黛玉的「不忍棄父而往」，不過是人情之常態，當林如海說：「汝父年將半百，再無續室之意，且汝多病，年又極小，上無親母教養，下無姊妹兄弟扶持，今依傍外祖母及舅氏姊妹去，正好減我顧盼之憂」，黛玉聽如此說，便灑淚拜別了。這和方苞的做侍郎有什麼相類之點？何況鄧狂言認爲林如海與黛玉話別一番話，是冒辟疆說給董小宛的「傷心之辭」，更說明與方苞無涉。

鄧狂言的發揮之二，是說林黛玉不僅指董小宛，「混之以方苞」，還同時影射乾隆的元配嫡后富察氏。如果說黛玉指董小宛，鄧狂言循王、沈的思路，還能附會出一些情節和例證，那末影射富察后的說法，連附會的例證也絕少提得出來。據《東華錄》及一些野史記載，乾隆元配富察氏死於南巡的路上德州，死因不明，甚至有爲尼的傳說，和黛玉的經歷迥不相侔。富察氏死後，乾隆的輓詩有句云：「聖慈深憶孝，宮壺盡稱賢。」也不像黛玉在賈府的處境。到了第三十二回，鄧狂言才發現了一個例證，即寶玉訴肺腑，告訴黛玉「放心」。他說：「富察氏與乾隆原當有密議那拉后專寵奪嫡之事，放心不放心之說，一毫都不矛盾。帝后本非怨偶，自然與宮妃不同。」那拉后是乾隆的第二后，富察氏死後所立，結局是被廢爲尼，「奪嫡之事」從何說起？「密議」云云，純係猜測之辭，不足爲據。所以鄧狂言在做了上述索隱之後，自我解嘲地說：「小說之事跡，亦不必太拘，明眼人分別觀之可也。」這是說，讀者可以不必相信他的結論，因爲他自己也感到不能自圓其說。

鄧狂言的《紅樓夢釋真》，對元春、迎春、探春、惜春賈家四姊妹的索隱最雜亂無章。鄧氏寫道：

> 元春之取義最遠，亦最曲。作者既取賈府為帝室，則帝室之上如何著筆？乃從女媧化出一元妃，即天女發祥之義也，謂稱天以臨之。而又取義於天數，稱無道之天，以臨之也。書中兼言明事，而時以元妃指熹宗。張后定策立崇禎，其意亦可通，然實則以指崇禎，言帝死而國亡，乃生出迎春、探春、惜春三妹，為前後三藩寫也。三桂特重出，以其事跡太多

故。迎春為二木頭，福王昏愚之象，而又對寫一孫家，以董妃表示之也。探春寫唐王，才也，而又兼表以鄭成功。惜春寫桂王，出家後出走雲南，兼表一李定國之堅貞，蒙難死猛臘也。故三春與寶玉平等。迎春表三桂，亦愚之也，兼表一吳應熊。探春表耿氏也，海疆之鄭氏交涉也。惜春表尚氏可喜之為於所幽，亦出家象也。其在曹氏心中，則迎春表准部降王達瓦齊之尚主也，探春表蒙古超勇親王額附策淩也，惜春表和種子紳額殷德之尚主者也。大都書中如此等之佈置，確有定義，而因事出入者，不在此例。

這段索隱文字不算很多，牽涉的人物和史實甚紛繁，從清朝的發祥到康熙期時的三藩之亂，從明熹宗到乾隆，時間跨越幾百年，歷史人物臚列有十七人之多，每個人都與賈府的四位小姐有瓜葛，至於何以如此的緣故，鄧狂言卻秘而不宣，不肯告訴我們。只有結論，沒有論證；提出觀點，不具材料。

賈家的迎、探、惜三位小姐爲什麼是指三藩？除了「三」這個數字可以附會，其他的理由實難舉出。清初的三藩，一爲平西王吳三桂，據雲南；二是平南王尚可喜，據廣東；三是靖南王耿仲明的兒子耿繼茂和孫子耿精忠，據福建。三處重鎭，各據一方，握兵賦大權，隱如敵國。康熙十二年（一六七三年），尚可喜因與兒子之信矛盾激化，請求回遼東養老，於是朝廷決定撤藩，吳三桂、耿精忠、尚之信相繼舉兵，是爲三藩之亂，至康熙二十年始平定。

清初的這段史實與賈家三春無任何瓜葛，想附會也附會不上。「惜春表尚氏可喜之爲子所幽，亦出家象也。」這無異於癡人說夢。按史載，尙可喜的兒子之信握兵權，酗酒嗜殺，可喜爲其所制，怕自身難保，遂請歸老。何來惜春式的「出家之象」？尙氏非但沒「出家」，反而是要「回家」，「探春表耿氏」，完全論而無據。至第一百零二回，鄧狂言轉而認爲：「若以鄙人論之，則在清廷之探春，實以耿精忠所尙之肅王格格爲主體。」就是說，探春又不「表耿氏」了，「表」的是耿氏的夫人，所以隨之引出一段肅王格格下嫁降將之子的史實。因爲是下嫁，帶有「爲國和親」性質，這才有第一百零二回探春向寶玉說「綱常大體」的話。不過洞悉「綱常大體」者還有人在，不獨肅王格格如是，所以鄧狂言說：「唐王抗節不屈，『綱常大體』四字，卓然無愧；而成功之報父兩書，對於『綱常大體』上，變而不失其正。」因此之故，探春又兼寫唐王與鄭成功。其實，我們也可以說探春是寫岳飛或者文天祥，因爲「綱常大體」四個字，岳飛和文天祥肯定當之無愧。鄧狂言的索隱已走上魔道了。至於說迎春代表福王，又代表吳三桂及其子吳應熊，歷史上更無著落。然而也無須多慮，鄧狂言早已聲明過了：「因事出入者，不在此例。」自己預占了地方，還有什麼好說的？聽憑他隨意附會好了。

鄧狂言認爲《紅樓夢》中有關吳三桂的事跡頗多，因此常常重複出現。除了賈家迎、探、惜三春指吳三桂，迎春表吳三桂，薛蟠、夏金桂也都指吳三挂。例如第四十七回「呆霸王調情遭苦打」，鄧狂言說寫的就是吳三桂與李自成的正面交涉。請看下面的妙文：

此回正寫三桂與李自成之交涉，而並及松山之敗者也。蓋松山之役，其父吳襄潰走，三桂當在行間。寧遠之功，未必征實，圓圓一至，遲遲出部，比之調情允矣……然其勢不振，經闖兵痛擊之後，父死家亡，愛妾屬人，末路窮途，鋌而走險。所謂一打便倒，再打、三打者，意即指此。喊「好兄弟」，便是三桂稱闖軍為賊之意；繼之以「好哥哥」，便是三桂稱闖軍好狠之意；然而曰「好老爺」，直是頓首稱臣於賊矣。骯髒東西吃了又吐出了，是稱臣之後又改圖降清。吐出來又叫他吃，是降清又復叛清。賈珍「命賈蓉帶小廝們尋蹤問跡的」情況，便是多爾袞得三桂借兵之書，許即進兵，遂統帥入關之代名詞。「龍王爺」，順治也；「招駙馬」，其子應熊尚主也；「碰到龍椅上去」，封王也，稱帝也。皆骯髒東西也，字字不空。

鄧狂言的確做到了「字字不空」，連錯字都做了索隱，可謂涓滴無遺。賈蓉嘲諷薛蟠的一段話，庚辰本等早期抄本都作：「薛大叔天天調情，今兒調到葦子坑裡來了。必定是龍王爺也愛上你風流，要你招駙馬去，你就碰到龍犄角上了。」鄧氏一再加以索隱的「龍椅」的「椅」字，實即「犄」一字之誤。因此什麼「封王」、「和帝」云云，就沒有著落了。柳湘蓮喝命薛蟠將嘔吐的穢物吃進去，吃了又吐，就是吳三桂向李自成稱臣之後又降清，然後又叛清。如此索隱，還要我們說什麼呢？而與薛蟠「交涉」的柳湘蓮自然應該是李自成才對，然而鄧狂言認爲不是，他寫道：「顧打之者爲何人？則作者又斟酌而出之，蓋顛覆明社、屈抑三桂，非李自成力所能及也。以意度之，當此者其惟李岩乎？」前後自相矛盾若是，《紅樓夢釋真》的「以意度之」的索隱可見一斑。

《紅樓夢釋真》的索隱範圍非常廣泛，幾乎對書中的所有人物都一一加以指稱，連次要人物、微不足道的穿插性人物也不放過。當然愈是這樣，愈陷入癡人說夢，以爲一切都可以找到著落，反而一切都無著落。就文筆而論，鄧狂言自不能與蔡元培相比，與王、沈的索隱相較，也相形見絀。偶爾有警人之處，是鄧氏借題發揮、指陳時弊的一些段落，看得出他是一位憤世嫉俗的民族感情極強烈的人。如第十二回王熙鳳毒設相思局，鄧氏忽然悟出，這實際上是寫「官場百般醜態」，目的是揭露「假青天」。他分析說：

書中初遇鳳姐一段文字，即私見上官秘訣，巧笑乞憐之態度也。其再見鳳姐云云，不是見一個愛一個，即輸情上官，誓為走狗，絕不變心之說詞。而上官之籠絡欺哄之者，亦與鳳姐所說全無以異。

凡長官之私人，隨時進見，無不可以作如是觀者也。發下宏願大誓，甘為私人，夫亦無所不用其極。儼然長官之威嚴，而忽得一顰一笑，安得不作以下如此醜語。

而長官之術尤工巧，則曰：「汝比某某還好，某某不知近日如何辦事，糊塗。」下官之得此佳（嘉）獎，如奉綸音，自可不言而喻。長官又復操縱之，而暮夜之苟且進矣。長官又懼其太易也，而使之不得遽到好處。窮形盡相，直是吊膀子情形，醜惡極矣。此等做法，尚不可以令妻孥見，何況父兄。撒謊欺人，亦是當然必有之事，苟其父兄有善教者，或者不至於此。打之云者，悲官僚派之無教也。上了一個當，還不醒悟，又復極力鑽尋門路，唯恐其不得一當。上官亦不正言責之，彼亦更作輸心輸肝之議論，以求得將來之特別際遇。上官若云：「此差缺我不要與汝，而汝於某某事件有不到之處，或云另有別方面情形，後日有機會再說。」所謂令其自投羅網者，即此是也。一旦聽了那裡有好消息，便又去亂鑽狗洞。見了上司之親信人，便以為望見顏色，好事便可以即刻到手。此書中所謂不管皂白等語情形，恰恰合式。

夫此等時間，長官非絕對的不欲以好處與之也，心中縱極力鄙薄其為人，然看在銀子分上，在平日小殷勤分上，亦當極力提拔。而無如旁觀者起而攻之，朝廷又不得不為緣飾耳目之計，使人查之。此即璉二奶奶告到太太跟前之說也。查辦之結果，長官不得不自救，查辦者以其地位之較高，交情之甚密，則又不得不為援手，救大不救小。而小官之昔日銀子與交情，乃轉以為今日丟官送命之地位。而並不需拿，出錢來運動，求免求輕，而其得輕免與否，尚在不可知之數。弄了一身齷齪，一身債務，是官場中最苦情狀。丟了一條狗命，真真不值。前清官場，何一不是此等做法。賈瑞之失足落廁，糞穢淋頭；鳳姐之假撇清，終背盟；賈蓉、賈薔之一切做作，件件神肖。及至後來，則長官之對於自己本身問題，有大不得已之苦衷，不得不參劾以謝其責，不得不置之死地以滅其口。賈瑞之死，劉佳琦之終不得好結果，其明鑒也。

將王熙鳳設局整治賈瑞的有關描寫，說成是影射封建官場的種種醜態，附會誠然是附會，但也反映了鄧狂言的憤世嫉俗的情緒和敢於指陳時弊的精神。鄧狂言原名鄧裕厘，湖北人，曾參加光緒二十九年（一九〇三年）的會試，因字跡狂亂未被錄取，被主考官呼爲「狂生」，遂改名狂言，終身未仕。《紅樓夢釋真》的寫作，大有借他人酒杯，澆自己塊壘之意，因此主觀抒憤的成分有時反而湮沒了對《紅樓夢》內容的客觀闡釋。

遭到考證派打擊之後的索隱派紅學

王夢阮和沈瓶庵的《紅樓夢索隱》、蔡元培的《石頭記索隱》、鄧狂言的《紅樓夢釋真》等三部索隱著作接連問世，把索隱派紅學推向高潮。也許是物極必反的緣故，正當這三部索隱著作的影響彌漫於社會之際，胡適的《紅樓夢考證》發表了，對索隱派紅學給予正面打擊，從而開始了近代紅學的新生面。

胡適的《紅樓夢考證》所發揮的對索隱派紅學的打擊力量，主要在於他發現了大量的有關《紅樓夢》的作者曹雪芹生平的資料和帶有脂硯齋批語的早期抄本，證明《紅樓夢》是以作者身世經歷爲底本的文學作品，不是明清的宮闈史的變換，也不是明珠或其他官宦家庭生活的翻版。在胡適提供的大量證據面前，索隱派紅學一時間陷入了困境。蔡元培在《石頭記索隱》第六版自序中雖然回答了胡適對索隱派的批評，但申明的理由仍嫌薄弱得很，不足以重新鞏固已說。無論如何，自一九二一年胡適發表《紅樓夢考證》之後，索隱派紅學從發展趨勢上已進入了衰竭時期。

但發展趨勢上的衰竭不等於索隱的方法沒有人再用，即使考證派紅學成爲主流的學派，踞於「豔冠群芳」的地位，仍不斷有索隱派的文章與著作公諸於世。一九二一年至一九五四年這一考證派大發展時期，有兩部索隱派紅學著作值得注意。

第一部著作是壽鵬飛撰寫的《紅樓夢本事辨證》，一九二七年商務印書館出版，書前有蔡元培撰寫的序言：

> 余所草《石頭記索隱》，雖注重於金陵十二釵所影之本人，而於當時大事，亦認為記中有特別影寫之例。如董妃逝而世祖出家，即黛玉死而寶玉為僧之本事。允礽被喇嘛用術魘魔即叔嫂逢魔魘之本事。亦嘗分條舉出，惟不以全書為專演此兩事中之一而已。王夢阮、沈瓶庵二君所著之《紅樓夢索隱》，以全書為演董妃與世祖事，已出版十五年矣。同鄉壽棨林先生新著《紅樓夢本事辨證》，則以此書為專演清世宗與諸兄弟爭立之事，雖與余所見不盡同，然言之成理，持之有故。此類考據，本不易即有定論，各尊所聞，以待讀者之繼續研求，方以多歧為貴，不取苟同也。先生不贊成胡適之君以此書為曹雪芹自述生平之說，余所贊同。以增刪五次之曹雪芹非曹霑，而即著《四焉齋集》之曹一士，尤為創聞，甚有繼續研討之價值。因慫恿付印，以公同好。十五年六月三十日蔡元培。

蔡元培的序寫得頗見學者風度，雖然壽鵬飛與他的觀點不盡相同，也不予抹煞，而是提出了「多歧爲貴，不取苟同」的學術主張，此種襟懷，實堪贊許。當然，壽氏的索隱與蔡元培小不同而大同，在運用索隱的方法上，特別是在反對胡適的「自述生平之說」上，他們是一致的，所以序言表示贊同壽氏對胡適《紅樓夢考證》的批評。

而在《紅樓夢本事辨證》的一開頭，壽鵬飛也對蔡元培的《石頭記索隱》有明確的肯定。他在列舉和比較了王夢阮和沈瓶庵、錢靜方、胡適、俞平伯、魯迅諸家的看法之後，寫道：「綜觀諸氏之說，自以蔡書爲能窺見作者深意。」但他又對蔡書有所批評，說：「平心論之，蔡氏不免爲徐柳泉之說所拘，更引當時諸名士以實之，致多牽強。若胡氏竟指爲雪芹自述生平，則純乎武斷，反不如陳獨秀氏悉數推翻諸家影事之說，而純作言情小說觀之爲斬卻葛藤也㉜。然使竟如陳君之說，廢棄本事，專觀情跡，則又何解於本書開宗明義所謂故將真事隱去之言？是明明有真事在背影。後之讀者又何忍抹卻作者深心，而以尋常小說等視之也？」㉝ 可見攻擊重點在於考證派對《紅樓夢》本事的看法。

這並不奇怪，因爲壽氏撰寫《辨證》是在考證派佔優勢的氣氛之下，自不能沒有現實的針對性。《紅樓夢本事辨證》的絕大部分篇幅，都是對以前諸說的批評與辨證，逐一臚列出九種說法，即（一）關於書中人物影射當時名伶；（二）有謂記金陵張侯家世者；（三）有謂記故相明珠家事；（四）有謂爲刺和珅而作；（五）有謂藏讖緯之說；（六）有謂影射《金瓶梅》；（七）有謂記清世祖與董鄂妃的故事；（八）有謂影射康熙朝政治狀態；（九）有謂係曹雪芹自述生平。對以上諸說，壽氏既指陳疵瑕，又不一筆抹煞，出發點頗具客觀色彩。如對王、沈所主張的清世祖與董小宛故事說，壽鵬飛認爲「多未合榫，不過以意爲之而已」，同時也肯定其「尙有自成一說之價値」。他說：「董鄂妃是否即爲小宛，世祖與董鄂妃事是否即爲《紅樓夢》書中影事，尙屬疑問，即使截然兩事，然如此豔情，出帝王家，亦足使小說家有合併附會之機會。」㉞自是合理的推論。對蔡元培的索隱，一方面覺得「深得作者真意」，一方面又指出：「第其採用徐柳泉說之寶釵影澹人一段，則殊未當。」對明珠家事說、和坤家事說和張侯家事說，壽鵬飛否定得比較徹底，認爲於史實、於情理都不相合，「其謬不待辨矣」。至於說影射《金瓶梅》㉟，壽氏認爲是「不經之評論」。對胡適在《紅樓夢考證》中提出的自傳說，壽鵬飛也有所分析，肯定其對曹雪芹家世生平的考證，並說胡適「攻擊他說疵點，亦有可取」，但仍感到未搔到癢處，問道：「若《石頭》一記，止爲曹雪芹自述生平而作，則此書真不値一噱矣。」㊱他指摘胡適從無意味方面加以武斷，抹煞了《紅樓夢》作者的深心。

壽鵬飛自己的正面主張，是認爲《紅樓夢》影射雍正奪嫡。他說：「然與其謂爲政治小說，毋寧謂爲歷史小說，與其謂爲歷史小說，不如徑謂爲康熙季年宮闈秘史之爲確也。蓋是書所隱括者，明爲康熙諸皇子爭儲事。」當然此說並非他的首創，孫靜庵在《棲霞閣野乘》中即提出：㊲「林、薛二人之爭寶玉，當是康熙末允禩諸人奪嫡事。寶玉非人，寓言玉璽耳，著者故明言爲一塊頑石矣。」㊳蔡元培也說過寶玉象徵傳國璽，指太子允礽。壽氏發揮說，寶玉是指傳國玉璽，因係國寶，所以叫寶玉；通靈玉上有「莫失莫忘，仙壽恒昌」字樣，傳國璽上刻有「受命於天，既壽永昌」八個字，壽氏據此認爲前者影射後者甚爲明顯。

又玉璽爲諸皇子及群雄所爭，所以「見寶玉者，人人皆生戀愛關係」。還說賈母因是康熙的影子，賈母愛寶玉是比喻其寶愛帝座，「不肯即以黛玉配之者，喻帝之不肯輕立儲二，以寶位畀允礽也」。金陵十二釵分正冊、副冊、又副冊，恰好三十六人，分別影射康熙的三十六個兒子。寶釵、襲人都影射雍正，「襲人二字，有乘虛掩襲之意」，比喻雍正「襲取帝位」。蔣玉函是指「藏璽之函櫝」，所以「名曰玉函，且住紫檀堡，明言璽函以紫檀爲之」。襲人的猩紅褲帶，以及寶玉換贈給蔣玉函的松花帶子，都指的是「璽綬」。寶玉與蔣玉函發生曖昧關係，是說「與傳國璽有特別戀愛者，惟此函櫝耳」。而襲人後來嫁給蔣玉函，是「極言清室玉步已移，此龍衣人所爭得者，亦止空函而已」。㊴

這樣一些說法是否可信，可以權當別論，我們不能不佩服索隱者的想像力，而且與其他索隱派相比，隱約感到也許上述說法真的捕捉到了一點什麼東西。「玉璽」爲什麼住在「紫檀堡」？考慮到曹雪芹給書中人物命名的慣例，恐怕不是毫無意義的巧合。甄寶玉在《紅樓夢》中出現，使很多研究者感到費解，對此，壽鵬飛提出新說，認爲甄寶玉是南明弘光帝的影子，作者用甄、賈二寶玉象徵南北兩朝對峙局面。作爲探討《紅樓夢》命意的一說，或至少作爲一種猜測，應該認爲沒有什麼不可以。

問題是不能把索隱擴大化，以爲人人、事事都有影射。壽氏對林黛玉是廢太子理親王胤礽的影子的索隱，使他完全陷入他所批評的以往各種索隱的故轍。他說：「林者二木，二木云者，木爲十八之合，兩個十八爲三十六，康熙三十六子，恰合二木之數。而理王爲三十六子中之一人也。黛玉者，乃代理二字之分合也：分黛字之黑字與玉字合，而去其四點，則爲代理二字，明云以此代理親王也。」又說，「胤礽於康熙十四年立爲皇太子，故黛玉到賈府時，假定爲年十四也。」如此曲爲彌縫，與王、沈以及鄧狂言的附會實無二致。況且黛玉進賈府時明明是七歲[40]，壽氏爲了能夠與康熙十四年立儲位在數字上相吻合，便擅自將黛玉的年齡增加一倍，這種做法雖勉強可以「將胤礽一生遭際及心事曲曲傳出」，卻喪失了自己立論的全部說服力。

壽鵬飛對《紅樓夢》作者的看法最爲離奇。他相信一位叫馬水臣的人的妄說，認爲作者是無錫人曹一士，生於康熙十五年，卒於雍正十二年，《紅樓夢》是在康熙五十五年「諸皇子奪嫡劇烈時」寫就的。旁證是陳鏞的《樗散軒叢談》裡有「《紅樓夢》實才子書也，初不知作者誰何，或言是康熙間京師某府西賓常州某孝廉手筆」[41]的記載。

壽氏推論道；「考得一士於康熙季年未通籍時，入京假館某府者十餘年，所居與海寧陳相國比鄰，然則與《樗散軒叢談》所云，某府西席某孝廉所作者適合，意即其人乎？」把《紅樓夢》區分爲原作和改作兩種，雪芹只不過是後來的「增刪」者，原作另有其人，從王夢阮、沈瓶庵到鄧狂言，都是這樣看的，可以說是索隱派的共同主張，壽氏亦持此說，並不足爲怪。但他將原作者坐實爲曹一士，則是於史無征的主觀臆斷，特別是當曹雪芹的生平事跡被胡適公之於世之後，更見出其說的虛擬性。但蔡元培認爲此說不無繼續研討之價値，可見蔡先生對胡適的自傳說成見亦深矣。

第二部著作是景梅九的《紅樓夢真諦》，一九三四年西京出版社出版，上、下兩卷，約十四萬字，比壽鵬飛的《紅樓夢本事辨證》篇幅大得多。上卷開首是一篇綱要，然後分敘論，先論命名，次論薛林取姓，次論滿漢明清，再專論寶玉，論書中詩詞，論著者思想幾部分，並有附錄、別錄、雜評、雜錄多則。下卷則是對王夢阮、沈瓶庵及鄧狂言的索隱的系統批評。景梅九的基本觀點，略同於王、蔡、鄧諸家，雖有異見，卻沒有另立門戶，而是對王、蔡、鄧各家索隱的補充、發揮、折衷。王、沈力主的順治帝與董小宛的戀愛故事說，蔡元培關於十二釵影射康熙時諸名士說，鄧狂言的許多擴大化的索隱，壽鵬飛的康熙諸皇子奪嫡的觀點，景氏均予以兼收並蓄。他在談到自己著書緣起時，特地援引一位友人的話，作爲《紅樓夢真諦》的立論基礎。這段話的全文如下：

《紅樓夢》為思想而作，紅字影朱，恐人不知，特於外國女子詩中標「昨夜朱樓夢」一句以明之。悼紅軒即悼朱軒，寶玉愛紅、愛胭脂，皆愛朱之謂，言玉璽終戀朱明也。且寶玉以極文雅之人，而賭起咒、發起誓來，卻效《西遊記》豬八戒聲口，亦作者弄狡獪之處。再說木石兩字，則因坊間所傳《推背圖》，以樹上掛曲尺影朱明，今於木字添石字首，兩筆恰成朱字，惟恐人不察，故又名本書曰《石頭記》，言取石字頭，以配木以成朱，其心思可謂入微矣。又林黛玉代表明，薛寶釵代表滿，兩人姓氏由高青邱〈梅花詩〉中「雪滿山中高士臥，月明林下美人來」兩句取得。雪（薛）下著滿字，林上著明字，昭然可現（今蔡氏索隱亦引此聯，以為影高士奇，可謂知其一，不知其二）。至《風月寶鑑》影清風明月，作者於明清之間誠有隱痛。晴雯之晴，實正指清明兩間人，並寓情文相生之意。

又書中秦太虛及賈字，皆言僞清耳。應本此意，將《紅樓夢》另詳注一番。

景梅九對他的友人的這段話極爲讚賞，認爲「非心細如髮，何能至此」，即使王、沈和蔡元培也沒有達到這樣的眼光。他於是深受啓發，果然從《紅樓夢》中「發現無限妙文與暗藏之真諦」。景梅九說《紅樓夢》的真諦有三層，即敘論中提出的：「常謂批評本書有三義諦。第一義諦，求之於明清間政治及宮闈事；第二義諦，求之於明珠相國及其子性德事；第三義諦，求之於著者及增刪者本身及其家事，專論文字者爲下乘。」《紅樓夢真諦》索隱的無限擴大化，在一定程度上比王、蔡、鄧諸家走得更遠。

大約是受他的朋友關於「木石」兩字和「石頭」兩字互拆，可以成一「朱」字的啓發，景梅九尤其重視書中的「命名之義」，甚至認爲「非看《推背圖》不可」。他引申說，第三十六回寶玉夢中呼喊「什麼金玉姻緣，我偏說木石姻緣」，就是「木字和石字頭的姻緣」，即隱「朱姓」；又怕人們不解，特於《紅樓夢曲》中唱出「都道是金玉姻緣，俺只念木石前盟」，「木石前盟即木石前明，不過添皿字以掩飾之」。至於「金玉姻緣」，由於金是清初的國號，「清、金一致」，所以是說清朝入主中原得帝王之玉璽，「如金玉之結緣」一般。第四十八回寫石呆子不賣舊扇，「石呆子去兩口，仍是木與石頭之結合」，加上《西遊記》屢稱豬八戒爲呆子，明顯含有「朱意」。作爲旁證，景梅九又發現康熙七年曾有詔旨，希望竄伏山林的故明子孫出來，可以恢復朱姓，於是景氏說，這是「林爲朱的確證」。而第十七回賈政帶領眾人遊大觀園，「一山一石，一花一木，莫不著意觀覽」，景梅九認爲這就是「著意觀覽木石」；隨後寫湘瀟館有「千百竿翠竹遮映」，「階下石子漫成甬路」，後院有「大株梨花」，仍寓「與木石居微意」，又是一個朱字。

不僅如此，景梅九認爲黛玉整個形象都代表明朝，所以寫得極瘦弱，風吹欲倒；寶釵則代表滿清，所以長得很豐滿。黛玉的丫鬟名叫紫鵑，代表「亡國帝王之魂」；寶釵的丫鬟名叫黃金鶯，金字和清字同，剛好是「滿婢」的意思。又黛玉號瀟湘妃子，「寫亡國哀痛如亡君」；寶釵號蘅蕪君，「指滿人興於荒蕪水草之地」。但《紅樓夢》裡的林、薛兩家都住在南方，如何解釋？景梅九說，完全解釋得通，因爲薛蟠其人「完全是北方蠻夷的樣子，其所嗜好及目不識丁，全是初入關滿人身分」，所以綽號呆霸王。而薛蟠送妹入京，同時有遊覽上國風光之意，顯然又是寫「滿人入關，漸慕漢化」。薛蟠表字文起，也是說「滿人雖尚武，其能入主中原，以文化興起，而後始得蟠踞上國，以夷制夏」。

可惜景梅九可能不知道，甲戌本的「文起」兩字偏偏作「文龍」㊷，如是，則他對「文起」兩字的索隱便落空了。爲了證明薛家雖在南方，但薛蟠綽號「呆霸王」，所以身分是在北方；可是景氏忘記了，他曾說石呆子的呆字，含有「朱意」，同一個「呆」字訓爲相反的既象徵南又代表北兩義，豈能自圓其說？說穿了，無非是景氏戴了明清種族矛盾的有色眼鏡，看《紅樓夢》中的各種描寫，到處都寫著滿、漢、明、清、朱、金一類相關的字，簡直索不勝索，實際上不過是索隱的泛用，與尋找《紅樓夢》的真諦可以說難以完全相侔。

我們不妨再看看景梅九對《紅樓夢》詩詞的索隱，更可以見出他究竟附會到何種程度。在景梅九看來，《紅樓夢》裡許多詩詞曲賦，幾乎無一不是哀明斥清的或直接或曲折的表現。

例如第五回警幻仙姑讓舞女演的十二支《紅樓夢曲》，引子中的第一句「開闢鴻蒙，誰爲情種」，景梅九說指的是滿族開闢史中天女吞果神話；第二句「都只爲風月情濃」，暗指清風明月；「奈何天，傷懷日，寂寥時，試遣愚衷。因此上演出這悲金悼玉的《紅樓夢》」，寓「國亡種滅，奈何不得，既悼玉璽，又悲金人」。

第一回的《石頭記》緣起詩，景氏認爲首句「滿紙荒唐言」是亡國語，因爲「中國有稱漢者，有稱唐者」，荒唐言就是「亡唐言」；「一把辛酸淚」指亡國恨；「都云作者癡」，是說作者「癡心復國」；「誰解其中味」表示「別是一般滋味」。

第二十七回的〈葬花詞〉，景氏說主題是「哀明之亡」，具體地說，「明媚鮮妍能幾時，一朝飄泊難尋覓」兩句「點出亡明景況」，「一朝春盡紅顏老，花落人亡兩不知」是說「朱明衰敗，國亡種滅，無人知也」。

第三十七回詠白海棠，景氏認爲也關係「明清間事，因作者以雪白代滿洲，故特取白海棠，寓清興也」。第三十八回詠菊諸詩，景氏認爲「亦影明亡」，其中黛玉〈菊夢〉的頭兩句「籬畔秋酣一覺清，和雲伴月不分明」，已點出「明清」兩字。

第五十回聯句，鳳姐用「一夜北風緊」開頭，景氏說，這暗示「滿人起於東北」；同回詠紅梅則是指「朱明亡於煤山」，所以邢岫煙的詩裡有「魂飛庚嶺春難辨」句，「庚嶺」就是梅山，用以「影煤山」。第七十回塡柳絮詞，景氏說也是「悼明讖清」，其中史湘雲的《如夢令》表示明朝的

「滅亡如一場夢幻」，寶釵的〈臨江仙〉有「蜂團蝶陣亂紛紛」句，是說「滿人蜂擁而來」。包括第二十八回在馮紫英家吃酒，雲兒等幾個人唱的曲，景氏認為也「寓明清代革意」。如雲兒唱的曲中有「兩個人形容俊俏，都難描畫，想昨宵幽期私訂在荼蘼架」的句子，景氏認為指的是吳三桂與清人「私訂密約」；寶玉的曲中有「滴不盡相思血淚拋紅豆」的句子，景氏說這指的是明滑帝，等等。就對書中的詩詞曲賦的索隱而言，王、沈及鄧狂言尚未穿鑿如是，所以景氏在《真諦》下卷評王、沈索隱時，不斷為其對這些詩詞的寓意「未能道及」而感到遺憾。

《紅樓夢真諦》比較有價值的部分，是肯定作者有平民思想，通過詮釋一些情節和人物對話，揭示出《紅樓夢》對封建君權、對婚姻制度和奴婢制度的批評態度。他說作者「痛知君禍之奇酷，頗有去君思想，故於本書字裡行間時露平民色彩，若生於近今，當成一銳進主義者」。這些見解反映了作品的實際，不無可取之處。但景梅九採納壽鵬飛的觀點，認為《紅樓夢》的原作者是曹一士㊸，雪芹只是加以增刪的「重訂者」，如前所說，根據顯得很不充分，難以令人信服。

索隱派紅學產生的時代思潮與文化環境

索隱派紅學的產生，既有作品本身的原因，又有時代思潮和文化環境方面的原因。文學研究是一種科學探討，研究者必須儘量以客觀的眼光看待作家與作品，不能用自己的思想代替作品的思想，不應把今人的東西強塞給古人，這是眾所周知的文學研究的最起碼的準則。但真正做到並非易事，實際上每個研究者都企圖用自己的思想去擁抱研究對象，哪怕是不自覺地也難以避免。因此，每個人的心目中都有自己的賈寶玉和林黛玉，每個時代都有自己的《紅樓夢》與曹雪芹。就像《紅樓夢》是特定的歷史時代的產物一樣，紅學研究各派別的興衰也不能完全脫離開特定的時代環境。

索隱派紅學的大規模興起是在清末民初，當時正是清王朝搖搖欲墜，反封建的民主革命日益走向高潮的歷史時刻。覺醒了的中國知識界開始重新反思歷史，包括古典文學在內的傳統文化被賦予新的內容。小說在傳統文化中向來不登大雅之堂，但在時代潮流的衝擊下，人們驚異地發現，具有廣泛的平民性和現實主義精神的恰恰是小說這種形式，所以談《紅樓》、說《水滸》、話《聊齋》，一時蔚為風氣。孫中山領導的民主革命，本來就包含有反滿的內容，種族主義的思想因子以各種方式滲透其中，在這種特定的風潮下，演義清朝開國的歷史，傳播清宮的野史軼聞，變成一種時尚，而且作為動員民眾的一種思想渠道，當時的革命先驅們也高興出現這種情況。何況《紅樓夢》本身思想成分的複雜性，以及藝術表現上的特殊性，容易形成各取所需。這就是何以王夢阮和沈瓶庵的《紅樓夢索隱》、蔡元培的《石頭記索隱》、鄧狂言的《紅樓夢釋真》等三部具有代表性的索隱派著作，都在辛亥革命前後相繼醞釀、出版的緣由。

特別是蔡元培的索隱，開篇即提出對《紅樓夢》的思想和人物的總體看法，認為「作者持民族主義甚摯，書中本事在弔明之亡，揭清之失，而尤于漢族名士仕清者寓痛惜之意」。蔡元培是著名的學者兼革命家，曾積極參加辛亥革命，自然具有反滿思想。他們為《紅樓夢》做索隱，與其說出於學術的目的，不如說思想的原因更加重要。至於鄧狂言，反滿的種族思想尤其強烈，許多發揮之處簡直是破口大罵。他在《釋真》中徵引的清朝野史和宮廷軼聞最多，因此附會的程度也超過其他索隱著作。「政治歷史小說」的概念，就是鄧狂言提出來的㊹。從根本上說，蔡元培和鄧狂言都是政治索隱派，時代思潮和文化環境方面的因素不可忽視。壽鵬飛和景梅九雖然去辛亥革命稍遠，但辛亥革命面對的問題，在他們生活的二三十年代並沒有全部解決。三十年代的日本發動侵華戰爭，陷中國人民於水火，民族矛盾上升為主要矛盾，學者們的種族思想再次被喚醒，以弘揚種族思想為特徵的紅學索隱派又躍躍欲試，正不足怪。

關於這一點，景梅九在《紅樓夢真諦》的代序言中說得很直白，毫不隱諱促使他為《紅樓夢》做索隱的時代的和政治的因素。他寫道：

> 乃不意邇來強寇侵凌，禍迫亡國，種族隱痛，突激心潮。回誦「滿紙荒唐言，一把辛酸淚，都云作者癡，誰解其中味」，以及「說到辛酸處，荒唐愈可悲；由來同一夢，休笑世人癡」兩絕句，頗覺原著者亡國悲恨難堪，而一腔紅淚傾出雙眸矣。蓋荒者，亡也，唐者，中國也，即亡國之謂。人世之酸辛，莫甚於亡國。「夢裡不知身是客，一晌貪歡」，似不覺亡國之可悲。及至喚醒癡夢，始知大好河山，與我長別，則「剪不斷，理還亂，是離愁，別是一般滋味在心頭」矣。

噫！此非黛玉葬花時節時之癡想、之悲情歟？「儂今葬花人笑癡，他年葬儂知是誰」。亡國之人，真不知身死何所。瓜分耶？共管耶？印度耶？安南耶？高麗耶？波蘭耶？「我有宮室，他人是保；我有車馬，他人是愉」。人為刀俎，我為魚肉；人為鞭笞，我為畜類。「前日戲言身後事，今朝都到眼前來」。昔者唯我獨尊，今則寄人籬下矣。平素心比天高，一旦身為下賤矣。將如金寡婦之忍辱乎？抑如劉老老之諂事耶？將如林四娘之殉義乎？抑如花襲人之惜死耶？將如柳湘蓮之肆志乎？抑如包勇、焦大之屈身耶？將如尤三姐之烈性乎？抑如尤二姐之柔情耶？將如邢岫煙之沈默乎？抑如晴雯之暴露耶？將如林黛玉之孤高乎？抑如薛寶釵之圓滑耶？將如薛寶琴之和順乎？抑如夏金桂之乖背耶？將如史湘雲之豪爽乎？抑如香菱之癡呆耶？吁嗟乎，今後之同胞，何拒何容，何去何從，或死或生，或辱或榮，其所以自擇自處之分位，均在紅樓一夢中。

景氏寫作《紅樓夢真諦》正値如火如荼的抗日戰爭時期，他的發揮民族感情，可謂理所必然。但三十年代畢竟不同於清末民初，人們不滿意借題發揮的紅學，要求對《紅樓夢》給予科學的解釋。就世態人情來說，我們對景氏以及其他的強調《紅樓夢》具有種族思想的索隱派寄以同情，因爲每個研究者都不能離開他所生活、所感知的時代環境；就對文學作品的闡釋來說，我們不能不指出他們以意爲之的非科學性。如果僅僅是作爲讀者，目的只是閱讀和欣賞文學作品，不妨各取所需，投其所好；但作爲寫給別人看的意在對一部作品給予科學解釋的研究論著，則不能簡單地把文學作品當作澆自己塊壘的一杯酒。

索隱派的復活

索隱派紅學在考證派和小說批評派的打擊之下，自二十年代以來便進入了衰歇期。壽鵬飛的《紅樓夢本事辨正》、景梅九的《紅樓夢真諦》，在二三十年代具有一定代表性，但影響並不大。四十年代中期方豪發表《紅樓夢新考》，表示確信順治與董妃戀愛故事說「有一部分真實性」㊺，只是一筆帶過，未做任何論證。五十年代以後，索隱派在大陸上基本上消失了。

但值得注意的是，索隱派在大陸上雖基本消失，卻在海外得到復活。一九五九年，新加坡青年書局出版了潘重規的《紅樓夢新解》，認爲《紅樓夢》是一部「漢族志士用隱語寫隱痛隱事的隱書」㊻，把多少年來爭論不休的作品的本事問題又提了出來。

潘先生表示同意蔡元培的觀察，而不同意胡適的「作者自述生平」的觀點。具體論證方面，《紅樓夢新解》則顯得鮮於創見，許多提法，如說寶玉影射傳國玉璽，林黛玉代表明朝，薛寶釵代表清朝，林、薛爭取寶玉象徵明、清爭奪政權，《風月寶鑑》就是明清寶鑒，以及列舉的理由，包括寶釵的「釵」字拆開爲「又金」，亦即後金，薛蟠的「蟠」字從蟲，「猶狄從犬」，是指其爲異族番人，通靈玉的形狀和傳國璽差不多，上面的刻字略同於玉璽上的「受命於天，既壽永昌」，還有襲人是龍衣人，蔣玉函住在紫檀堡，暗含有裝玉璽的匣子的意思，等等，都可以從王、蔡、鄧、壽、景諸家著作中找到出處。

潘重規先生的發揮之處，一是認爲「寶玉愛吃胭脂，是從玉璽要印朱泥上想出來的」，而且說第四十四回提到的胭脂盒就是印泥盒；二是把有關的理由編綴起來，變成：「一塊玉石，鐫上傳國璽的文字，印上朱泥，盛在紫檀盒子裡，用龍衣包袱纏裹，試問，這是甚麼撈什子呢？這不分明點醒讀者，寶玉就是傳國璽嗎？在這裡，我們既知寶玉即是傳國璽，所以銜玉而生的這個人自然是天子的身分。」旁證是，第三十四回薛蟠有「難道寶玉是天王」的話；第四十六回鴛鴦也說過「別說是寶玉，便是寶金、寶銀，寶天王、寶皇帝，橫豎不嫁人就完了」；第十六回又寫寶玉的威力可以嚇倒鬼判。在引述這些例證之後，潘重規先生寫道：「由於全書中這一類的明呼暗喚、旁敲側擊的啓示觸目皆是，所以我說寶玉是影射傳國璽，而不敢相信《紅樓夢》是『曹雪芹自敍』的說法。」

關於《紅樓夢》的創作目的，潘先生認爲第一是反清，第二是復明，與蔡元培的觀點完全相同。他說第七回焦大的醉罵，是影射清初皇太后下嫁睿親王多爾袞之事，用以揭露清室的穢德；第十九回寶玉的除「明明德」外無書的議論，是暗示明朝才是正統。應該說，這都算不得什麼新鮮見解，只不過在考證派紅學佔優勢的情況下，索隱派幾乎銷聲匿跡，又重提舊案，在不甚了解《紅樓夢》研究歷史的讀者群中，仍不失某種新鮮感。就潘重規本人來說，也應看做是在學術上有勇氣的表現，因爲他是在向胡適挑戰，至少要冒被指爲「猜笨謎」的危險。

《紅樓夢新解》不同於以往的索隱的地方，是沒有把索隱擴大化，主要圍繞作者的立意即創作思想加以探究，避免了將書中的情節與人物一一指實的做法，更沒有徵引大量野史軼聞進行比附，在思路的出發點上和蔡元培較爲接近，因此不失爲聰明的、保持學術向度的索隱。

索隱派一般都否認曹雪芹是《紅樓夢》的作者，潘重規先生亦如是。但他沒有指實具體人物，只揣想是出自明末清初某一隱名的遺民志士的手筆，後來又說原作者就是書中屢屢出現的「石頭」㊼。從書中的具體描寫看，「石頭」擁有作者的身分，似不成問題，只不過何以知道「石頭」就一定不是曹雪芹的化身？所以對著作權問題提出疑問可以，論定則缺乏證據。總的看，潘先生的《紅樓夢新解》，並不比以前的諸家索隱有多少前進，而且是以單篇文章的形式出現的，不能算作索隱方法的系統撰述。但他持論甚堅，在論證寶玉的帝王身分方面頗具說服力。潘先生研究《紅樓夢》，不是只採用索隱一種方法，在考證和小說批評方面也多有發揮，這裡來不及評估他治紅學的全部成果。

一九七二年在台中市印行的杜世傑的《紅樓夢原理》，是繼潘重規先生的《紅樓夢新解》之後的又一部索隱派著作，全書分「總論」與「各論」兩部分，「總論」七篇，三十三章；「各論」十四篇，五十章，共二十一篇，八十三章，三十多萬字，是自索隱派問世以來篇幅最大、最具系統的一部紅學論著㊽。

杜世傑在《紅樓夢原理》中闡述的基本觀點略同於蔡元培的《石頭記索隱》，認爲蔡氏關於「《石頭記》者，清康熙朝之政治小說也，作者持民族主義甚摯，書中本事，在弔明之亡，揭清之失」的見解「非常正確」，但不滿意只著重於康熙朝的幾個名士，認爲蔡氏「沒有發現紅學真實結構，而愈走愈偏，給胡適以攻擊之弱點」。對王夢阮、沈瓶庵的索隱，杜世傑同樣感到不盡滿意，他說：「對紅學真事隱發現最多的，要算王夢阮之《石頭記索隱》，但王氏之方法一無可取。王氏熟悉明清史實及清宮掌故，完全以歷史故事附會《紅樓夢》上各情節，因而有許多情節被他射中，而他自己所留下的矛盾，也足以否定他自己，所以經不起胡適的攻擊。」那麼，杜世傑的「方法」是什麼呢？他所發現的紅學的「真實結構」在哪裡？《紅樓夢原理》的總論部分第一、第二兩篇對此做了回答。

第一篇以「看《風月寶鑑》概論」爲題，從八個方面概括了閱讀和研究《紅樓夢》的方法。即（一）看反面；（二）釋代字；（三）諧韻釋義；（四）拆字諧韻；（五）解剖歸併；（六）對偶求證；（七）名實相符；（八）巧接。何謂看反面？杜氏說：「《紅樓夢》之反面，即是反常地方，反常的地方，就是問題所在，故看《風月寶鑑》，要看反面。」例如第四十九回史湘雲和寶玉商議如何吃鹿肉，杜世傑便說這正是書中反常的地方，實際含義是：「史湘雲應讀史上雲，鹿肉應讀虜肉，那便是影射歷史上的『壯志饑餐胡虜肉』，以救後世攘夷也。」所謂「代字」，據說是指書中爲隱藏真事而使用的代名詞，如真諧韻爲甄，代表漢族、朱明，假諧韻爲賈，代表僞朝或金人；五行的火、土，色彩的赤、絳，也代表朱明、漢族，金、水及青、翠、綠則代表金人、滿族、清朝。所以第十七回寫大觀園的水「從東北山凹裡引到那村莊裡」，就是影射金人由東北山凹被吳三桂引進北京。姓氏方面，金、趙、柳、薛指金人，林姓指朱明，夏、周、秦指漢人。花草則以菊花代表逸民及故明文化，海棠代表金人之后妃及其文化。諧韻釋義是說「紅學自始至終，皆是諧韻格，只有少數兼采拆字格，或會意格」，如秦既代表漢族，則秦邦業之子秦鍾，就是「秦邦之業終結，其含義爲明亡」，秦顯便是漢族要復興的意思。因此，賈環可諧韻讀作賈府之患，周瑞也就是漢人之瑞，拆字諧韻，爲的是補諧韻格之不足，如琴字可拆爲今上二王，況朱明之二王；珍字可拆爲今王，諧韻讀金王，代表金人之王；潘拆字爲三番，諧韻讀三藩等等。解剖歸併，是把《紅樓夢》中各人事跡解剖出來，歸併互相有關者，從而找出所影射的歷史人物。如寶玉的母親是王夫人，即帝王的夫人；父親賈政，代表僞朝執政；薛寶釵爲寶玉之妻，曾住蘅蕪院，蘅蕪爲香名，香院便是椒房，所以香豔之君正是皇后；寶玉的小廝叫茗煙和焙茗，諧韻讀爲明閹背明，即明朝的太監後來又做了清宮之太監。杜世傑說，這些人物關係明顯地表現出寶玉的帝王身分。對偶求證是說「紅學中之人與事，是無獨有偶」，如寶玉對黛玉，一個是包欲而生，一個帶欲而死；秦業對賈政，前者指漢族的邦業，後者指僞朝之政；賈環對周瑞，即金人之患與漢人之瑞，等等。名實相符，杜氏解釋爲：「紅學上之人物，其行爲與品德，必與其名字諧韻之意義相吻合。依此原則，名惡者其人必惡，名善者其人必善，名白者必定白，名黑者必定黑，名行者必動，名止者必定。」如嬌杏諧音僥倖，馮淵諧爲逢冤，脂批亦持此說，可以說符合杜世傑的原則。但賈環雖可釋爲金人之患，也可以諧音讀作假患，即不構成金人之患，這如何解釋？第八種方法是巧接，杜世傑解釋爲「巧妙的接合或接替」，書中的巧姐就是「巧接」的意思，杜氏認爲這是「讀紅學密法之一」。

由以上八法，《紅樓夢原理》「各論」中，一旦涉及具體人物的索隱，一般都列一簡表，分

「角色」、「拆字」、「諧韻」、「世法」、「扮相」、「性別」等項，然後依次牽合明清之際的有關史實，與《紅樓夢》中的情節加以比附。如賈瑞在書中的角色有兩個，一是賈瑞，一是賈天祥；賈瑞諧韻假瑞，世法則爲僞朝之瑞，扮相是崇情王，性別代表滿；賈天祥諧韻假天祥，世法是假文天祥，扮相爲洪承疇，性別代表漢。說賈瑞是假文天祥，因而影射洪承疇，王、沈及鄧狂言都曾這樣主張，但杜世傑將這種主張更加理論化了，並抽象出一種公式，則是他的獨家發明。

「總論」第二篇論述《紅樓夢》的結構，提出佛學是《紅樓夢》的精神，詛咒金人、復興漢族，即悲金悼玉是《紅樓夢》的政治意識，生動的文字是《紅樓夢》的儀表，三者「合而爲一，離而爲三，各有其本，各顯其形」，所以在結構上是「三重組織」。此外，還提出陰陽互變、真假一體、名詞與世法、名詞之創造、名詞之運用、雙關敍事、加詞復述等八個方面的特徵，爲自己進行索隱提供盡可能多的理論根據。把紅學索隱理論化和系統化，是《紅樓夢原理》的主要特點。所謂陰陽互變，杜世傑解釋說：「紅學上人物之創造，即本太極生兩儀之原理，所以每一角色皆兼演陰陽二象。」真假也是如此，無非指同一人物既扮演真又扮演假。如王夫人，應解作國王的夫人，但其子寶玉況清朝之帝王，所以她是假方之母；寶琴是王夫人的義女，況朱明之二王，所以王夫人又是真方之母，一人具備真假兩個面相。世法即世間法，如寶釵可以讀作抱才，代表才智，黛玉讀作帶欲，就是世間法。杜世傑說：「紅學上所創造之人物，除一身況陰陽二人外，必須代表一種世間法。」還有書中的人物扮演歷史人物，主要取決於名稱的使用。如黛玉稱絳珠草可演朱明草民，稱瀟湘妃子可演夷人妃子。至於這樣推斷的根據何在？杜世傑會說是基於他所理解的《紅樓夢》的結構；而結構是由他的推斷演化出來的，如此循環往復，形成了他的索隱理論和索隱方法的循環圈。

特別是杜世傑提出《紅樓夢》中名稱的運用，可以不受時間和空間的限制，更暴露了他的索隱理論和索隱方法的非科學性。他在「總論」第二篇第六章「名詞之運用」一節中寫道：

> 紅學上並無專名詞，故不受時間空間之限制。創始人的設計，是要由清初寫到清末，所以創造了賈蘭（假闌）、鋤藥（虐）、薛蝌（雪苛）、甄寶玉、甄友忠（有中）、邢岫煙（興胄禋）、馮紫（逢子）英等名詞。在紅學上這幾個重要人物，始終沒有發生大作用，就是沒有人把《紅樓》續到清末，若寫清末的偽朝，那王夫人、衡蕪君正是演慈安、慈禧、隆裕等角色。賈璜（皇）由王夫人收養即可演光緒，賈蘭可演宣統，若讀假闌又可況袁世凱，賈赦、賈政分況攝政王載灃等，頑惡的一面由賈赦扮演，偽善的一面由賈政扮演；榮祿由賴大、賴升扮演；載漪謀廢光緒招拳匪入北京，是偽朝之患，由賈環扮演；李鴻章由賈芸（假耘）扮演，拳匪之亂由賈薔（假牆）、醉金剛扮演；八國聯軍之禍可創何三之弟名何八，結合海洋大盜搶賈府報仇為影射。清帝退位應修改第九十二回，按九十二回是馮紫英賣母珠、漢宮春曉（圍屏）、鮫綃帳、金自鳴鐘，賈政因母珠聚小珠而參出聚散之理，賈府因無錢而未買。修改之法，可寫甄府復興，唱戲慶祝，賈政去祝賀，再由馮紫英出面賣上述四樣貨品，甄家買了母珠與鮫綃帳，賈府買漢宮春曉與自鳴鐘，賈政將漢宮春曉送甄家為賀，另外由賈政點一齣《南柯夢》，甄友忠點一齣《紅逼宮》，即可把史

實射出，並且完成了大夢歸的本意。若把焙茗歸王夫人使用，即可況李蓮英，再為賈璜選一侍女況珍妃，即可寫慈禧與光緒之關係。

總之，杜世傑認爲：「原作者所創之名詞，足以寫滿清任何一個朝代的任何史料。」而適用於「任何一個朝代的任何史料」的索隱，本身便失去了確定性，無些許科學價值可言。杜世傑可能沒有料到，他上面這段論證已經從根本上否定了他提出的索隱理論和索隱方法。不管抽象出來的方法多麼具體，羅列的原則怎樣周密，只要認爲自己的索隱方法不受時間和空間的限制，可以從《紅樓夢》中索隱出晚清的史實來，連袁世凱、李鴻章也能夠從書中找到，這種索隱便決然無法成立，所謂紅學的「真實結構」也就落空了。

《紅樓夢原理》的「各論」部分，主要論述《紅樓夢》的人物，從寶玉、黛玉、寶釵、湘雲、賈母、王熙鳳，到秦可卿、英蓮、薛蟠、柳湘蓮、劉老老，以及賈政、賈珍、賈璉、賈芸、賈薔，主要人物都有所論列，是杜氏索隱理論和索隱方法的具體運用。就主要人物的影射來說，如認爲寶玉影射順治帝、黛玉影射董小宛、鳳姐影射睿王、賈母影射孝莊皇后、劉老老影射劉三秀、薛蟠影射吳三桂、賈府影射僞朝等等，杜世傑與以前諸家索隱並無什麼不同，只不過他根據在「總論」中闡述的理論和方法，牽合出更多的情節，把人物形象變成了貨真價實的密碼裝置。下面，以薛寶釵爲例，我們看看《紅樓夢原理》的作者是如何進行索隱的。

薛寶釵影射洪承疇，這是杜世傑的總的觀點。理由是：「薛寶釵，應讀雪包才，爲才智的代表。薛即是雪，第四回云『豐年好大雪』，第五回云『金釵雪裡埋』，皆說明薛即是雪。雪是冷的產物，代表冷子，即滿清。所謂雪包才，即人才為冷子所收容也。清初大量吸收人才，在所吸收的人才中，以洪承疇為首，故寶釵多類洪承疇。」

說《紅樓夢》裡的雪字諧音為薛，或者反過來說薛諧音為雪，自然有道理，但認為薛寶釵就是雪包才，則是突發奇想，談不上有任何根據。更有趣的是說寶釵進京待選，意在影射洪承疇松山被俘。崇禎十五年（一六四二年）二月的松山之戰，清兵俘獲洪承疇、邱民仰、王廷臣、曹變蛟等百餘名明朝官員，「盡戮之」，獨洪承疇倖免，杜世傑說這是要利用洪氏之才，猶書中寫寶釵因選才人進賈府一樣。而寶釵佩帶金鎖，正是象徵洪承疇被俘後鎖入盛京。寶釵住在賈府的梨香院，杜世傑說應讀作「勵降院」，是勉勵洪承疇投降的地方。第八回寶玉到梨香院，聞到寶釵身上有一陣陣香氣，杜世傑說「香諧韻讀降」，實際上是洪承疇的「投降氣氛」。寶釵有熱毒病，杜世傑說這是象徵洪承疇當時尚「熱衷於明」，又因鍾情於故主是一種良知，與生俱來，所以書中交代寶釵的熱毒病是胎帶來的。還有第七回寫寶釵與鶯兒描花樣子，杜世傑說花樣子是「話樣子」的諧音，意即向清人「遞降表」。

洪承疇降清後，隨多爾袞部南下，任務之一便是勸說明朝的官員將領投降；杜世傑說寶釵改英蓮為香菱，就是況洪承疇令漢臣降清。洪承疇做勸降工作經常遭致凌辱，所以從心態上著眼，他最怕勸降；杜世傑說，第八回寫寶釵最怕薰香，可諧韻讀作「最怕訓降」，反映的就是洪承疇當時的心態。第十八回寶釵為寶玉改詩，寶玉說：「姐姐真是『一字師』了，從此只叫你『師傅』再不叫你姐姐了。」杜世傑說，在歷史上洪承疇曾加官至太師、太傅，即是「世祖之師傅」，所以書中所寫正好對景。寶釵住的蘅蕪院，房裡面「雪洞一般」，杜世傑說這是「守孝的啓示」，影射洪承疇的順治初年丁父、母之憂，否則便無法解釋。這樣進行索隱究竟能否站得住腳，相信讀者自有洞見，無須剖剝分析，多加辭費。但作者的歷史興趣以及捕捉史料的精微細緻，也常令我們感佩。

《紅樓夢原理》的索隱，基本上都如此，由寶釵一例足可見出全豹。當然寶釵號蘅蕪君，這個名稱在書中還可以扮演另外的角色，杜世傑認爲影射的是順治元后博爾濟錦氏，沿這一線索，又生出諸多索隱。《紅樓夢原理》的篇幅所以甚爲繁冗，原因就在這裡——不加限制地諧韻，自然可以無止境地索隱下去，依此法可以把任何一部用文字寫成的書，全部讀成另一部內容不相干的作品。

最令人解頤處，是杜世傑對《紅樓夢》作者的看法。認爲《紅樓夢》產生於康熙初年，原作者是一位具有強烈反滿思想的明遺民，對索隱派來說，乃是自然之理，杜世傑也持此說，完全是正常的；但提出曹雪芹是一個化名，意思是抄寫存或抄寫勤，則是前無古人的最大膽的假設。關於原作者，杜世傑相信吳梅村說，認爲「梅村心懷亡國之恨，不能補天，深自愧悔，乃以史臣自任，自稱古藏室史臣，又稱梅村野史，則其胸懷可知也，其所做之詩，多隱史事」，頗符合《紅樓夢》作者的實際身分。他用「總論」中整個第六篇，分「由《紅樓》緣起看作者身世」、「吳梅村之身世」、「《石頭記》上的巧合」、「吳梅村之抱負」、「梅村謎語」、「吳梅村的作品與《紅樓夢》」等六章，專門探討作者問題，引用史料之豐富，論證之細密，遠遠超過持此說的其他索隱者，雖不能最後定讞，卻能夠啓發讀者的思索，這正是《紅樓夢原理》對著作權的探討未可全然抹煞的一個原因。

香港的李知其先生最服膺杜世傑的《紅樓夢原理》，他撰寫的《紅樓夢謎》，就是對杜氏觀點的系統補充和發揮㊾。《紅樓夢謎》分上、下兩篇，一九八四年印行上篇，一九八五年印行下篇，全書逾三十萬字，在索隱派紅學著作中，也是規模較大的一部。但《夢謎》的出發點，是在王、沈、蔡、潘，杜的索隱基礎上加以發揮，融入的是自己會心的例證，對索隱理論和索隱方法闡發不多。

杜世傑認爲《紅樓夢》的隱旨是悲金悼玉，即悲金人、哀故國，李知其說，引自小說原文的這四個字「有雷霆萬鈞之力」㊿，如同蔡元培概括的「書中本事，在弔明之亡，揭清之失」一樣，都閃爍著智慧的光芒。他自己則認爲《紅樓夢》是一部「前所未見的夢謎小說，到處隱藏了大、中、小的謎語不計其數」(51)。比如第七十四回寫大觀園中眾姊妹放風箏，「其實是寫風箏在爭風」：探春放的軟翅子大鳳凰可以諧讀作「傳四子大封皇」；寶釵影射洪承疇，他放斷「一連七個大雁」，是指其帶領清兵入主中原，消除了努爾哈赤的「七大恨」(52)。

又如第七十七回寶玉探晴雯，晴雯把兩根蔥管一般的指甲齊根咬下，李知其說：「寫得這樣恐怖不情，有什麼用意呢？除非讓我們猜謎，否則就很難看成實有其事。晴雯況南明忠臣，她的死，自然引致南明的滅亡。蔥管的蔥諧崧，指的是福王朱由崧；管的形狀與聿同，指的是唐王朱聿鍵。但到底蔥不等於崧，管也不等於聿，所以用蔥管一般來形容他們。指甲況子民與甲兵，她褪下的四個銀鐲就是四個鎮幕，指的是名義上歸史可法節制的黃得功、高傑、劉澤清、劉良佐四鎮將軍，這兒具體的借史可法等人來代表整個南明的兵力。」53

不僅如此，書中寫晴雯「把手用力圈回，擱在口邊」，也有謎語藏在其中，李知其說：「點出了一個擱字圈去了手旁剩閣，以暗寫史閣部。而把手用力圈回，擱在口邊狠命一咬，又似畫一個篆體的史字，不然的話，晴雯那回已變得骨瘦如柴的手，除下銀鐲何用那麼費力？」54 想像力可謂豐富矣！然而如此猜謎，既超過了讀者的理解力，也超過了《紅樓夢》作者的想像力，可靠性大可懷疑。儘管《紅樓夢謎》的作者在書中不斷爲索隱派鳴不平，反覆推薦從蔡元培到杜世傑的索隱著作，讀者是否認可，仍是很大的問題；特別看了李知其的諸多發揮和補充，反而容易削弱索隱派在讀者群中的影響。晴雯一圈手，就出來一個篆體的史字，因而是影射史可法；褪下四隻銀鐲，就是影射四鎮將軍，試想，這樣的索隱，恐怕讀者難以認同。

《紅樓夢謎》的第一、二兩章，是對作品中的人物和事物的索隱，主要是爲杜世傑的《紅樓夢原理》補充例證；第三章探討《紅樓夢》的書名、隱旨、別致、奇筆及版本和作者；第四章泛論紅學，涉及到了研究《紅樓夢》的方法問題。要之，在李知其看來，閱讀和研究《紅樓夢》如不施用索隱或猜謎的方法，就不算知音，無論借助的是何種理論，自傳說也好，情欲說也好，文藝說也好，社會說也好，都不足以來評論這「古今天下第一奇書」。最使李先生不能容忍的是胡適首創的自傳說，他寫道：「我個人深惡痛絕新紅學，已到嫉惡如仇的地步，只因爲也曾翻閱一些煞有介事的考證文字；到頭來始知是浪費精神，無辜受騙，忿然於白話文人的霸道，才覺得有道義要站起來指斥他們的胡鬧，好提醒後世年輕人不宜陷足於什麼作者、版本、脂批等虛假科學的泥淖，誤了正事。」55

基於此，他對脂批的價值，研究各種不同版本的意義，一律予以抹煞。肯定作者是曹雪芹，他認爲更缺乏根據，理由是：「《紅樓夢》是一本夢謎小說，作者向專制滿帝的朝廷做出訕笑，時或摻入譭謗的情節，試問如何會寫下真姓名來招禍的呢？他既存心隱去姓名，後人豈易考證出來？況且通部小說人物的命名都故弄玄虛，借文字的形、音、義來托意，怎麼又會單獨寫上自己一個人的真姓名呢？可知第一回及第一百二十回所出現的曹雪芹並非作者的姓名，只不過也和其他文字一樣藏有謎語。」56 什麼「謎語」？李知其認爲「曹」字有泄忿的意思，「雪芹」二字可諧音讀作雪恨；「曹雪芹」三字連讀又可成爲「囈說人」，因爲曹字可以射魏字，雪諧音爲說，芹諧作人，即說書人的意思。所以《紅樓夢》第一百二十回連續三次標出「曹雪芹先生」，第四十三回又稱說書人爲「女先生」，李知其於是做出結論：「曹雪芹既在書中多次被稱爲先生，可知是一個說書人了，否則爲什麼要自稱先生？」57

這裡，李知其先生未免有顧後不顧前之嫌——他這些話見於《紅樓夢謎》的下篇第三章第七節，而在上篇第一章論述賈母這個角色時，他已經反覆解釋過「女先兒」和「女先生」兩個詞了。他說「女」與「汝」通，「先兒」可視作「前兒」，是影射孝莊文皇后下嫁多爾袞的史實，所以書中有「兩個女先兒」的話，實際上是說「你們兩個人先前的事」。58 庚辰本不要說了，因爲李知其看不起脂本，包括李知其推崇的附有王、沈評的程甲本，這一回也作「女先兒」，可見不是抄寫者的筆誤，否則對「兩個先女兒」的索隱便失去了意義。既然如此，既然說書人叫女先兒，稱曹雪芹爲先生，和說書人有什麼必然聯繫呢？比如我們稱李知其為先生，總不至於誤認李先生為說書人吧。何況，絕大多數治紅學的人，都認為八十回以後的文字不出自曹雪芹的手筆，因而呼雪芹為先生不是曹雪芹「自稱」，而是他稱，毋庸說，倒是順理成章的事，或者稱謂上的這一特點恰好可以證明《紅樓夢》後四十回的作者是另外的人。而第一回裡出現曹雪芹三字，直呼其名，未標先生，是由於曹雪芹自己寫的。這樣推論，不是情理均通嗎？可見，李知其先生的論證導致了自己觀點的反面，一定為他始料所未及。

杜世傑的《紅樓夢原理》和李知其的《紅樓夢謎》都是非賣品，自然局限了影響範圍，一九八〇年台北三三書坊出版的《紅樓猜夢》，則是公開的出版物，中心內容是探討索隱派最關注的兩大問題——作者問題和影射問題。

不過該書在寫法上有自己的特點，一改過去索隱派用拆字、諧韻、類比尋求影射的慣常作風，轉而集中使用考證派搜集和發現的關於曹雪芹家世的大量歷史資料，包括備受考證派重視的脂批，由這些材料來充實他假設的關於作者和影射問題的基本構架。從理論上說，《紅樓猜夢》的作者趙同所做的，是把考證派和索隱派結合起來的一種嘗試；在方法上，他是用考證的方法來達到索隱的目的。他的結論是，《紅樓夢》原稿的作者是曹頫，曹雪芹只是個批閱增刪者；書中內容是影射康熙末年諸皇子爭奪儲位。具體設想是這樣的：

《紅樓夢》最初有個原稿，此稿的作者乃是曹頫。此人，乃曹雪芹之父也。

曹頫繼承他的祖父曹璽、伯父曹宣和堂兄曹顒之後，擔任曹氏第四任的江寧織造，不幸此一「世襲」的職務，由於後臺老闆康熙皇帝去世，被雍正皇帝一棍子打垮，於雍正六年初被抄了家，此後移居北京，下落不詳，大概不外是過窮日子吧！

曹頫上一代一直受康熙帝的寵信，和皇帝家往來親密，本是個富豪之家。曹頫從小就巴結上了當時的太子允礽，自以為這一寶押下去，將來必定會飛黃騰達，強爺勝祖。沒想到皇太子沒福，被康熙帝廢掉了，太子一廢，其他皇子們大肆活動，暗中爭奪起來，最後被雍正搶到了帝位；曹頫當初那一寶押錯了地方，害得他不但沒有升官發財，還把「世襲」的江寧織造搞砸了。想來自然懊惱之至，而且也覺得非常對不起祖宗。

抄家之後，一口怨氣，無處發泄，悶得發慌，便想起寫小說的念頭。要把當初諸皇子們奪嫡時的糾紛始末記載下來，也順便想罵一罵抄他家的雍正帝。可是茲事體大，不能大明大白的直書其事，於是他設法把這本小說編成一個大謎語，取名《石頭記》。

他用他家當初織造府的花園當佈景，讓他自己家族的親屬們當演員，串演一齣奪嫡的戲文；不過為了遮人耳目，所以把事物都縮小了，看上去像是小娃兒們在玩家家酒。別小看了小孩子們的家家酒，模仿起大人行動，也一樣有板有眼，又像真的，又像假的；就這樣，曹頫把當年諸皇子的事跡，夾帶混和在曹氏日常生活裡，煮了一鍋糊塗粥，都倒在家家酒裡了。

他在這本《石頭記》裡，曾把他幼時親見康熙第六次南巡時曹寅接駕的事，寫成元妃省親，然後一路寫來。他的一位最親近的親人，用脂硯為筆名，在抄好的稿本上加寫批語。寫作工作，前後花了十多年時間；起初還很順利，但到後來，漸漸地便感到困難了，主要是他用來辦家家酒的兩味主料——皇室糾紛史和自己家族史——常常混合不勻，顧此失彼，本想寫得令人真假莫辨，但後來漸漸辨不到了；尤其是寫到皇太子二次被廢，假扮的雍正皇帝快要露出猙獰面目以後，許多情節不好安排；勉強寫來，又怕泄露機關；想一想身家性命交關，冒險不得，終於決定忍痛犧牲，把後半段的文字毀去，打算重寫，結果沒有成功，曹頫便去世了。脂硯悲痛之餘，決定完成他的遺志，便把這本《石頭記》原稿文給了曹頫之子雪芹；這時候是乾隆十四年左右，雪芹年近而立，詩文根底不弱；接下任務後與脂硯商量，認為原稿仍嫌太顯眼，必須整理修改；於是雪芹便開始了披閱增刪的工作，脂硯則繼續為改文謄抄和作批。但為了某種原因，一次改完，又重新再改，一連改了五次，脂硯也就批了五次；所以這本書原來的全名便叫作《脂硯齋重評石頭記》。全部內容被曹雪芹分成八十回，但仍沒有後文。

到了乾隆二十四年，脂硯老病不能執筆，便委託另一至親畸笏主批；畸笏與雪芹繼續工作了三年，寫了一些續文，可惜這些續文都是片斷故事，沒有連接起來，而曹雪芹卻死了；這些續文也就都散失了。其後畸笏又把這沒有結尾的八十回加了幾次批，並改名為《紅樓夢》，公開抄傳，立即風靡了許多讀者；到現在還有不少當時的手抄本留下來。

曹雪芹花了許多氣力，總得討回一點代價，於是趁著修改的當兒，在書上加了一筆說，「……後因曹雪芹在悼紅軒中披閱十載，增刪五次，纂成目錄，分出章回……」把自己的功勞表揚一番。但他到底是個老實人，說的都是老實話，並沒有誇張，更沒有說這書是他的創作；可是後人偏偏不肯讓他做老實人，硬要說他是作者，這也是無可奈何的事。

這八十回的小說，問世之初，只是大家傳抄，沒有刊印。到後來於乾隆五十六年，有一位叫程偉元的書商把書刻印出來時，忽然變成一百二十回了；這後四十回不知是誰起的稿，只知道是由高鶚「補」齊的，不過狗尾到底不能續貂，這後四十回的文筆，顯然和前八十回有異，而續文的內容，更是與曹頫的原意差了十萬八千里了。㊾

趙同對《紅樓夢》的內容和創作過程的設想是具體而完整的，我們不忍從中斷他的思路，所以不避文長，把這段帶有結論性質的敘述全部引錄在這裡。每個涉獵紅學的人都知道，《紅樓夢》的成書過程和作者的家世疑案重重，至今仍有許多重大問題未獲解決，經常有一些百思不得其解的矛盾橫亙在研究者的面前，一方面固然可以誘發人們來尋微探妙的興趣，另一方面也難免使人望洋興歎，感到可望而不可及，如同亂麻一般，尋不到做綱領的頭緒。

平心而論，趙同關於作者及成書過程的設想，是有相當道理的，確可以解決一些矛盾，揆情度理，不是沒有可能。曹頫為《紅樓夢》原稿的作者，曹雪芹加以批閱增刪，這樣推測，在邏輯上完全允許，前幾年戴不凡連續撰文，力主《紅樓夢》是在「石兄」舊稿的基礎上「巧手新裁」而成㊿，庶幾近似於趙同的說法，只不過戴不凡認為舊稿的作者「石兄」可能是曹荃的第二子，曾過繼給曹寅，畸笏才是曹頫，作爲一種猜測，戴不凡的說法不乏合情理之處，但終嫌證據不足，難以真正立說。趙同的設想也是一樣，所以叫《紅樓猜夢》，這是他的聰明處。猜猜可以，論定則談不上。當然我們希望他的猜測是對的，最好將來能夠爲新發現的歷史資料所證實；只是現在，由於沒有足夠可靠材料的支撐，從學術研究的角度著眼，還只能認爲不過是一種猜測而已，雖然是合理的猜測，聰明的猜測。

趙同關於《紅樓夢》影射康熙末年諸皇子爭奪儲位的說法，不是新說，孫靜庵、蔡元培、壽鵬飛、潘重規等都曾發表過類似見解；不同的是，趙同反對索隱派慣用的測字方法，他是從作者的作書緣起即「寫此書的意識和目的」來著眼，不是說書中所有的故事都取材於皇子們的活動。他申明：「影射和取材是兩回事，不能混爲一談。」[61] 這就對影射做出新的解釋了。無論原作者是曹頫也好，曹雪芹也好，反正曹家經歷過由盛而衰的過程，康熙和雍正的政權交替是曹氏家族由盛而衰的轉捩點，雍正皇帝親自下令抄沒了他們的家，因此後來通過寫作《紅樓夢》回顧這段夢幻一般的往事時，在「意識和目的」上有所寄託，有所影射，是不奇怪的，如果這樣來尋求影射，實際上是探考作者的創作動機，就文學研究而言，完全是正當而有意義的。

趙同意在猜這樣一個大謎，出發點殊可取，不愧爲聰明的索隱法。問題是他猜著猜著，不能自已，還是想把書中人物和曹家成員以及諸皇子等，一個個對號入座，結果還是陷入了索隱派不能自拔的泥淖。且看他列出的書中人物及其影射者和在曹氏家族中的身分之間的對照表：

皇太后——賈母——曹寅之母；
康熙帝——賈赦、賈政夫婦、元春——曹寅夫婦、平郡王妃；
皇長子允禔——賈環——曹頫之弟索住；
皇次子（太子）允礽——賈寶玉——曹頫；
皇三子允祉——薛寶釵及襲人——曹頫之妻及幼時愛婢；
皇四子允禛（雍正）——迎春及孫紹祖——曹頫之姊及姊丈；
皇五子允祺——李紋——××；
皇七子允祐——李紈——曹頫長嫂；
皇八子允禩夫婦——鳳姐——曹顒之嫂馬氏；
皇九子允禟——史湘雲——××；
皇十子允䄉——妙玉——××；
皇十二子允裪——李綺——××；
皇十三子允祥——邢岫煙——××；
皇十四子允禵——探春——曹寅次女；
皇十五子允禑——惜春——曹頫之妹；
皇十七子允禮——寶琴——××；
（其他皇子因早殤或當時年齡太幼，均不計）

索額圖——秦氏——曹頫侄媳；

曹頫——林黛玉——曹頫初戀的表妹；

××——巧姐——××。

這樣來一一坐實，而且是一身而二任，書中人物既要充當曹氏家族中的一個角色，又要影射諸皇子中的一個人，真是難矣哉。加之趙同認爲《紅樓夢》展開的故事情節，就包含有奪嫡案的具體過程，如第五回夢遊太虛幻境，趙同說是寫康熙四十一年玄燁閱河到德州時，太子中途害病，召來已退休的索額圖暫時陪侍，結果索爲太子計，便教太子爲君之道，希望能夠團結諸皇子。不料康熙誤會了索額圖的用心，以爲是助太子謀篡，於是處死了索額圖，在書中便是第十三回的秦可卿之死。但太子仍繼續在擴大自己的勢力，是爲第十六回的建造大觀園。到康熙四十七年，允禔進讒，太子被廢，允禩被削爵拘禁，這就是第二十五回叔嫂逢五鬼及第三十三回寶玉挨打。不久太子又復位，組織上進一步結黨，因此有第三十七回的結海棠社，第四十九回寶琴等入園，但結黨者多了，難免生事，出現了茯苓霜等案。雖經過允祉、允祥協助整頓，即第五十六回探春理家，但效果不大，反而弊病增加，如發生繡春囊案。康熙五十七年，玄燁實行清黨，在書中則爲第七十四回的抄檢大觀園，結果允祉乘機退出太子黨，也就是寶釵離園，等等。

照趙同先生的推測，《紅樓夢》裡的這桌家家酒，就是如此擺法，結果是不獨人物各有影射，故事情節也都有所象徵，本來是要推求「作者寫此書的意識和目的」，結果還是把書中的故事情節當作了皇子們的活動，走向了自己意願的反面，由聰明的索隱變得不那麼聰明了，筆者不禁爲之惋惜。62

索隱派紅學的終結

索隱派紅學的產生，有作品本身的原因和時代思潮及文化環境方面的原因，前面已經談過了。除此之外，還有中國文學的特性和學術傳統方面的原因，從文學研究的方法論的角度來看，這方面的原因更具有普遍性，可以說，是紅學索隱派存在的理論前提。

文學是語言的藝術，而書面語言必須借助於文字方能表達。中國字的特點，是形、音、義的結合，憑藉方塊字可以變化出許多花樣來。所以《文心雕龍》有「諧隱」篇猶嫌未足，複又有「隱秀」篇，一而再、再而三地探討隱語和複義問題。劉勰說：「隱也者，文外之重旨者也；秀也者，篇中獨拔者也。隱以複意爲工，秀以卓絕爲巧，斯乃舊章之懿績，才情之嘉會也。夫隱之爲體，義生文外，秘響傍通，伏采潛發，譬爻象之變互體，川瀆之韞珠玉也。」又說：「隱者，隱也；遁辭以隱意，譎譬以指事也。」他還列舉春秋戰國以來許多婉曲表達和諷喻的例證，說明隱這種修辭格具有怎樣的語言效果。所謂「重旨」、「複義」、「伏采」、「遁辭」，是文學創作特別是詩歌創作的最常見的特徵。中國傳統文學重意在言外，講象外之象，道理即在於此。

值得注意的是，劉勰在探討隱語和複義時，已經聯繫到小說，寫道：「然文辭之有諧隱，譬九流之有小說，蓋稗官所采，以廣視聽。」當然劉勰是用小說作比，證明諧隱這種文體，或諧隱作爲文學的一種表現方法，是不可缺少的，即「雖有絲麻，無棄菅蒯」的意思。但所以拿小說做比，也由於小說這種文學樣式更容易包納隱語和複義的表現方法。特別是進入成熟期的明清小說，象徵和隱喻已司空見慣，隱像是小說形象體系的重要組成部分，文學研究中出現索隱的方法，不僅是中國文學理論發展的結果，也是小說創作不斷向前發展的一種需要。因此索隱作爲一種研究文學的方法，是合乎情理的，可以成立，應該承認其產生並存在的理由。

應用索隱的方法研究作家和作品，並不始於對《紅樓夢》的研究，更不是說只有《紅樓夢》才能用索隱的方法。蔡元培在《石頭記索隱》第六版自序中，即舉了《世說新語》裡以「黃絹幼婦，外孫齏臼」當「絕妙好辭」的例證，並指出《儒林外史》的莊紹光即指程綿莊，馬純上即馮粹中，牛布衣即牛草衣等等，連竭力反對索隱的胡適也是承認的。《金瓶梅》問世後，猜測書中人物係誰之化身，不絕於編[63]。只不過對《紅樓夢》的索隱更集中也更能夠引起人們的興趣，發展到後來，形成了名副其實的紅學索隱派。作者在開卷第一回公開宣稱，他已經「將真事隱去」了，並描寫了「甄士隱」其人，還能怪尋根問底者要去索隱一番嗎？何況《紅樓夢》中確有很多謎語，不獨研究者，一般讀者也想來猜一猜。香菱的判詞是：「根並荷花一莖香，平生遭際實堪傷；自從兩地生孤木，致使香魂返故鄉。」甲戌本的批語在第三句後面注明「拆字法」三字。鳳姐的判詞是：「凡鳥偏從末世來，都知愛慕此生才；一從二令三人木，哭向金陵事更哀。」這其中的「一從二令三人木」句，脂批也注明用「拆字法」，但究竟作何解釋？研究者意見紛紜，迄無定論。「人木」自然是一個「休」字，「二令」可以合成一個「冷」字，但「一從」呢？還有元春的判詞：「二十年來辨是非，榴花開處照宮闈；三春爭及初春景，虎兕相逢大夢歸。」頭一句是個時間概念，絕不是隨便湊數的，但作者說的是哪一個「二十年」？尤其「虎兕相逢」句，似有干支年份的意思，可指的是哪一個年份呢？實難索解。而元春的命運又與朝廷有關，自屬重要，人們都想猜出這個謎。

更可詫異者，是迎春的判詞，劈頭第一句竟是：「子係中山狼，得志便猖狂。」在寫法上與其他人的判詞迥異，不是直接寫迎春，而是罵孫紹祖，未免罵得蹊蹺，而且在文字風格上也過於劍拔弩張，顯得不夠蘊藉。趙同就注意到了這個問題，認爲迎春和孫紹祖影射雍正，所以作者的火氣才那麼大。當然他說得不一定對，但如此寫法，總有特定的原因罷。更不要說書中人物的命名，很多都是諧音取名，如賈化（諧假話）、嬌杏（諧僥倖）、單聘仁（諧善騙人）、卜固修（諧不顧羞）、詹光（諧沾光）；地名則有十里街（諧勢利街）、仁清巷（諧人情巷）、湖州（諧胡謅）等等，例子不勝枚舉。總之，《紅樓夢》中確有隱語、隱事、隱物、隱義，甚至包含著一些謎語的成分。惟其如此，作者才寫出了「誰解其中味」這樣的寓意深長的話，他是怕讀者不理解他的苦心。因此運用索隱的方法來研究《紅樓夢》，與對象的特徵是相吻合的，我們沒有理由加以反對。

問題是如何進行索隱。紅學索隱派的致命弱點是求之過深，以爲無一事無來歷，無一人不影射，把索隱無限擴大化，結果弄得捉襟見肘，不能自圓其說。還有的無異於重新設計了一部《紅樓夢》，讓書中人物充當自己意念的圖解，這樣一來，影射的人和事固然找到了，可惜與作者的創作構思了不相關。

索隱派中，從王夢阮、沈瓶庵、蔡元培、鄧狂言到景梅九、壽鵬飛，再到潘重規、杜世傑、李知其、趙同，基本上逃不出這兩種情況。他們忘記了《紅樓夢》是小說，是文學作品，不是謎語大全，更不是作者政治意念的圖解，如果那樣，就不會有如此強大的藝術感染力。求之過深的結果，反倒把《紅樓夢》的思想內容看淺了；一個人物一個人物的具體尋求影射，實際上肢解了《紅樓夢》的藝術整體性。提出《紅樓夢》是政治小說，包括鄧狂言認爲《紅樓夢》是政治歷史小說，不管概念本身有多少不確切的地方，就其對《紅樓夢》豐富的思想內容的發掘來說，總是一種擴展和深入。這在盛讚《紅樓夢》爲言情小說的風氣之下，也不失爲有勇氣的表現呢。可惜索隱派在方法論上犯了錯誤，把由於讀書心得間捕捉到的點，擴大成爲面，把局部當作整體，把索隱變成猜謎，把偶爾的會心獨得敷衍成宏論巨著，使索隱漫無邊際，喪失了必要的規定性。我們從索隱派紅學論著中，突出看到的是索隱者的想像，他們憑藉立論的最初的某些會心的發現反而被沖淡了，或者即使言之成理，也不容易取得讀者的信任。長期以來，紅學索隱著作在讀者中難得有更大的市場，原因就在這裡。

我們由一點就可以看到索隱失去規定性、走向擴大化和瑣細化的不良後果，即書中的同一個人物，不同的索隱者可以指認出不同的或者相反的影射對象。如寶釵，蔡元培說影射高江村，王夢阮說影射陳圓圓，鄧狂言說影射王鴻緒，壽鵬飛說影射雍正，杜世傑說影射洪承疇，趙同說影射康熙第三子允祉；林黛玉，蔡元培認為影射朱竹垞，王夢阮認為指董小宛，鄧狂言認為指方苞，壽鵬飛認為指太子胤礽，趙同認為是曹頫。

幾乎所有人物，在不同的索隱者眼裡，都有不同的影射對象。僅就這一點而言，索隱的可靠性便大可懷疑了。因為依照各家的索隱邏輯，如果願意，完全可以找到更多的索隱對象。結果是，適合一切的判斷，判斷本身就不能成立了。現在回過頭來看，倒是早期索隱的始於猜測、止於猜測，不做過多論證，只是作為讀《紅樓夢》之一得，聊供解頤談助，縱使不對，也不至於深陷泥淖，不可自拔，於己於人並無害處。索隱而成為派，反而害了索隱。如同錢靜方所說：「《紅樓》一書，空中樓閣，作者第由其興會所至，隨手拈來，初無成意；即或有心影射，亦不過若即若離，輕描淡寫，如畫師所繪之百像圖，類似者固多，苟細按之，終覺貌是而神非也。」(64)

紅學索隱派的產生，對《紅樓夢》研究而成為紅學，是有貢獻的，就像沒有考證派，紅學不會像現在這樣紅火一樣。但索隱派離開清末民初民主革命的大背景，時代風潮的支撐作用已經失去，新時代的讀者怕難以理解索隱者的苦心孤詣。《紅樓夢》這個偉大的文學之謎，人們將繼續猜下去，今後還會有索隱文章和索隱著作出現；索隱作為文學研究的一種方法，將不時地為人們所運用；但索隱派紅學，從學術史的角度看，實際上已經終結了。

注釋

① 李慈銘：《越縵堂日記補》，參見一粟編《紅樓夢卷》第二冊，第三七三頁，中華書局一九六三年版。

② 周春：《閱紅樓夢隨筆》，參見《紅樓夢卷》第六六至六七頁。

③ 陳康祺：《燕下鄉脞錄》卷五，參見一粟編《紅樓夢卷》第三八六至第三八七頁。

④ 參見《紅樓夢卷》第三六三頁。

⑤ 見甲戌本《石頭記》第三回墨筆眉批。

⑥ 梁恭辰：《北東園筆錄》卷四，參見《紅樓夢卷》第三六六頁。

⑦ 參見《紅樓夢卷》第三七八頁。

⑧ 參見《紅樓夢卷》第三七四頁。

⑨ 參見《紅樓夢卷》第四〇三頁。

⑩⑪ 王國維：《紅樓夢評論》之第五章「餘論」部分。

⑫ 參見《紅樓夢卷》第三一四至第三一五頁。

⑬ 胡適：《紅樓夢考證》，參見《紅樓夢研究參考資料選輯》第一輯，第九頁，人民文學出版社一九七三年版。

⑭ 參見《紅樓夢卷》第三一四頁。

⑮壽鵬飛：《紅樓夢本事辨證》第一至第二頁，商務印書館一九二七年文藝叢刻乙集本。

⑯王夢阮、沈瓶庵：《紅樓夢索隱》，中華書局一九一六年版，鉛印十冊，前有序、例言及「紅樓夢索隱提要」，其他索隱分佈在各有關回次。下面引王、沈均見該書，為避免注文冗繁，不一一注出。

⑰王夢阮、沈瓶庵：《紅樓夢索隱》第一冊，第六至第七頁，上海中華書局一九一六年版。

⑱見孟森著《心史叢刊》（外一種）第一六八至第一九四頁，嶽麓書社一九八六年版。

⑲詳見孟森著《心史叢刊》（外一種）第一八六至第一八八頁所引陳其年、吳園次、龔芝麓諸人詩文。

⑳見孟森著《心史叢刊》（外一種）第二四七至第二七八頁。

㉑參見蕭一山著《清代通史》上冊，第三五三至第三五四頁。

㉒參閱拙著《紅樓夢新論》第三〇七頁，中國社會科學出版社一九八二年版。又周汝昌《紅樓夢新證》第六章「紅樓紀曆」亦有考，可參看。

㉓茅盾：《關於曹雪芹》，見拙編《紅學三十年論文選編》上卷第五五六，百花文藝出版社一九八三年版。

㉔王、沈的《紅樓夢索隱》於一九一六年由上海中華書局印行，很快便重版十三次，當時影響很大。

㉕參見龔鵬程為《石頭記索隱》所寫的「導讀」，台北金楓出版社一九八七年版。

㉖陳康祺：《郎潛紀聞初筆二筆三筆》（下）第四〇四頁，中華書局一九八四年版。

㉗參見一粟編《紅樓夢卷》第四一二頁。

㉘蔡元培：《石頭記索隱》第六版自序：《紅樓夢研究參考資料選輯》第三輯第三四頁，人民文學出版社一九七六年版。

㉙參見《紅樓夢研究參考資料選輯》第一輯，第六頁。

㉚見《紅樓夢研究參考資料》第三輯，第三七頁。

㉛順治之后係蒙古親王吳克善之女，多爾袞攝政時聘定，順治八年八月行大婚禮，十年八月指為失德而廢之，參見蕭一山著《清代通史》上冊，第三六七頁。

㉜陳獨秀：《紅樓夢新序》，見上海亞東圖書館一九二一年初版之《紅樓夢》卷首。

㉝壽鵬飛：《紅樓夢本事辨證》第二頁，商務印書館一九二七年文藝叢刻乙集本；下同，不另注出。

㉞壽鵬飛：《紅樓夢本事辨證》第十四頁。

㉟此說係闞鐸在《紅樓夢抉微》中提出，一九二五年天津大公報館印行，線裝一冊。

㊱壽鵬飛：《紅樓夢本事辨證》第十九頁。

㊲壽鵬飛：《紅樓夢本事辨證》第二十六頁。

㊳參見《紅樓夢卷》第二冊，第四二一頁。

㊴參見《紅樓夢本事辨證》第三七至第四四頁

㊵參閱拙著《紅樓夢新論》第三〇七頁，中國社會科學出版社一九八二年版。

㊶參見《紅樓夢卷》第三四九頁。

㊷參見《紅樓夢》新校本上冊，第六八頁校記。

㊸景氏為證明《紅樓夢》係曹一士所撰，從書中找到一條「證據」，即賈政曾出過「惟士為能」一題，他發揮道：「以餘忖度，則惟士則一士之謂，言一士能作本書也，是乃夫子自道之處。」可見出索隱者的想像力是多麼豐富，僅錄以解頤也。

㊹鄧氏《紅樓夢釋真》對第九十八回的一段索隱寫道：「近人謂紅樓可謂之言情之書，而實不能謂為高尚純潔貞一之愛情之標準。又曰紅樓之言情，只寫得癡兒女之一部分，此言誠深得紅樓之表面文字矣。夫所謂高尚、純潔、貞一愛情，寧易言之。古詩云，『還君明珠雙淚垂，恨不相逢未嫁時』，尚未能到此程度。意惟《聊齋》中之喬女，足以當此。然彼固劈空撰出，而實別有所托，未必女界中果有其人。《紅樓》之底面為種族的政治歷史小說，烏得有此？」

㊺參見《紅樓夢研究參考資料選輯》第三輯，第三〇〇頁。

㊻潘重規：《紅樓夢新解》第一頁，新加坡青年書局一九五九年印行，下面引錄該書不一一注出。

㊼潘重規：〈紅樓夢的發端〉，參見《紅樓夢新辨》第七二至第九四頁，台北文史哲出版社一九七四年版。

㊽杜氏在《紅樓夢原理》「例言」中稱，該書係在其所著《紅樓夢悲金悼玉考實》一書的基礎上

删改而成，《考實》筆者未見。

(49) 李知其：《紅樓夢謎》分上、下兩篇，上篇於一九八四年十二月印行，下篇於一九八五年九月印行，非賣品。

(50) 李知其：《紅樓夢謎》下篇，第四一二頁。

(51)《紅樓夢謎》上篇，第五至第六頁。

(52)《紅樓夢謎》下篇，第四一四至第四一五頁。

(53)《紅樓夢謎》下篇，第四二二至第四二三頁。

(54)《紅樓夢謎》下篇，第四二三頁。

(55)《紅樓夢謎》下篇，第四五三至第四五四頁。

(56)(57) 參見《紅樓夢謎》下篇，第四四三至第四四八頁。

(58)《紅樓夢謎》上篇，第四七至第四八頁。

(59) 趙同：《紅樓猜夢》第十五至第十八頁，台北三三書坊一九八〇年版。

(60) 戴不凡：《揭開紅樓夢作者之謎》，載《北方論叢》一九七九年第一期。

(61) 趙同：《紅樓猜夢》第十八頁。

(62) 五十年代以後台灣和香港出版的紅學索隱派著作，不止筆者提到的這幾部。承台灣大學劉廣定教授寄示邱世亮著《紅樓夢影射雍正篡位論》和王以安的《紅樓夢曉》及《紅樓夢引》，此三種專書對索隱之觀念和方法亦有所發揮。《篡位論》提出：「寶釵影射雍正皇帝，寶玉影射康熙皇帝。就

《紅樓夢》全書觀之，中心就是寶釵、黛玉在爭寶玉，然而代表寶玉的通靈寶玉從各方面來看實際上是皇帝的印璽，也就是中國的傳國璽，『受命於天，既壽永昌』，如此一來，寶釵跟黛玉所爭的其實是在爭帝位。」（見該書之作者自序第二頁，學生書局一九九一年初版）則核心論旨仍是索隱舊說的重複。《紅樓夢曉》認為書中敷演的是明清之際、滿漢之間的政治故事，指陳影射的人物更多，如說賈珍、尤氏影福王，尤二姐影永曆帝，尤三姐影隆武帝，賈璉影多鐸，元春影玄燁，賈蓉、秦可卿影崇禎等等；而賈寶玉則同時影順治、多爾袞、冒辟疆、玄燁四人。一人而多影，是索隱派紅學的邏輯破綻，《夢曉》之作者未能倖免。至於書名，原名《石頭記》，是「事偷記」的意思。讀之忍俊不禁。《夢曉》初版於一九八六年，六年之後同一作者出版之《紅樓夢引》進而寫道：「事偷記者何？無非太后下嫁，順治出家，康熙納姑，雍正奪嫡等當世流傳而清廷深以為諱的秘事，這就是作者所謂『辛酸淚』之真意。」不過《夢引》徵引明清史事甚詳，且對《紅樓夢》第六回單獨做評傳，用《詩·七月》敷解書中對劉姥姥的描寫，以為劉嫗說的「瘦死的駱駝比馬還大」，也是影射「亡明之勝金」，理由是《木蘭辭》裡有「願得明駝千里足」句，中間有「明」字，《周易·說卦》云「乾為馬、為金」，因此可以得到證明（見該書第一八一頁，台北新陸書局版）。這未免草木皆名、漫無依據了。補注於此，謹向廣定教授深致謝忱——筆者。

⑥③ 關於《金瓶梅》的影射問題，袁中道的《遊居柿錄》、沈德符的《萬曆野獲編》均有記載，可參閱孔另境編《中國小說史料》第八一至第八三頁，古典文學出版社一九五七年版。

⑥④ 參見《紅樓夢卷》第一冊，第三二六頁。

第六章　小說批評派紅學的崛起與發展

小說批評派紅學緣自何時？這要看對紅學的小說批評如何解。如果認爲脂硯齋、畸笏叟等人對《紅樓夢》所作的批語就是小說批評，那麼小說批評派紅學在《紅樓夢》創作過程中即已產生。許多研究者持的都是此一看法。原因是把小說評點和小說批評簡單地混爲一談了。我覺得這兩者既有相同的一面，又有相異的一面。有必要在概念上略加界說。

評點派與小說批評

小說評點發端於明代中期，李卓吾、葉晝是最初的代表人物；到明末清初，由金聖歎集其大成，隨後又有毛宗崗、張竹坡，評家迭出，使《水滸傳》、《三國演義》、《金瓶梅》等作品因評點而影響更著。脂硯齋，畸笏叟批《紅樓夢》，承繼的就是李卓吾、金聖歎評《水滸》的傳統，所不同的是，李、金在已經流傳的著作上加批，脂硯齋當作者寫作之時，便一面整理、抄寫，一面加以評點，批者在一定程度上參與了創作。

脂批的價值自不可低估。有關《紅樓夢》創作的許多情形，特別是作者的創作意圖和生活依據，脂批裡多有線索可尋。解開脂硯齋之謎，對解開《紅樓夢》之謎大有幫助。在藝術理解上，脂批亦不乏獨到見解。如第十九回評賈寶玉的一段話：「按此書中寫一寶玉，其寶玉之爲人，是我輩於書中見而知有此人，實未目曾親睹者。又寫寶玉之發言，每每令人不解，寶玉之生性，件件令人可笑。不獨於世上親見這樣的人不曾？即閱今古所有之小說傳奇中，亦未見這樣的文字。於顰兒處更爲甚，其囫圇不解之中實可解，可解之中又說不出理路。合目思之，卻如真見一寶玉，真聞此言者，移之第二人萬不可，亦不成文字矣。余閱《石頭記》中至奇至妙之文，全在寶玉、顰兒至癡至呆囫圇不解之語中，其詩詞雅謎酒令奇衣奇食奇文等類，固他書中未能，然在此書中評之，猶爲二著。」這段經常被研究者稱引的批語，見於己卯本和庚辰本的第十九回，實際上概括出了文學典型的一些特徵：似曾相識，卻沒有見過；雖未見過，仍感到栩栩如生；既可解，又不可解。這就是藝術典型——熟識的陌生人。

脂硯齋的感受包含著藝術創作和藝術欣賞的基本規律在內，是難能可貴的。不過脂批中像這樣進入理性層次的闡發並不是很多，最常見的還是隨感而發的感受性批評，其中一部分針對作品的人物、情節、語言，爲行文章法和人物描寫稱奇道妙，一部分則是觸景生情，借題發揮，抒寫批者的人生經驗和人生感喟。後者如第一回癩頭和尚指著甄士隱口賦一詩：「慣養嬌生笑你癡，菱花空對雪澌澌；好防佳節元宵後，便是煙消火滅時。」脂硯齋在詩的首句旁批道：「爲天下父母癡心一哭。」同回寫甄士隱遭火災後投奔岳家，封肅「見女婿這等狼狽而來，心中便有些不樂」，脂批於此處寫道：「所以大概之人情如是，風俗如是也。」這類批語在今存各早期抄本中，保留不少，平心而論，是不能算作正式的小說批評的。更不要說，還有不少純屬調侃性質的批語，如稱讚晴雯「好腰」、「好肩」；寶釵擰了黛玉一把，脂批說「我也欲擰」；鳳姐講笑話，脂批說「余也要細聽」等等。從文藝學和美學的觀點看，脂硯齋、畸笏叟幾位批家遠遜於金聖歎的批《水滸》，在小說評點派中算不得上乘。研究者寧願更重視脂批中透露的關於作者生平和成書過程的材料，對脂批的美學價值一般不給予過高的評價。

倒是程、高本《紅樓夢》問世之後，隨著在社會上影響增大，致力於評點《紅樓夢》的人愈來愈多①，先後出現了幾位著名的評家，其中以「護花主人」王希廉、「太平閒人」張新之、「大某山民」姚燮三家的評注在社會上流傳最廣。

這三家可以說各有所長：王評對書中情節發展的層次結構縷析得較細密，抓住了人物和事件的主從關係②；張評視《紅樓夢》爲「演性理之書」固是附會，但於作者寫釵、黛、晴、襲的匠心，時有發揮；姚評則儼然一統計學家，標出了從主要人物出生時間到榮寧二府出納的財數和婚喪所費銀兩等大量數字，爲讀者提供閱讀的方便。他們的共同特點是，都企圖從整體上來把握和認識《紅樓夢》，因此書前都有長篇的總評性的文字，王評本叫「紅樓夢總評」，張評本爲「紅樓夢讀法」，姚評本稱「讀紅樓夢綱領」。觀點正確與否姑且不論，僅就評點方法而言，這三家比脂批又進了一步。複按其內容，可以發現，評點者的態度是冷靜的，在情感上已經同作者疏離開來，不像脂硯齋、畸笏叟那樣，動輒「失聲大哭」、「血淚盈腮」。對文學批評來說，評論者和作者在情感上是否疏離開來，是一個必要條件。具體參與創作過程的人，嚴格地說，不具有客觀地批評該作品的資格。王、張、姚諸家的評點，沒有停留在隨作者亦步亦趨，只是稱奇道妙上，而是在被作者的妙筆所征服的同時，也不斷指出書中的種種矛盾③，更證明批者和作者以及作品在保持一定間距。

王、張、姚之外，道光至清末民初，評點家尚多，值得注意的是哈斯寶的《新譯紅樓夢》和王伯沆的《紅樓夢》批語。王批出現最晚，但評點持續的時間最長，從一九一四年秋天到一九三八年冬天，先後精讀二十遍，用朱、黃、綠、墨、紫五色筆加批五次，經過二十四年，可謂慘澹經營④。哈斯寶是蒙族作家，他把百二十回本《紅樓夢》縮譯爲四十回，每回後面都有一篇批語，另在卷首和書後有序、讀法和總錄，摹仿金聖歎批《水滸》的格式甚爲明顯。他認爲《紅樓夢》的寫作，「是因忠臣義士身受仁主恩澤，唯遇奸逆當道，讒佞奪位，上不能事主盡忠，下不能濟民行義，無奈之餘寫下這部書」⑤，誠然不得要領，但批語中探微入妙，會心獨得處比比皆是，對《紅樓夢》的思想和藝術的領悟，常常高出其他評點家之上。下面讓我們看幾段批語的原文：

> 這部書寫寶釵、襲人，全用暗中抨擊之法。粗略看去，她們都像極好忠實的人，仔細想來卻是惡極殘極。這同當今一些深奸細詐之徒，嘴上說好話，見人和顏悅色，但行為特別險惡而又不被覺察，是一樣的。作者對此深惡痛絕，特地以寶釵、襲人為例寫出，指斥

為婦人之舉。

文章中的褒貶不在話多，有時僅有一兩字就可以交代清楚。薛寶釵是在林黛玉之後來的，見寶、黛二人情意深厚，便千方百計僭奪寶、黛之盟。上對賈母、王夫人諂諛備至，下對僕婦丫鬟籠絡討好。因為妒嫉寶玉對黛玉的愛情，她費盡心機，故意要賞鑒那塊玉，笑臉看著婢女，讓婢女說出同自己金鎖上的話是一對兒。寫這等情節，令人不覺出她的奸詐狡猾，回目上也只寫「巧合」二字，就這樣卻淋漓盡致地揭出了她是何等奸狡。如不仔細讀，人又怎能得知。有人說，說寶釵的心地行為如此，總該是冤枉的。我說，如果那樣，寶釵之來是等待宮選的，這時為何一字不提此事了？憑寶釵這等才德容貌，難道還不能入選麼？這是何人搗鬼？讀者為何不察？

這是第五回的一段批悟，集中評論的是寶釵和襲人。從今天的觀點看，也許會認爲哈斯寶對寶釵評得太苛刻，不夠雍容大度，但不能不承認，他的評是從作品實際出發的，還是捕捉到了寶釵性格的某一方面的特徵。他在探究人物的寫法時，進一步闡述道：

全書那許多人寫起來都容易，唯獨寶釵寫起來最難。因而讀此書，看那許多人的故事都容易，唯獨看寶釵的故事最難。大體上，寫那許多人都用直筆，好的真好，壞的真壞。只有寶釵，不是那樣寫的。乍看全好，再看就好壞參半，又再看好處不及壞處多，反覆看去，全是壞，壓根兒沒有什麼好。一再反覆，看出她全壞，一無好處，這不容易。但我又說，看出全好的寶釵全壞還算容易，把全壞的寶釵寫得全好便最難。讀她的話語，看她行徑，真是句句步步都像個極明智極賢淑的人，卻終究逃不脫被人指為最奸最詐的人，這又因什麼？史臣執法，《綱目》臧否全在筆墨之外，便是如此。⑦

還有《紅樓夢》第四十二回「蘅蕪君蘭言解疑癖」之後，寶釵和黛玉突然和好，紅學家們對此有各種解釋。哈斯寶的看法與眾不同，他認爲寶釵和黛玉並沒有和好，理由是：

不明內情的人以為本回裡釵黛已經和好，豈知在這一回裡釵黛已經走到裂痕難縫的地步。何以見得？若沒有本回釵黛和好，黛猶往日之黛，釵猶往日之釵。黛若是往日之黛，寶釵的狡計就無從施起；釵若是往日之釵，在黛玉面前便施展不開狠毒騙術。讀了這回就應知道，黛玉之衰已經很快，而寶釵之興更為加速了。此又何以見得？若不是釵黛和好，寶釵怎能在黛玉面前說：「又不老，又不少，成什麼，也不是個常法？」黛玉之病加重是因何故？她的心漸漸死去又因何故？寶釵這幾句話便是投向黛玉的一把穿心斷腸的匕首。後文第二十七回中又用了一把利劍，可憐黛玉便經不住了。所以我說到本回已是裂痕難縫，請高明之士鑒察。⑧

哈氏看來是徹頭徹尾的抑釵派無疑矣。不過他的抑釵，是建立在剖解作品的具體描寫基礎上的，抑得偏而有中，自成其說。

我嘗認爲，釵黛的和解緣自各人愛情糾葛的解決——寶釵因第二十八回元妃賜禮物獨她與寶玉的一樣，事實上獲得解決；黛玉由第三十二回「訴肺腑」，寶玉告訴她「放心」，心靈上獲得解決⑨，並不是兩個人的矛盾由此便不存在了。哈斯寶的看法與拙見情似而理不同，自有他的會心處，未可全然抹煞。老一輩紅學家如吳組緗先生，至今對寶釵仍是這樣看法，他的許多分析和哈斯寶不謀而合。哈氏對書中明文交代的進京待選一事後來竟置而不提表示懷疑，吳組緗先生則認爲寶釵的金鎖來路不明，揣想有可能是薛姨媽臨上京前現打制的，所以才宣傳要配給有玉的。《新譯紅樓夢》的序言標明，係「道光二十七年孟秋朔日撰起」⑩，即西元一八四七年八月十一日，相當於王希廉評點本問世不久，在當時的紅學評點派中，哈氏不愧爲獨樹一幟之作。

紅學評點派在紅學史上自有其地位，限於篇幅，這裡無法一一進行梳理和評估。我想說明的是，評點派和小說批評是有分別的。不管怎麼說，小說評點更多的是抒寫評者的比較零碎的感受、心得、體會，主要憑藉自己的生活經驗和藝術感受，不是依據一種成型的美學理論，用適合特定對象的方法進行批評。錢鍾書先生說得好：「評點、批改側重成章之詞句，而忽略造藝之本原，常以『小結裹』爲務。」⑪ 小說批評則要求有美學理論和一定的小說觀作爲參照物。這是兩者最主要的不同。當然也可以說小說評點是中國式的小說批評，但即使這樣，就紅學而言，仍可以把小說批評派紅學和評點派紅學區別開來。小說批評派紅學的創始人不是別個，應是一九二七年六月二日自沈於昆明湖的赫赫有名的大學者王國維。

王國維的《紅樓夢評論》

王國維的《紅樓夢評論》最初發表於清光緒三十年（一九〇四年）出版的《教育世界》雜誌，第二年收入《靜安文集》，比王夢阮、沈瓶庵的《紅樓夢索隱》早十二年，比蔡元培的《石頭記索隱》早十三年，比胡適的《紅樓夢考證》早十七年。關於考證《紅樓夢》作者的必要性，就是王國維在此文中首先提出來的，他說：「若夫作者之姓名與作書之年月，其爲讀此書者所當知，似更比主人公之姓名爲尤要。顧無一人爲之考證者，此則大不可解者也。」又說，「《紅樓夢》自足爲我國美術上之惟一大著述，則其作者之姓名與其著書之年月固當爲惟一考證之題目。」一再致意，有望於來者之情甚殷。可見胡適的考證，是爲回應王國維的號召而作，即使講考證派紅學，也應追溯一下對考證作者和時代兩致其意的王靜安先生。

對索隱派紅學，《紅樓夢評論》也有明確態度，指出：「美術之所寫者，非個人之性質，而人類全體之性質也。惟美術之特質貴具體而不貴抽象，於是舉人類全體之性質置諸個人之名字之下，比諸副墨之子，洛誦之孫，亦隨吾人之所好，名之而已。善於觀物者，能就個人之事實，而發現人類全體之性質。今對人類之全體，而必規規焉求個人以實之，人之知力相越，豈不遠哉。」這是依據藝術須塑造典型的理論，批評索隱之不可靠。但王國維並不以簡單的方法對待紅學索隱，在持批評態度的同時，又不否認納蘭性德的《飲水集》與《紅樓夢》有文字之間存在的關係，即索隱派之一所力主的納蘭性德家世說，「非無所本」，只是覺得如尋找詩文和小說家用語之偶合，當不止容若一人，所以其科學性畢竟值得懷疑。筆舌恣肆，簡而能備，讀之令人心服。

王國維的《紅樓夢評論》的最大貢獻在美學方面。他是第一個運用西方哲學和美學觀念，從文學批評的角度來衡定《紅樓夢》藝術價值的人。這不僅在紅學史上，在整個學術發展史上都有重要意義。我們說王國維是小說批評派紅學的開創者，就是指這一點而言的。《紅樓夢評論》共分五章，即第一章，人生及美術之概觀；第二章，《紅樓夢》之精神；第三章，《紅樓夢》之美學上之價值；第四章，《紅樓夢》之倫理學上之價值；第五章，餘論。全文一萬四千餘言，理論層次清晰，文章結構嚴謹，真正是既不同於評點又不同於索隱和考證的小說批評之作，在王國維之前，從未有過這樣的帶有現代意味的紅學研究文章。

王國維所援用的哲學和美學觀念是德國哲學家叔本華的理論。《紅樓夢評論》第一章論生活的本質一段寫道：「生活之本質何？欲而已矣。欲之爲性無厭，而其原生於不足。不足之狀態，苦痛是也。既償一欲，則此欲以終。然欲之被償者一，而不償者什百，一欲既終，他欲隨之，故究竟之慰藉終不可得也。即使吾人之欲悉償，而更無所欲之對象，倦厭之情即起而乘之，於是吾人自己之生活，若負之而不勝其重。故人生者，如鐘錶之擺，實往復於苦痛與倦厭之間者也，夫倦厭固可視爲苦痛之一種。有能除去此二者，吾人謂之曰快樂。然當其求快樂也，吾人於固有之苦痛外，又不得不加以努力，而努力亦苦痛之一也。且快樂之後，其感苦痛也彌深。故苦痛而無回復之快樂者有之矣，未有快樂而不先之或繼之以苦痛者也。又此苦痛與世界之文化俱增，而不由之而減。何則？文化愈進，其知識彌廣，其所欲彌多，又其感苦痛亦彌甚故也。然則人生之所欲既無以逾於生活，而生活之性質又不外乎苦痛，故欲與生活與苦痛，三者一而已矣。」此段文字對叔本華觀點的表述相當準確⑫。要而言之，在叔本華看來，生活就是欲望，而欲望在絕大多數情況下都無法得到滿足，因而必然陷入痛苦，這就是人的全部本質。

如此悲觀地看待人生，當然是消極的，無論如何我們不敢苟同。但作爲一種哲學觀點，把他所捕捉的看做人生的一個側面，叔氏的觀點亦未嘗沒有可理解之處。特別對藝術而言，認爲人生是不幸的，比陶醉在幸運之中，更能成就偉大的藝術家。叔本華並不否認生活中也有喜劇，他說：

任何個別人的生活，如果是整個的一般的去看，並且只注重一些最重要的輪廓，那當然總是一個悲劇；但是細察個別情況則又有喜劇的性質。這是因為一日之間的營營苟苟和辛苦勞頓，一刻之間不停的彆扭淘氣，一周之間的願望和憂懼，每小時的岔子，借助於經常準備著戲弄人的偶然巧合，那就是一些喜劇鏡頭。可是那些從未實現的願望，虛擲了的掙扎，為命運毫不容情的踐踏了的希望，整個一輩子那些倒楣的錯誤，加上愈益增高的痛苦和最後的死亡，就經常演出了悲劇。這樣，命運就好像是在我們一生的痛苦之上還要加以嘲笑似的；我們的生命已必然含有悲劇的一切創痛，可是我們同時還不能以悲劇人物的尊嚴自許，而不得不在生活的廣泛細節中不可避免地成為一些委瑣的喜劇角色。⑬

如果我們不抱偏見——不預先用叔本華哲學是唯心主義的、反理性、不可信這類想法障蔽自己，一定會認爲他上述的論斷是雋永而近情理的，而且流露出對普通人命運的理解和同情。正不必因觀點不同而疏遠作者，更無須因作者而廢其言論。

叔本華的美學觀點和他的哲學觀點是一致的，即認爲美感的來源在於擺脫生活的欲求，在於逃離痛苦之後的怡悅和恬靜⑭，而藝術欣賞和藝術創作，是使人類擺脫生活意欲而進入審美直觀的最佳津梁。這也就是康得的審美超功利的觀點。王國維接觸西方哲學和美學，是從閱讀康得的著作入手，因在理解上發生困難，於是又「讀叔本華之書而大好之」⑮，反過來加深了對康得哲學的理解。因此王國維在《紅樓夢評論》中闡述的審美超功利的觀點，雖直接來自叔本華，與康得也有淵源關係。他說：「茲有一物焉，使吾人超然於利害之外，而忘物與我之關係，此時也，吾人之心無希望，無恐怖，非複欲之我，而但知之我也。此猶積陰彌月，而旭日杲杲也；猶覆舟大海之中，浮沈上下，而飄著於故鄉之海岸也；猶陣雲慘澹，而插翅之天使齎平和之福音而來者也；猶魚之脫於網，鳥之自樊籠出，而遊於山林江海也。然物之能使吾人超然於利害之外者，必其物之於吾人無利害之關係而後可，易言以明之，必其物非實物而後可。然則非美術何足以當之乎？」又說：「美術之爲物，欲者不觀，觀者不欲，而藝術之美所以優於自然之美者，全存於使人忘物我之關係也。」

王國維所說的美術，就是藝術的意思，詩歌、小說、戲曲都包括在內。正是基於這樣的美學觀點，他鄭重提出：「吾人於是得一絕大著作曰《紅樓夢》。」

《紅樓夢》的精神究竟是什麼？王國維認爲，主要是這部著作描寫了人生的苦痛及解脫之道。人生的苦痛是多方面的，尤其是男女之間的情愛所釀成的悲劇，更具有無限的永久的意義。如果與飲食之欲相比，男女之欲表現得更加強烈，因而不陷入則已，一旦迷眩纏陷於其中，便不容易解脫。《紅樓夢》之可貴，在於不僅寫出了生活的苦痛，而且指出了解脫的途徑，即作者是「以生活爲爐，苦痛爲炭，而鑄其解脫之鼎」。

歌德的名作《浮士德》，描寫浮士德的痛苦和最後解脫，至爲精切；曹雪芹寫賈寶玉，「其解脫之行程，精進之歷史」，同樣明瞭精切。而且浮士德的痛苦，是天才的痛苦；寶玉的痛苦，是人人所有的痛苦，所以「存於人之根底者爲獨深，而其希救濟也爲尤切」。王國維筆行至此，情不能禁，發爲感慨說：「作者一一掇拾而發揮之，我輩之讀此書者宜如何表滿足感謝之意哉！」可見評價之高。但不能不指出，王國維這樣來理解《紅樓夢》的精神，未免把《紅樓夢》的精神局限甚至扭曲了。《紅樓夢》可以從一個側面印證叔本華的理論，叔本華的理論卻不能正確闡釋《紅樓夢》的精神。王國維在談到解脫的途徑時，主張出世是解脫，自殺則不是，這與叔本華的觀點是一致的⑯。求之《紅樓夢》，金釧、司棋、尤三姐、潘又安都是自殺而死，因此談不上解脫；只有賈寶玉、惜春、紫鵑三個人，才是真正的解脫。關鍵在於是否還存有生活的欲求。柳湘蓮雖然走入空門，但欲求未斷，故與自殺的潘又安相同，而不同於賈寶玉。王國維發揮說：「苟生活之欲存乎，則雖出世而無與於解脫；苟無此欲，則自殺亦未始非解脫之一者也。」所謂無生活之欲，就是叔本華反覆致意的對意志的徹底否定，就是拋棄從前熱烈追求的一切而欣然接受死亡，就是靈魂和肉體的歸於寂滅。據叔本華說，這是人生的最美妙的前景，難以想像達到此種境界的人「是如何的幸福」⑰。

看到並突出人生具有悲劇的一面，在哲學、美學以及藝術創作上，自有其不容忽視的意義。這一點，已如前述，但由人生的悲劇發展到歌頌人生的寂滅，則是叔本華的哲學和美學思想本身的悲劇。王國維在寫作《紅樓夢評論》時，一方面爲叔氏的「觀察之精銳與議論之犀利」所傾倒⑱，一方面也發現了叔氏哲學的矛盾，並在第四章裡予以揭明之。他寫道：

> 然事不厭其求詳，姑以生平可疑者商榷焉。夫由叔氏之哲學說，則一切人類及萬物之根本一也，故光叔氏拒絕意志之說，非一切人類及萬物各拒絕其生活之意志，則一人之意志亦不可得而拒絕。何則？生活之意志之存於我者，不過其一最小部分，而其大部分之存於一切人類及萬物者，皆與我之意志同。而此物我之差別，僅由於吾人知力之形式，故離此知力之形式，而反其根本而觀之，則一切人類及萬物之意志，皆我之意志也。然則拒絕吾一人之意志，而姝姝自悅曰解脫，是何異決蹄踏之水而注之溝壑，而曰天下皆得平土而居之者哉？佛之言曰：「若不盡度眾生，誓不成佛。」其言猶若有能之而不欲之意，然自吾人觀之，此豈徒能之而不欲哉？將毋欲之而不能也。故如叔本華之言一人之解脫，而未言世

界之解脫，實與其意志同一之說不能兩立者也。

這裡，王國維不僅指出了叔本華哲學的「不能兩立」的矛盾，而且認爲叔氏的理論不能被事實所驗證，甚至對釋迦、基督是否真正解脫，隨後也表示絕大疑問。他特地引錄了自己的一首七律：「平生苦憶挈盧敖，東過蓬萊浴海濤。何處雲中聞犬吠，至今湖畔尚烏號。人間地獄真無間，死後泥洹枉自豪。終古眾生無度日，世尊只合老塵囂。」[19] 其不相信解脫之意甚明，所以才有「終古眾生無度日」這樣的句子。

研究者過去評論王國維的《紅樓夢評論》，只看到在一些觀點上受叔本華影響的一面，而沒有重視靜安先生此時對叔氏學說已發生動搖。《靜安文集》的自序說得明白：「去夏所作《紅樓夢評論》，其立論雖全在叔氏之立腳地，然於第四章內已提出絕大之疑問。旋悟叔氏之說半出於其主觀的氣質，而無關於客觀的知識，此意於《叔本華及尼采》一文中始暢發之。」[20] 這番話係一九〇五年秋天所寫，當時靜安先生正處於思想的轉折期，已經從叔本華再次回到康得。因此《紅樓夢評論》中的思想成分並不是單一的，對叔氏思想固有「可愛者不可信」[21] 之矛盾，具體剖解《紅樓夢》這部作品，王國維也沒有完全執著於叔本華的觀點，而是以自己的深厚的古典文學修養爲根基，常常別有會心。

王國維明確提出《紅樓夢》是「徹頭徹尾之悲劇」，是「悲劇中之悲劇」，就是他的會心獨得之處。特別他把《紅樓夢》置於傳統文化之中，與《牡丹亭》、《長生殿》、《西廂記》等作品加以比較，批評了幾成套數的「始於悲者終於歡，始於離者終於合，始於困者終於亨」的充滿樂天色彩的戲曲小說，進而對「吾國人之精神」亦有所反省。這用的既是比較文學的方法，又是從文化背景出發的評論，就小說批評而言，已達到相當的理論深度。叔本華在分析悲劇發生的原因時，談到三種類型：一是由極惡毒的人造成的，如莎劇《奧賽羅》中的雅葛、《威尼斯商人》中的歇洛克；二是由於盲目的命運，即偶然性的錯誤所致，如《羅密歐與朱莉葉》，以及索佛克利斯的《伊第普氏王》等；三是由人物的相互關係和彼此地位的不同造成的㉒。這最後一種尤值得注意。因爲它不需要佈置「可怕的錯誤或聞所未聞的意外事故，也不用惡毒已到可能的極限的人物；而只需要在道德上平平常常的人們，把他們安排在經常發生的情況下，使他們處於相互對立的地位，他們爲這種地位所迫明明知道，明明看到卻互爲對方製造災禍，同時還不能說單是那一方面不對」㉓。我國最常見的，就是這最後一種悲劇，可以說天天都在發生，只不過人們習以爲常，覺而不敏罷了。王國維的深刻處，在於他對此有清醒的認識，不能自已地寫道：

> 但在第三種，則見此非常之勢力，足以破壞人生之福祉者，無時而不可墜於吾前，且此等慘酷之行，不但時時可受諸己，而或可以加諸人。躬丁其酷，而無不平之可鳴，此可謂天下之至慘也。若《紅樓夢》，則正第三種之悲劇也。

王國維揭明這種悲劇的特點是：隨時都可以降臨，每個人都會遭遇，而且身受其害，卻又無法說出，所以是天下最殘酷的悲劇。《紅樓夢》就是這樣，既沒有蛇蠍一類人物左右全局，又不是由於出現了非常的變故，不過是「通常之道德、通常之人情、通常之境遇為之而已」，結果卻產生了大悲劇。這在美學上，更具有典範意義。叔本華說這種類型的悲劇在編寫上困難最大，即使優秀的劇作家，也難免採取迴避的態度。

可惜他沒有讀到《紅樓夢》，否則一定有他鄉遇故知之感，或許《浮士德》的例子就不值一舉了。王國維指出《紅樓夢》是「徹頭徹尾之悲劇」，是「悲劇中之悲劇」，可謂知音之談——既是叔本華的知音，又是《紅樓夢》的知音，其在美學上和小說批評方面的開創意義，由此可見一斑。

俞平伯所代表的考證派紅學與小說批評派紅學的合流

王國維的《紅樓夢評論》作為小說批評派紅學的發端，在時間上先於考證派紅學，比蔡元培、王夢阮等人的索隱還要早十幾年，已如前述。但《紅樓夢評論》問世之後，小說批評派紅學並沒有立即興旺起來，反而是索隱和考證相繼喧囂於世，湮沒了小說批評的應有位置。直到一九二三的亞東圖書館出版俞平伯的《紅樓夢辨》，紅學的小說批評旋又引起了讀者的注意。

我在本書第三章中已經指出，俞平伯的研究《紅樓夢》與胡適不同，胡適是歷史考證，他是文學考證，而且是與文學鑒賞結合起來的文學考證，一開始就包含有與小說批評派紅學合流的趨向。

顧頡剛在爲《紅樓夢辨》所作的序言裡，曾談到俞平伯當時想辦一個研究《紅樓夢》的月刊，組稿內容包括：（一）把歷史的方法做考證的；（二）用文學的眼光做批評的㉔。俞平伯自己在《紅樓夢辨》的引論裡，追述一九二〇年和傅孟真一起乘船去歐洲，以《紅樓夢》作爲他們的海天中的伴侶，「孟真每以文學的眼光來批評他，時有妙論，我遂能深一層了解這書的意義、價值」㉕。可見俞先生運用小說批評的方法研究《紅樓夢》，有相當的自覺性。

《紅樓夢辨》有考證，有批評，但都不離開「本文」，即顧頡剛在序言中說的「我和平伯都沒找著歷史上的材料，所以專在《紅樓夢》的本文上用力」㉖。而考證和批評的重點，是後四十回續書。我們且看《紅樓夢辨》的作者爲批評後四十回所立的標準：

> 我在未說正文之前，先提出我的標準是什麼？高作四十回書既是一種小說，就得受兩種約束：(1)所敘述的，有情理嗎？(2)所敘述的，能深切的感動我們嗎？如兩個答案都是否定的，這當然，批評的斷語也在否定這一方面了。㉗

兩條標準都是小說批評所必須依據的標準，而不一定是考證的原則。因爲考證需要「斷感情」，自然不必考慮能否感動我們。特別《紅樓夢辨》中的《紅樓夢的風格》一文，更是完全「從文學的眼光來讀《紅樓夢》」㉘。平心而論，這篇文章對《紅樓夢》的藝術成就尚有估計不足的缺陷，一則曰置於世界文學中「位置是不很高的」㉙；二則曰《紅樓夢》的性質「與中國式的閒書相似，不得入於近代文學之林」㉚。這評價未免太低了。但俞平伯以一個作家的敏銳的鑒賞力，《紅樓夢》的真正妙處，他能夠會心獨賞。他說：「以我的偏好，覺得《紅樓夢》作者第一本領，是善寫人情。」㉛又說，「《紅樓夢》所表現的人格，其弱點較為顯露。作者對於十二釵，一半是他的戀人，但他卻愛而知其惡的。所以如秦氏的淫亂，鳳姐的權詐，探春的涼薄，迎春的柔懦，妙玉的矯情，皆不諱言之。即釵黛是他的真意中人了，但釵則寫其城府深嚴，黛則寫其口尖量小，其實都不能算全才。全才原是理想中有的，作者是面鏡子如何會照得出全才呢？這正是作者極老實處，卻也是極聰明處。」㉜這都是對《紅樓夢》極有體味的話，說中了作品的妙諦。

王國維肯定《紅樓夢》是悲劇中的悲劇，俞平伯也持相同的看法。他說：「《紅樓夢》是一部極嚴重的悲劇，書雖沒有做完，但這是無可疑的。不但寧、榮兩府之由盛而衰，十二釵之由榮而悴，能使讀者為之愴然雪涕而已。若細玩寶玉的身世際遇，《紅樓夢》可以說是一部問題小說，試想以如此之天才，後來竟弄到潦倒半生，一無成就，責任應該誰去負呢？天才原是可遇不可求的，即偶然有了亦被環境壓迫毀滅，到窮愁落魄，結果還或者出了家。這類的酷虐，有心的人們怎能忍受不歎氣呢？」㉝同時也與民族的文化心理相聯繫，指出：「我們的民眾向來以團圓為美的，悲劇因此不能發達，無論哪種戲劇小說，莫不以大團圓為全篇精彩之處，否則就將討讀者的厭，束之高閣了。」㉞不知俞先生是否受了王國維的啓發，他們對《紅樓夢》所做的小說批評，達成了一致的結論。

至於他提出的《紅樓夢》是一部「怨而不怒的書」㉟，一九五四年曾遭到批評，現在看來，這批評是欠公正的。須知，俞平伯先生談的是《紅樓夢》的風格，即藝術表現上的特點，我們不好另外用一個政治概念來衡度。他說：「纏綿悱惻的文風恰與之相反，初看時覺是淡淡的，沒有什麼絕倫超群的地方，再看幾遍漸漸有些意思了，愈看得熟，便所得的趣味亦愈深永。所謂百讀不厭的文章，大都有真摯的感情，深隱地含蓄著，非與作者有同心的人不能知其妙處所在。」㊱我們讀《紅樓夢》——不是一般地翻看，而是多看上幾遍——不是也有同樣的體會嗎？《紅樓夢辨》最後一篇文章，是十則讀《紅樓夢》札記，作者在第九則札記中進一步談到《紅樓夢》的藝術風格，寫道：

此書的好處，以我看來，在細而不纖，巧而不碎，膩而不粘，流而不滑，平淡而不覺其乏味，蕩佚而不覺其過火；說得簡單一點，「恰到好處」，說得figurative一點，是「穠不短纖不長」。此《紅樓夢》所以能流傳久遠，雅俗共賞，且使讀者反覆玩閱百讀不厭；真所謂文藝界的尤物，不托飛馳之勢，而自致於千里之外的。古人所謂「桃李不言，下自成蹊」，實至則名歸，決不容其間有所假借。我們看了《紅樓夢》，便知這話的不虛了。㊲

我們讀著俞平伯先生的娓娓論述，只覺得他藝術鑒賞的眼光敏銳，體味深細，筆致雋永，恰如分際。如果說王國維的小說批評，主要是側重從美學的角度說明《紅樓夢》的悲劇意義，俞平伯的批評則是鑒賞式的，有理論闡述，卻不離開本文，重視從整體藝術風格上把握作品，在藝術領悟方面，比王國維又進了一步。

《紅樓夢》的後四十回續書應如何評價？這直接涉及文學考證。《紅樓夢辨》中的不少篇文章，都是細心考證這一問題的，如《辨原本回目只有八十》、《高鶚續書的依據》、《後四十回的批評》、《高本戚本大體的比較》等，基本上都是考證文字。但如前所說，俞先生所做的是文學考證，是與小說批評結合在一起的，所以他在比較前八十回與後四十回文字異同的同時，更從藝術創作的特徵出發，得出「凡書都不能續」㊳的結論。他說：

凡好的文章，都有個性流露，愈是好的，所表現的個性愈是活潑潑地。因爲如此，所以文章本難續，好的文章更難續。爲什麼難續呢？作者有他的個性，續書人也有他的個性，萬萬不能融洽的。不能融洽的思想、情感和文學的手段，卻要勉強去合作一部出，當然是個「四不像」。故就作者論，不但反對任何人來續他的著作，即是他自己，如環境心境改變了，也不能勉強寫完未了的文章。這是從事文藝的應具的誠實。

至就續者論，他最好的方法，是拋棄這個妄想；若是不能如此，便將陷於不可解決的困難。文章貴有個性，續他人的文章，卻最忌的是有個性。因爲如果表現了你的個性，便不能算是續作；如一定要續作，當然須要尊重作者的個性，時時去代他立言。但果然如此，阻抑自己的才性所長，而俯仰隨人，不特行文時如囚犯一樣未免太苦，且即使勉強成文，也只是「屍居餘氣」罷了。

我認爲沒有什麼人能夠反駁俞先生的觀點，因爲他是依據藝術規律進行論證的，而後來的事實，進一步證實了他的觀點。雖然想續寫《紅樓夢》者代不乏人，迄今爲止，沒有一個成功的，連程、高補作的水平也達不到。此無他，就是俞先生講的：「凡書都不能續，不但《紅樓夢》不能續；凡續書的人都失敗，不但高鶚諸人失敗而已。」㊴ 也就是藝術規律不能違背。由此可以看到，使用小說批評的方法研究《紅樓夢》，有考證不可替代的作用，因爲這種方法在理論上具有說服人的力量，可以彌補單證的不足。

俞平伯治紅學的初衷，似乎也是在追求一種文學考證和小說批評的結合。顧序講的他們主要在「本文上用力」，固是一證，俞先生在《紅樓夢辨》的附錄札記中，更反覆致意。一則說：「考證雖是近於科學的、歷史的，但並無妨於文藝底領略，且豈但無妨，更可以引讀者做深一層的領略。」㊵ 二則說：「我們可以一方做《紅樓夢》的分析工夫，但一方仍可以綜合地去賞鑒、陶醉；不能說因爲有了考證，便妨害人們的鑒賞。」㊶ 三則說：「考證和賞鑒是兩方面的觀察，無衝突的可能。」㊷ 四則說：「考證正是遊山的嚮導，地理風土志，是遊人所必備的東西」，因此「要蕩瑕滌穢，要使讀者得恢復賞鑒的能力，認識那一種作品的廬山真面」。㊸ 說得再明白不過了。從前我們不理解俞平伯先生的苦詣孤心，或者對他的書讀得不細，誤認爲他的考證和胡適一樣，沒有看到他對紅學的獨特追求，失之交臂而不自知，確是一件殊可遺憾之事。

值得注意的是，俞先生在一九二五年所寫的《紅樓夢辨的修正》一文。這篇文章的具體背景，我們已經無法查考了，審其行文語意，當是有所爲而發。請看下面的措詞：

> 小說只是小說，文學只是文學，既不當誤認做一部歷史，亦不當誤認做一篇科學的論文。對於文藝，除掉賞鑒以外，不妨做一種研究；但這研究，不當成為歷史的或科學的，只是趣味的研究。歷史的或科學的研究方法，即使精當極了，但所研究的對象既非歷史或科學，則豈非有點驢唇不對馬嘴的毛病。我不說那些方法不可參用到趣味的研究上去；我亦不是說趣味的研究另有一種妙法，可以傳人。我說欣賞文藝時附帶一點研究，亦只是逢場作戲而已，若拿了一把解剖刀來切割，恐怕割來割去了無所得。這不怪你的手術欠佳，或你的寶刀欠快，只是「割雞焉用牛刀」耳。㊹

不僅是有所爲而發，字裡行間，已頗有些牢騷了。強調《紅樓夢》研究不是歷史的或科學的研究，而是趣味的研究，好像針對的是胡適，或者至少表示了與胡適提倡的科學考證不盡相同的見解。但何以隱忍著一股不平之情，就難以懸揣了。接下去俞先生又寫道：

> 趣味的研究既沒有特殊的妙法，則何以區別於其他？我說，這種研究其對象和方法都不是固定的。如果你把研究釋為求得固定的知識，則它或本不成為研究，即說是在那邊鬧著玩亦可。我只自己覺得——毫無理由的直覺——這種研究大可存在。我們平心靜氣地仔仔細細地觀察一件事，希望能夠恰到好處（face the fact as it is），不把複綜的密縷看做疏剌剌

的幾條，不把渾圓的體看做平薄的片。我們篤信自己觀察的是，但同時了解而承認他們應有他們的是處。人各完成其所謂是，而不妨礙他人的。這或是一般研究的方法所共有，但我以為在今日此地，實有重新提示一番的必要。做趣味的研究者，能謹守這些陳言更能不貴鹵莽的獲得而尚縝密的尋求；我以為即獨標一幟，不為過誇。㊺

看來，也許當時有人對俞平伯的研究方法有微詞，比如指摘他的研究爲趣味的研究，而不是科學的研究等等，所以他才有上述議論，目的是爲了自辯。所謂趣味的研究，就是滲透著賞鑒的小說批評，不爲考證家所重，勢屬必然。小說批評作爲一種研究方法，當然不同於考證，但兩者是可以統一的，俞平伯堅持的就是統一的觀點。他的意思是，如果有人一定認爲考證和小說批評不能互補，那末對不起，就讓我們各人完成自己的，不要否定別人，妨礙別人。話雖這麼說，由於小說批評的地位在當時並不穩固，他對只強調考證的風氣甚爲不滿，所以下面又說：「《紅樓夢》在文壇上，至今尙爲一部不可磨滅的傑構。昔人以猜謎法讀它，我們以考據癖氣讀它，都覺得可憐而可笑。」㊻ 初看似自省，實際上有具體的嘲諷目標。我認爲俞先生是在不遺餘力地爲小說批評派紅學辯護。「不要把圓渾的體看做平薄的片」，是西方小說批評的慣用觀念，俞平伯在文章中忽插入此語，不知是來源有自，還是自己感發，暗與理合。無論哪種情況，都表明他的小說批評已帶有一定的現代意味。此文寫在他歐行歸來之後，在文學觀念和批評方法上受西方小說批評的影響，也是情理中事。

至於俞平伯一九四九年以後寫的紅學文章，除一部分專門考證版本者外，包括一九五四年發表的《紅樓夢簡論》和在香港《大公報》連載的《讀紅樓夢隨筆》㊼，絕大多數都可納入小說批評的範圍。他所追求的是一種趣味研究，也就是小說批評與文學考證的融合。如果說考證派紅學的集大成者是周汝昌，那末，俞平伯應該是小說批評派紅學的始終不渝的身體力行者。

考證派紅學籠罩下的小說批評派紅學

王國維開其端的小說批評派紅學，命途多舛，剛一誕生，便有王夢阮和沈瓶庵以及蔡元培、鄧狂言等索隱派著作相繼問世，接著便是胡、蔡論戰，考證派紅學的壓倒優勢於是形成。所以王國維的《紅樓夢評論》，並沒有在社會上引起多大反響。俞平伯的紅學研究，因爲代表的是小說批評與文學考證的結合，雖然在社會上有影響，人們卻沒有理解他的特殊研究方法，誤認爲與胡適的考證毫無二致，儘管如此，他似乎還感受到一定的壓力，因而在《紅樓夢辨的修正》一文中自爲回護。可見受考證派紅學籠罩的小說批評派紅學，處境是何等艱窘。

當然在胡適發表《紅樓夢考證》之前，梁啓超倡導小說界之革命，談論小說一時蔚爲風氣，有的專論《紅樓夢》的文章，已與我們所說的小說批評非常相似。一九一五年《小說海》上刊載的季新的《紅樓夢新評》㊽，方法基本上還未能擺脫評點式，但持論甚深邃，對《紅樓夢》的反封建的思想內涵多有闡發，論點相當大膽。即如文章在提出寶玉一生鍾情於黛玉，而又往往濫及其情於旁人，此不足爲訓之後，對各種婚姻制度有一段爬羅剔抉的議論。先是撻伐一夫多妻制：「若一夫多妻之制，直視女子如飲食之物。八大八小，十二圍碟，樣樣不同，各有適口充腸之美，下箸既頻，又欲辨其味，大嚼之後，便已棄其餘，直不視爲人類，又何愛情之有？」然後泛論婚姻制度本身：

> 推而極之，則婚姻之制度亦為愛情之障礙。蓋多妻之制，以女子為飲食物，固是私心；一妻之制，以女子為珍寶，亦是私心。
>
> 西人斥多妻者之言曰：「汝有鑽石如此，將以之嵌戒指乎？抑將捶為無數之碎顆乎？」此以喻愛情之宜專也。殊不知視婦女為珍寶之心，皎然如見，此不可為諱者也。
>
> 中國之俗，結婚不得自由。西國之俗，結婚得自由矣，而離婚不得自由……誠以婚姻者以愛情為結合，愛情既渝，為婚姻自然當離也。於是社會學者，倡為廢去婚姻制度之說……以余論之，男女相合之事約可分為四期。草昧之世，榛榛狂狂，男女雜媾，無所謂夫婦，此一期也。定以法制，以防淫縱，然野蠻故態，仍未盡去，於是有一夫多妻之制，又有一妻多夫之制，此為二期也。一夫一妻，著於法律，至於情夫情婦狎妓等事，只能以道德相規，不能以法律相繩，此第三期也。為離為合，純任愛情，此第四期也。以理言之，自以第四期為最宜；然必俟其男女道德皆已臻於純美，又知以衛生為念，然後可行，

否則將複返於榛狂之世矣。法制者，道德之最低級，使不肖者歧而及之者也。因世界多不肖之人，不得已設為法律以制之，使不肖不絕跡於世，則法制終不可廢。故今日為計，仍以一夫一妻制最為合宜。

此一系列觀念，我們在恩格斯的《家庭、私有制和國家的起源》一書中，可以找到依據，立說既大膽，又平實，放在七十年後的今天，也沒有過時之感，反證出中國社會發展之緩慢。作者隨後又提倡，愛情一是要自由，一是要平等，須「自重其愛情，尤當知重他人之愛情」。因此他聯繫《紅樓夢》的有關描寫，認爲寶玉的「濫用其情」，便不是以平等爲根基的。結論是令人信服的。

季新的《紅樓夢新評》，更多地是從社會改良的角度來剖解《紅樓夢》，主觀注入的思想多，客觀分析作品不夠。一九一四年《中華小說界》發表的成之的文章㊾，在思想上多有王國維《紅樓夢評論》的遺緒，也具有一定代表性；不過主要是解釋第五回的一支支《紅樓夢曲》，見地雖不乏有，可是又認爲《紅樓夢》中的人物各「代表主義」，則未免太鑿。他們近似於小說批評，還不能說是完全的小說批評。

一九二〇年《小說月報》刊載的署名佩之的《紅樓夢新評》㊿，則是具有代表性的小說批評文章。全文共分六個部分：一、緒言；二、《紅樓夢》主義；三、《紅樓夢》在文學上的價值；四、《紅樓夢》的人生哲學；五、《紅樓夢》人物新評；六、《紅樓夢》的缺點。作者首先指出，對《紅樓夢》的看法，各人有各人的眼光，有的當言情小說看，有的當哲學小說看，有的當歷史掌故小說看，有的當政治小說看。他的目的，是想以批評的態度「重新給他一個價值」。於是他提出《紅樓夢》是描寫和批評社會問題的小說，包括婚姻問題、納妾問題、子女教育問題、弄權納賄問題、作僞問題等等，如看不到這些，便辜負了作書人的一片苦心。而批評社會所使用的方法，則是用客觀的態度描寫社會的實在情形，即如同明鏡一般，「把社會生活，一齊映照出來，令觀者徹底感悟」。所以佩之肯定《紅樓夢》是一部「極好的寫實派小說，別的小說，都趕他不上」；其文學上的價值，主要表現爲結構精密、筆墨純潔、描寫人物極細到。他說：「中國小說裡，善於描寫人物的，莫過於《水滸傳》。而《紅樓夢》一書，描寫人物之能力，實在不在《水滸傳》之下。黛玉有黛玉的品性言語，寶釵有寶釵的品性言語，決不會誤會的。《水滸傳》描摹一百零八個強盜，各人有各人的事業。各人的品性，便從他的事業裡摹擬出來，顯露出來。而《紅樓夢》所描寫的，無非是家常瑣碎的事情，要從家常瑣碎的事情裡，顯露出各人的品性，卻不容易。」又說：「書中摹寫各人的性格，尤以摹擬感情爲最擅長。寶玉、黛玉諸人，俱是富於感情的人。書中曲折寫出，沒有絲毫格格不入的地方。本來感情一物，不比他種，是不可以用言語摹擬的，用文字更是不易。作者卻能將至難的地方，一齊傳達出來。現在讀的人，都覺得寶黛諸人的感情，牢牢印在腦海之中，不易磨滅。作者的魔力，不可謂不大了。西洋小說裡面，描寫人物極工，若把《紅樓夢》裡人物，兩相比較，《紅樓夢》也不在它們之下。」

這些論述，把《紅樓夢》和《水滸傳》加以比較，又和西洋小說加以比較，是典型的小說批評的寫法，賞析之中，透露出邏輯的力量。文章在講到《紅樓夢》的缺點時，認爲不該寫太虛幻境的幾段神話，顯然是謬見，也許是過於強調寫實的價值所致，於全篇有小小的不諧調，但不影響仍是一篇頗見水平的、從小說批評的角度評論《紅樓夢》的文章。

還有吳宓的《紅樓夢新談》，與佩之的《新評》發表於同一年，載《民心周報》，也屬於小說批評範圍的文章[51]；而且直接援引西方小說觀念，認爲「凡小說之傑構，必具六長」，即宗旨正大、範圍寬廣、結構謹嚴、事實繁多、情景逼真、人物生動。作者依此「六長」爲繩墨，來評估《紅樓夢》，結果發現「處處合拍，且尙覺佳勝」。雖行文不無生硬之感，其爲小說批評無疑。使用這種方法，容易見出《紅樓夢》的文學和美學方面的價值。

我們可以設想，如果不是胡適的《紅樓夢考證》於一九二一年發表，小說批評派紅學會出現更好的勢頭。因上述季新、成之、佩之、吳宓的文章，都發表於一九二一年以前。胡適的《考證》問世後，情形爲之一變，人們爲胡、蔡論戰所吸引，隨之而來的是家世問題、本事問題、地點問題的討論，著眼於文學價值的小說批評，便退居其次了。這種狀況在整個二十年代都沒有多大改觀。一九二五年《清華文藝》發表的《讀王國維紅樓夢評論以後》[52]，及同年刊載於《晨報七周年紀念增刊》上的劉大傑的《紅樓夢裡重要問題的討論及其藝術上的批評》[53]，可以說是小說批評，但前者著眼於介紹王國維的《紅樓夢評論》，後者亦嫌過於簡略，創見不多。比較起來，還是魯迅一九二四年在《中國小說的歷史的變遷》的講演中，說的一段話，對小說批評派紅學甚具啓示意義。魯迅說：

至於說到《紅樓夢》的價值，可是在中國的小說中實在是不可多得的。其要點在敢於如實描寫，並無諱飾，和從前的小說敘好人完全是好，壞人完全是壞的，大不相同，所以其中所敘的人物，都是真的人物。總之自有《紅樓夢》出來以後，傳統的思想和寫法都打破了。——它那文章的旖旎和纏綿，倒是還在其次的事。但是反對者卻很多，以為將給青年以不好的影響。這就因為中國人看小說，不能用賞鑒的態度去欣賞它，卻自己鑽入書中，硬去充一個其中的腳色。所以青年看《紅樓夢》，便以寶玉、黛玉自居；而年老人看去，又多佔據了賈政管束寶玉的身分，滿心是利害的打算，別的什麼也看不見了。[54]

要言不繁，即使置諸今天，仍不失經典之論。這段話前面一部分，意在評價《紅樓夢》的思想和藝術成就，人們常引用；後一部分講《紅樓夢》的影響和中國讀者的欣賞習慣，於小說批評尤具理論意義。從中可以看出，中國小說批評的不發達，小說批評派紅學的不爲人所重，與中國人看小說的習慣，也有一定關係。

三十年代和四十年代，真正更加深入一步的小說批評派紅學的文章，有所出現，不過，我想著重介紹一下兩篇論文和兩本專著。

兩篇論文，一是牟宗三的《紅樓夢悲劇之演成》，連載於《文哲月刊》一九三五年一卷三期和一九三六年一卷四期；另一篇是陳覺玄的《紅樓夢試論》，一九四八年四月出版的《文訊》雜誌刊出。這是兩篇典型的從小說批評的角度，全面剖解《紅樓夢》的專門論文，理論上有一定深度，學術價值較高，在紅學史上應該有它們的位置，但過去被忽略了。

牟宗三的文章，一開始即提出，無論索隱派紅學還是考證派紅學，都不能實現對文學本身的理解與批評。索隱的結果，失掉了鑒賞文學的本旨；胡適的考證雖比較合理，與文學批評也不能同日而語。他說胡適對付的是紅學家的索隱，是紅學家圈子中的問題，不是文學批評家圈子中的問題。文學批評的態度，必須不離開作品本身。但同是文學批評，仍存在區別。有的作者只是歌詠讚歎《紅樓夢》的描寫技術，對書中所表現的人生見地和支持本書的思想主幹，卻少有談及。這樣的批評，牟宗三認爲還只是梢末文章，若純注意這些方面，流弊所及，容易變成八股式的文學批評法。鑒於此，他的文章著重分析《紅樓夢》悲劇之演成，以便從中發現人生見地和支持作品的思想主幹。第二回冷子興演說榮國府，賈雨村所說的天地生人，除大仁大惡之外，還有一類是間氣所鍾的，寶玉、黛玉即是此種人物。牟宗三提出：「《紅樓夢》之所以爲悲劇，也就是這第三種人的怪僻性格之不被人了解與同情使然。」㊺他具體分析道：

《紅樓夢》裡邊，沒有大凶大惡的角色，也沒有投機騎牆的灰色人……悲劇之演成，既然不是善惡之攻伐，然則是由於什麼？曰這是性格之不同，思想之不同，人生見地之不同。在為人工說，都是好人，都是可愛，都有可原諒可同情之處，惟所愛各有不同。而各人性格與思想又各互不了解，各人站在個人的立場上說話，不能反躬，不能設身處地，遂至情有未通，而欲亦未遂。悲劇就在這未通未遂上各人飲泣以終。這是最悲慘的結局。在當事人，固然不能無所恨，然在旁觀者看來，他們又何所恨？希臘悲劇正與此同。國王因國法而處之於死地，公主因其為情人而犯罪而自殺，其妹因其為兄長而犯罪而自殺。發於情，盡於義，求仁而得仁，將何所怨？是謂真正之悲劇。[56]

所得結論直承王國維的《紅樓夢評論》，而比王論證得更深細，全文九節，緊緊扣住作品的思想和人物，言不虛發。其論寶、黛、釵的性格尤堪玩味：

「他（指寶玉）這種思想性格是不易被人了解的，然而他的行爲卻令人可愛。大觀園的女孩子，幾乎無人不愛他。與他思想性格不同的薛寶釵也是愛之彌深。黛玉更不容說了，而且能了解他的，與他同性格的，也惟有一林黛玉。所謂同，只是同其怪僻，同其聰明靈秀，至於怪僻的內容，聰明靈秀的所在，自是各有不同。最大的原因就是男女的地位不同，因爲男女地位的不同，所以林黛玉的怪僻更不易被人理解，被人同情。在寶玉成了人人皆愛的對象，然而在黛玉卻成了寶玉一人的對象，旁人是不大喜歡她的。她的性格，前後一切的評論，都不外是：多愁善感，尖酸刻薄，心細，小脾氣。所以賈母便不喜歡她，結果也未把她配給寶玉。然而惟獨寶玉卻是敬重她、愛慕她，把她看的儼若仙子一般，五體投地地倒在她的腳下。至於寶釵雖然也令他愛慕，卻未到黛玉那種程度，那就是因爲性格的不同。寶釵的性格是，品格端方，容貌美麗，卻又行爲豁達，隨分從時，不比黛玉孤高自許，目無下塵，故深得下人之心。而且有涵養，通人情，道中庸而極高明。這種人最容易被了解被同情，所以上上下下無不愛她。她活脫是一個女中的聖人，站在治家處世的立場上，如何不令人喜歡？如何不是個難得的主婦？所以賈母一眼看中了她。她專門做聖人，而寶玉卻專門做異端。為人的路向上，先已格格不相入了。」

這些分析都切中肯綮。而賈府的環境，不可能理解寶、黛這對「藝術化了的怪物」，結果是黛死釵嫁，演成了《紅樓夢》中第一幕悲劇，牟宗三說這是思想性格和人性衝突的結果。第二幕悲劇是寶玉出家，在思想性格衝突之外，又加上一種無常之感，牟宗三認為其慘遠勝於黛玉之死。他在文末總結說：「有惡而可恕，啞巴吃黃連，有苦說不出，此大可悲，第一幕悲劇是也；欲恕而無所施其恕，其狠冷之情遠勝於可恕，相對垂淚，各自無言，天地黯淡，草木動容，此天下之至悲也，第二幕悲劇是也。」把一百二十回作為一個藝術整體來加以批評，而且高度評價程、高補作所完成的悲劇結局，甚至認為後四十回加強了全書的悲劇性，是牟宗三此文的特點。

陳覺玄的《紅樓夢試論》的特異之處，是聯繫清中葉的社會背景和時代思潮，來討論《紅樓夢》的思想內容，認為清代已進入中國封建社會的末期，城市經濟發展的結果，新興市民階層擡頭了，於是便需要有表現他們理想的新文藝。他說：

新的社會階層不滿於封建教條之束縛，而要建立自身的新文化，這就是對封建制度做鬥爭的新知識群之意識形態。其特徵就是人們自我之醒覺與發見，強調人類性去反抗封建的傳統，對抗中世紀禮教的人生觀，把人性從禮教中解放出來，於是有新型人性之新理論的建立，便形成了清初的啟蒙思潮。當時南方學者顧炎武、黃宗羲已提倡致用精神，北方學者顏元、李琳主張實踐主義，都是這種思潮的最初表現。[57]

因此文章提出了賈寶玉和林黛玉是新人形象的觀點，並列舉出表現在他們身上的八種新人特徵，即第一，迂闊怪詭，聰明靈秀之氣在千萬人之上；第二，任性所爲，無處不流露真情；第三，從根本上否定傳統遺教；第四，懷疑孔孟和朱子，動搖封建教條的中心思想；第五，一反舊日重男輕女之說，而重女輕男；第六，暴露門閥的醜惡；第七，反對封建等級制度下的以強凌弱；第八，對弱者富於同情心。這樣來概括賈寶玉等人物形象的思想特徵，可以說是發了五十年代以後許多文章的先聲，直到現在仍有不少研究者持此種看法。

陳覺玄的文章還指出，《紅樓夢》中所反映的新型人性意識的發展並不充分，原因是當時的商業資本必須依賴封建勢力爲後盾，雖不滿於封建勢力，又無法擺脫封建的羈絆，獲得獨立的發展。因此文章說：「在這樣的矛盾之下，作家們乃不能成爲自由的創造者，而不能不服從封建的特定的規律。既依據封建特權者所制定的規律來指導一切生活，故作者雖激情地創造出男主人公賈寶玉的形象，而又不能任他的意志自由發展。他銜了五彩晶瑩的一塊玉出生，象徵他一生的生命，而又常常爲了它生氣，幾次要拋棄它、砸碎它。後來它竟丟了，寶玉也就失去靈性，任人播弄了。」就是說，寶玉身上的弱點和局限，也與明清之際的社會背景及時代思潮有關。文章最後總結道：

在十八世紀上期——雍正末年間，吳敬梓所著《儒林外史》，只能暴露著舊社會的醜惡，尚未能憧憬到未來。由十八世紀中期到末期——乾隆三十年到五十年間，曹氏高氏所著的《紅樓夢》，隱約地看到了新的理想，而又為舊勢力所阻礙，終不能和它結合。這是由於當時市民層本身太軟弱了，他們雖滿懷著青春的理想，卻不敢向封建勢力正式挑戰，只好把熱情寄託在真假難分的夢想裡，遂以幻夢預定出人們的行為，而演著重要的角色，這仍是新舊社會嬗變期中智識者意識的表現，也就是全書的基調所在了。㊳

作者在文章中雖然沒有使用唯物史觀的字樣，也沒有以馬克思主義爲標榜，但基本上是以唯物史觀爲理論依據的，對《紅樓夢》的思想內容的闡述有一定理論深度，主要論點和理論思路被許多研究者所接受，五十年代及後來一些從同一角度研究《紅樓夢》的文章，包括影響很大的文章，在觀點上並沒有比這篇文章增加更多的新東西。所謂賈、史、王、薛四大家族的說法，這篇文章也提出來了，指出「四大家族，皆聯絡有親，一損俱損，一榮俱榮；他們既是皇親國戚，又是大地主兼高利貸者，同時又以官僚身分經營商業」㊴等等，這類一個時期成爲紅學文章的套語，原來也來源有自，不是後來論者的發明。由此可見這篇文章在小說批評派紅學的發展過程中，有不容忽視的作用。

兩本書，我指的是李辰冬的《紅樓夢研究》和王昆侖的《紅樓夢人物論》。前者初版於一九四五年，共五章：第一章是導言，申明對以往各種考證的態度及辨析《紅樓夢》前後的異同；第二章論述曹雪芹的時代個性及其人生觀；第三章分析寶玉、黛玉、寶釵、鳳姐、賈雨村、薛蟠六個人物形象；第四章從家庭、教育、政治與法律、婚姻、社會、宗教、經濟等方面，剖析《紅樓夢》的世界；第五章探討《紅樓夢》的藝術價值。大部分章節在成書前都曾發表過⑥⓪，成書時文字和篇章結構有所調整。

從小說批評的角度看，第五章最值得注意，因爲這一章充分評估了《紅樓夢》在藝術上的價值。作者寫道：「文學是藝術，無論用什麼主義或眼光來研究文學，末了，必得探討它的藝術價值，由這種藝術價值，決定它在文學中的地位。」⑥① 是的，這一點對小說批評更爲重要。李辰冬談了四個方面，即人物描寫、藝術結構、作品風格和情感表現，與世界上許多第一流的文學巨匠比較著談，處處緊扣作品本身，頗具說服力。他指出《紅樓夢》的作者既賦予人物以獨特的個性，又不把人物簡單化：

> 寫李媽媽的可厭，趙姨娘的無識，夏金桂的凶潑，晴雯的尖刻，賈政的道學，賈環的下賤，賈赦的尷尬，薛蟠的任性，迎春的懦弱，妙玉的孤高，襲人的佞巧，並非讓讀者卑視這些人，以這些人為戒；他所以寫湘雲的天真，賈母的慈愛，寶釵的貞靜，黛玉的多情，熙鳳的才幹，探春的敏慧，李紈的賢淑，賈蘭的好學，也並非讓讀者讚揚這些人，以這些人為模範。他只是平心靜氣，以客觀的態度，給每個人物一種性格，僅此而已。平心靜氣，客觀態度，唯善於移情的人，才能如此，且因為他善於移情緣故，最易捉住人物的靈魂，所以《紅樓夢》裡許多幾段或幾句話，就創造了一位不朽的人物。⑥②

大觀園中每個人物的室內陳設與主人性格的關係，爲後來許多紅學文章所津津樂道，李辰冬對此早有極細緻的分析，也是舉的探春、寶釵、黛玉三人住室的例子[63]。他還將外貌與心理相聯繫，證明曹雪芹不僅是一位心理學家，而且是一位生理和相術家。其論《紅樓夢》的風格則說：「將中國一切語體文的小說與《紅樓夢》比較之下，就知道它的文字，更較成功。其成功之由，因作者確實的向自然語言下功夫，且因善於移情關係，能體會每個人物應有的言談與語調，所以賈母有賈母的話，熙鳳有熙鳳的話，黛玉有黛玉的話，寶釵有寶釵的話，劉老老有劉老老的話。總之，因性格與年歲的不同，言談的腔調也同時而異。」[64]認爲《紅樓夢》標誌著語體文小說創作的成熟，給北京話一種「不滅的光榮」，是中國將來文字的模範。通過分析俗語和成語的運用，得出結論：「曹雪芹不止是一位偉大小說家，並且是中國惟一無二的語體散文家。他的文字從日常語言中來的，然較日常語言還要流暢，還要自然。換言之，就是他把語言美化了，即令是下等的話，一到他的手裡，就失了其卑賤性，而成爲一種美感。」[65]同時還正確指出，《紅樓夢》的風格是詩的風格。[66]

《紅樓夢》對情感的宣泄和文字的運用，達到高度圓熟，李辰冬比之爲玩手球的演員：「球在他的手裡，忽前忽後，忽左忽右，時而球停於頭，時而球立於腳，他的身上沒一處不可以停球，高低上下，莫不旋轉自如。好像球是爲他一個人預備的，因爲他真正握住了球的重心。曹雪芹對於中國文字，就有這種本領。他要喜，文字也喜，他要怒，文字也怒，他有多少情感，文字也有多少情感，在我們手裡是死的文字，一到他手，就生龍活虎，變化無窮。曹雪芹之偉大，不只由於環境，不只由於移情，而也由於善爲運用表現內心的文字。所以一部完善的作品，是內容與形式雙具的，缺一，不能謂之真正的傑作。」㊼他對曹雪芹的文學成就的總的估價是：

中國整個文化的精神，都集於曹家，而曹家的靈魂，又集於曹雪芹一人。因此，由曹雪芹一人，可以看出中華民族整個的靈魂。如果要說，但丁是義大利精神的代表，莎士比亞是英格蘭的代表，賽爾望蒂（即塞萬提斯——引者注）是西班牙的代表，歌德是德意志的代表，那末，曹雪芹就是中國靈魂的具體化。㊽

這與我們今天對曹雪芹的評價殊無不同。對王國維的《紅樓夢評論》，李辰冬非常重視，認爲是衡定《紅樓夢》的價值的一篇重要文章，把它與胡適的《紅樓夢考證》相提並論，反映出作者有意與王國維開創的小說批評派紅學相承繼。

王昆侖的《紅樓夢人物論》初版於一九四八年，署名太愚，一九六二年和一九六三年改寫了大部分篇章，一九八三年三聯書店重新出版。關於此書，我寫有長篇評論㊾，現摘抄一段總體評價，供讀者參考。

《紅樓夢人物論》的可貴之處，就在於作者不落考證派紅學和索隱派紅學的窠臼，摒棄了流行一時的古典文學研究方法，主要從作品本身出發，通過剖解人物形象，來闡發

《紅樓夢》的思想意義和藝術價值。

清末民初的研究《紅樓夢》的諸家中，重視人物形象分析的不在少數，如塗瀛的《紅樓夢論贊》，很大篇幅都是論贊的《紅樓夢》人物；西園主人的《紅樓夢論辨》，也有人物論部分。至於各種題紅詩，如煥明的《金陵十二釵詠》、姜祺的《紅樓夢詩》、周澍的《紅樓新詠》、黃金台的《紅樓夢雜詠》、王墀的《紅樓夢圖詠》和朱瓣香的《讀紅樓夢詩》等，更主要是品評人物，抒發感慨還在其次。但這些都是片斷的論述和偶拾瑣記式的看法，遠不如王昆侖同志的《紅樓夢人物論》系統。

李辰冬的《紅樓夢研究》和《紅樓夢人物論》寫作時間相近，設有《紅樓夢》重要人物的分析專章，不乏有價值的見解，但也不能和《紅樓夢人物論》相比。就對《紅樓夢》人物形象分析的透闢和具有系統性來說，王昆侖同志的《紅樓夢人物論》，在解放前出版的紅學著作中，堪稱首屈一指，一九四八年國際文化服務社出版的《紅樓夢人物論》，由十九篇文章組成，重點論述的人物有襲人、晴雯、秦可卿、李紈、妙玉、惜春、紫鵑、芳官、探春、平兒、小紅、鴛鴦、司棋、尤三姐、王夫人、邢夫人、尤氏、趙姨娘、賈母、劉老老、王熙鳳、賈政、賈敬、賈赦、賈珍、賈璉、賈芸、賈環、門子、焦大、茗煙、柳五兒母女、齡官、傻大姐、史湘雲、薛寶釵、林黛玉、賈寶玉等三十八人，《紅樓夢》的主要人物形象都包括在內了。而且由於作者運用了先進的思想作為研究人物的指導，重視《紅樓夢》中被統治者和統治者兩類不同人物的思想分野，對逆歷史潮流而動的統治者形象，不僅進行分析和評論，也在進行揭露和鞭撻，對代表新生力量的人物形象則一往情深的加以讚頌，因此使《紅樓夢人物論》成為一部具有鮮明思想政治傾向的論著。其中《賈府的老爺少爺們》、《王熙鳳論》等篇裡的痛快淋漓的剖析，既是在論述《紅樓夢》這部古典小說裡的人物，也是指斥橫行於當時的反動勢力。

《紅樓夢人物論》主要是從政治的、歷史的、思想的和道德的角度，來分析和評述《紅樓夢》裡的人物，從美學的角度加以評析則顯得不夠。這是本書的缺點，也是本書的特點。一九六二年王昆侖同志重新改寫《紅樓夢人物論》時，對特點有所發揚，對缺點有所是正。

小評批評可以有不同的角度和方法，《紅樓夢人物論》的不足之處，不妨礙它成爲小說批評派紅學的一部代表性著作。

五十年代以後的小說批評派紅學：枝葉與花果

紅學進入五十年代，開始了自有紅學以來最不尋常的經歷。不論是胡、蔡論戰，還是考證派紅學在材料方面驚喜的發現，影響的範圍都是在學術界之內。只有五十年代初期環繞俞平伯先生的《紅樓夢》研究展開的討論，波及到了整個社會，甚至影響到國家的政治生活。

就紅學的發展來說，這當然是不正常的。但筆者無意重新探究那場討論的前因後果，更不想對學術以外的現實政治因素細加辨析。只願指出，如果單純從學術的層面著眼，當時對俞平伯的研究紅學的角度和方法，存在很大的誤解。李希凡和藍翎在批評俞平伯的第一篇文章中，即表示不贊成把考證的方法運用到藝術形象的分析上，認爲：「考證的方法只能在一定的範圍內活動，辨別時代的先後及真僞。俞平伯先生卻越出了這個範圍，用它代替了文藝批評的原則，其結果，就是在反現實主義和形式主義的泥潭中愈陷愈深。」⑩顯然沒有將俞平伯的文學考證和胡適的歷史考證區別開來，忽視了俞先生所追求的小說批評與文學考證合流的特徵，這是非常大的誤解。

誤解的後果是多重的。俞先生本人固然因誤解而蒙冤，障蔽了讀者對他的紅學研究的理解，就研究方法而言，則使考證與小說批評分道揚鑣。從作品出發的文學考證，和小說批評原無矛盾，包括分析藝術形象，也可以輔之以考證的方法。現在視兩種方法如水火冰炭，以爲絕對不能相容共濟，必然造成對文學考證和小說批評的兩傷。但另一方面，由於對俞平伯的批評發展到對整個紅學考證派的批評，帶有向占主流地位的考證派抗爭的性質，客觀上可以爲小說批評派紅學的發展造成有利的環境。

事實上，五十年代以後，依據小說批評的原則和方法研究《紅樓夢》，是暢行無阻的。正是在這種有利的環境之下，小說批評派紅學枝葉日趨繁茂，結出了較豐碩的果實。

李希凡、藍翎的《紅樓夢評論集》，收論文十七篇，是作爲參加一九五五年至一九五六年《紅樓夢》討論的成果，由作家出版社於一九五七年出版的⑦①。這本書大致可分爲兩部分：第一部分包括《關於「紅樓夢簡論」及其他》等九篇文章，以思想論爭爲主；第二部分八篇文章，側重於正面立論。今天看來，第二部分更有學術價值，基本上運用的是小說批評的方法，比較全面地闡述了《紅樓夢》思想成就和藝術特徵，對賈寶玉典型形象的意義和《紅樓夢》思想傾向的辨析，堪稱一家之說。他們反覆說明，賈寶玉的身上存在著新的因素，具體地說就是個性解放的內容，這與明、清之際因社會結構的變化而產生的進步思潮相互輝映。因此寶、黛的悲劇是「社會的人的悲劇，而不只是個人的悲劇」。⑦②

就立論的基點來說，與上面提到的陳覺玄的《紅樓夢試論》，當然不無重合之處，但他們對這一思想的探討在理論上又深入了一步，論證顯得更加堅實。例如對賈寶玉的形象內涵和思想動因，他們分析道：

> 賈寶玉以一個叛逆者的光輝形象，出現在腐朽的散發著霉爛臭氣的封建貴族生活的環境裡，出現在死抱著頑固的道統形式的封建統治者的人群中，出現在毀滅著生活的美和理想的吃人的禮教制度面前，這種現實與他的生活直接而密切地聯繫著。他的反抗也只能從這裡開始，因而他所提出的要求也就最突出鮮明地表現出與這種現實直接對立的色彩。他的要求雖不可能是自覺地代表著但在客觀上卻體現著符合著社會的進步要求。他反對籠罩

著生活的壓迫、痛苦、哀傷、犧牲的煙霧，追求貫串著愉快、歡笑、青春、幸福的基調的合理的人生——不僅是在愛情領域裡，而且是在整個生活領域裡。透過這種要求鮮明地反映出了人生的道路問題。

　　它表明了封建社會所規定的人的生活不是真正的人的生活，而是奴隸的生活。真正的人的生活應該是平等自由的，不受任何干預而獨立地發展自己的個性。就歷史的性質說，這明顯地具有了與封建社會不同的新的意義，標誌著個性的覺醒與要求個性的解放，這是賈寶玉悲劇性格中最根本的也是決定性的因素。

　　在那樣一個強大的現實的壓力之下，賈寶玉體現出了這種要求，絕不能解釋爲個別的偶然的現象，而是反映著歷史發展的要求下的新課題。[73]

小說批評的特點，一是要求從作品出發，二是在進行批評時要有文學觀念和文學理論的依據。李希凡和藍翎所依據的，從根本上說是唯物史觀，因此他們重視時代思潮和社會經濟結構的變化對作品的影響。但對小說批評派紅學的發展最有裨益的，是他們提出的作家的世界觀和創作的矛盾問題。

俞平伯喜歡探尋作者的作意，就小說批評來說，當然是必要的；但有時過分執著於作者的隻言片語，沒有把作者的主觀思想和《紅樓夢》的客觀意蘊適當區分開來，這是他的偏頗之處。李希凡和藍翎則強調形象大於思想，認爲曹雪芹的現實主義創作，必須依據生活的邏輯和藝術規律，結果會戰勝世界觀中某些落後的東西。他們把曹雪芹與巴爾扎克加以比較，並引用恩格斯的話，證明《紅樓夢》作者也獲得了現實主義的偉大勝利(74)。我認爲這是在那場討論中，他們提出並加以論證的最有價值的理論觀點，可以成爲使小說批評深化的永久性的話題。

劉大傑的《紅樓夢的思想與人物》出版於一九五六年，在時間上比李希凡、藍翎的《紅樓夢評論集》還要早些。書中包括《紅樓夢引論》、《賈寶玉和林黛玉的藝術形象》、《薛寶釵的思想本質》、《探春的道路》、《晴雯的性格》、《尤三姐的悲劇》等六篇論文，其中《紅樓夢引論》寫於一九五三年十二月，當時大討論尚未開始。由於作者是古典文學根底很深厚的文學史家，又不乏新穎的文學觀念，因此對《紅樓夢》的思想和人物所做分析，常常一語中的，言簡意賅。此書的出版，爲小說批評派紅學添了光輝。

關於《紅樓夢》悲劇的美學價值，向來是小說批評派紅學注意的中心，劉大傑對此提出了自己的看法：「《紅樓夢》這一悲劇的歷史意義與藝術價值，絕不是單純建築在賈寶玉、林黛玉戀愛失敗的基礎上，同時是建築在揭露封建制度與貴族家庭的腐爛與罪惡上。由於貴族家庭種種的腐爛與罪惡，由於封建統治集團的窮奢極欲的荒淫生活，結果是應了秦可卿所說的樹倒猢猻散的預言，使《紅樓夢》在結構上一反舊有小說戲曲的大團圓形式，而創造了極高的悲劇的美學價值。」(75)在分析賈寶玉的性格特徵和思想歷程時，他寫道：

> 賈寶玉生活在那個前呼後擁花團錦繡的大觀園裡，他始終是孤獨的、寂寞的、苦痛

的，他時時在尋求自由，想飛到園子外邊的天地裡去，在兩百年前，他找不著道路，找不著方向，他感到的只是窒息和空虛，他有時到佛經裡去求安慰，有時又到莊子裡去求解脫，那一些舊時代的殘骸和虛無的陰影，畢竟不能醫治這位青年的苦悶。

賈政罵他的兒子為逆子，不錯，寶玉的思想自然是沒有完全越過舊時代的範疇，但在賈家、在賈政的眼裡，他確是一個逆子。在他的行為和思想中，確實隱伏著一股對封建社會反叛的精神的潛流。他反對代表封建秩序封建道德的父親，他輕視那些霸道荒淫的哥哥嫂嫂，他看不起科舉功名，他說做八股文是祿蠹，是庸俗無恥，他反對父母包辦的婚姻，他同情那些天真爛漫的少女。

這位在大觀園裡橫衝直撞的青年騎士，唯一的知己就是林黛玉。因此，他全心全意地想奪取林黛玉的愛情，作為追求生活的自由和個性解放的道路。他雖說把那塊掛在頸上的實際是封建婚姻的象徵的寶玉，幾次摔到地上，想用力去砸碎它，然而是砸不碎，大家包圍他防護他，結果那塊玉仍然是套在他的頸子上。在《紅樓夢》裡，賈寶玉對於他的封建家庭，確實打過幾次衝鋒，結果是無法戰勝那惡劣的環境，無法跳過那重重的陷阱，終於受了滿身的傷。最後在失戀、苦痛、絕望的過程中，走上了逃避的出家的道路。他用了這條道路，對於封建社會的富貴功名倫理觀念和其他的一切，作了消極的否定。[76]

把賈寶玉的思想特徵以及他在大觀園內外所處的地位，包括他的掙扎和挫折、尋求和悲哀，描述得非常準確，可以起到幫助讀者把握賈寶玉這個典型形象的思想內涵的作用。對林黛玉，劉大傑先生也把握得相當準確，他認爲：

> 林黛玉這一悲劇典型，是中國古典文學裡出現的最優秀的婦女典型。在中國幾千年來的封建社會裡，在封建社會古典文學裡，我們看見了許多苦痛的優良的婦女形象，但是在她們的身上，總令人感到缺少這一點或那一點什麼東西。《紅樓夢》的作者，以精巧無比的藝術筆力，選擇、比較、概括、綜合過去婦女們的各種特徵，精心結構地創造出來這個完整的新型的典型環境中的典型性格。她有高度的文學天才，清醒的哲學頭腦，高尚的情操，真摯的熱情，她鄙視封建文化的庸俗，她詛咒八股功名的虛偽，她不諂上驕下，不貪圖富貴，她用生命來爭取她的理想，不屈服不投降，不同流合污，為了堅持自己完整的人格與幸福的愛情，她鬥爭到最後一分鐘。在她的頭腦裡，我們看見了劉蘭芝、李清照、朱淑貞、崔鶯鶯、杜麗娘各種靈魂各種智慧或多或少地點點滴滴的交流。在這種意義上，這一典型形象，是長期封建社會婦女們的才華與苦痛的總結。(77)

突出林黛玉的文學天才，並把她放在中國古典文學一個個具有優美的靈魂和過人智慧的女性群體中，做縱向的比較，在比較中闡述新的文學典型的悲劇意義，劉大傑之前，這樣做的研究者並不多見，應該說，這於小說批評派紅學的建設是有貢獻的。

劉大傑先生對寶釵、探春、晴雯的論述，也頗有獨到之處，他是明確指出探春的思想本質在於維護封建利益的研究者，後來常談的探春走的是改良主義的道路，也是他提出的。《晴雯的性格》一篇，寫得文情並茂，快意盎然，完全可以和王昆侖的《晴雯之死》媲美。還有尤三姐，寫得一往情深，酣暢淋漓，似乎格外喜愛這個人物。讓我們引錄兩段論述，與讀者共同賞鑒。一段是開頭，劉大傑寫道：

《紅樓夢》的讀者，有誰不同情尤三姐的悲劇命運？有誰不為她的光輝形象反抗精神而感泣的呢？黛玉的死令人恨，晴雯的死令人悲，鴛鴦的死令人歎息；尤三姐的死，是一股壯烈的情流，電一般地通過你全部的神經，一面是令人感到深切的苦痛，同時又使你體會到一種愉快的顫慄。正如一線生命的火花，爆炸開來，衝破黑暗的夜空，閃耀著動人的光彩。⑱

另一段在結尾外，寫道：

尤三姐這樣年輕，這樣嬌嫩；但是她勇敢、她果斷，真如身經百戰的武士，在金鳴鼓震的沙場上，衝鋒陷陣，進退自如，手執寒光四射的鴛鴦劍，時時在注視周圍的環境和自己的命運，一旦被黑暗的勢力緊緊包圍，真的無路可退的時候，她毫不遲疑地拔出劍來，刺破自己的喉頭，讓喉管中流出來的鮮血，向世人證明她的肉體、靈魂有如冰清玉潔一般的乾淨和純真。她要在破滅中求完整，黑暗中求光明，在無情的社會中求有情。在封建社會中，為求得愛情的真實，為求得婦女品質的完美，她付出了這樣高的代價。⑲

這樣論述，自然根據的是百二十回本的改筆，尤三姐沒有淫奔行爲，劉大傑認爲改得好，人們更喜愛這一形象了，高鶚是有功的。但《紅樓夢》創作過程及版本流傳中的這一疑案，究竟真相如何？所謂改筆，是否出自高鶚之手？還是雪芹自行修改的，程、高在多方搜羅中得到了這部分修改稿？因材料缺乏，已不可完全考知。紅學界對這一疑案歷來有不同看法，有的說脂評系統的本子未經修改，文字表達更好，有的認爲回目和文字都做了改動的程、高本好⑳。要之，作爲一說，劉大傑先生完全可以像上面那樣論述。

我覺得《紅樓夢的思想與人物》是很見水平的一本紅學論著，雖然全書僅五萬字，但不影響其具有較高的學術價值。可能由於出版不久，政治思想方面的反右就開始了，此後又沒有再版的機會，所以成了一個時期被冷落的著作。該書的不足之處是，認爲《紅樓夢》的思想基礎，「是建築在農民力量的基礎上，是建築在農民的生活思想的基礎上」㉑，生硬地去套封建社會的主要矛盾，顯然是不能成立的。可惜作者已經作古，否則當再版的時候，他也許不再堅執此說，而加入新的改筆也未可知。

何其芳的《論紅樓夢》，也是一九五六年竣稿，發表在一九五七年出版的《文學研究集刊》第五冊上，一九五八年收入《論紅樓夢》一書。這是一篇長達七萬字的專門論著，標誌著小說批評派紅學在五十年代中期的發展，在紅學史上佔有一定位置。

爲了引導讀者順利無礙地進入《紅樓夢》的藝術世界，文章一開始便從自己的感受出發，用濃重的筆調，描述出作者認識和理解《紅樓夢》的過程。他說：「我們少年時候，我們還沒有讀這部巨著的時候，就很可能聽到某些年紀較大的人談論它。他們常常談論得那樣熱烈。我們不能不吃驚了，他們對它裡面的人物和情節是那樣熟悉，而且有時爆發了激烈的爭辯，就如同在談論他們的鄰居或親戚，如同爲了什麼和他們自己有密切關係的事情而爭辯一樣。

後來我們自己讀到了它。也許我們才十四歲或十五歲。儘管我們還不能理解它所蘊含的豐富的深刻的意義，這個悲劇仍然十分吸引我們，裡面那些不幸的人物仍然激起了我們的深深的同情。而且，我們的幼小的心靈好像從它受過了一次洗禮。我們開始知道在異性之間可以有一種純潔的癡心的感情，而這種感情比我們周圍所常見的那些男女之間的粗鄙的關係顯得格外可貴、格外動人。

時間過去了二十年或三十年，我們經歷了複雜的多變化的人生。我們不但經歷了愛情的痛苦和歡樂，而且受到了革命的烈火的鍛煉，我們重又來讀這部巨著，它仍然是這樣吸引我們——或許應該說更加吸引我們。我們好像回復到少年時候。我們好像從裡面呼吸到青春的氣息。那些我們過去還不能理解的人物和生活，已不再是一片茫然無途徑可尋的樹林了。這部巨著在我們面前展開了許多大幅的封建社會的生活的圖畫，那樣色彩眩目，又那樣明晰。那樣眾多的人物的面貌和靈魂，那樣多方面的封建社會的制度和風習，都栩栩如生地再現在我們眼前。我們讀了一遍又一遍。我們每次都感到它像生活本身一樣新鮮和豐富，每次都可以發現一些以前沒有覺察到的有意義的內容。」

而所以能夠如此，是因爲偉大的作品「能獲得不同年齡和經歷了不同生活的廣大的讀者群的衷心愛好；它能夠豐富和提高我們的精神生活；它能吸引我們反覆去閱讀，不僅因爲它的藝術的魅力像永不凋謝的花一樣，而且因爲它蘊藏的意義是那樣豐富、那樣深刻，需要我們去做多次的探討，然後可以比較明瞭。」㊸

只有用小說批評的方法，作者才可以這樣投入進去，進行淋漓盡致的發揮，考證和索隱則不能這樣做。當然也由於何其芳是詩人，他以詩心尋求文眼，使他的文字充滿感情色彩。他認爲賈寶玉和林黛玉的悲劇是雙重的悲劇，即愛情的悲劇和叛逆者的悲劇，寶玉是叛逆思想和叛逆行爲的集中表現者，黛玉一方面表現爲叛逆，一方面又是中國封建社會不幸女子的典型，性格上帶有強烈的悲哀和愁苦的色彩。寶、黛戀愛的特點是以互相了解和思想一致爲基礎，但表達愛情的方式和實際行動，並沒有突破封建禮教的限制，還帶有明顯的封建社會戀愛的特徵，與近代的和現代的戀愛不同，和封建社會下層人民中間的戀愛亦有差異。

對《紅樓夢》思想傾向問題討論中的市民說，何其芳深表懷疑，認爲這是搬用歐洲歷史的某些結論來解釋中國思想史和文學史。他說：「中國封建社會發展到它的末期，它的黑暗和腐敗日益顯露，必然要激起廣大的人民以及一部分封建統治階級內部分化出來的知識分子的不滿和反對，而長期存在的民主性的思想傳統和現實主義的文學傳統，包括最初是從市民社會生長起來的白話小說的傳統，也必然要在這樣社會條件下發展，而且這種發展必然要在文學上得到新的傑出的表現。」[84]他說這樣解釋比市民說要合理些。農民說，何其芳自然也不贊成。他的看法是，《紅樓夢》作者的基本立場是封建地主階級的叛逆者的立場，但同時也反映了一些人民的觀點。[85]

關於薛寶釵，何其芳不否認這是一個頭腦裡充滿封建思想的女性形象，但堅決反對歷來抑釵派宣傳的所謂寶釵奸險、虛僞的觀點。他的一句名言是：「如果我們在她身上看到了虛僞，那也主要是由於封建主義本身的虛僞。」[86] 因此在《紅樓夢》思想傾向的判斷上，在主要人物形象的分析上，何其芳的《論紅樓夢》都提出了獨立的看法，後來引起紅學界不同觀點的爭議，絕非偶然。對學術探討來說，一種觀點是否正確不一定是最重要的，關鍵在於能不能引起人們深入一步的思考，可不可以自爲一說。

蔣和森的《紅樓夢論稿》初版於一九五九年，一九八一年增訂再版，在五六十年代，這是一部很有影響的書。主要是它的細膩的藝術分析和優美的文字撥動了讀者的心弦。作者在「再版後記」中寫道：「對於《紅樓夢》這樣一部充滿詩意的作品，我覺得也不能待以冰結的感情或數學式的智力。真正明智的哲學頭腦，應是熱烈感情的昇華。大哲學家、大理論家都是感情豐富的人，只不過採取邏輯思維的表現形式。因此，對於《紅樓夢》這部偉大的祖國文學遺產，我們不僅要用先進的思想來認識它，還要用熱烈的感情來擁抱它。」[87] 在評論中傾注評論者的熱烈情感，帶著具體的藝術感受進行闡述，是《紅樓夢論稿》的顯著特點。

曹雪芹塑造林黛玉的形象，用的是寫詩的筆法，蔣和森對此會心獨賞。他說：「我們民族文化的珍貴遺產，特別是優秀的中國古典詩歌，把風神靈秀的林黛玉塑造得更加美麗了。這就使得她的一言一動、多愁善感之中，發散著一種美人香草的韻味和清氣逼人的風格。當她翱翔在那種詩情蕩漾的生活中時，我們就會看到，好像有誰把她從生活中的灰暗、瑣屑、煩擾裡拯救出來，而變得襟懷灑落、鮮活流動起來。」[88]因此評論者也禁不住要用詩一樣的語言來加以評論了：

> 林黛玉是生活在一個比朱麗葉還要落後、還要昏暗的時代裡。這個時代已經在中國歷史上停滯了幾千年，而且還要延續好長的時候。一直到五四時代，林黛玉的悲劇，幾乎還是原封不動地在祖國的大地上重演。林黛玉的墳墓與子君的墳墓之間，雖然在年代上有一個多世紀的間隔，但在社會發展的里程上卻只有幾步路的距離。
>
> 林黛玉沒有衝出大觀園，而子君走出了專制家庭，並且說過：「我是我自己的，他們誰也沒有干涉我的權利！」但是，子君多走了的這幾步路，以及所說的這幾句話，是用了多少的鮮血和多少的歷史篇幅才提供出來的啊！——而且，子君仍然沒有跳出那一黑暗社會的掌心，最後還是陷於毀滅。
>
> 從這裡不難看到，林黛玉的反抗聲音，是需要透過多麼沈重的社會壓力才能發出的聲音！是的，這個聲音，在今天聽來不免顯得低沈，顯得柔弱，這一方面是由於這個少女始終沒有脫去金閨小姐的階級本性，同時又是由於在她的身上堆積著太厚的歷史岩層。
>
> 不過，從林黛玉的聲音裡，我們終於可以聽出：「中國女性，並不如厭世家所說的那

樣無法可施，在不遠的將來，便要看見輝煌的曙色的。」

讓我們為林黛玉燃起熱烈的同情！

讓我們為林黛玉鳴起心裡的音樂！

讓我們通過林黛玉懂得祖國的過去，更懂得祖國的今天和將來！⑧⑨

蔣和森的《林黛玉論》，就是在這樣熱烈地呼喚中結束全文的，難怪很多青年讀者爲他的文筆所感染，《紅樓夢論稿》一時洛陽紙貴，成爲暢銷書。

五十年代和六十年代，是小說批評派紅學的收穫季節，除上面論及的四部論著，達到一定學術水平，對《紅樓夢》的思想和藝術闡述得比較有深度的好文章外，還有一大批；特別是一九六二年至一九六四年，考證派紅學圍繞曹雪芹卒年的會戰形成高潮，小說批評派紅學也獲得大面積豐收。⑨⓪只是不知爲什麼，紅學愛好者的興奮點始終注視著考證派，即使一般人難以側身其中的雪芹卒年論戰，也令紅迷們興會無窮，反而對文字好讀的小說批評感受漠然。也許這種情形是由於小說批評的特點造成的——小說批評側重在藝術感受和藝術理解，而理解和感受因人而異，往往帶有個人性質，研究者主觀上以爲有了新的領悟，在讀者和其他研究者，卻並不認爲有什麼新的發現，因此小說批評派紅學的遭遇，經常是熱中透冷。

小說批評的方法亦不只一端，二十世紀以來，小說批評發展為多種流派，如同小說創作一樣花樣翻新。但在中國，長時期主要是美學的和歷史的批評被普遍採用，《紅樓夢》研究尤其如此。就《紅樓夢》這個具體對象來說，美學的和歷史的批評是合適的，因為作品所展開的社會面非常廣闊，涉及到封建社會從經濟到政治到思想領域各個方面的生活，具有巨大的思想深度，滲透出強烈的歷史感，離開歷史的觀點勢必無法正確把握和評價《紅樓夢》的思想內容。問題是在發展過程中，文學以外的因素不斷侵擾文學，使批評方法發生變異，結果連美學的和歷史的批評也不能堅持。

王國維的《紅樓夢評論》，基本上是美學的批評，給小說批評派紅學開了一個好頭，但到後來，批評的美學因素已大為減少，只強調歷史的批評或社會學的批評。這種情形發展到六十年代中期，出現了更大的變化，不僅美學的因素愈來愈少，歷史的和社會學的批評也不再時髦了，代之而興的是泛政治的批評，即把《紅樓夢》看做是封建社會末期階級鬥爭的圖解，具體核算書中被統治階層有多少人物，統治階層有多少人物，全書共有多少條人命，以及賈府的地租收入、月例銀兩、日常開銷、婚喪排場等，凡涉及經濟方面的數字，都受到超出文學研究範圍的超常關注。

第五十三回黑山村的莊頭烏進孝交租子的場面，自然不是閑筆，作者聲氣活現地加以描繪，在總體藝術構思中肯定佔有一定位置；甚至可以說這一情節多少觸及到了封建剝削集團與土地經營者之間的矛盾，擴大了《紅樓夢》反映的社會面。但過分誇大這一情節的作用，以爲《紅樓夢》的精華就表現在這裡，或據此建立《紅樓夢》思想傾向的農民說，認爲農民的反抗與掙扎是賈寶玉、林黛玉等產生叛逆思想的力量源泉，這樣來看問題，就大錯而特錯了。

五十年代《紅樓夢》討論時，劉大傑等提出農民說，還沒有完全脫離開作品的形象體系，也沒有格外強調農民思想的影響；七十年代不同，第五十三回固然被強調到不適當的地步，第一回葫蘆廟炸供火逸，甄士隱與妻子商議到田莊上去，「偏值近年水旱不收，鼠盜蜂起，無非搶田守地，鼠竊狗偷，民不安生，因此官兵剿捕，難以安身」一段敘述，雖只有三十六個字，也視作農民起義的縮影，認爲具有烘托背景的作用。從書中搜尋個別敘述和描寫，抓住人物的片言隻語，上升到政治的層面，在方法上已離開小說批評的要求，而與索隱的方法不謀而合。

又比如賈府主子和奴婢們的矛盾，誠然是作者著力描寫的一個方面，由此衍生出許多生動的情節，如金釧跳井、鴛鴦抗婚、晴雯被逐、司棋自殺，以及芳官等女伶群鬥趙姨娘等，都是《紅樓夢》中牽動全局的重要篇章，就中確實反映了當權的統治階層和無權的被統治階層的矛盾，在藝術表現上也熠熠生輝。可是，如認爲這就是封建社會的如火如荼的階級鬥爭，《紅樓夢》之所以偉大，主要在於描寫了這方面的鬥爭，因而是形象的階級鬥爭的歷史，這樣來認識《紅樓夢》的價值，反而把《紅樓夢》的價值局限了。

賈、史、王、薛四大家族之間的盤根錯節的關係及他們榮損與俱的命運，《紅樓夢》裡的確有具體描寫，而且生動地展現出以榮、寧二府爲代表的四大家族的衰落過程，這方面的描寫的政治的和歷史的意義不容低估，可以看做是整個封建社會衰亡過程的一個縮影。但如因此便看不到寶、黛、釵的戀愛和婚姻悲劇在書中佔據中心位置，無視《紅樓夢》愛情描寫的巨大美學意義和社會意義，甚至企圖用政治鬥爭來解釋一切，實踐已證明這樣做是如何偏頗。泛政治化的批評之不能正確闡釋《紅樓夢》，道理甚爲明顯，前車之鑒，昭昭在目，無復多言。尤其從現實政治出發的泛政治化批評，根本不在於研究作家和作品，而是以古例今，把古典文學名著現代化，變成現實政治舉措的參照物和辯護口實，結果只能使小說批評變形，引紅學走向歧途。

不幸得很，六十年代中期以後至七十年代上半期的小說批評派紅學，就徘徊於這樣的歧途之中。當時的許多文章，表面看來採取的仍是小說批評的方法，對《紅樓夢》思想內容的發掘，不無個人所得，但批評的基調則是用單純地闡釋思想內容代替對作品的藝術分析，用歷史的批評淹沒美學的批評，用泛政治化的批評取代美學的和歷史的批評，用現實政治利益的權衡蓋過對作品的客觀評價。而且形成一種人云亦云的評紅模式，大家不分彼此，都按一個調子做文章，使紅學的小說批評完全陷入絕徑。本來小說批評派紅學與索隱派紅學在方法上是互相排斥的，但由於泛政治化的小說批評與索隱派一樣，都強調《紅樓夢》的政治內容，兩者在紅學觀念上有共同的一面，因此六七十年代一個時期的小說批評，情不自禁地以索隱派爲援手，形成了紅學發展的錯綜複雜的局面。政治小說和政治歷史小說的提法，如前所述，係創自索隱派，六七十年代的小說批評派紅學又接過這一提法，弘揚得比索隱派更加廣泛。所以出現了奇怪的紅學現象——索隱派在五十年代以後的中國大陸基本上銷聲匿跡，但索隱派的主要紅學觀點卻一直在流行著，小說批評派紅學與索隱派紅學一個時期有某種合流的跡象。

筆者並不否定六十年代和七十年代的小說批評派紅學，對《紅樓夢》的思想內容的政治層面的發掘，有某些深入之處，有的比單純從言情的角度看待這部偉大作品要深刻一些。但批評方法的泛政治化，無論如何是不可取的，因爲它違背文學的特性，發表的文章和論著愈多，愈說明小說批評的方法發生了危機，無法以此來代表紅學的學術成果。只不過應該說明一點，紅學作爲世界性的學問，各個地區的發展是不平衡的，當中國大陸的小說批評一個時期走向泛政治化，國外的以及台灣和香港地區的研究者，並沒有一起感染此風，他們在堅持正常的小說批評，不時有不乏新意的論著問世。

一九六六年台灣《現代文學》雜誌刊載的夏志清的《紅樓夢裡的愛與憐憫》一文，就是從一個新的角度來探討《紅樓夢》的悲劇本質的文章。王國維以來的小說批評派紅學，大都把目光注視到作品中以寶、黛、釵爲代表的主要人物的悲劇命運上，但對《紅樓夢》悲劇基調的理解則各有不同。

夏志清提出，聖潔的愛即愛餐遠勝於一般的愛，憐憫與同情遠勝於情欲，是《紅樓夢》悲劇衝突的思想基礎；而作者曹雪芹則徘徊於懷念紅塵和決心解脫紅塵的痛苦之間。他主張必須把作品的意義同作者的意向分開，因爲《紅樓夢》的寓言部分充滿了對愛的感情的非難，寫實部分則將妨礙愛的東西如貪婪、恨、淫、社會的殘暴力量，通過藝術描寫蒙上可怖的色彩。愛情和淫欲，在曹雪芹的筆下區別得很清楚，夏志清說，甚至可以概括爲一個公式：「陷於粗鄙熱情泥沼中的人（賈雨村是一例外，他在寓言設計中的重要性使他有權利最後得到道家的智慧）並不企圖解脫自己，而那些人，他們愛情如有達於成熟機會便能嚴肅地同遁世理想挑戰且可能代表著另一種實踐（作者的同情使我們能這樣希望），而他們被摧毀，以便給道家道德留出地位來。」㉛ 兩廂對比之下，更加強了《紅樓夢》的悲劇性，同時也提純了《紅樓夢》愛情悲劇的美學價値。因此曹雪芹的不朽之作不同於日本描寫宮廷的小說《源氏物語》，賈寶玉不是人們通常所理解的情人。夏志清寫道：

同一般人的理解正相反，賈寶玉不是一位偉大的情人，在小說中他的功能主要的也不是做為一位情人。雖然太虛幻境的警幻仙姑很早就事先提出警告，指出性的危機，但他以後的行為，雖然是反正統的，很明顯地並未染上淫欲的痕跡。誠然在十幾歲時他便同襲人有了性的關係，但是那位死後仍使他念念不忘的爽朗美麗的女孩——晴雯——在死時還悔恨她那些在未曾表明的感情中虛度的年月。假如源氏處於寶玉的地位，他會不僅調戲他自己住的大觀園中那些美麗女孩子，而且會貪求賈府中所有美麗婦人和丫頭們。寶玉面對一個女孩時的典型感情是崇愛和憐憫——崇拜她表現的神聖之美和理解力，悲憫的是不久她必定被迫屈從於一種婚姻狀態和不可免的（如果她能活著）享受貪婪、嫉妒和毒惡之樂，這種神聖之美不久即完全失落，在他的思想中罕有淫欲。㉜

這樣來看待賈寶玉的形象，顯然比以往許多文章要深入一步。對國外有的評論家把賈寶玉比做杜斯妥耶夫斯基筆下的卡拉瑪佐夫，夏志清先生表示異議，他認爲寶玉更像杜氏的另外一個主角，即白癡米希金公爵，理由是：「兩個人都處於一個被剝奪的世界，在這個世界裡憐憫的愛被判定或被懷疑爲白癡（描述這位中國英雄的重要的字是呆和癡）。兩個人都發現這個世界的痛苦是不堪負荷的，結果就忍受著陣陣發作的精神錯亂和麻木無情。兩個人都是同兩個女人有關係，而都未能滿足她們的期望。米希金公爵作爲一個白癡的結束，因爲納斯塔西亞死後，他發現在一個貪婪與淫欲的世界裡基督之愛是不會有效的；當賈寶玉最後從其呆癡中脫穎而出時，他已認識了愛情的破產，但很典型地他棄絕世界以擔負起一個隱者的無感情。」93

杜斯妥耶夫斯基比曹雪芹晚生一個世紀，創作活動與文化背景各不相同，但通過比較，我們還是增加了對賈寶玉典型意義的理解。現代的美學觀念和比較文學方法的運用，使夏志清先生這篇《紅樓夢》論文從語彙到批評角度，都具有新鮮感。

宋淇的《論大觀園》刊裁於一九七二年九月的《明報月刊》，初看似乎是從本文出發的文學考證文章，實際上由典型的小說批評的觀念所統領，立論角度新穎，客觀上具有文學考證般的說服力。

因爲大觀園是生活中實有，還是作者虛擬，歷來是聚訟最多的紅學課題，抓住此一問題詳加論證，有助於追溯曹雪芹藝術構思的特點和創作思想。宋淇先生在文章中明確提出：「作者利用大觀園來遷就他創造的企圖，包括他的理想，並襯托主要人物的性格，配合故事主線和主題的發展，而不是用大觀園來記錄作者曾見到過的園林。」⑭他說作者的意圖是想把大觀園變成保護女兒們的堡壘，除寶玉外，一般世俗男子是不能入內的；而這所堡壘的建造，必須有元春其人方能完成，因爲要省親，才需要有一個大觀園，正是在這一點上，自傳說露出了破綻——曹家歷史上從未有過皇妃，當然更不會有皇妃省親其事。所以大觀園本身代表一種理想，理想破滅，悲劇由是發生，宋淇寫道：

很多讀者對賈家抄家一事發生興趣，認為這是賈家一敗塗地或賈家中落、大觀園悲慘下場的根源。其實，抄家只是一個外來因素，猶如地震、天災、水災等一樣，帶來極大的不幸，雖然令人惋惜，但並不能產生深刻的悲劇感。《紅樓夢》的悲劇感，與其說來自抄家，不如說來自大觀園理想的幻滅，後者才是基本的，前者只不過是雪上加霜而已。⑮

如果從對賈家的打擊來說，放在清中葉的歷史背景下，當然抄家一事非比尋常，讀者關注是有道理的；但從藝術創作和美學意義上看問題，大觀園的衰敗和破滅，確具有更深刻的悲劇感，宋淇先生的論斷是精闢的，可謂發人所未發。而且他無意中揭示出了《紅樓夢》悲劇構成的第三條線索——大觀園的興衰及作者理想的破滅。賈府衰亡和寶、黛、釵愛情及婚姻的悲劇，是另外兩條線索，已爲許多論者所指出，惟獨大觀園的興衰這第三條線索，過去沒有人論及，實爲宋淇的獨家發明，筆者認爲只此一點，就可以看做是對小說批評派紅學的貢獻。

夏志清在《紅樓夢裡的愛與憐憫》中，也曾注意到大觀園的特殊作用，他說這個園子是爲元春所建，賈府的孩子們住進去也是元春之命，她要他們能享受她在宮闈中被奪去的那種友情與溫暖，因此大觀園可以象徵地被看做受驚恐的少男少女們的天堂，後來在大觀園裡拾到了繡春囊，就像蛇進入伊甸園一樣，亞當和夏娃不得不由天堂下落到人間，於是大觀園迎來了末日。[96] 這些分析與宋淇的看法甚爲相合，但宋淇更重視內證，從書中情節發展的內在邏輯中推導出必然的悲劇結局，立論的說服力更強。[97]

余英時的《紅樓夢的兩個世界》，在紅學觀念上直承宋淇的《論大觀園》，刊載於一九七四年第二期《香港中文大學學報》，發表後反響熱烈，可以說是七十年代上半期最重要的紅學文章。所謂『兩個世界』，是指理想的世界和現實的世界，在書中就是大觀園的世界和大觀園以外的世界。曹雪芹用清與濁、情與淫、假與真，以及風月寶鑑的反面與正面，來象徵兩個世界的不同。問題是大觀園這個女孩子們聚居的理想世界是否真正乾淨？余英時先生的回答是肯定的，他說：「原則上曹雪芹在大觀園中是只寫情而不寫淫的，而且他把外面世界的淫穢渲染得特別淋漓盡致，便正是爲了和園內淨化的情感生活做一個鮮明的對照。」[98] 爲證實這一點，他具體辨析了第三十一回晴雯和寶玉一起洗澡的情節，指出作者用的是險筆，故弄狡獪，後來寶玉探晴，已由燈姑娘從旁作證，使晴雯在讀者面前保持清白。還有繡春囊一事，余英時說這自然是司棋與潘又安所失落，但第七十二回已說明被鴛鴦驚散，兩人並未成雙，仍未混淆情與淫的界限。宋淇論大觀園，側重於園子內部的興衰，余英時對理想世界和現實世界的關係更爲注意。他寫道：

作者處處要告訴我們，《紅樓夢》中乾淨的理想世界是建築在最骯髒的現實世界的基礎之上，他要我們不要忘記，最乾淨的其實也是在骯髒的裡面出來的，而且，如果全書完成了或完整地保全了下來，我們一定還會知道，最乾淨的最後仍舊要回到最骯髒的地方去的。「欲潔何曾潔，云空未必空」這兩句詩不但是妙玉的歸宿，同時也是整個大觀園的歸宿。妙玉不是大觀園中最有潔癖的人嗎？曹雪芹一方面創造了一個理想世界，在主觀企求上，他是要這個世界長駐人間。而另一方面，他又無情地寫出了一個與此對比的現實世界。而現實世界的一切力量則不斷地在摧毀這個理想世界，直到它完全毀滅爲止。《紅樓夢》的兩個世界不但有著密不可分的關係，並且這種關係是動態的，即採取一種確定的方向的。當這種動態關係發展到它的盡頭，《紅樓夢》的悲劇意識也就升進到最高點了。⑲

這在對《紅樓夢》悲劇意義的理解方面，比宋淇又進了一步。而且由於作者是歷史學家，洞悉我國學術考據傳統的得失利弊，爲了尋找紅學研究的突破點，率爾出位從小說批評的角度探究《紅樓夢》的創作意圖，這使我們格外看重這篇文章。其他許多論著大都是依據自己的或從別人借用來的美學觀念，來批評《紅樓夢》，余英時則是從作品本身出發，概括出兩個世界的理論的。

一九七一年九月出版的台灣《幼獅月刊》第三十四卷第三期，基本上是小說批評派紅學的專輯⑳，有的談人物形象的塑造，有的談藝術結構的安排，有的分析書中的矛盾衝突，有的探討作者的創作思想，各有所得，足以啓發《紅樓夢》愛好者的思考。

其中尤以康來新的《疏影暗香——香菱氣韻的品評》，寫得文情並茂，饒有韻致，剖析的是一個人物，看得出作者對全書別有賞會。而童元方的《論紅樓夢中的丑角》，把賈珍、賈璉、賈容、賈瑞、薛蟠、邢大舅、李貴、周瑞、林之孝、賴大、來旺、焦大、鮑二、茗煙、興兒、喜兒、壽兒、周瑞家的、李嬤嬤、劉老老、芳官的乾媽、春燕的姨媽和姑媽、趙姨娘、馬道婆、王善保家的、晴雯的嫂子、來旺婦、多姑娘、王一貼、張道士、葫蘆廟的小僧、傻大姐等，作爲在某一方面有共同特徵的人物類型，透視作者如何描寫他們，探討這些角色在書中所處的地位及其性格和語言的特徵，立論的角度頗別致，過去沒有人這樣做過。

文章結尾處總結說：「這些人物的故事，不論是哪一張臉譜，大部分只有開始，沒有發展和結束。有些支離破碎，彷彿布幕一拉開就在那裡了，連開始也不明顯。他們或許間接表達一些主題，或許不但和主題無關，還被寶玉指明爲討厭的老貨，但有一樣重要的是他們共同表現了人生的多面。或許我們從這一個角度又能發現《紅樓夢》的新價值。」⑩ 是的，可以肯定地說，對這方面的人物類型加以探討，有助於進一步理解《紅樓夢》的審美價值，小說批評派紅學的特點和優勢，就表現在這些地方。

整理成果時期的小說批評派紅學

小說批評派紅學在六十年代和七十年代經歷了曲折，但進入八十年代，又開始了歷史的新時期。由於文化環境和學術氣氛的改變，研究者從以往的思想禁錮中解放出來，突破了長期輾轉相傳的批評模式，自由探討《紅樓夢》的思想價值和藝術成就的願望得以實現，所以很快就有大批成果湧現出來。從一九七八年至一九八七年，國內各出版社出版的從小說批評的角度研究《紅樓夢》的論著，約有三十六種之多，在數量上大大超過王國維以來有七十年歷史的小說批評派紅學論著的總和。爲增加讀者的實感，下面僅就聞見所及，列一簡要書目，以說明近十年小說批評派紅學發展的盛況：

一九七八年

《漫說紅樓》（張畢來），人民文學出版社；

一九七九年

《紅樓夢概說》（蔣和森），上海古籍出版社；

一九八〇年

《論鳳姐》（王朝聞），百花文藝出版社；

《紅樓夢藝術論》（徐遲），上海文藝出版社；

一九八一年

《紅樓夢論稿》（蔣和森），人民文學出版社；

《紅樓夢問題評論集》（郭豫適），上海古籍出版社；

一九八二年

《說夢錄》（舒蕪），上海古籍出版社；

《紅樓夢新論》（劉夢溪），中國社會科學出版社；

《紅樓十二論》（張錦池），百花文藝出版社；

《紅樓夢與金瓶梅》（孫遜、陳詔），寧夏人民出版社；

《紅樓夢的語言藝術》（周中明），灕江出版社；

一九八三年

《紅樓夢人物論》（王昆侖），三聯書店；

《賈府書聲》（張畢來），上海文藝出版社；

《紅樓夢十講》（邢治平），中州書畫社；

一九八四年

《論曹雪芹的美學思想》（蘇鴻昌），重慶出版社；

《紅樓夢與戲曲比較研究》（徐扶明），上海古籍出版社；
《一層樓、泣紅亭與紅樓夢》（札拉嘎），內蒙古人民出版社；

一九八五年

《紅樓夢藝術探》（王昌定），浙江文藝出版社；
《紅樓夢縱橫談》（林冠夫），廣西人民出版社；
《談紅樓夢》（張畢來），知識出版社；
《紅樓夢談藝錄》（陳詔），寧夏人民出版社；
《釵黛合一新論》（吳曉南），廣東人民出版社；
《紅樓夢人物衝突論》（王志武），陝西人民出版社；

一九八六年

《紅樓夢的背景與人物》（朱眉叔），遼寧大學出版社；
《紅樓夢藝術技巧論》（傅憎享），春風文藝出版社；
《紅樓采珠》（薛瑞生），百花文藝出版社；
《紅樓夢新評》（白盾），上海文藝出版社；
《紅樓藝境探奇》（姜耕玉），重慶出版社；
《紅樓夢的修辭藝術》（林興仁），福建教育出版社；
《語言藝術皇冠上的明珠——紅樓夢俗語概說和彙釋》（林興仁），內蒙古教育出版社；

《石頭記交響曲》（胡風），湖南文藝出版社；

一九八七年

《紅樓夢新探》（曾揚華），廣東人民出版社；

《紅樓夢人物新析》（吳穎），廣東人民出版社；

《紅樓夢藝術管探》（杜景華），中州古籍出版社；

《紅樓夢人物塑造的辯證藝術》（周書文），江西人民出版社；

《紅樓夢開卷錄》（呂啓祥），陝西人民出版社。

以上三十六種論著，除蔣和森的《紅樓夢論稿》和王昆侖的《紅樓夢人物論》係增訂修改過的再版書，其餘都是首次印行，出版社有二十家，而且呈逐年遞增趨勢，還不包括側重考證的紅學論著中也不乏從小說批評的角度撰寫的文章，以及許多尚未搜集成書的單篇論文。台灣、香港及國外學者近年出版的小說批評派紅學論著，也有一定數量，如梅苑的《紅樓夢的重要女性》和羅德湛的《紅樓夢的文學價值》[102]，可作爲突出的代表。兩次國際《紅樓夢》研討會和國內歷屆年會，立足於小說批評的論文都占絕大多數。正如余英時先生總結一九八〇年陌地生會議時所說：「我們這次會議一共宣讀了幾十篇論文，其中只有極小的一部分是屬於傳統紅學考證的範疇，絕大多數都是從文學、哲學、宗教、心理各方面來分析《紅樓夢》的。」[103]

如果說在紅學史上，索隱派和考證派曾經各領風騷，尤其考證派長期居於紅學的主流地位，那麼，一九七八年至一九八七年這十年，則基本上是小說批評派的天下。產生這種狀況的原因，一方面由於考證派紅學發生材料危機，一時難以有新的突破，而索隱派早已後力不接，兩者均達至式微和終結的境地；另一方面，因爲文學批評不斷借鑒和吸收新的文學觀念和批評方法，使小說批評派紅學拓寬了視野，可以建立批評的多種方法和多種途徑。美學的和歷史的批評，在擺脫了泛政治化的影響之後，依然顯示出威力，許多研究者從此一角度出發，寫出了具有理論深度和學術價值的論著。過去絕少涉及的曹雪芹的美學思想，現在不僅有一大批專文，而且有了專書。人們在尋求一種真正貼近《紅樓夢》的批評語言，來科學地詮釋曹雪芹和《紅樓夢》。蔣和森在《紅樓夢論稿》新版後記中承認，撰寫《紅樓夢》的研究文章，常常苦於找不到最合適的語言，他感到「那些通過生氣淋漓的藝術形象所體現出來的豐富含義，好像世界上只有一種文字形式才能表達，那就是《紅樓夢》本身」⑩。這種感受是許多紅學研究者所共有的，體驗到這種苦惱，意味著對《紅樓夢》的理解將趨於客觀和準確，而可以與機械的評判或概念化的套語相絕緣。

楊絳《藝術是克服困難》寫於一九六二年⑩，當時像這樣運用比較文學的方法研究《紅樓夢》的文章，尙屬鳳毛麟角，因此發表後帶給讀者的是陣陣清新。現在這方面的文章日漸增多，無論是主題學研究或平行研究和影響研究，都不乏力作。一九八〇年第一屆國際《紅樓夢》研討會上，周策縱的《紅樓夢與西遊補》、陳毓羆的《紅樓夢與浮生六記》、白先勇的《紅樓夢對遊園驚夢的影響》，也可以作爲這方面的例證。⑩ 此外從心理學的角度，運用系統論、符號學、結構主義和接受美學的觀點和方法，也有人寫出了富於說服力的文章。

可以確信，由於《紅樓夢》是一部具有典範意義的長篇巨制，任何一種新的文學觀念或新的批評方法，都可望在紅學研究中得以發揮。多樣化的小說批評方法，必然爲小說批評派紅學打開無限廣大的領域。從這一點來說，紅學的小說批評具有索隱派和考證派不可比擬的生命力。

注釋

① 張新之的《妙複軒評石頭記自記》附有銘東屏致張新之的信，其中有「《紅樓夢》批點向來不下數十家」的話，可證。這還是道光年間的估計，至清末當更多，參見一粟編《紅樓夢書錄》第三七至第七四頁。

② 王評本的書前總評有一段寫道：「《紅樓夢》雖是說賈府盛衰情事，其實專為寶玉、黛玉、寶釵三人而作。若就賈、薛兩家而論，賈府為主，薛家為賓。若就寧、榮兩府而論，榮府為主，寧府為賓。若就榮國一府而論，寶玉、黛玉、寶釵三人為主，餘者皆賓。若就寶玉、黛玉、寶釵三人而論，寶玉為主，釵、黛為賓。若就釵、黛兩人而論，則黛玉卻是主中主，寶釵卻是主中賓。」對書中人物的主次定位，大致不誤，有助於讀者理解全書。

③ 王評本在總評中列出《紅樓夢》的矛盾處十九條，姚評設「糾疑」專節，列出二十一條，兩人

都聲明不是「吹毛之求」、「雌黃先輩」，而是「執經問難」，「以明讀者之不可草草了事」。

④王伯沆名王瀣，江蘇溧水人，一八八四年生，卒於一九四四年，他評點的《紅樓夢》現有江蘇古籍出版社出版的《王伯沆紅樓夢批語彙錄》（上、下二冊，一九八五年一月版），可參閱。

⑤哈斯寶：《新譯紅樓夢回批》第二三頁，內蒙古人民出版社一九七九年版。

⑥哈斯寶：《新譯紅樓夢回批》第三七頁。

⑦哈斯寶：《新譯紅樓夢回批》第一二九頁。

⑧哈斯寶：《新譯紅樓夢回批》第七一頁第七二頁。

⑨參見拙著《紅樓夢新論》第一〇九至第一一七頁，中國社會科學出版社一九八二年版。

⑩哈斯寶：《新譯紅樓夢回批》第二一頁。

⑪錢鍾書：《管錐編》第四冊第一二一五頁。中華書局一九七九年版。

⑫叔本華：《作為意志和表像的世界》第四二五至第四三三頁，商務印書館一九八二年版「漢譯世界學術名著叢書」，石沖白譯。

⑬叔本華：《作為意志和表像的世界》第四四一至第四四二頁。

⑭叔本華：《作為意志和表像的世界》第二九六頁。

⑮《王國維遺書》第五冊《靜安文集》自序，上海古籍出版社一九八三年版。

⑯叔本華在《作為意志和表像的世界》一書中寫道：「自殺離意志的否定還遠著，它是強烈肯定意志的一種現象。原來意志之否定的本質不在於人們對痛苦深惡痛絕，而是在於對生活的享樂深惡痛

絕。自殺者要生命，他只是對那些輪到他頭上的生活條件不滿而已。」見該書第五四六頁。

⑰《作為意志和表像的世界》第五三五頁。

⑱參見《靜安文集．自序》，《王國維遺書》第五冊，上海古籍出版社一九八三年版。

⑲蕭艾：《王國維詩詞箋校》第二七頁，湖南人民出版社一九八四年版。

⑳參見《王國維遺書》第五冊之《靜安文集》自序。

㉑《王國維遺書》第五冊之《靜安文集續編》自序二。

㉒㉓叔本華：《作為意志和表像的世界》第三五二頁。

㉔㉕分別見俞平伯：《紅樓夢辨》第四頁、第九頁，人民文學出版社一九七三年版。

㉖《紅樓夢辨》第三頁。

㉗《紅樓夢辨》第三九頁。

㉘㉙㉚《紅樓夢辨》第九二頁。

㉛㉜㉝參見《紅樓夢辨》第九四頁、九八頁。

㉞㉟㊱見《紅樓夢辨》第九六頁、一〇〇頁、一〇一至第一〇二頁。

㊲㊳《紅樓夢辨》第二一〇頁、第三頁。

㊴見《紅樓夢辨》第三頁。

㊵㊶㊷㊸見《紅樓夢辨》第二一二頁、二一三頁。

㊹參見《紅樓夢研究參考資料選輯》第二輯，第八至第九頁，人民文學出版社一九七三年版。

㊺㊻《紅樓夢研究參考資料選輯》第二輯，第九頁。

㊼《紅樓夢簡論》載一九五四年三月號《新建設》雜誌；《讀紅樓夢隨筆》連載於一九五四年一月一日至四月二十三日香港《大公報》。

㊽參見《紅樓夢卷》第一冊，第三〇一至第三一九頁。

㊾參見《紅樓夢卷》第二冊，第六〇〇至第六二〇頁。

㊿參見《紅樓夢研究參考資料選輯》第三輯，第十五至第二九頁。

(51)參見《紅樓夢研究參考資料選輯》第三輯，第一至第十四頁。

(52)《清華文藝》第一卷，第二期。

(53)《晨報七周年紀念增刊》於一九二五年十二月一日出版。

(54)《魯迅全集》第八卷，第三五〇頁，人民文學出版社一九五七年版。

(55)參閱《紅樓夢研究參考資料選輯》第三輯，第一九六頁。

(56)《紅樓夢研究參考資料選輯》第三輯，第一九六至第一九七頁。

(57)參見《紅樓夢研究參考資料選輯》第三輯，第三五七頁。

(58)參見《紅樓夢研究參考資料選輯》第三輯，第三七三頁。

(59)參見《紅樓夢研究參考資料選輯》第三輯，第三六三頁。

(60)第五章《紅樓夢在藝術上的價值》發表於一九三四年十一月二十六日和十二月三日的《國聞周報》；第三、四章《紅樓夢》的世界和重要人物分析，分別載於一九三五年《北平晨報》的「北晨學園」第七七四至第七七七期及第八一四至第八一六；第二章以《曹雪芹的生平及其哲學》為題，發表於一九三八年出版的上海《光明》雜誌第三卷第三號。

(61) 李辰冬：《紅樓夢研究》第八四頁，一九四五年正中書局印行。

(62) 李辰冬：《紅樓夢研究》第九一頁至第九二頁。

(63) 參見《紅樓夢研究》第九十至第九一頁。

(64)(65)(66) 李辰冬：《紅樓夢研究》第一〇三至第一〇四頁、第一〇六頁、第一〇二頁。

(67) 李辰冬：《紅樓夢研究》第一一一頁。

(68) 這段文字筆者引用的是單篇發表時的文字，參見《紅樓夢研究資料選輯》第三輯，第一四九頁。

(69) 拙著：《讀紅樓夢人物論》，載《紅樓夢學刊》一九八四年第三輯。

(70) 李希凡、藍翎：《關於「紅樓夢簡論」及其他》，《紅樓夢問題討論集》第一集，第六七頁，作家出版社一九五五年版。

(71) 李希凡、藍翎：《紅樓夢評論集》，一九五七年一月由作家出版社出版，一九六三年再版，一九七三年三版。

(72) 參見《紅樓夢評論集》第一二五至第一二七頁。

(73) 李希凡、藍翎：《紅樓夢評論集》第一四一頁。

(74) 參見《紅樓夢評論集》第三至第四頁。

75 劉大傑：《紅樓夢的思想與人物》第七至第十，上海古典文學出版社一九五六年版。

76 劉大傑：《紅樓夢的思想與人物》第二二頁。

77 劉大傑：《紅樓夢的思想與人物》第三五至第三六頁。

78 劉大傑：《紅樓夢的思想與人物》第七八頁。

79 劉大傑：《紅樓夢的思想與人物》第八三至八五頁。

80 戚本第六十五回的回目是：「膏粱子懼內偷娶妾，淫奔女改行自擇夫。」程、高本此回的回目是：「賈二舍偷娶尤二姐，尤三姐思嫁柳二郎。」。

81 劉大傑：《紅樓夢的思想與人物》第十八頁。

82 83 何其芳：《論紅樓夢》第六一至第六二頁，人民文學出版社一九五八年版。

84 何其芳：《論紅樓夢》第一五九至第一六〇頁。

85 同上，一六一頁。

86 同上，九九頁。

87 蔣和森：《紅樓夢論稿》第三六四頁，人民文學出版社一九八一年版。

88 同上，第六一頁。

89 蔣和森：《紅樓夢論稿》第九二至九三頁。

90 參閱拙編《紅學三十年論文選編》第四至第八編所收論文，百花文藝出版社一九八三至一九八四年出版，上、中、下三卷；下卷所收拙著《紅學三十年》一文，對此有具體論述，亦可參考。

⑼ 參見胡文彬、周雷編《海外紅學論集》第一二九頁，上海古籍出版社一九八二年版。

⑽ 同上，第一二九至第一三〇頁。

⑾ 參見胡文彬、周雷編《海外紅學論集》第一三四頁。

⑿ 參見顧平旦編《大觀園》第二二二頁，文化藝術出版社一九八一年版。

⒀ 參見顧平旦編《大觀園》第二三四頁，文化藝術出版社一九八一年版。

⒁ 參見胡文彬、周雷編《海外紅學論集》第一三〇頁，上海古籍出版社一九八二年版。

⒂ 宋淇後來又撰有《論怡紅院總一園之首》一文，進一步論述怡紅院在大觀園的悲劇中的作用，可視作《論大觀園》的續篇，載香港《中報月刊》一九八〇年第六期，可參閱。

⒃ 參見余英時《紅樓夢的兩個世界》第五七頁，台北聯經，一九八一年版。

⒄ 參見余英時《紅樓夢的兩個世界》第五十頁至第五一頁，台北聯經出版事業公司一九八一年版。

⒅ 該刊此期刊載的文章計有：（一）徐小玲的〈從寶玉的覺悟看紅樓夢的出世精神〉；（二）呂正惠的〈甄士隱與賈雨村〉；（三）黃美序的〈紅樓夢的世界性神話〉；（四）黃挽華的〈宗法社會的畸形面——談探春母女的衝突〉；（五）康來新的〈一雙感情事件的對比——齡官與賈薔〉；（六）康來新的〈疏影暗香——香菱氣韻的品評〉；（七）陳秀芳的〈曹氏筆下受屈辱的女性〉；（八）吳宏一的〈紅樓夢的悲劇精神〉；（九）嚴曼麗的〈紅樓二尤的悲劇情味〉；（十）柯慶明

的〈論紅樓夢的喜劇意義〉；（十一）童元方的〈論紅樓夢中的丑角〉；（十二）嚴冬陽的〈紅樓夢的反封建意識問題〉；（十三）南海的〈一部「人像畫廊」作品的再評價——訪王文興先生談紅樓夢〉；（十四）高陽的〈紅樓夢新探質疑〉。除最後一篇，其餘大都是從小說批評的角度撰寫的論文。

(101) 見胡文彬、周雷編《台灣紅學論文選》第三六九頁，百花文藝出版社一九八一年版。（又按：筆者當年介紹台灣《幼獅月刊》所刊紅學論文，重點評述了康來新、童元方兩位作者的文章。不意康、童兩位後來與我先後相識，且成為好友，倒與我的評述無關。只不過賞析趣味異地而同罷了。世之因緣，大都如此。二〇〇五年五月補記。）

(102) 梅苑的《紅樓夢的重要女性》，台北商務印書館一九六七年版；羅德湛的《紅樓夢的文學價值》一書，「純以小說寫作的觀念」來評析《紅樓夢》的價值，台北東大圖書公司一九七九年版。

(103) 參見周策縱編《首屆國際紅樓夢研討會論文集》第五頁，香港中文大學出版社一九八三年版。

(104) 蔣和森：《紅樓夢論稿》第三五八頁，人民文學出版社一九八一年版。

(105) 楊絳的文章載於《文學評論》一九六二年第六期，亦可參閱拙編《紅學三十年論文選編》中卷，第七二七至第七三五頁。

(106) 參見周策縱編：《首屆國際紅樓夢研討會論文集》第二三七至第二五二頁，香港中文大學出版社一九八三年版。

第七章　紅學觀念與紅學方法的衝突

紅學的考證、索隱和小說批評，是貨真價實的《紅樓夢》研究的三大派別，它們各有其產生和發展的歷史，有代表性的著作和代表性的學者，在社會上得到公認，代有傳人。作爲學派的特徵，紅學三派全都具備。更重要的是，它們各有自己的獨特的紅學觀念和研究方法，彼此之間的衝突，主要是紅學觀念和紅學方法的衝突。

如何看待《紅樓夢》的「本事」

索隱派的紅學觀念，是堅持認爲《紅樓夢》是一部反映故國之思的具有民族主義思想的作品，如同蔡元培所說；「《石頭記》者，清康熙朝政治小說也。作者持民族主義甚摯。書中本事在弔明之亡，揭清之失，而尤于漢族名士仕清者寓痛惜之意。」蔡氏這段話，包括三層意思：一、《紅樓夢》的「本事」；二、《紅樓夢》的思想傾向；三、《紅樓夢》的性質。政治小說，就是對《紅樓夢》性質的概括。民族主義，指的是作品的思想傾向。「本事」，則是指作家藉以創作的原始素材，以及題材和主題。

這三層意思，是對索隱派紅學觀念的最準確的表述。特別對「本事」的看法，是索隱諸家立論的基礎。明珠家事說、順治帝與董小宛故事說、康熙朝政治狀態說，以及張侯家事和珅家事等說法，都是針對《紅樓夢》的「本事」而言的。索隱的方法歸結到一點，就是闡證本事。換句話說，此派所探尋的主要是歷史事實和這些歷史事實如何在書中加以表現，所以才稱爲索隱。至於作品本身按藝術規律組合在一起的人物和情節，包括作爲整體的《紅樓夢》的藝術世界，索隱學者並不看重，他們寧願把所有這一切都當作自己心目中的歷史事實的投影，而不管是否有文學價值。《紅樓夢發微》的作者弁山樵子認爲索隱派的做法是：「人物外別有人物，事實外別有事實，評論於書外者也。」① 頗能說明索隱派的紅學觀念和研究方法。毫無疑問，這是一種把文學歷史化的文學觀，是凌遲藝術整體、擠乾人物生命原汁的方法，從文學的角度看，是不可取的。此派的錯誤，不在於過分看重與作品有關的歷史事實，主要由於無視和不懂歷史真實轉化爲藝術真實的創作過程。

考證派紅學也不能避開對「本事」的看法，只不過所注重的是作者的生平經歷在作品中滲透的程度。在這一點上，小說批評派紅學也不例外。不同的是，小說批評視作者的生平事跡爲文學創作的經驗依據，是尚未發酵的麵粉，原始材料的礦藏，與作品所展開的世界，仍隔著創造和轉化的津梁。批評者了解作者的生平事跡，是爲了更好地融解作品，而不是要到作品中去搜尋作家生活際遇的碎粒殘汁。考證派的極端，恰好是把作品的藝術內容和作家的生平等同起來了，甚至直接肯定《紅樓夢》是曹雪芹的「自敍傳」。胡適的「賈政即是曹寅」、「賈寶玉即是曹雪芹」的論點②，可以說具有代表性。俞平伯在《紅樓夢辨》中，曾列出《紅樓夢》的年表，把書中寫的賈家的事類同於曹家的事，包括曹雪芹的生日，也由寶玉的生日來推算，確定在康熙五十八年（一七一九年）初夏生於南京③。周汝昌的《紅樓夢新證》，闢有「人物考」和「雪芹生卒與紅樓年表」兩章，進一步擴大賈家和曹家的類比範圍。結果在研究方法上，使考證派和小說批評派幾乎完全分道揚鑣，而在希冀用《紅樓夢》來印證曹雪芹家族歷史方面，反倒向索隱派靠攏，只不過索隱家索出的是清初政治史，考證家考出的是曹家家世史。

這並不奇怪，因爲廣義地說，索隱也是一種考證，考證也是一種索隱。誠如黃乃秋在一九二五年批評胡適的《紅樓夢考證》時所說：「胡君雖知以此律人，其自身之考證，顧仍未能出此種謎學範圍……其以不相干的零碎史事來附會《紅樓夢》的情節，與上三派如出一轍；所不同者，三派以清世祖、董鄂妃等，胤礽、朱竹垞等，及納蘭成德等相附會，而胡君以曹雪芹、曹家、李家等相附會耳。」④ 該作者並援引西方的小說理論，說明《紅樓夢》所寫的，是已經剪裁之人生、超時空性之人生、契合名理之人生、經過渲染之人生。因此他總結說：

《紅樓》一書之所敘述，殆斷不能以實際人生相繩。長安、賈府云云，寶、黛等云云，悉因小說貴具體、不尚抽象之故，不得不有此假託。外觀雖似一地一家與數人之十數年之事，實則正著者憑其觀察，憑其理解，憑其理想，選擇人生之精髓，提煉人生之英華，歸納其永久普遍之特性，組成系統，運用其心思才力，渲染其間，乃克造成此幻境，以表其所欲表現之人生真理於此一串賡續之想像事物者也。其中固不無本諸作者當年之情事與其自身之經歷，然既經剪裁與渲染，成此幻境，宗旨又惟在表現人生之真理，其自體要無存在之可言，則充其量亦不過若即若離而已……其於書中之情節，惟當認定為作者本其觀察理解所假設之幻境，用以表現其見地者，謂為作者之所創造可也，謂為作者之所理想可也，若必斤斤焉求一時一地一家與數人以實之，是在作者方就一時一地一家與數人之假設，表現其所選擇所歸納所改善之人生永久全體之真理，而我乃倒行逆施，人之智力相越，有如此哉！⑤

這是站在小說批評的立場對考證派所作的批評，同時也適用於批評索隱派，可見在文學創作的理論層面上，小說批評派紅學佔有邏輯的優勢。但考證派也好，索隱派也好，從來不曾因小說批評派的攻伐而偃旗息鼓，相反，考證派長期居於紅學的主流地位，索隱派也自有其市場。所以如此，歸根結底還是索隱和考證在事實上不是完全沒有依憑。

《紅樓夢》中流露的反滿的思想傾向，即爲索隱派提供了事實上的依據。當然《紅樓夢》是否有反滿思想，研究者存在歧見，有的說有，有的說沒有。周汝昌、吳恩裕的態度是肯定的，他們通過不同途徑來揭示曹雪芹與明遺民的關係，相信不滿意滿族統治的思想確在書中有所流露。⑥

對索隱和考證持強烈異議的余英時先生，也不否認這一點，他曾撰寫專文論述曹雪芹的「漢族認同感」。⑦ 他在引錄敦誠的〈寄懷曹雪芹〉詩之後寫道：「我現在只想用這開首幾句說明一個問題，即曹雪芹已十分明確地意識到他自己本是漢人。而他又生值清代文字獄最深刻的時代，眼看到許多漢族文士慘遭壓迫的情形，內心未嘗不會引起一些激動。這種激動自然不會達到『反滿復明』的程度，但偶爾對滿清朝廷加以譏刺則完全是可能的。曹雪芹因家恨而逐漸發展出一種『民族的認同感』，在我看來，是很順理成章的心理過程。」⑧

從行文語氣看，似乎是在力求與索隱派的紅學觀念劃清界限，但承認《紅樓夢》具有反滿意識的態度甚爲明朗。靖本《石頭記》第十八回的一段批語，余英時尤其感興趣，認爲可以爲肯定曹雪芹有反滿意識提供旁證。這段批語的內容如下：

> 孫策以天下為三分，眾才一旅；項籍用江東之子弟，人唯八千。遂乃分裂山河，宰割天下。豈有百萬義師，一朝卷甲，芟荑斬伐，如草木焉。江淮無崖岸之阻，亭壁無藩籬之固。頭會箕斂者，合從締交；鋤耰棘矜者，因利乘便。將非江表王氣，終於三百年乎。是知併吞六合，不免轊〔軹〕道之災；混一車書，無救平陽之禍。嗚呼，山嶽崩頹，既履危亡之運；春秋迭代，不免去故之悲。天意人事，可以悽愴傷心者矣！大族之敗，必不致於如此之速；特以子孫不肖，招接匪類，不知創業之艱難。當知瞬息榮華，暫時歡樂，無異於烈火烹油，鮮花著錦，豈得久乎？戊子孟夏，讀虞〔庾〕子山文集，因將數語系此，後

世子孫，其毋慢忽之。

批語的寫作時間爲戊子，即乾隆三十三年（一七六八年），在雪芹死後不久，當出自畸笏之手，和曹雪芹的思想是契合的。余英時分析說：「批者引庾子山《哀江南賦序》，序有『將非江表王氣，終於三百年乎』之語，並深致其感慨，應該是指朝代興亡而言的，如所測不誤，則這段批語就很可能暗示明亡和清興。」⑨ 筆者認爲這一分析至爲警辟，完全符合畸笏此批的內容，同時也符合《紅樓夢》的思想實際。因此索隱派的紅學觀念，至少他們的觀念中的認定《紅樓夢》具有民族思想這一點，來源有自，未可全然抹煞。

至於考證派所主張的《紅樓夢》中有曹雪芹家世生平的某些事跡，更是有據可尋。例如第十六回趙嬤嬤說江南的甄家「好勢派，獨他家接駕四次」，與康熙六次南巡，四次駐蹕在江寧織造府的史實是一致的；第五十四回賈母說，她年輕時看過家裡的小戲班演的《續琵琶》，這是雪芹的祖父曹寅寫的傳奇，由賈母口中說出恐非偶然；還有第十三回秦可卿托夢給鳳姐，用了「樹倒猢猻散」的俗語，曹寅生前經常把這一俗語掛在嘴邊。當然曹家是被抄過家的，《紅樓夢》第七十五回提到甄家被抄和回京治罪，八十回以後還將寫到賈府被抄。至於脂批提供的例證就更多了。所以考證派可以振振有詞地宣佈，《紅樓夢》寫的是曹雪芹家族的歷史，而不是索隱派所主張的清初政治史，胡適一九二一年發表《紅樓夢考證》，向索隱派宣戰，就是以考證曹雪芹家世的新史料作爲自己的利器。

問題是，應該在怎樣的程度上來確立這種紅學觀念。要說自傳，世界上許多長篇作品都帶有作家自傳的成分。李辰冬在一九三七年寫的《紅樓夢辯證的再認識》一文中，已不滿意胡適的自傳說，他說：「曹雪芹不知觀察和思索了多少實在的賈寶玉、林黛玉、薛寶釵、王熙鳳、賈政、賈母、襲人、薛蟠，以及一切其他的人物，然後才產生他想像的人物，所以你現在想指出那一位是實在的誰，真是有點做夢，徒勞無益。」⑩ 又說：「再放大一些說，《紅樓夢》寫的處處是曹雪芹自己家庭的事，像胡先生所考的，連賈府的宗系都是曹雪芹照自己的宗系排的，這話我們不敢斷定對否，因爲屬於考證的範圍，然以創作家的慣例而論，他們的著作絕不是實際事物的抄寫，要說曹雪芹是以他的家庭爲根據則可，要說賈府就是他自己的家庭那就有語病。」⑪ 第四十二回寶釵對惜春畫大觀園發的一段議論，每每成爲小說批評派紅學樹立觀念的立論依據，即所謂「照樣兒往紙上一畫，是不能討好的」，須要「看紙的地步遠近，該多該少，分主分賓，該添的要添，該減的要減，該藏的要藏，該露的要露」，也就是要經過藝術概括。李辰冬在引錄寶釵這番議論以後繼續寫道：

> 繪畫是這樣，寫小說也是這樣，老實地抄寫實在，絕不會討好的。所以我們能以考證的，僅係真人物與理想人物性格的關係，絕不是一步一趨絲毫不錯的照真的抄寫。以前考證《紅樓夢》的影射法，固屬可笑，即胡適之先生也不免此病。他考出了曹雪芹死後還留一位飄流的新婦，於是就以為不知是薛寶釵呢，還是史湘雲？如果這樣說法，歌德自殺後才能寫《維特》，因為維特的煩惱就是他的煩惱，可是維特因煩惱而自殺了。⑫

我們可以看出，小說批評派紅學對《紅樓夢》「本事」的看法，與索隱派和考證派有很大不同。他們基於不同的紅學觀念，互相批駁起來，難解難分，煞是好看。就各自的出發點來說，紅學三派各有其所是的方面，而且如上所述，都有一定的材料依據。分歧的焦點在於，到底把《紅樓夢》當做文學作品看待，還是當做歷史著作看待。在理論上，無論哪一派都承認《紅樓夢》是小說，不是信史，但實際上，在處理方法上並不如此，否則考證派就不會提出「京華何處大觀園」的問題了。

俞平伯在一九二二年寫的《紅樓夢的地點問題》一文中，明確提出自己的觀點：「就是《紅樓夢》所敘述的各處，確有地的存在，大觀園也絕不是空中樓閣。這個假定所根據的有兩點：(1)《紅樓夢》是部『按跡尋蹤』的書，無虛構一切之理。(2)看書中敘述寧、榮兩府及大觀園秩序井井，不像是由想像構成的。而且這種富貴的環境，應當有這樣一所大的宅第、園林。既承認《紅樓夢》確有地的存在，就當進一步去考訂『究竟在哪裡』的問題。」⑬但考訂的結果，並沒有使問題獲得解決，相反，卻陷考訂者於荊棘叢中。俞平伯在文章的結尾處失望地說：

> 所以說了半天，還和沒有說以前，所處的地位是一樣的。我們究竟不知道《紅樓夢》是在南或是在北。繞了半天的彎，問題還是問題，我們還是我們，非但沒有解決的希望，反而添了無數的荊棘，真所謂所求愈深所得愈寡了！⑭

考證派在大觀園的地點問題上走進了死胡同。雖然此後湧起的新說仍不斷出現，甚至形成主南和主北兩大派別，但並不能使考證派在這個問題上擺脫困境，反而爲小說批評派的攻擊留下無窮口實。一九七二年香港《明報月刊》發表的宋淇的《論大觀園》⑮，就是以此爲突破口，進一步奠立了小說批評派的紅學觀念。余英時的《紅樓夢的兩個世界》，也是以分析大觀園的內在結構爲中心，確認「大觀園是《紅樓夢》中的理想世界，自然也是作者苦心經營的虛構世界」⑯，反對向現實生活中去尋找這座「天上人間諸景備」的園林。

宋、余的文章發表後，海外考證派的主將趙岡曾著文進行商榷⑰，堅持大觀園就是南京織造署的西花園，但論證帶有防禦性質，缺乏攻擊力量。而余英時的回答則圓轉自如，富於論辯性，他寫道：「我可以承認作者在個別人物和事件方面曾經取材於他的生活經驗，但是當他在寫作的過程中，他究竟是以真實的生活材料爲『主』呢？還是以他自己虛構的創造意圖爲『主』呢？毫無可疑的，這時他的材料必須爲他的創意服務，是爲創意的需要所驅遣。換句話說，許多真實的材料在《紅樓夢》中都經過了一番虛構化然後才能派得上用場。」

又說：「我們最多仍只能肯定《紅樓夢》是大量地取材於作者生活背景的小說，而不能說它是曹家真實事跡的小說化。這一分別在字面上看來很細微，但實質上則極其緊要，因爲這裡確實涉及了主從的問題。在曹雪芹的創作世界裡，他的藝術構想才是主，而一切建造的材料，無論其來源如何，都是處在從屬的地位。」還說：「考證派所發掘出來的曹家歷史當然極爲重要，它大大加深了我們對於《紅樓夢》的背景的認識，然而作者在根據創作上的需要而運用其見聞閱歷爲原料之際，已賦予這些原料以嶄新的藝術內涵，因而在本質上改變了它們的本來面目。」⑱ 這些論斷清晰而明確，理論上無懈可擊，從《紅樓夢》是小說的角度看，在紅學觀念上佔據明顯的優勢。

被誤解的俞平伯的「自傳說」

紅學三派在觀念和方法上的衝突，由來已久，來源有自，但很少有人從理論上系統加以總結。余英時先生的《近代紅學的發展與紅學革命——一個學術史的分析》、《紅樓夢的兩個世界》和《眼前無路想回頭——再論紅樓夢的兩個世界兼答趙岡兄》三篇文章⑲，可以說是一次最系統的辨析和總結，真正把紅學觀念和紅學方法的衝突上升到理論高度，賦予與紅學研究以自覺的意義，爲從學理上理解紅學的發展奠定了理論基礎。如果說蔡元培的《石頭記索隱》、胡適的《紅樓夢考證》、王國維的《紅樓夢評論》，對紅學的索隱、考證和小說批評三派具有奠基意義，那末，余英時的文章則是紅學史論的「典範」，對辨析紅學三派具有方法論的意義。

余英時文章的疏漏之處，是對俞平伯和自傳說的關係存在著誤解。這主要表現在，他認爲俞平伯是自傳說的主將，直至一九五三年撰寫《讀紅樓夢隨筆》，才對「以前持之甚堅的自傳說發生了根本的懷疑並加以深切的反省」⑳。實際上並非如此。早在一九二五年一月，即《紅樓夢辨》出版後不到兩年，俞平伯便提出要對《紅樓夢辨》進行「修正」。修正什麼？主要是「《紅樓夢》為作者的自敘傳這一句話」，因為這是他研究《紅樓夢》的「中心觀念」。他說：

我在那本書裡有一點難辯解的糊塗，似乎不曾確定自敘傳與自敘傳的文學的區別；換句話說，無異不分析歷史與歷史的小說的界線。這種顯而易見，可喻孩提的差別相，而我在當時，竟以忽略而攪混了。本來說《紅樓夢》是自敘傳的文學或小說則可，說就是作者的自敘傳或小史則不可。我一面雖明知《紅樓夢》非信史，而一面偏要當它作信史似的看。這個理由，在今日的我追想，真覺得索解無從。我們說人家猜笨謎；但我們自己做的即非謎，亦類乎謎，不過換個底面罷了。至於誰笨誰不笨，有誰知道呢！㉑

這在當時算得上很深刻的自省，表明了與考證派的紅學觀念相決絕的態度。當然《紅樓夢辨》不同於胡適的《紅樓夢考證》，裡面並未忽視作者的文學手腕，甚至還有「《紅樓夢》雖是以真事為藍本，但究竟是部小說，我們卻真當它一部信史看，不免有些傻氣」一類話，足可以自我解嘲。但俞平伯不想停留在這裡。他承認受胡適和顧頡剛考據癖的薰陶，眼光不自覺地陷於拘泥，寧願從文學觀念和書中描寫兩個方面加以更加深刻的檢討。

就對文學觀念的認識，俞平伯提出：「文藝的內涵——無論寫實與否——必被決定於作者生平的經驗；同時，我又以為這個必非作者生平經驗的重現，無論其作風是否偏於寫實。事物全是新的，重現很不像一句話。比如懷憶，所憶的雖在昨日，而憶卻爲今剎那的新生。憶中所有的，即使逼近原本，活現到了九分九；但究竟差此一厘，被認爲冒牌。再講一句鑿方眼的贅語，不似舊者爲新；若果似舊，何新之有？以似某爲文學的極則，則文學至多是一本靠得住的抄件而已，再貼上創造的簽封，豈不羞死？」㉒又說：「若創造不釋爲無中生有，而釋爲經驗的重構，則一切文藝皆爲創造的。寫實的與非寫實的區別，只是一個把原經驗的輪廓保留得略多，一個少些。就根本上觀察，兩項作品既同出於經驗裡，又同非經驗的重現，所以視寫實的文藝爲某事實的真影子，那就『失之毫釐，謬以千里』了。」㉓這說得再明白不過，而且是就文學創作的一般規律而言，《紅樓夢》自不能例外。

結合《紅樓夢》的具體內容，俞平伯提出作家的生活經驗映現在作品中，是複合錯綜的映現，而不是單純的回現。比如可以舉出三個問題：(1)人說寶玉是曹雪芹，曹雪芹有沒有銜玉而生的奇蹟？(2)人說賈妃歸省爲皇帝南巡，何以皇帝變爲妃子？賈家有妃入宮，何以曹家沒有？(3)大觀園不南不北，似南似北，究竟在哪裡？能指出否？俞平伯說對這三個試題，如果在寫《紅樓夢辨》的時候，肯定要一一指陳清楚，但到一九二五年，他不可能那樣做，而是會辯證地予以解說，回答變成：

(1)書中每寫到寶玉，作者每把自己的身世性格映現出來，但卻為借此影射自己；故雪芹雖實有其人，而寶玉之奇蹟只是虛構，無涉於雪芹的本身歷史。再申說一句，就是書中人寶玉，固然其構成分子中有許多「雪芹的」，但亦有許多「非雪芹的」。寶玉和雪芹只是一部分的錯綜，非全體的符合。

(2)描寫元妃歸省時的排揚氣派，是從南巡駐蹕曹府中得來的提示。但既沒有把某影射某，某家影射某家；故賈家的有妃子，無礙於曹家的沒有，倒言之亦然。至於把穿龍袍的皇帝換上一個穿鳳裙的妃子，這是作者的遊戲三昧，腐儒何得議之。

(3)作者旅籍，生於金陵，長曾到揚州，終老於北京。他寫大觀園是綜合南北的芳韶風物，創造出這麼一個極樂園。若我們做此愚問，「究竟它在哪裡呢?」則必要碰到一個軟如天鵝絨的釘子。作者微哂道：「在我方寸。」㉔

所舉雖只三個例證，但俞氏說：「舉一以三反，則泛覽全書，殆大半已迎刃而解，不煩我的饒舌了。」㉕

對考證派的主要紅學觀念——自傳說的批評，俞平伯之後，包括一九五四年那樣的大規模的批評，直到一九七四年余英時撰寫的三篇論文，有哪一次、哪一篇文章能夠說大大超過俞平伯於一九二五年自己所做的批評?然而俞平伯猶感意猶未盡，在文章接近結束時進一步反省道：「《紅樓夢》在文壇上，至今尚爲一篇不可磨滅的傑構。昔人以猜謎法讀它，我們以考據癖氣讀它，都覺得可憐而可笑。這種奢侈的創造物是役使一切而不役於一切的，既不能借它來寫朝章國故，亦不能借來寫自己的生平。彷彿一個浪蕩子，他方且張口向你借錢，你反要叨他的光，豈不好笑。我們之愚，何以異此。文藝的作者們憑著天賦的才思，學得的技巧及當時猶湓湧著的白熱情流來熔鑄一切先天後天的經驗，突兀地團凝出嶄新的完整。所謂奇變，如是而已。」㉖對自傳說的檢討，最後又落到文藝創作的一般規律上，而且字裡行間融會著自己的文學創作的經驗。

以上是一九二五年一月，俞平伯在撰寫《紅樓夢辨的修正》一文所表達的思想。越五年，即一九三〇年，他爲趙肖甫編的《紅樓夢討論集》一書作序，再次申明自己的主張：「索隱而求之過深，惑矣；考證而求之過深，亦未始不惑。《紅樓夢》原非純粹之寫實小說，小說縱寫實，終與傳記文學有別。以小說爲名，作傳記其實，懸牛頭，市馬脯，既違文例，事又甚難，且亦無所取也。吾非謂書中無作者之生平寓焉，然不當處處以此求之，處處以此求之必不通，不通而勉強求某通，則鑿矣。以之笑索隱，則五十步與百步耳，吾正恐來者之笑吾輩也。」㉗對自傳說的批評又進了一步，且慮及未來的評價，說明已完全與自傳說決裂矣。他說胡適和顧頡剛對待《紅樓夢》的態度，與索隱派無根本的差別，只是方法和途徑有所不同，但他自己，卻不同於胡、顧二人，所謂「以此評胡、顧二君或可，若仆則深自慚汗，未敢輕諾也」㉘。意謂，如再有人稱他爲自傳說的擁護者，他絕計不能贊同。

可見，余英時認爲直至一九五三年俞平伯撰寫《讀紅樓夢隨筆》，才對自傳說進行深切的反省，在時間斷限上是不準確的，大約是他沒有看到《紅樓夢辨的修正》和《紅樓夢討論集序》兩篇文章所致。因此之故，他所說的俞平伯應該是最有資格發展紅學史上新典範的人，由於自傳說的窒礙而沒有彰顯出來等等㉙，便大可商榷了。實際上，俞平伯的考證是從文本出發的文學考證，他所代表的是小說批評與文學考證的合流。余英時企望的「新的紅學革命不但在繼往的一方面使研究的方向由外馳轉爲內斂，而且在開來的一方面更可以使考證工作和文學評論合流」㉚，早在二十年代中期以後，已經在俞平伯身上得到實現。而王國維開創的紅學的小說批評，在時間上既先於考證派又先於索隱派，而且從未斷絕，並不是如余英時先生所說：「考證派紅學既興，王國維的《評論》遂成絕響」。㉛這一點，筆者在小說批評派紅學的崛起與發展一章論述甚詳，此處不多贅。

因此，余英時在《近代紅學的發展與紅學革命》一文中闡述的孔恩的危機和典範的觀念，在理論上非常精微，用以解釋紅學三派的產生和發展，也大體上有相吻合的一面，但有些分析似尚有可議之處。首先，他對不同於索隱和考證的新典範的建立，所持態度過分消極，認爲截止到他撰文之時，以前只有新典範的種子，而沒有在理論上和方法上上升到自覺的階段，對自傳說的挑戰因而沒有受到普遍注意。可是從前面介紹的俞平伯對自傳說的反省和批判來看，在理論和方法上已相當自覺；更不要說王國維在《紅樓夢評論》中，一方面批評了索隱派的種種猜測，另一方面對自傳說也表示了明確的態度。

王國維在《紅樓夢評論》中寫道：「至謂《紅樓夢》一書爲作者自道其生平者，其說本於此書第一回『竟不如我親見親聞的幾個女子』一語。信如此說，則唐旦之《天國喜劇》，可謂無獨有偶者矣。然所謂親見親聞者，亦可自旁觀者之口言之，未必躬爲劇中之人物。如謂書中種種境界、種種人物，非局中人不能道，則是《水滸傳》之作者必爲大盜，《三國演義》之作者必爲兵家，此又大不然之說也。」㉜批駁得簡捷、通俗，令人無置辯餘地。魯迅在談文學創作的特徵時，也曾引靜庵先生所舉的《水滸》和《三國》的例證。而且王國維從藝術規律出發，把索隱和考證一例看待，認爲都是由於對藝術創作缺乏正確的認知。他說：

> 自我朝考證之學盛行，而讀小說者亦以考證之眼讀之，於是評《紅樓夢》者，紛然索此書中之主人公之為誰，此又甚不可解者也。夫美術之所寫者，非個人之性質，而人類全體之性質也。惟美術之特質，貴具體而不貴抽象，於是舉人類全體之性質置諸個人之名字之下。譬諸副墨之子，洛誦之孫，亦隨吾人之所好，名之而已。善於觀物者，能就個人之事實，而發見人類全體之性質。今對人類之全體，而必規規焉求個人以實之，人之知力相越，豈不遠哉！

所謂「美術之所寫者，非個人之性質」，而是「舉人類全體之性質置諸個人之名字之下」，實際上就是關於塑造藝術典型的理論。前面所引黃乃秋批評胡適自傳說的文章，在理論上直接與王國維的《紅樓夢評論》相承接。《紅樓夢》中的許多人物，特別是主人公賈寶玉是高度概括的典型形象，就中有「人類全體之性質」，卻用生活中的某「個人以實之」，無論是考證派的主張是作者也好，還是索隱派的認爲是納蘭成德也好，都違背藝術創作的根本規律，是知力不夠的表現。王國維說，如果明白《紅樓夢》的精神及其在美學上和倫理學上的價值，種種離題甚遠的議論本來不會發生。他說他寫《紅樓夢評論》，就是爲了「破其惑」才這樣做的。

請看，王國維對索隱乃至考證的紅學觀念的批評，何等徹底，在理論上多麼自覺。而他的正面立論，圍繞《紅樓夢》是「徹頭徹尾之悲劇」、「悲劇中之悲劇」的命題，闡述得更具有系統性。按照余英時先生提出的科學史上樹立典範的巨人必須具備的兩項條件：一是不但在具體研究方面具有空前的成就，並且這種成就還起著示範的作用，使同行的人都得踏著他的足跡前進；二是在本門學術中的成就雖大，卻沒有解決其中的一切問題，而是一方面開啓了無窮法門，另一方面又留下無數新問題，讓後來的人繼續研究下去，從而形成一個新的科學研究的傳統㉝。這兩種特徵，王國維可以說完全具備，甚至比蔡元培或胡適還要優越些。因此，不應該否認，王國維在紅學史上也是一個樹立典範的學者。他的典範，就是從美學的和文學的觀點來研究《紅樓夢》，也就是我們所說的小說批評。

余英時渴望建立的不同於索隱和考證的新的紅學典範，他說有兩個特點：第一，它強調《紅樓夢》是一部小說，因此特別重視其中所包含的理想性與虛構性；第二，新典範假定作者的本意基本上應藏在小說的內在結構之中，而尤其強調二者之間的有機性。㉞ 我們從上述所引《紅樓夢評論》中的一些論述，可以看出王國維的紅學觀念和研究方法，與余英時所說的紅學新典範的特徵殊無二致。不僅王國維，一九二五年與自傳說決裂的俞平伯，以及所有小說批評派的《紅樓夢》研究者，都是這樣看的。只是余英時先生尙需補充一點，就是從小說批評的角度觀察問題，除了強調《紅樓夢》所包含的理想性和虛構性之外，同時也非常重視《紅樓夢》的寫實性，包括完全虛構的大觀園的寫實性，重視到認爲它是一部現實主義的傑作，從書中的人物身上可以「發現人類全體之性質」，當然這是迥然有異於自傳說的寫實性。余英時描繪的紅學新典範的特徵，強調《紅樓夢》作爲一部小說的理想性和虛構性，而沒有把現實性和寫實性放到一定位置，這是他這組論文中的又一個疏漏之處。

我感到詫異莫解的是，以余英時先生的慎思明辨，何以竟忽略了王國維以來的小說批評派紅學的傳統？莫非他所說的新典範不是小說批評，而是另有所指？事實並非如此。不妨看他的《近代紅學的發展與紅學革命》結尾處的一段話：

> 前面已說過，新典範與其他幾派紅學最大的分歧之一便在於它把《紅樓夢》看作一部小說，而不是一種歷史文件。所以在新典範引導之下的《紅樓夢》研究是屬於廣義的文學批評的範圍，而不復為史學的界限所囿。其中縱有近似考證式的工作，但這類工作仍是文學的考證，而非歷史的考證。㉟

顯然余英時所說的新典範就是小說批評派紅學，而且是不排除文學考證的小說批評，因此要說新典範，王國維固然合格，俞平伯也是很合格的，那麼，究竟是什麼原因使余英時忽略如此？俞平伯的《讀紅樓夢隨筆》中「記嘉慶本子評語」一節，有「大觀園即太虛幻境」字樣，余英時在著文時沒有看到，他深爲「居然漏掉了這條吞舟之魚」而感到遺憾㊱。可是忽略了紅學史上的整個小說批評的傳統，就不光是漏網之魚的問題了。

幸好，我們在關於自傳說受到的三種挑戰的論述中，看到一點端倪。第一種挑戰，余英時先生認爲是索隱派的復活，自無異議；第三種挑戰，余英時認爲是新典範，也就是紅學的小說批評，看法亦無不同，問題是所謂第二種挑戰，余英時稱爲「封建社會階級鬥爭論」㊲，就值得商榷了。

我個人是同情並贊同余英時先生對一九五四年以後國內紅學的偏向所做的批評的，那種簡單地用階級鬥爭的理論統領《紅樓夢》研究的做法，那種泛政治化的批評，於紅學實在有百弊而無一利，現在當新的歷史時期，人們已經摒棄了那種不利於學術發展的陋習。我的意思是，不能以「鬥爭論」來概括一九五四年以後國內的全部紅學。李希凡的《曹雪芹和他的紅樓夢》是一個特例。因爲它出版於一九七三年，正當國家動亂時期，那時的紅學確是「鬥爭論」占「正統地位」。但那之前和那以後，似乎還不能如此概括。即使一九五四年《紅樓夢》大討論的許多文章，也不是「鬥爭論」所能概括的。何況說到底，「鬥爭論」也是小說批評的一種形式，只不過是公式化、概念化、簡單化的批評，其極致則是小說批評的變形。所以，「鬥爭論」向考證派的挑戰，應包括在小說批評派向考證派的挑戰之中，所以實際上不是三種挑戰，而是兩種挑戰——索隱派和小說批評向考證派挑戰。歸根結底還是紅學三派之間在觀念和方法上的衝突。

紅學三派之間的衝突與融合

我所以說採用孔恩在《科學革命的結構》一書中闡述的觀點，來解釋紅學三派之間的衝突消長，既有大體上相吻合的一面，也不是沒有可議之處，還由於紅學與其他獨立支持的學科領域相比較，畢竟要狹窄一些，紅學三派之間的關係，不簡單是不同時代的科學典範的更迭，或者說孔恩的典範與危機的理論在紅學發展史上表現得還不是很突出。

紅學三派之間的關係，不簡單是索隱派發生危機之後出現考證派，考證派發生危機之後出現小說批評派；實際情況是，廣義地說，索隱也是一種考證，考證也是一種索隱，這一點王國維、俞平伯都曾指出過。而王國維開創的小說批評派紅學，在時間上反而早於蔡元培的索隱和胡適的考證。三派各有其發生和發展的歷史，雖然互相攻伐，並不影響各自的存在，反而在攻伐中增加了它們的知名度和影響力。

胡適當年向索隱派發動攻擊，威勢不可謂不猛，但同時也暴露了他提出的新的紅學觀念的漏洞。後來此派又發生了材料危機，在解決曹雪芹家世生平的難點上陷入一籌莫展的境地，所以索隱派才有可能復活。小說批評派紅學一直佔有理論上的優勢，因此發展得似乎較為順利，而且由於它永遠不離開作品本身，《紅樓夢》展示的藝術世界已使它流連忘返，相對地說，不像考證和索隱那樣受一定歷史材料的限制，結果紅學發展到今天，索隱派終結了，考證派式微了，只有小說批評派方興未艾。可是不知爲什麼，沒有考證派和索隱派的喧囂，紅學對廣大讀者的吸引力和紅學的獨特魅力也就減弱了。紅學本身也有一種寂寞之感。這涉及如何保持紅學的學科特性的問題，值得探討。

周汝昌先生多次申明，紅學有自己的特性，單是用一般小說學的方法研究《紅樓夢》，還不能叫做紅學，尤其不能成爲正宗的紅學㊳。這樣來界定紅學的範圍誠然不無偏頗，但他強調紅學自有本身的樹義，殊可理解，因爲小說批評與索隱和考證不僅觀念和方法不同，追求的目標也大異其趣。紅學之成爲紅學，從歷史上看，與索隱派的闡證本事和考證派的家世考證是分不開的。如果小說批評派紅學在發展中儘量吸收索隱和考證的積極成果，在方法上有所融會，是否在樹義方面會進一步保持紅學的特徵呢？

事實上，小說批評派紅學吸收紅學考證的成果，是眾所周知的，甚至，曹雪芹家世生平的正確考訂和確認，還是小說批評賴以知人論世的必要前提。提倡新典範的余英時先生，就反對把小說批評與考證派的自傳說對立起來，他說新典範無可諱言地偏袒自傳說而遠於索隱派㊴。但索隱派的一些觀念和方法，也不一定非要和小說批評對立起來不可。泛政治化的小說批評曾經以索隱派爲援手，當然是非正常時期的非正常情況。可是在探察《紅樓夢》思想內涵和政治寓意方面，索隱派不見得對小說批評毫無啓發。如果沒有蔡元培等索隱大師的啓示，《紅樓夢》客觀存在的反滿思想或如余英時所說的漢族認同意識，極可能爲我們所忽略，何況，事情還不止如此。

一九八〇年，牟潤孫先生寫有一篇《論曹雪芹撰紅樓夢的構想》的文章，提出《紅樓夢》裡的賈寶玉是皇帝的象徵，大觀園是清聖祖南巡時蘇、揚、江寧若干行宮與園林的混合體的假設㊵。他說最有力的證據，莫過於大觀園中有櫳翠庵、玉皇廟、達摩庵三座廟，櫳翠庵中有尼姑妙玉，玉皇廟中有十二個小道士，達摩庵中有十二個小和尚，這只有皇宮中才如此設置，要不就是皇帝南巡臨時採取的措施。《紅樓夢》第二十三回鳳姐對王夫人說：「這些小和尚道士萬不可打發到別處去，一時娘娘出來就要承應。倘或散了夥，若再用時，可是又費事。依我的主意，不如將他們竟送到咱們家廟鐵檻寺去，月間不過派一個人拿幾兩銀子去買柴米就完了。說聲用，走去叫來，一點不費事。」牟潤孫據此論證說：「貴妃豈能常常省親，只有隔幾年皇帝就南下巡幸，才可以說『出來就要承應』。」

還有元春歸省時出題要眾姊妹做詩，她給園中各處景物題匾，牟潤孫認爲也是仿效皇帝南巡的行爲，因爲巡幸中的皇帝經常自己賦詩，要大臣和韻，同時給蘇、揚等地的寺院、迎駕的名園，頒題匾額對聯。書中說：「賈元春在宮中自編大觀園題詠之後，忽想起那大觀園中景致，自己幸過之後，賈政必定敬謹封鎖，不敢使人進去騷擾，豈不寥落。家中現有幾個能詩會賦的姊妹，何不命他們進去居住，也不使佳人落魄，花柳無顏。又想到寶玉自幼在姊妹叢中長大，不比別的兄弟，若不命他進去，只怕他冷清了，一時不大暢快，未免賈母、王夫人愁慮，須得命他進園居住方妙。想畢，遂命太監夏忠到榮國府，下一道諭，命寶釵等只管在園中居住，不可禁約封錮。命寶玉仍隨著進去讀書。」牟潤孫說：

這似乎是由皇帝的行宮不准人民入內想出來的，如果真有貴妃省親的事，貴妃娘家如果都要造一座園子，供貴妃省親，而省親之後平時再不許別人進去，在北京的皇后貴妃娘家有多少，要造多少園子空閒起來？只有皇帝的行宮可以禁止別人入內，皇后都不能如皇帝那樣有不許別人進去的行宮，何況貴妃？大觀園要敬謹封鎖，不是象徵皇帝行宮是什麼？

又說：

> 不光元春省親種種排場與皇帝南巡相類似，即以建造大觀園來說，哪一個貴妃家有力量花若千萬兩的錢，為女兒省親，造那麼大、那麼講究的花園？如果賈貴妃是影射曹家之女，康熙時代曹家正在替清聖祖在江南經手弄錢，他又是包衣下賤之人，敢為自己女兒回娘家造個大觀園，縱使清聖祖能容忍，清世宗抄曹頫家的時候，這座大觀園為什麼不見提起？若說大觀園是隨園前身，元春省親只花了一天的工夫，她如何能去南京？從歷史來看，從情理來推測，元春省親是皇帝南巡象徵，應是毫無疑問的事。

另外，黛玉別號瀟湘妃子，是否作者有意安排她做皇帝的妃子？寶釵別號蘅蕪君，據《拾遺記》載：「帝息於延涼室，夢李夫人授帝衡蕪之香，帝驚起，香氣猶著衣枕，歷月不歇。」是否也有以寶釵象徵帝妃之意?湘雲二字，見於唐代詩人張籍的《楚妃歎》，很可能是用楚王的樊姬比況史湘雲。

牟潤孫在詮解上述例證的基礎上歸結道：「寶玉所愛的所娶的與續娶的女子都以皇帝妃子相比擬，從與女人關係這一點上說，以寶玉象徵皇帝，應當是符合曹雪芹寫《紅樓夢》構想的原意。入住大觀園的都是女人，此外只有寶玉一個男人，豈不正是宮中只有皇帝一個人是男人的象徵?既是寶玉一個人入住大觀園，從這一點上說，此時大觀園又是象徵皇帝平日居住的園子。」借省親寫南巡，是脂批的明文。考證派對此持論甚堅。現在沿同一方向思考，提出賈寶玉是皇帝的象徵，大觀園象徵皇帝的生活環境，釵、黛、湘象徵皇帝的妃子，究竟有沒有一點道理?或者至少是否可以作爲《紅樓夢》研究中的一說?如果認爲不是全無道理，那末，索隱派提出的寶玉頸上繫的通靈玉是玉璽的象徵，可否成爲一條旁證?同時我們是否也可以推論，大觀園中那些可惡的老婆子，很可能是宮中太監的象徵?當然只是象徵而已，不是說每一尋常言行都與歷史上的人和事相吻合。

牟潤孫在文章的結尾處特地加以說明：「《紅樓夢》是小說，小說中每個人物不能只是象徵一個人，每一個小說人物，可能是許多實在人物形象的集合體。在賈頫府興盛時，寶玉某些形象是象徵皇帝，到賈府被抄，寶玉遭難，其形象就是李煦或曹頫家族中某些成員的象徵。即在平時，曹雪芹筆下的寶玉，也並非時時象徵皇帝，只是從住進大觀園，一群女孩子圍繞著他，和他與女人的關係，這兩項故事上說他象徵皇帝而已。大觀園在賈貴妃省親時象徵皇帝行宮，賈貴妃傳諭令人住進大觀園也有此象徵。及至賈家被抄，則象徵普通官員的園林而已。小說不同歷史，曹雪芹汲取若干實有的人物形象塑造成小說中的人物，更汲取若干地方的景色，渲染成小說中的景色。《紅樓夢》不是曹雪芹自傳，也不是實事紀錄，豈能要求每個小說中人物與實在人物完全符合。不能在小說中尋求歷史，是人人知道的事。本文說寶玉與女人關係象徵皇帝，賈元春省親象徵皇帝南巡，既指明只是從某一些行爲上說，則當然不能從寶玉、元春所有一切行爲與語言上去找皇帝的形象，更不能說他們的遭遇與皇帝完全符合。」這一說明旨在與索隱派劃清界限，是很必要的，因爲小說批評也不能迴避對作品中象徵意義的探求，恰恰相反，正確闡釋作家的諸種象徵手法和象徵性的意象，是近代小說批評必不可少的研究途徑。長篇小說的一個特點，在於它的主題的多義性和作家意圖表現的多層次性。

蔡元培說《紅樓夢》在藝術表現方面有「數層障幕」，不失爲有識之見。當然他沒有用象徵這個概念。《紅樓夢》可以說是一座象徵藝術的寶庫，牟潤孫捕捉到的是一個方面，其他人從不同的角度觀察，還可以發現另外的象徵手法和象徵意義。考證、索隱和小說批評，在尋求作品的象徵意義這點上可以相互補充，深化對作品的理解。如是，則紅學三派的觀念和方法在長期衝突的同時，也不是沒有可能在一定程度上走向融合。

紅學三派之間的衝突，在理論上有一個關節點，就是對作家的主觀命意和作品的客觀意蘊如何理解。

索隱派和考證派的著眼點，在作家的主觀命意上，所以他們拚力以求的是《紅樓夢》作者的創作意圖和最初的藝術構思。小說批評派也重視作家的主觀命意，但不贊成離開作品本身去尋找。余英時先生對此有一段極好的概括：「本來在文學作品中追尋作者本意是一個極爲困難的問題。有時甚至作者自己的供證也未必能使讀者滿意。詩人事後追述寫詩的原意往往也不免有失。因爲創作時的經驗早已一去不返，詩人本人與一般讀者之間的區別也不過百步與五十步而已。傳說十九世紀英國大詩人勃朗寧就承認不懂自己所寫的詩，不是沒有道理的。那末，文學作品的本意是不是永遠無法推求了呢？是又不然。作者的本意大體仍可從作品本身中去尋找，這是最可靠的根據。」㊶ 不過應該補充一點，從作品本身發現的作者本意也不是單一的。長篇創作往往需要較長的時間，幾年或幾十年，直至終生，是常有的事。時間的推移必然包括環境的改變，從而使作者思想發生變遷。因此作品的最初構想和完成的作品是有區別的。曹雪芹寫作《紅樓夢》號稱「披閱十載，增刪五次」，就中變化可想而知。

何況，文學語言既是作者表達思想的工具，又是讀者理解作者思想的障礙；文學意象已不同於作者的構思，作品所展開的世界有時會忘記作者的初衷。人物形象說的話，需要與作品的規定情境相吻合，與人物性格一致起來。但不排除聰明的作者興之所至，會做出位之思，把寫作時周圍出現的即情即景、本地風光，以及作者一時的感喟，巧妙地編織進作品中。考證和索隱的一個目標，就是想把文學創作中隨時摻入的部分和前後變化的情況，一一搜尋出來，作爲文學研究的一途，亦自有其趣味。

比如庚辰本第五十五回的開端，明文寫道：「且說元宵已過，只因當今以孝治天下，目今宮中有一位太妃欠安，故各嬪妃皆爲之減膳謝妝，不獨不能省親，亦將宴樂俱免。」第五十八回承前文又寫道：「誰知上回所表的那位老太妃已薨，凡誥命等皆入朝隨班，按爵守制。敕諭天下，凡有爵之家一年內不得筵宴音樂，庶民皆三月不得婚嫁。」俞平伯認為這不大像一般小說的寫法，很可能是時事的記載，於是查《清史稿》，發現在乾隆九年確有一位姓納喇氏的老太妃薨逝，雪芹是順手牽羊，寫在書中了㊷。還有第十一回寫著：「這年正是十一月三十日冬至，到交節的那幾日，賈母、王夫人、鳳姐兒日日差人去看秦氏。」節氣說得很確定，不像隨意虛擬。俞平伯查《萬年曆》，從雍正元年查到乾隆二十八年，共四十一年，約相當曹雪芹的一生，只有乾隆十年「十一月大，二十九日丙申，夜子初二刻八分冬至」。按一般說法，恰好是十一月三十日冬至。這正是老太妃死後的第二年㊸。這樣的考證，對確定曹雪芹寫作《紅樓夢》的時間有參照意義，小說批評派紅學沒有必要加以排斥。

紅學的小說批評所追尋的，是作品的藝術有機整體，考證和索隱為了追尋作者的主觀命意，則不惜把藝術整體分割成部分；小說批評注重作品的本文，考證和索隱則注重作者生平經歷對文本的滲透和寫作環境對本文的影響；小說批評看重藝術的真，考證和索隱更看重歷史和生活的真；考證和索隱重視作品的原型，小說批評重視作品的重建。就批評方法而言，紅學三派是不同的，在達到對作品的闡釋的目的上，又可以互補和統一。

注釋

①參見一粟編《紅樓夢書錄》第一九七頁，上海古籍出版社一九八一年版。

②參見《紅樓夢研究參考資料選輯》第一輯，第二四頁，人民文學出版社一九七三年版。

③俞平伯：《紅樓夢辨》第一〇四至第一〇五頁，人民文學出版社一九七三年版。

④黃乃秋；《評胡適紅樓夢考證》，載一九二五年出版之《學衡》第三十八期，參見《紅樓夢研究參考資料選輯》第三輯，第四二頁。

⑤參見《紅樓夢研究參考資料選輯》第三輯，第五十至第五一頁。

⑥參見周汝昌的《曹雪芹家世生平叢話》第七節「鷺品魚秋」及吳恩裕《曹雪芹的故事》小序。

⑦參見余英時的《關於紅樓夢的作者和思想問題》，《紅樓夢的兩個世界》第一九二至第一九七頁，台北聯經出版事業公司一九八一年版。

⑧余英時：《紅樓夢的兩個世界》第一九二至第一九三頁。

⑨余英時：《紅樓夢的兩個世界》第一九五頁。

⑩參見《紅樓夢研究參考資料選輯》第三輯，第二六九頁。

⑪⑫參見《紅樓夢研究參考資料選輯》第三輯，第二七〇、二七一頁。

⑬俞平伯：《紅樓夢辨》第一一一頁。

⑭俞平伯：《紅樓夢辨》第一二〇頁。

⑮宋淇的《論大觀園》載香港《明報月刊》一九七二年九月號。

⑯參見胡文彬、周雷編《海外紅學論集》第三一頁至第五五頁，上海古籍出版社一九八二年版。

⑰趙岡：〈「假作真時真亦假」——紅樓夢的兩個世界〉，載香港《明報月刊》一九七六年六月號。

⑱余英時：〈眼前無路想回頭——再論紅樓夢的兩個世界兼答趙岡兄〉，香港《明報月刊》一九七七年二至五月號連載，參見余著《紅樓夢的兩個世界》第七八頁至第八十頁。

⑲參見余英時《紅樓夢的兩個世界》第一至一四三頁。

⑳參見余英時《紅樓夢的兩個世界》第十八頁。

㉑俞平伯：《紅樓夢辨的修正》，參見《紅樓夢研究參考資料選輯》第二輯，第四頁至第五頁，人民文學出版社一九七三年版。

㉒㉓俞平伯：《紅樓夢辨的修正》，參見《紅樓夢研究參考資料選輯》第二輯，第五頁至第七頁。

㉔㉕㉖參見《紅樓夢研究參考資料選輯》第二輯，第八頁至第九頁。

㉗參見《紅樓夢研究參考資料選輯》第二輯，第十六頁。

㉘參見《紅樓夢研究參考資料選輯》第二輯，第十五頁。

㉙余英時：《紅樓夢的兩個世界》第十七頁。

㉚余英時：《紅樓夢的兩個世界》第二八頁。

㉛ 余英時：《紅樓夢的兩個世界》第二九頁。

㉜ 參見王國維《紅樓夢評論》第五章「餘論」。

㉝㉞ 余英時：《紅樓夢的兩個世界》第五頁、第十五頁。

㉟ 余英時：《紅樓夢的兩個世界》第二八頁至二九頁。

㊱ 余英時：《紅樓夢的兩個世界》第六二頁，注十一。

㊲ 余英時：《紅樓夢的兩個世界》第十一頁。

㊳ 參見周汝昌的《獻芹集》第一八七頁至第一八八頁、第二二五頁至第二三一頁，山西人民出版社一九八五年版。

㊴ 參見《海外紅學論集》第二七頁，上海古籍出版社一九八二年版。

㊵ 牟潤孫：《論曹雪芹撰紅樓夢的構想》，參見胡文彬、周雷編《香港紅學論文選》第五六頁至第七五頁，百花文藝出版社一九八二年版。

㊶ 余英時：《紅樓夢的兩個世界》第二三至二四頁，台北聯經版，一九八一。

㊷㊸ 俞平伯：《紅樓夢的著作年代》，《紅樓夢研究參考資料選輯》第二輯，第二一一頁至第二三三頁。

第八章　擁擠的紅學世界

紅學作爲一門獨立的學科，以《紅樓夢》這部沒有最後完成的作品爲研究對象，無論如何領域是比較狹小的；儘管後來衍生出曹學，使研究曹雪芹的家世生平與明清史和文化史相重合，學術範圍終究有限得很。而喜愛紅學、涉獵紅學、躋身紅學的人有增無已，隊伍愈來愈龐大，於是形成紅學世界特有的擁擠現象。因擁擠而齟齬而爭吵，致使多年來紅學論爭從未停止過。不僅索隱、考證和小說批評紅學三派之間，你攻我伐，無有盡時；同一學派內部也歧見紛呈，爭論不休。迄今爲止，沒有哪一個紅學問題不存在各種意見的分歧。而且，不爭則已，一旦爭論起來，便失去平靜，即使不「幾揮老拳」，也是相見梗梗，不歡而終。俞平伯感慨道：

夫流傳之短書夥矣，其膾炙人口者亦多，如《水滸》、如《三國》，其尤著者也，然皆不如《紅樓》之異說紛紜，可聚訟而如獄，可匯合而成書者，何耶？喁喁兒女語果勝於長槍大戟耶？紅牙低按果勝於鐵板高歌耶？是則是矣，而猶未盡也。蓋其開宗明義之章儼然懸一問題焉，此與其他小說差有分別，則後人從而討論之，以至於爭執而聚訟之，宜也。①

余英時說：

《紅樓夢》簡直是一個碰不得的題目，要一碰到它就不可避免地要惹出筆墨官司。②

李田意也說：

紅學這東西很麻煩的，我想來想去是「剪不斷，理還亂，是紅學」。③

這是他們多年研究紅學和躋身紅學的甘苦之談，非親身經歷者不會有此感受。所以，紅學又是最能牽動人們感情的一門學問。長期「聚而訟之」的結果，逐漸形成一些公案，吸引研究者只要涉身紅海，就只好徜徉，不容易縱身上岸。曹雪芹在《紅樓夢曲》中倒是勸世人：「須要退步抽身早。」但在《紅樓夢》研究者，可是入夢容易出夢難。就拿筆者來說，在完成了《紅樓夢新論》和《紅學三十年論文選編》之後，已決心「懸崖撒手」，不再涉身紅學；誰知心雖堅，情有未已，誓言在耳，就來寫《紅樓夢與百年中國》了。這是幾句題外話，下面言歸正傳，向讀者介紹紅學領域的幾次大的論爭和由論爭形成的宗宗公案。

上篇　紅學論爭

第一次論爭：胡適與蔡元培論戰

一九二一年胡適發表《紅樓夢考證》，向索隱派紅學宣戰，就中批評的代表人物之一便是《石頭記索隱》的作者蔡元培，指出蔡的索隱「是一種很牽強的附會」，是猜「笨謎」，所使用的方法和結論「實在沒有道理」。批評的語言是很尖銳的，次年二月，蔡元培在《時事新報》上發表《石頭記索隱》第六版自序，對胡適的批評做出回答，認爲自己的索隱「審慎之至，與隨意附會者不同」。他說：「胡先生所謚爲笨謎者，正是中國文人習慣，在彼輩方謂如此而後值得猜也。」並舉《世說新語》、《南史》、《品花寶鑒》、《兒女英雄傳》、《儒林外史》等著述爲例，說明撰述者設謎以饗讀者於古有征，不值得大驚小怪，更不是什麼「笨謎」。

針對胡適的自傳說，蔡元培反駁道：「若以趙嬤嬤有甄家接駕四次之說，而曹寅適亦四次接駕，爲甄家即曹家之確證，則趙嬤嬤又說賈府只預備接駕一次，明在甄家四次以外，安得謂賈府亦指曹家乎？胡先生以賈政爲員外郎，適與員外郎曹頫相應，謂賈政即影曹頫。然《石頭記》第三十七回，有賈政任學差之說，第七十一回有賈政回京復命，因是學差，故不敢先到家中云云，曹頫固未聞曾放學差也。且使賈府果爲曹家影子，而此書又爲雪芹自寫其家庭之狀況，則措詞當有分寸。今觀第七回焦大之謾罵，第六十六回柳湘蓮道：『你們東府裡，除了那兩個石頭獅子乾淨罷了。』似太不留餘地。」④ 這反駁得也有相當道理，擊中了自傳說的弱點。但不久胡適又進行再商榷，在《跋紅樓夢考證》一文中，具體回答了蔡元培的反批評。也許是怕引起學界誤會，他在文章結尾處引用了一段亞里士多德的話：「朋友和真理既然都是我們心愛的東西，我們就不得不愛真理過於愛朋友了。」⑤

一九二六年六月，蔡元培爲壽鵬飛的《紅樓夢本事辨證》一書作序，仍舊事重提，表示贊同壽氏對胡適自傳說的批評，並說：「此類考據，本不易即有定論，各尊所聞以待讀者之繼續研求，方以多歧爲貴，不取苟同也。」⑥ 措詞婉曲，但反對考證派的定於一尊之意甚明。

當時蔡元培是北京大學校長，胡適是北大教授，都是思想界和學術界的領袖人物，他們之間的論爭，使人翹首凝眸，格外關注，在紅學史上有重大影響。爭論的實質，是紅學觀念和研究方法不同所引起的衝突，不可能很快一方被另一方說服，只不過胡、蔡兩人使彼此之間的論爭嚴格保持學術論爭的特點，觀點寸步不讓，卻不失學者風度。

第二次論爭：《紅樓夢》的地點問題

俞平伯在《紅樓夢辨》中最先提出地點問題，傾向於書中所寫的事情發生在北京，但也表示不能遽下斷語，搜尋作品的例證，與南方對景的地方也不少。他在寫給顧頡剛的信中說：「從本書中房屋樹木等等看來，也或南或北，可南可北，毫無線索，自相矛盾。」⑦ 因此俞平伯只是提出問題，並沒有解決問題。

一九二四年四月，即《紅樓夢辨》由亞東圖書館出版一年之後，劉大傑在北京《晨報副刊》上撰寫商榷文章⑧，提出《紅樓夢》的地點在陝西長安。這在當時確乎是出人意表的新見解，因為《紅樓夢》的地點之爭，向來只有南京和北京兩說，從未有人主張寫的是陝西長安。劉大傑的證據，主要是書中有幾處提到「長安」字樣，如第十七回介紹妙玉：「因聽說長安都中，有觀音勝跡，去年隨了師父上來」；第三十八回寶釵持蟹賞桂詩：「桂靄桐陰坐舉觴，長安涎口盼重陽」；第五十六回甄寶玉在夢中說：「我聽見老太太說，長安都中也有個寶玉」，以及第十五回鳳姐為水月庵老尼之事，「假託賈璉所囑，修書一封，連夜往長安縣來」等等。

他的這一觀點立即遭到李玄伯的反對，認為《紅樓夢》的地點，不過是作者所經歷過的各個地方的代表，「謂為南京既非，北京亦不是」，當然更不是長安，因為曹雪芹從未到過陝西。至於長安兩字，李玄伯解釋說：「長安兩字常爲文人所用，已變成京師之意。文章內或欲模古或避重複，每稱京師曰長安。」⑨

李玄伯的文章，發表在一九二五年四月二十日出版的《猛進》第八期上，五月十一日，劉大傑即在《晨報副刊》著文作答⑩。五月二十二日，李玄伯又在《猛進》上刊出《再論紅樓夢及其地點》一文，繼續進行駁難。十二月一日，《晨報》出版七周年紀念增刊，劉大傑在《紅樓夢裡重要問題的討論及其藝術上的批評》一文中，再次提出《紅樓夢》的地點在陝西長安。他並且把文章送給胡適看，胡適說：「據種種的考證，曹雪芹永遠沒有和陝西長安發生過關係。他死的時候，確實在北京。書中雖說長安，因古人多稱京師爲長安的緣故。」⑪ 但劉大傑並沒有接受胡適的意見，仍然堅持長安說。這之前，他還曾寫信給俞平伯，結果遭到俞的反駁，認爲他的證據是「水中撈月」，明確表示「不能贊同」，並推薦李玄伯的文章要他看⑫，等於在劉、李論爭中站到了李玄伯的一邊。

劉大傑的長安說顯然無法成立。特別後來甲戌本出現，前面有一篇「凡例」，明確標示：「書中凡寫長安，在文人筆墨之間，則從古之稱，凡愚夫婦兒女子家常口角，則曰中京，是不欲著跡於方向也。」使長安說從根本上失去了存在理由。但這一場關於《紅樓夢》地點問題的論爭，卻很有影響，後來不斷有人重提這一「舊話」，即使未獲一致結論，也可以起到激發人們的紅學興趣的作用。

第三次論爭：《紅樓夢》中的女性是大腳還是小腳

當一九八〇年國際《紅樓夢》研討會在美國威斯康辛大學召開的時候，唐德剛先生向大會提交一篇論述《曹雪芹的文化衝突》的論文，對《紅樓夢》中諸釵腳的問題作了專門探討，認爲曹雪芹對這個問題有意迴避，只是在有意無意之間似乎透露出他筆下的美人兒是小腳⑬。這篇論文在研討會上頗引人矚目。

其實，早在二十年代末，紅學界就曾圍繞《紅樓夢》中的女性是大腳還是小腳的問題，展開過激烈的論爭，唐德剛的觀點，已有人先他提出過，列舉的例證也基本一樣。當時，組織這場討論的主要是北京的《益世報》，後來又發展到《新民報日刊》和《全民周報》，至四十年代還陸續有文章發表。

這場討論是由一九二九年四月十四日《益世報》上發表的《紅樓夢腳的研究》一文引起的。作者芙萍提出，曹雪芹對女性美的描寫無微不至，惟獨對諸釵的腳一項絕口不談，因此這些女子是天足還是纏足，讀者感到疑惑莫解。他以第四十九回描寫林黛玉和史湘雲，一個穿著「羊皮小靴」，一個穿著「鹿皮小靴」（脂本作「麀皮」）爲例，說明似乎是小腳，但又不好肯定一定是小腳，因爲天足美中也有所謂「小靴小鞋」和「瘦小如刀條」的說法。第三十六回寫鳳姐「跐著那角門的門檻子」，第五十四回寫湘雲和鳳姐都會放炮仗，有人可能看做是大腳的證據，但芙萍認為仍說明不了問題，因為南方女性的三寸金蓮，也是很活潑生動的，不能與「一步邁不開的小腳娘」相比。只有妙玉，由於是僧尼，不應該纏足。同樣，惜春也必為大腳，依此，則《紅樓夢》中確有大腳的證據。他的結論是：（一）在女性腳的問題上，曹雪芹有意把「真事隱去」，大說夢話。那些女性美人來自金陵，本應是小腳，但這樣不合作者「滿洲旗人」的身分，所以莫若不談。（二）《紅樓夢》處處講影子，節節論真假，這個腳的疑難，正是讓世人猜謎以成案，以收到「假作真時真亦假」的妙用。

張笑俠不同意芙萍的解釋，認為《紅樓夢》中的女性是大腳，可以舉出許多證據。一是第二十三回寫林黛玉讀《西廂》，站在地上一氣看完十六齣，說明林黛玉是大腳，不是小腳，否則不會有這樣的工夫。二是第二十五回鳳姐手持一把鋼刀「砍進園來，見雞殺雞，見狗殺狗，見人就要殺人」，如此勇狂，當不是「小腳娘」的筆力，因此鳳姐應該是大腳。三是第二十七回寶釵撲蝶，「倒引的寶釵躡手躡腳的，一直跟到池中滴翠亭上」，這一句似乎是寫大腳女子。四是唱戲的女伶，張笑俠說：「我敢武斷她們絕對是大腳不是小腳，因為她們的角色是小腳不好扮的。」

張笑俠的商榷文章的題目是《讀紅樓夢腳的研究以後》，載一九二五年五月二十九日的《益世報》。六月二十九日、三十日和七月一日，《益世報》又披載張笑俠的文章，題目是《紅樓夢的腳有了鐵證》。他說一位叫王夢曾的朋友在書中找到了確證，即第三十二回襲人煩史湘雲幫助她做鞋，湘雲說：「只是一件，你的我才做，別人的我可不能。」襲人笑道：「又來了，我是個什麼，就煩你做鞋了。實告訴你，可不是我的。你別管是誰的，橫豎我領情就是了。」史湘雲說：「論理，你的東西也不知煩我做了多少了，今兒我倒不做了的原故，你必定也知道。」張笑俠據此推論道：「既然史湘雲說你的我才做，別人的我不能，鞋本來是寶玉的，由此處兩下對照，可見襲人的腳與寶玉的腳差不多，當然是大腳無疑了。」另一條證據是一位叫陳夢陶的「旗族」朋友告訴他的，說第四十九回描寫的「羊皮小靴」與「鹿皮小靴」，正是旗族中天足婦女所穿的，不能因爲有個「小」字就代表小腳鞋。這後一條證據，從民俗的角度提供的，也許不無道理，但前一條，張笑俠的推論卻大成問題。第三十二回是這樣寫的：

襲人道：「且別說頑話，正有一件事還要求你呢。」史湘雲便問什麼事，襲人道：「有一雙鞋，摳了墊心子。我這兩日身上不好，不得做，你可有工夫替我做做？」史湘雲笑道：「這又奇了，你家放著這些巧人不算，還有什麼針線上的，裁剪上的，怎麼叫我做起來？你的活計叫誰做，誰好意思不做呢。」襲人笑道：「你又糊塗了。你難道不知道，我們這屋裡的針線，是不要那些針線上的人做的。」史湘雲聽了，便知是寶玉的鞋了，因笑道：「既這麼說，我就替你做了罷。」

可見，史湘雲在答應襲人之前，已經知道鞋是寶玉的。她答應之後又說「你的我才做，別人的我可不能」，顯然是一種調侃，隱藏著湘雲對寶玉的感情上的微妙關係。襲人接下去解釋說鞋不是她的，倒是襲人「又糊塗了」，未能理解湘雲的心理活動。所以張笑俠推論襲人的腳和寶玉差不多，當然是大腳，在事實上不能成立。

《益世報》上的這次論爭，如同所有紅學論爭一樣，並未達成一致意見，因此《紅樓夢》中諸釵腳的問題，仍然是個謎，致使五十年後移居美國的唐德剛先生重又提出這個問題。

第四次論爭：一九五四年的大討論

一九五四年的大討論，有政治層面，也有學術層面，我是指學術層面而言。作家出版社編輯出版的《紅樓夢問題討論集》共四集，收一九五四年九月至一九五五年六月全國各報刊發表的討論文章一百二十九篇，第一集和第二集裡的文章主要是針對俞平伯和胡適的批評性文字；第三、四集則側重正面論述《紅樓夢》的思想和藝術，包括人物形象和作品結構的分析。就學術層面來看，這次空前規模的大討論涉及的問題非常廣泛，等於對胡、蔡論戰以來的紅學做了一次全面的反思，對《紅樓夢》這部作品重新加以估價，影響頗爲深遠。

《紅樓夢》的思想性質和思想傾向，曹雪芹的世界觀和創作方法，作品所滲透和反映的人民性問題，以及賈寶玉的典型性格和時代特徵，是許多研究者集中討論的問題。還有如何看待劉老老其人，意見也甚是分歧。所以這次大討論中，實際上包含著不少小論爭。當然受政治層面的影響，各種不同意見沒有充分展開，使一九五四年大討論中的學術論爭帶有很大的局限性。

第五次論爭：李希凡和何其芳的筆墨官司

李希凡和藍翎是一九五四年大討論的發難者，他們在討論中提出的一些觀點，尤其認爲賈寶玉是新人形象的觀點，以及《紅樓夢》的思想傾向是明清之際資本主義生產關係萌芽的反映，遭到紅學界一部分人的反對，其中持異議最力者是何其芳。

何其芳在一九五六年寫的《論紅樓夢》的長文中，用很大篇幅來詰難以李希凡和藍翎爲代表的強調新的經濟因素的作用的觀點。爲此他考察了黃宗羲、顧炎武、王夫之、唐甄、顏元、戴震等清初思想家，認爲這些學者的思想具有濃厚的封建性，根本不能代表當時新興的市民階層。他批評說：「用市民說來解釋清初的思想家和《紅樓夢》，其實也是一種教條主義的表現。這是搬運關於歐洲的歷史的某些結論來解釋中國的思想史和文學史。」⑭ 他還說，這樣來解釋《紅樓夢》，實際上是「老的牽強附會再加上新的教條主義」。⑮ 批評的措詞相當嚴厲。

李希凡對何其芳的批評沒有立即作答，但對何其芳發表的〈論阿Q〉和〈關於詩歌形式問題的爭論〉兩文，卻提出了質疑，前者在一九五六年，後者在一九五九年⑯。因此，李、何論爭不止在紅學一個領域。一九六四年，何其芳在爲《文學藝術的春天》一書所寫的序言中，就阿Q的典型問題和詩歌形式問題，系統反駁李希凡的質疑，用了一萬多字的篇幅⑰。一九六五年，李希凡在《新建設》雜誌發表進一步詰難的文章⑱，兩個人的筆墨官司愈演愈烈。一九七三年，《紅樓夢評論集》印行第三版，李希凡在後記和附記中，對何其芳的觀點又作了一次總清算⑲，雖主要集中在賈寶玉和林黛玉的典型意義及《紅樓夢》的思想傾向上，但由於當時的環境和氣氛，何其芳處於不能答辯的境地，正常的學術討論已無可能。

本來《紅樓夢》的思想傾向和明清之際的思想潮流是什麼關係，賈寶玉的身上有沒有新的思想的萌芽，純屬具體的學術問題，研究者完全可以而且應該堅持自己的獨立看法；但遺憾的是，李、何論爭未能在學術層面上深入探討，反而因環境氣氛的影響使雙方在感情上出現了隔閡。

第六次論爭：關於「𤓰瓟斝」和「點犀盉」

《紅樓夢》第四十一回寫寶玉、黛玉、寶釵到櫳翠庵品茶，妙玉給寶釵用的飲器叫𤓰瓟斝，給黛玉用的叫點犀盉。人民文學出版社一九五七年版《紅樓夢》的注中，釋「斝」爲古代的大酒杯，

「瓝」、「瓟」係瓜類名，所以瓝瓟斝就是近似瓜類形狀的酒杯；釋「蠢」爲古代碗類器皿，「點犀」用的是李商隱詩「心有靈犀一點通」的典故。

一九六一年八月六日，老作家沈從文在《光明日報》上撰文⑳，對人文版《紅樓夢》的注釋提出商榷。他說明代以來，南方新擡頭的士紳階層中，流行用葫蘆或編竹絲加漆作茶酒器，講究的還要仿照古代銅玉器物，做成各種形態花紋。瓝瓟斝，就是「用瓝瓟仿作斝形」，而不是人文版注釋中所說的「這個斝類杯近似瓜類形狀」。沈從文說「正好相反」，這是就「務實」方面而言，至於「務虛」方面，他認爲作者是用此器物隱喻妙玉做作、勢利、虛假，因爲俗語有「假不假？班包假。真不真？肉挨心」的說法。瓝瓟斝疑是「班包假」的諧音。至於點犀蠢，沈從文說係宋明以來，官僚貴族爲鬥奢示闊，用犀角做成的酒器，足甚高，中間有白線直透到角頂。書中以此器象徵妙玉的「透底假」，在手法上使用的會意，與瓝瓟斝的諧聲相映成趣。他認爲《紅樓夢》第四十一回這節文字：「重點主要在寫妙玉爲人，通過一些事件，見出聰敏、好潔、喜風雅，然而其實是有些做作、勢利、虛假，因之清潔風雅多是表面上的。作者筆意雙關，言約而意深。甚至於兩件器物取名，也不離開這個主題，前者是諧音，後者卻是會意。也可說並非真有其物，可又並不是胡亂湊和。」沈從文是文學大家，又是古器物專家，他出面從歷史、文物、習俗和修辭幾個方面對《紅樓夢》的注釋進行商榷，提出新解，不獨爲訓詁，同時也是一篇卓見別具的賞析之作，自然會引起學術界的重視。但由於涉及對妙玉性格的理解，研究者中間也有不同意見。

一九六一年十月二十二日，周汝昌的〈也談「瓝瓟斝」和「點犀蠢」〉在《光明日報》刊出，表示贊同沈從文提出的曹雪芹描寫這些古怪飲器名稱，不限於字面意義。但他不同意說妙玉「凡事皆假」，理由是《紅樓夢曲》中的《世難容》一支，充滿了悲憤，沒有絲毫譏嘲口吻；是續書把妙玉糟蹋了。他說：「我以爲，特筆寫出給釵、黛二人使用的這兩隻怪杯，其寓意似乎不好全都推之於妙玉自己一人，還應該從釵、黛二人身上著眼，才不失作者原意。」寶釵用𤫊瓟斝，暗含這位姑娘的性情是「班包假」，與書中「罕言寡語，人謂藏愚，安分隨時，自云守拙」的描寫正合。而「點犀䀉」，周汝昌說庚辰本、戚序本皆作「杏犀䀉」，用之於黛玉，則是「性蹊蹺」的隱語，不能採取會意的解法，這與書中描寫的黛玉「怪僻」、「多疑」、「小性」、「心重」的性格，也相符合。周汝昌還提出，「𤫊瓟斝」應該是古匏器，而不是沈從文所說的明清時代的葫蘆器；「䀉」字也沒有「高足器」的意思，因爲書中明言「那一隻形似鉢而小」，不可能有高足的鉢。

周汝昌的文章發表不久，《光明日報》又刊出了沈從文的致周汝昌書，仍堅持𤫊瓟斝是明清器物，與古代瓟器不相干。他說古器和明清仿斝瓟器他「過手過」，「說的大致不會太錯」。關於「點犀䀉」還是「杏犀䀉」，他對「杏犀」一名深表懷疑，寫道：「就我所知，談犀角事諸書，實均無此名色。」而「䀉」字，如從實說，他認爲肯定是高足器，根據有二：「一、事實上只有這種高足犀角飲器，可還從未見有似鉢而小的犀角飲器。談談犀角杯品種還是不爲白費。二、從字義說，高足銅鼎爲『鐈鼎』，高腳木馬名『高蹻』，橋字本身也和隆聳不可分。以類例言，還是高足器皿爲合。」

這是一次學術性和知識性頗強的紅學學術論爭，後來沒有繼續討論下去，可能與在兩位大家面前很多人都感到知識準備不足有關。

第七次論爭：曹雪芹卒年會戰

曹雪芹卒年問題，是考證派紅學的必爭之地。胡適在《紅樓夢考證》中，始而提出卒於乾隆乙酉（一七六五年），在《跋紅樓夢考證》裡改爲甲申（一七六四年），後來甲戌本出現，根據「壬午除夕」的脂批，復主壬午（一七六二年）。一九四七年，周汝昌提出卒於癸未（一七六三年），從此壬午、癸未兩說長期爭論不休，前後發表的文章達數十篇之多。

一九六二年曹雪芹二百周年忌日前夕，卒年論戰達到高潮，僅《光明日報》和《文匯報》，在三個多月的時間裡，就發表各種不同觀點互相駁難的文章十三篇，盛況實屬空前。我們不妨看看文章的題目和作者陣容：

吳恩裕：〈曹雪芹的卒年問題〉；

周紹良：〈關於曹雪芹的卒年〉；

陳毓羆：〈有關曹雪芹卒年問題的商榷〉；

鄧允建：〈曹雪芹卒年問題商兑〉；
吳世昌：〈曹雪芹的生卒年〉；
朱南銑：〈曹雪芹卒年壬午說質疑〉；
周汝昌：〈曹雪芹卒年辨〉；
吳恩裕：〈曹雪芹卒於壬午說質疑——答陳毓羆和鄧允建同志〉；
鄧允建：〈再談曹雪芹的卒年問題〉；
陳毓羆：〈曹雪芹卒年問題再商榷〉；
吳世昌：〈敦誠輓曹雪芹詩箋釋〉；
周汝昌：〈再談曹雪芹卒年〉；
吳恩裕：〈考證曹雪芹卒年我見〉。

考證派紅學的大將全部出馬，文章集中發表在影響很大的《光明日報》和《文匯報》上，雖未形成定論，討論得相當深入，是一次充分反映紅學學術水平的論爭，社會各界爲之刮目相看。這之前，由於胡適、俞平伯的力主，壬午說略占上風；經過一九六二年的會戰，癸未說明顯得勢。但後來甲申說復出，對「壬午除夕」的脂批重新加以句讀，確認「壬午除夕」是批語署年，不是雪芹逝去時間，壬午和癸未兩說便都處於守勢。

儘管如此，圍繞曹雪芹卒年問題展開的論爭，特別是一九六二年的集中會戰，在紅學史上不能不說是一次盛舉，增加了人們對紅學的無窮興味。

第八次論爭：吳世昌與伊藤漱平辯論「棠村序文」

《紅樓夢》卷首「此開卷第一回也」一段文字，以及早期抄本有些回次正文之前的附加文字，究竟出於何人之手？一向是有爭議的問題。不過許多紅學家都傾向認為，這些文字是脂硯齋或其他批書人所寫的回前總評，胡適、俞平伯等都是這麼看的。一九六一年英國牛津大學出版社出版的吳世昌的《紅樓夢探源》，始提出這些通常被看做回前總評的文字，實際上是脂硯齋保存下來的「棠村序文」，隨後作者又在《我怎樣寫紅樓夢探源》一文中㉑，做了進一步的闡發。

吳世昌立論的主要依據是甲戌本第一回列舉書名一段上面的脂批：「雪芹舊有《風月寶鑑》之書，乃其弟棠村序也。今棠村已逝，余睹新懷舊，故仍因之。」研究者一般都主張，「故仍因之，是指《紅樓夢》書名演變過程中，曾有過《風月寶鑑》一名，現在為了紀念棠村，就把這一書名保下來了。吳世昌則認為，「睹新懷舊」的「新」，指的是「增刪五次」之後的新稿，「舊」是指「舊有《風月寶鑑》之書」，所「因之」的是棠村為舊稿寫的序。這一解釋誠然與眾不同，但支持者寥寥。日本的《紅樓夢》翻譯家伊藤漱平先生於一九六二年，在第八號《東京支那學報》上撰寫〈關於紅樓夢第一回開頭部分的作者的疑問〉的專文，向吳世昌提出商榷，仍認定每回正文前的那些附加文字是脂硯齋所寫的回前總評，而不贊成關於「棠村序文」的說法。對此，吳世昌先生在一九六四年第十號《東京支那學報》上發表〈論石頭記中的棠村序文——答伊藤漱平教授〉的文章，一一加以辯駁，堅持己說甚力，且措詞尖銳，態度不容置辯。伊藤在文章中採取逐回考察總評的方法，證明吳世昌的棠村序文說不能成立，吳世昌說這是「最無理的論點」，絕不能容忍。他寫道：「我和伊藤素昧平生，彼此無恩無怨，真不知道他何以要這樣和我過不去。」㉒

一九六四年第十號《東京支那學報》在發表吳世昌的答辯文章的同時，也刊載了伊藤氏的答吳世昌的反駁的文章，題目是〈關於紅樓夢第十回開頭部分的作者的疑問訂補——兼答吳世昌氏的反駁〉。兩位不同國度的紅學家辯難析疑，爭論得不可開交，中外學術界都爲之矚目。

第九次論爭：《廢藝齋集稿》的真僞

《廢藝齋集稿》是曹雪芹的一部佚著，一九七三年，吳恩裕在《文物》雜誌第二期上以《曹雪芹佚著及其傳記材料的發現》爲題，發表長篇介紹文章，曾在紅學界引起轟動。據吳先生說，這部佚著共分八冊：第一冊是關於金石的；第二冊題目是《南鷂北鳶考工志》，專講紮、糊、繪、放風等；第三冊講編織工藝；第四冊講脫胎工藝；第五冊講織補；第六冊講印染；第七冊講雕刻竹製器皿和扇股；第八冊講烹調。原稿係抗戰時期一個日本商人金田氏從一清皇族手中所買，借給在北京北華美術學院任教的日籍教師高見嘉十。向吳先生提供材料的抄存者孔祥澤，是高氏的學生。現存留下來的部分，有《集稿》中《南鷂北鳶考工志》的彩繪風箏圖譜摹本、紮繪風箏的歌訣、「考工志」的自序、董邦達爲「考工志」寫的序言，和曹雪芹的一首〈自題畫石〉詩，還有敦敏寫的一篇〈瓶湖懋齋記盛〉㉓。雪芹在「自序」中稱，他編寫《南鷂北鳶考工志》，是「爲今之有廢疾而無告者」；董序亦說：「曹子雪芹憫廢疾無告之窮民」，如是，則《紅樓夢》作者的思想可見一斑。敦敏的〈瓶湖懋齋記盛〉，更記錄了雪芹晚年與下層勞動人民接觸的一些情形。如果這些材料真實可靠，對研究曹雪芹思想，進一步理解《紅樓夢》的創作，無疑有重大意義。

紅學界很多人看了吳恩裕的介紹，都認爲可信，希望《廢藝齋集稿》未發現的部分能夠重新找到。日本新聞媒介爲此作了報導，以便在日本發現有關線索。但也有不少研究者持懷疑態度。一九七三年五月，陳毓羆和劉世德寫出了質疑文章，對吳恩裕的發現提出種種疑點。他們說從遣詞造句和文章風格上看，「曹序」、「董序」、「敦記」三篇文字如出一人之手，因而不可能是曹雪芹、董邦達、敦敏的手筆。至於〈自題畫石〉詩，他們從富竹泉的《考槃室詩草》中找到了該詩，而向吳恩裕提供《廢藝齋集稿》線索的孔祥澤，就是富竹泉的外孫㉔。因此《集稿》的真實性便值得懷疑了。

當陳、劉質疑文章的油印稿在紅學界傳閱的時候，胡文彬和周雷即寫了一篇《曹雪芹佚著廢藝齋集稿析疑》㉕，就陳、劉提出的守制問題、文字問題、物價問題、詩風問題、天氣問題等疑點，詳加剖解說明，傾向於新材料是可靠的，不贊成在證據不充分的情況下予以否定。後來陳、劉以《曹雪芹佚著辨僞》爲題，將質疑文章發表在一九七九年出版的《中華文史論叢》第一輯上。不久，吳恩裕的回答文章在第四輯《中華文史論叢》上刊出，題目是《論廢藝齋集稿的真僞——兼答陳毓羆、劉世德兩同志》。吳文除就陳、劉文中的疑點加以辨析和解釋外，還在文末寫了一節「最後不能不說的話」：

> 老實說，我得很努力壓抑自己的感情才能讀完陳、劉的文章。文中超乎辯論範圍的用語是那樣多，意氣那樣重，自信那樣強！我本想心平氣和地回答他們，但是做起來很困難。今後，希望我自己和陳、劉兩位，以及所有進行學術討論的同志們，都應該以所討論的問題爲共同「攻克」的目標，把討論的兩方看成從左右兩翼向難題進攻的力量。攻下了目標，解決了問題，才是勝利。㉖

吳恩裕的文章寫於一九七九年六月，還未及在《中華文史論叢》上刊出，他就在同年十二月二日遽然逝去。後來雖然又有幾篇探討《廢藝齋集稿》真僞的文章見諸報刊，包括日本學者伊藤漱平寫的長篇札記㉗，但吳先生已不可能再做出回答了。

平心而論，無論證明《廢藝齋集稿》是假，還是相信是真，都感到論據不甚充分。不過現在人們已不再提起這樁訟案了，也許是材料不足之故罷。

第十次論爭：曹雪芹畫像問題

曹雪芹畫像先後發現兩幅，都有真僞問題。一爲王岡繪《獨坐幽篁圖》手卷，像後有皇八子、錢大昕、倪承寬、那穆齊禮、錢載、觀保、蔡以台、謝墉等乾隆時聞人的題詠，除一人上款署「雪琴」，其餘均署「雪芹」，以此被認爲是曹雪芹的畫像。收藏者爲李祖韓，係一九二三年從上海一古董商手中購得，一九二八年葉恭綽曾爲之題跋，周汝昌《紅樓夢新證》中有介紹。五十年代以後，此畫像再無人見過，只有照片傳出，係藏主之妹李秋君的摹本。現李祖韓及其妹秋君已於一九六四年和一九七一年先後故去，畫像手卷不知誰屬。

紅學家中，吳恩裕、吳世昌、朱南銑認爲王岡繪手卷像主確係曹雪芹，周汝昌始而肯定，後又存疑。一九六一年胡適撰有《所謂曹雪芹小像之謎》一文，刊於香港《海外論壇》第二卷第一期，也認爲像主不是曹雪芹，而可能是浙江籍的一位翰林。他說這一看法，一九二九年在上海見到該畫時就與藏主李祖韓談過。胡適的文章遭到吳世昌、吳恩裕的反駁㉘，雙方爭論得很激烈。一九八〇年，李氏家屬從發還給他們的書畫中發現三頁題跋，係畫像上剪下來的，有皇八子永璿、觀保、謝墉，陳兆侖四人的題詩。陳兆侖的題詩有「進老學長兄」的上款，另三人不具上款，當然沒有「雪琴」或「雪芹」字樣。這句與以往傳說的題款不同，像主是否爲曹雪芹，遂更加可疑。但此四人的題詩爲什麼要剪下？誰剪下的？畫像和其餘題詩現在何處？像主如果不是曹雪芹究竟是誰？仍是未解之謎。

另一幅畫像爲陸厚信繪，河南省博物館的范殿鈞於一九六三年初自商丘縣的郝心佛手中購得，定價五元人民幣，現藏該館。最早注意到這幅畫像的是上海文化局的方行，他將畫像照片寄給王士菁，轉請周汝昌目驗，時在一九六三年下半年。

八月十七日，《天津晚報》刊出周汝昌的介紹文章，題爲《關於曹雪芹的重要發現》，充分肯定畫像「非常可靠，既不是贗品，也不是另外一個名叫雪芹的人的畫像，價值極高」。九月十四日，劉世德在《天津晚報》發表否定性文章㉙，提出陸繪像主是俞瀚字楚江，不是曹雪芹。根據是他從《尹文端公詩集》卷九中查到了畫像對驗冊頁上的尹繼善題詩，標題爲《題俞楚江照》。尹詩係兩首絕句：「萬里江天氣寥，白門雲樹望中遙。風流誰似題詩客，坐對青山想六朝。久住江城別亦難，秋風送我整歸鞍。他時光景如相憶，好把新圖一借看。」下款署「望山尹繼善」。畫像爲對開兩頁，尹詩居左，畫像居右，左上有題記五行：「雪芹先生洪才河瀉，逸藻雲翔。尹公望山，時督兩江，以通家之誼，羅致幕府。案牘之暇，詩酒賡和，鏗鏘雋永。余私忱欽慕，爰作小照，繪其風流儒雅之致，以志雪鴻之跡云爾。雲間艮生陸厚信並識。」下有「艮生」、「陸厚信印」二方。論爭於是便圍繞曹雪芹是否入過尹繼善幕，俞楚江有無「雪芹」之號，和尹繼善是什麼關係，以及如何理解尹詩的詩意，畫像與傳說中的雪芹形貌是否相類等問題，熱烈展開。

周汝昌回答劉世德的《再談曹雪芹小像》，刊載於一九六三年九月二十一日《天津晚報》；一九六四年四月五日，又撰寫《雪芹小像辨》，在香港《大公報》刊出。針對劉世德提出的尹詩與陸畫的矛盾，周汝昌認爲詩、畫原非一體，兩者自成「單位」，無論從詩中描繪的「雲樹」、「青山」等景物來看，還是就題詩無上款而言，都證明「尹詩並非爲題陸畫而入冊者甚明，二者實各不相涉」㉚，因此像主爲曹雪芹無須懷疑。一九七三年周汝昌在《文物》發表《紅樓夢及曹雪芹有關文物敘錄一束》㉛，也談到了這幅畫像，並首次刊出陸繪小照及尹繼善題詩的照片。但爭論大規模展開是在一九七八年以後。

一九七八年第五期《文物》雜誌刊出了文物鑒定專家史樹青的文章㉜，提出「這一開冊頁除尹繼善的題詩以外，其他皆有意僞作。僞作時間約在本世紀二十年代到四十年代『新紅學派』盛行時期」，對陸繪畫像予以徹底否定。這樣一來，使論爭立即沸騰起來。一九七八年五月二十八日和六月二十五日，周汝昌在香港《新晚報》撰寫文章，反駁史樹青的考辨，仍堅持己說。史樹青斷爲僞作的理由，一是尹詩應做於乾隆三十年乙酉，其時雪芹已卒，故畫像與《紅樓夢》作者無涉；二是尹詩題在對開頁的後半扇，前面是爲了謙虛預留的空白，即書畫題跋中常見的「敬空」，因此給做僞者提供了條件。對此，周汝昌的解釋是，尹集係他人所編，紀年難免有誤；而尹詩既題給俞楚江，就不會留空白，因爲尹繼善是俞的頂頭上司：「留半張紙以待他人——留待誰呢？尹氏本人就是宰輔封疆，要留，恐怕就只好留給『聖上』乾隆了？不然，怎麼講呢？」

一九七九年四月二日至四日，梅節在香港《文匯報》發表〈曹雪芹畫像考信〉，詳細介紹六十年代以來圍繞陸繪畫像的真僞所展開的爭論，主張畫像雖非贋品，但絕不是曹雪芹，並把陸繪和王繪聯繫起來，認爲兩幅畫像的像主都是在兩江總督尹府做過幕客的俞瀚俞楚江。

這時，陳毓羆、劉世德撰寫的〈論曹雪芹畫像真僞問題〉的長篇文章，也在一九七九年第二期《學術月刊》上刊出，公佈了許多俞瀚的材料，證明陸繪識語中說的「洪才河瀉，逸藻雲翔」，俞氏當之無愧。

五月三十一日，宋謀瑒的反駁梅節的文章刊於香港《文匯報》，堅持像主不是俞楚江，原因是俞瀚「長身銳頭，玉立峨峨」，和畫像不符；同時在《山西大學學報》發表長篇論辯文章㉞，系統闡述自己的觀點。九月七日，梅節著文作答，以《不要給曹雪芹隨便拉關係——答宋謀瑒先生的質疑》爲題，發表於香港《文匯報》。

陳毓羆、劉世德則撰寫〈曹雪芹畫像辨僞補說〉㉟，參加梅、宋論爭。而史樹青的〈再論「陸厚信繪雪芹先生小照」〉，此時也在《紅樓夢研究集刊》第五輯上刊出㊱，作者稱兩年以來在閱讀諸家文章的同時，又做了進一步調查研究，搜集了一些有關資料，表示「對自己過去的看法，仍然信心十足」。因爲周汝昌在〈曹雪芹小像之新議論〉一文中談到，陸繪畫像「是一部冊頁，一共好多開」，不是「一個冊頁」，一九六三年在北京目見原件的一位先生曾向他指明：「是一共捌開，沒有錯。每開皆有詩畫。另外的人像不一，或坐或立，姿態形相也各異。」對此，史樹青在文章中公佈了收藏畫像的河南省博物館的武志遠、趙新來寫給他的信，證實畫像「只有一頁，絕不是一冊」，認爲周汝昌「未看過原物，全是道聽途說」。武、新二人並抄了一張一九六三年購買畫像的單據給史樹青，其中寫道：「清代曹雪芹小照一張，價五元整。」係從商邱縣博愛十五街七號郝心佛手中購買，經手人是范殿鈞。史樹青的結論是：「一開冊頁，半僞半真。」

當圍繞陸繪畫像的論爭趨於白熱化之時，對王繪畫像的討論仍在進行。一九八〇年出版的《紅樓夢研究集刊》第五輯，一方面刊出史樹青的《再論》，同時發表了鄧紹基談王繪的《關於「曹雪芹小像」的部分題詠詩》。《文學遺產》同年第二期則載有陳毓羆、劉世德的《談新發現的「曹雪芹小像」題詞》。他們繼續多方面論證王繪像主不是曹雪芹，而可能是俞瀚。接著，宋謀瑒又在《文學遺產》一九八一年第一期上發表商榷文章[37]，針鋒相對地提出王繪像主不可能是俞瀚，「因爲身世不同，生平不類，年齡不合，相貌不符」。同時對皇八子永璇等四人的題詩是否都是題的王繪《幽篁圖》表示懷疑。而陸繪，由於史樹青在文章中公佈了河南省博物館的有關材料，討論各方又經常涉及到原件的冊頁特徵和發現經過，所以紅學家們紛紛赴鄭州目驗實物。馮其庸在看過陸繪之後，發現畫像「頭部周圍輪廓線有皴擦水跡」，似已「改頭換面」，目的是將原畫俞楚江的「長身銳頭」改成曹雪芹的「身胖頭廣而色黑」[38]。宋謀瑒則三下河南，找各有關當事人尋根問底，河南省博物館也做了許多調查。

這時已是一九八二年，正好全國《紅樓夢》討論會在上海召開，應大會籌備處的邀請，河南省博物館副館長韓紹詩帶著畫像到會，並於十月二十三日下午宣讀了他們的調查報告，結論是陸繪像主是俞楚江，畫面上五行題記是售畫人郝心佛串通朱聘之、陸潤吾等僞造的。第二天，上海各報作爲重要新聞加以報導，以爲二十年懸案終於水落石出。但周汝昌、宋謀瑒仍持異議，認爲結論並不可靠。上海博物館的文物鑒賞專家對畫像鑒定之後，也說尹詩與陸繪及題記似一體，墨色、印色無顯著不同。黃裳在《人民日報》發表的《曹雪芹的頭像》，持類似看法。於是宋謀瑒又一次去河南商丘，向售畫人做直接調查，並寫出調查報告，與周汝昌的〈精華欲掩料應難——「雪芹小照」公案初剖〉，一起刊載於一九八三年第一期《上海師院學報》。售畫人郝心佛則寫出〈揭開「曹雪芹畫像」之謎〉一文，自道作僞過程，說「雪芹先生洪才河瀉」五行題記係朱聘之所添，畫像原裝一冊三十多頁，內容皆俞瀚自書今體律絕，畫像和尹詩在倒數第二頁，最後是張鵬爲陸繪題的四首七絕。與此過程有關的程德卿，也寫了《揭開「曹雪芹畫像」之謎的經過》。這些有關材料，都在一九八三年二月二十八日在北京召開的「曹雪芹畫像調查報告會」上公佈了。

程德卿的文章，是以致宋謀瑒的公開信的方式發表在一九八三年一月九日《河南日報》，對此，宋謀瑒寫了《「曹雪芹畫像」爭鳴的前前後後——兼答程德卿同志》，及〈有關「雪芹小照」公案的四首詩〉，後來均刊載於江蘇省紅學會編印的《紅樓夢研究資料》第二輯上。周汝昌的〈雪芹小照鑒定記實〉和徐邦達的〈悼紅影議〉，此時也在香港《文匯報》上刊出。由於宋謀瑒在文章中對所謂畫像後面的張鵬題詩表示懷疑，認爲售畫人言詞閃爍，矛盾甚多，並說程德卿不是局外人。程德卿在《中原文物》上又發表了〈僞「曹雪芹小照」的再辨析〉的文章，來回答宋謀瑒。文章的內容和措詞，許多地方已超出學術論爭的範圍。

正在這時，又發生了陸繪印章的風波。徐恭時在一九八三年十日月召開的南京《紅樓夢》討論會上提出，他和郭若愚目驗原件，發現五行題記下面的「陸厚信印」實際上是「陸厚培印」。當時陸繪畫像正在南京展出，一些與會者看過之後，也覺得「信」字似乎是一「倍」或「培」字。而參與作僞者之一的陸潤吾的叔父的名字，就叫陸厚培。如是，則後題跋之說當毫無疑義。但有人拿來了《古璽文編》，證明信字古寫恰好右側作「吝」。後來郭若愚等又著文談題記的另一方小印「艮生」的「艮」字，只能與「培」字有聯繫，與「信」則風馬牛不相及。宋謀瑒也覺得應該承認後題跋說了。但他說：「承認後題跋說不等於畫像就一定是俞瀚而不是曹雪芹。」他強調這樁延續二十多年的公案並未了結，但究竟了結沒了結，人們不妨拭目以待。

第十一次論爭：所謂曹雪芹佚詩

曹雪芹能詩，而且風格近似李賀，這是敦敏、敦誠和張宜泉詩文中透露出來的，應屬可信。脂批也說《紅樓夢》作者有傳詩之意。但除《紅樓夢》之外，並沒有完整的雪芹詩作流傳下來，只敦誠《琵琶行傳奇》的題跋中，有兩個斷句：「白傅詩靈應喜甚，定教蠻素鬼排場。」被敦誠贊爲「新奇可誦」。這首詩其他六句是怎樣寫的，卻無從知道，紅學愛好者無不深以爲憾。

但一九七三年左右，曹雪芹〈題琵琶行傳奇〉佚詩忽然面世，《紅樓夢》研究者中間爭相傳閱。一九七一年上海人民出版社編印的《紅樓夢研究資料》曾予刊載，全詩八句爲：「唾壺崩剝慨當慷，月荻江楓滿畫堂。紅粉真堪傳栩栩，渌樽那靳感茫茫。西軒鼓板心猶壯，北浦琵琶韻未荒。白傅詩靈應喜甚，定教蠻素鬼排場。」不久，吳世昌和徐恭時兩先生撰寫出詳細箋釋、論證和評價的文章，題爲〈新發現的曹雪芹佚詩〉，發表在一九七四年九月印發的南京師範學院編的《文教資料簡報》增刊上，一九七五年第一期《哈爾濱師範學院學報》予以轉載。吳、徐寫道：「從這詩的思想性、藝術性，以及韻律、技巧等種種方面加以考察的結果，認爲這是雪芹原作，絕無可疑。」盛讚「雪芹此詩，是思想性和藝術性高度統一、渾成的優秀範例」，可以用此詩「作爲衡量別的相傳是曹詩（如果還有的話）的尺度」㊴。這樣，所謂雪芹這首佚詩便在全國範圍內流傳開了。

但同時也有傳聞，說佚詩是假的，並不是雪芹的原作，而是「時人擬補」。一九七六年四月增訂出版的周汝昌的《紅樓夢新證》，錄存了這首詩，周先生加按語說：「有擬補之者，去真遠矣，附錄於此，聊資想像。」㊵接著，一九七七年，第四期《南京師範學院學報》刊出了〈曹雪芹佚詩辨僞〉一文，作者陳方，對佚詩的真實性明確加以否定。這樣一來便激怒了吳世昌先生，再次撰寫〈曹雪芹佚詩的來源與真僞〉，長達兩萬餘言，發表於一九七八年第四期《徐州師範學院學報》，公佈了一系列關於佚詩「來歷」的材料，引經據典，確認佚詩「不僞」。特別針對有人說「擬補」之人就是周汝昌，他痛加駁斥，認爲周先生斷「補」不出這樣的詩作。他說這使人想起《晉書》裡一個故事——阮籍的侄孫阮瞻不信鬼，來客與他辯論，辯不贏便作色曰：「即僕便是鬼！」㊶

正當圍繞曹雪芹的佚詩所進行的論爭不可開交之時，香港的《七十年代》月刊在一九七九年第六期上披載出梅節的文章，直截了當地指出佚詩是假的，並說這是一個「騙案」，可以稱爲「紅學界的『水門事件』。」㊷於是吳世昌又在一九七九年第九期《七十年代》上，以〈論曹雪芹佚詩，闢辨「僞」謬論〉爲題，發表答辯文章，仍堅持佚詩不僞。梅節文中有這樣一段話：「四人幫揪出後，原人民文學出版社一編輯卻揭露此詩是假古董，暗示作者就是周汝昌本人。吳世昌明知此詩來源可疑，卻搶先發表，乃矇騙群眾。」吳世昌說：「梅節的行爲已越出學術討論的範圍，成爲一個法律上的誹謗問題」，他「保留另行處分之權」。一九七九年十一月十六日，梅節又在香港《廣角鏡》上撰文，題目是〈關於曹雪芹「佚詩」的真相——兼答吳世昌先生的「斥辨僞謬論」〉。至此，論爭已呈白熱狀態。連顧頡剛、俞平伯兩位紅學元老也被捲入進來，因爲吳世昌在文末附錄了顧、俞給他的信函。㊸

吳恩裕是曹雪芹這首佚詩的先睹者，他的《曹雪芹佚著淺探》中的一則「瑣記」，對佚詩的來歷和流傳過程有所披露，其中寫道：

> 曹雪芹題敦誠之《琵琶行傳奇》一折詩，敦誠於其《鷦鷯庵筆塵》中謂為「新奇可誦」，惜敦誠未引全詩……「全」詩既出，士林競相傳誦，《紅樓夢》資料書，幾無不翻印、注解，且復為文考釋。近日頗有謂前六句為偽補者，又有謂為確係曹作者，一時視聽頗亂。余以曾先睹此「全詩」為快，故僅就所知，以告讀者。
>
> 一九七一年冬，余在皖北濉溪之五鋪鎮，得周汝昌同志函示全詩，並云：「此詩來歷

欠明，可靠與否，俱不可知。」（一九七一年十二月二十六日由北京所寄函）得周函後，余又函詢該詩之所自來，據汝昌於一九七二年一月十四日復函云：「（上略）至其來源，係人投贈，原錄一紙，無頭無尾，轉托人送到。弟不在寓，亦未留他語。使弟一直悶悶，設法探訪奇人。事實如此，原詩已奉目，弟絕無珍秘『來路』之意，當荷見信。此與蠟石筆山照片之遠投頒惠，同為異事，可為前後輝暎（裕案：原即作『暎』，下略）。」據此兩函，則汝昌雖獲此詩，因不知其來源也。

一九七二年春，余自皖去滬轉杭，由杭返京後，與汝昌相晤時，仍謂不知投詩者為誰氏。殆上海印布該「全」詩後，余始聞人言，汝昌曾告人，謂該詩係時人所補。斯時也，談《紅樓夢》者多以為異：益以既知為時人所補，必知其為何人，何不明言其人也？又頗有人認為，前六句即出汝昌之手。他友之關心此問題者，知余與汝昌相善，時來相問，亦有外地不識之同志，投書見詢。遂再度致函汝昌。得覆云：「（上略）埸韻七律，前六句確係時人之作，此詩當年唯寫與二人，一為家兄，一即兄也。家兄一見，亦甚驚奇。後設法探詢，知為時人試補。其人原非作偽之意；不過因苦愛芹詩，恨不得其全，聊複自試，看能補到何種水平耳。其詩筆尚可，但內容甚空泛，此其破綻矣。（芹真詩必不如此！）（下略）」

觀此書詞氣，則前六句為汝昌所補之說，似非無據。蓋其所云：「其人原非作偽之意」、「苦愛芹詩」、「恨不得其全，聊複自試」諸語，已足使人疑為補者自解之詞。

然近見彼於新版《紅樓夢新證》七五〇頁已刊入「全」詩；據汝昌之附記所云：「按雪芹遺詩零落，僅存斷句十四字。有擬補之者，去真遠矣，附錄於此，聊資想像。」則又並非自承。似此迷離惝恍之言，實令人難於判斷此「擬補之者」之為誰。然余所最不解者則為：倘係汝昌自補，何以一九七三年汝昌刊於《文物》第二期〈紅樓夢及曹雪芹有關文物敘錄一束〉一文之提綱初稿（該文係余代《文物》所約，提綱初稿均先交余處，後轉《文物》）中，竟有解釋該「全」詩一節？以故余彼時認為：此六句詩當然非彼所補。雖其後汝昌又函余將該節取消（該文提綱《文物》編輯部未看到），倘非出自曹氏而係彼自己所補，即提綱初稿亦不應寫入也。余意汝昌考證《紅》、曹，歷有年所，辨偽析疑之不暇，詎可含糊其詞，以滋世人之惑！時至今日，何靳一言，以釋眾疑？㊹

最早看到佚詩的吳恩裕先生也被打到悶葫蘆裡了。不過他對佚詩的來歷交代甚詳，說明只有周汝昌深知詩案底理，因此他期待周先生站出來釋疑。

一九七九年，周汝昌先生終於站出來說話了。他說佚詩的前六句是他「試補」的，而且一共「試補」了三首，時間在一九七〇年秋，剛從湖北幹校回到首都的時候。至於有人「誤以爲真」，他說「這三首詩『真』不了」，原因「一是內容空泛」，「二是詩的風格不對」：「我非雪芹，是無論如何也做不出雪芹那樣的詩句的。真假之分，端在此處可見，其他都不需細論了。」㊺ 聚訟多時，紅學界爲之驚詫的曹雪芹佚詩案，終於了結，大家都鬆了一口氣。

第十二次論爭：關於曹雪芹的著作權

《紅樓夢》前八十回的作者是曹雪芹，自胡適一九二一年發表《紅樓夢考證》以來，《紅樓夢》研究者絕大多數對這一結論都是肯定的，所以考證派紅學才有可能發展爲曹學。只有一些索隱派學者懷抱異見，認爲曹雪芹最多不過是一個增刪改定者，他之前當另有一位具有遺民思想的人是原作者。台灣的潘重規先生以及《紅樓夢原理》的作者杜世傑，即持此說；但由於立論孤弱，加之反對者甚眾，沒有集中展開討論。一九七九年，戴不凡的《揭開紅樓夢作者之謎》的系列論文發表之後，如顆顆巨石投入「紅湖」，在紅學界引起強烈反響，一場大規模的關於曹雪芹的著作權的論爭由此拉開戰幕。

戴不凡的文章刊載於《北方論叢》一九七九年第一期，長四萬餘字，主要論點是，曹雪芹不是《紅樓夢》的「一手創纂」或「創始意義」的作者，他是在「石兄」的《風月寶鑑》舊稿的基礎上，巧手新裁，改作成書的。總之，曹雪芹只是小說的「改作者」。他認爲《紅樓夢》的寫作過程分兩個階段：

先是那個被稱為「石兄」、自稱為「石頭」的作者業已「編集在此」的一部「自敘」性質的小說，由後來易名為「情僧」的空空道人抄錄回來問世傳奇，他「改《石頭記》為《情僧錄》」；同時又被人題以《紅樓夢》、《風月寶鑑》等等不同書名。到了第二階段才是曹雪芹在石兄舊稿基礎上「披閱十載，增刪五次」，改寫成《金陵十二釵》，即今天我們所說的《紅樓夢》。

這樣來看待《紅樓夢》的成書過程，不是新說，不僅索隱派學者做如是觀，考證派和小說批評派也不否認《紅樓夢》之前曾有《風月寶鑑》之書。所不同的是，絕大多數研究者根據脂批的明文，都肯定《風月寶鑑》的作者也是曹雪芹，只有戴不凡主張這部「舊稿」出自另外的「石兄」之手。

「石兄」是誰？戴不凡在《揭開紅樓夢作者之謎》的第二篇文章《石兄和曹雪芹》㊻裡，做了回答：是曹寅胞弟曹荃的第二子竹村。當然他的回答帶有自我存疑性質，所以文章中每作「石兄（？竹村）」的語式，措詞也多有「極可能」、「應有個」、「可能是」、「不排斥」、「有跡象表明」、「可以設想」、「估計」等字樣；但論證起來仍頗自信，認爲「就目前所能見到的材料來看，只能做出這樣的判斷」。可以想見，這種立論方法勢必在紅學界引起爭議。而爲了證明曹雪芹只是小說的「改作者」所列舉的「內證」和「外證」，也給詰難者做不同解釋留下了空隙。所以戴文發表之後，《北方論叢》、《紅樓夢學刊》、《紅樓夢研究集刊》、《文藝研究》等刊物，相繼刊載張錦池、吳世昌、王孟白、張碧波、鄒進先、陳熙中、侯忠義、周紹良、鄧遂夫、蔡義江、札拉嘎、宋謀瑒、薛瑞生、梅節等寫的商榷文章近三十篇，使這次關於曹雪芹的著作權的論爭很快達到高潮。

戴不凡所說的「外證」，主要是脂批，或如他所說，是「可資懷疑的許多脂批」。如庚辰本第十三回回末朱筆眉批：「讀五件事未完，余不禁失聲大哭！三十年前作書人在何處耶？」戴不凡說這是畸笏於乾隆壬午（一七六二年）年加的批，上溯三十年爲雍正壬子（一七三二年），按雪芹生於康熙乙未（一七一五年）推算，壬子他才十七歲，怎麼可能創作自稱寫「半生潦倒之罪」的小說呢？還有，雪芹在壬午年明明活著，畸笏怎麼會大哭「三十年前作書人在何處」呢？顯然戴不凡對這條脂批做了與眾不同的解釋，如他的加在引文上的著重號所標示的，理解成《紅樓夢》這部書作於乾隆壬午的「三十年前」了。蔡義江、張錦池、宋謀瑒、鄧遂夫等都不同意這種解釋㊼，認為此批是畸笏由賈府「五弊」聯想到他們舊家的破敗之由，意思是說：「三十年前，為什麼沒有遇見這樣的作書人呢？」如和另一條「三十年前事，見書於三十年後」的批語相對照，意思更加明確，根本與雪芹寫作《紅樓夢》的時間無關。

戴不凡援引作爲「外證」的另外一些脂批，也大都遭致紅學界的異議。特別甲戌本第一回賈雨村中秋詩旁的脂批：「余謂雪芹撰此書，中亦爲傳詩之意。」可以說這是曹雪芹爲《紅樓夢》作者的鐵證。但戴不凡對此批語做了如下校補：

余謂雪芹撰此書中〔當漏：詩詞〕亦為傳詩之意。

這條脂批中，「爲」字可能是錯字，吳恩裕疑爲草書「有」字之誤，不無道理；還有的句讀成「余謂雪芹撰此書中，亦爲傳詩之意」，亦可成一說。惟獨戴文的校補，絕難成立。蔡義江在〈脂評說紅樓夢作者是曹雪芹〉中寫道：「戴文對這幾條脂評的校改，雖然不能成立，看來也出於不得已。否則，甲戌本上白紙紅字寫著『雪芹撰此書』，僅此五字，就足以將他數萬字的考證一筆勾銷。」㊽

戴不凡列舉的一系列「內證」，即「大量吳語詞彙」、「雪芹將賈府從南京『搬家』到北京」、「時序倒流」及「『大寶玉』和『小寶玉』」，也在《紅樓夢》研究者中間引起強烈爭議。許多紅學家指出，戴不凡列舉的書中的未盡統一和矛盾之處，過去並不是沒有人發現，只是覺得仍屬於文學創作當中的正常現象，不好以此作爲理由證明《紅樓夢》係出自不同的人的手筆，尤其不能證明曹雪芹只是別人一部書稿的改寫者。

吳世昌說：「《紅樓夢》裡人物對話不純粹是北京方言，也有吳語，這本來是我在一篇論及人物對話的文中指出來的……但如果要用一本書中同時出現兩種方言這一事實，來證明此書爲二人所著，則是不科學的。」㊾戴不凡舉出二十例吳語詞彙和六個蘇州話的諧音字，用以說明《紅樓夢》裡的吳語詞彙「夠得上是洋洋大觀」；而吳世昌先生一口氣例舉出六十例，加上戴文所舉的，約有近百條吳語詞彙。但吳世昌說：「就《紅樓夢》全書而論，則前八十回即有六七十萬字，這些每條二三字的近百條吳語詞彙在全書中比例，只占千分之零點三，實在微不足道。但即使全書有一半吳語，一半京音，也可能仍是一人而通兩種方言者所寫。」[50] 我們知道，吳世昌也是主張《紅樓夢》不出自一人之手，認爲其前身《風月寶鑑》另有作者，雪芹在此基礎上「加工增刪」成書，這與戴不凡的看法頗具共同之處，而且立說要早得多，但即使如此，他仍認爲戴不凡的例證不能證明自己的觀點。陳熙中、侯忠義則對戴文所舉二十例吳語詞彙細加辨析，發現其中大部分詞語，即便是吳語地區以外的人，也可以、甚至大量地使用，因此他們說「這些『道地』的吳語詞並不『道地』」。[51]

地點問題、時序問題、寶玉年齡問題，也存在類似情況，即矛盾和不統一之處確實多有，但是否如戴文所說，形成了「時序倒流」，書中竟有一個「大寶玉」和「小寶玉」，人們的看法甚歧異。筆者在〈秦可卿之死與曹雪芹的著作權〉一文中，曾反覆核對《紅樓夢》原文，追尋書中提供的各種時間線索，證明戴不凡對寶玉的年齡推斷有誤。我在文中歸結說：「戴不凡同志在〈揭開紅樓夢作者之謎〉一文中，把『時序倒流』和寶玉年齡問題作爲否定曹雪芹著作權的兩大『內證』。我們通過上面的勾稽爬梳可以看出，《紅樓夢》中的時間、節令、氣候基本上是前後貫通、回次相繼的，雖有一些顛倒矛盾之處，但不影響敘事的總體時間性，不能得出『時序倒流』的結論，更不能說『這位偉大作家連時間觀念也沒有』。賈寶玉的年齡，前後基本上也是一致的，不存在什麼『大寶玉和小寶玉』。」[52]

張碧波和鄒進先對戴不凡提出的「石兄」是曹荃次子曹竹村的說法，反駁最力[53]。戴說主要依據曹寅的《思仲軒詩》的小序：「思仲，杜仲也，俗呼爲綿芽，可食。其木美陰而益下，在使院西軒之南。托物比興，蓋有望於竹村，而悲吾弟筠石焉爾。」曹寅《楝亭詩鈔》中提到的竹村有兩個，另一個是王竹村，姓與名連寫，以與這一個竹村不相混淆。張、鄒指出，《思仲軒詩》裡不署王姓的竹村，其實是李煦，因爲張雲章《朴村文集》卷十一〈御書修竹清風圖記〉記載，李煦任蘇州織造時，「於郊外種竹成林，結屋數盈，雜村虛間，時一往遊，遂自號竹村」。李煦是曹寅的妻兄，兩個人在政治上也情同一體，所以在傷悼亡弟曹荃的詩中「托物比興」，把昆仲情誼寄託在妻兄身上，是順理成章的。至於戴文引爲旁證的朱彝尊的〈題曹通政寅思仲軒詩卷〉，張、鄒考證出係通過鮑照和李陵來比照曹寅，因爲李陵的《與蘇武詩》有「獨有盈觴酒，與子結綢繆」、「努力崇明德，皓首以爲期」的詩句，和〈思仲軒詩〉的「有望於竹村」在感情上有相似之處。他們寫道：「如果按照戴不凡同志的說法，『竹村』爲曹寅之侄，朱彝尊以李陵的『古調』稱頌曹寅〈思仲軒詩〉，就是以抒寫朋友之誼的李詩比擬寄託叔侄之情的曹詩，那就是不倫不類的頌揚了。這對一代著名詩人學者的朱彝尊來說，是不可想像的。」

就對曹寅的〈思仲軒詩〉的詮釋而言，戴不凡過於深文周納，遠不如張、鄒的解釋更爲妥帖。所謂「石兄」就是過繼給曹寅的曹荃第二子，證據實在弱不能支。這說明戴不凡的立論，矛盾和疏漏以及錯訛，是很多的，難怪文章一出來，即引起一場紅學論爭。

儘管如此，戴不凡的關於曹雪芹的著作權的一組文章，在學術上卻不能說無足輕重，恰恰相反，他提出了許多考證派紅學考而未決、證而不清的問題，進一步說明《紅樓夢》的成書過程仍是一個未解之謎。他的猜想很可能是有道理的，只嫌證據不足。對於紅學來說，這已經足以引起人們的興趣。令人遺憾的是，戴不凡同志在他的系列文章刊出不久，就因心臟病突發，與世長辭了，還沒有來得及一一看到與他商榷的文章，當然更談不上做出回答。據說他是想在反駁他的文章發表得差不多的時候，寫一長文統一作答，可惜此一願望未遑實現，人們無法知道他還將有什麼新觀點提出來。

第十三次論爭：紅學三十年的評價問題

這是筆者引起的一次論爭。一九七九年，我應《中國社會科學》雜誌之約，寫了一篇回顧一九四九年以來《紅樓夢》研究狀況的文章，題目叫《紅學三十年》⑭，後來發表在一九八〇年第三期《文藝研究》上。文章對一九五四年的《紅樓夢》大討論，對五十年代和六十年代的《紅樓夢》研究取得的成果，對七十年代中期掀起的「紅學熱」，以及對索隱派舊紅學和以胡適爲代表的考證派新紅學，做了歷史的評述，並從學術思潮發展的角度總結了一些帶有規律性的東西，探討了新的時期開始以後《紅樓夢》研究如何突破的問題。

我爲了寫這篇文章，閱讀了大量資料，百花文藝出版社出版的《紅學三十年論文選編》三厚冊㊺，就是我當時閱讀的結果。但文章發表之後，紅學界有一些議論，有的表示贊同，有的則持有異見。一九八〇年夏天，全國《紅樓夢》討論會在哈爾濱召開，我將此文提交給大會，也聽到了不同反映。不久，一九八一年第一期《文學評論》上便刊出了丁振海寫的商榷文章，緊接著；又在該雜誌第三期登載兩篇，一篇的作者是傅繼馥，另一篇署名王志良、方延曦，同時發表了我對丁文的答覆。論爭就這樣開始了。但發起討論的《文學評論》，並沒有繼續發表討論文章，只在一九八一年第六期摘編了一篇「來稿綜述」。與此同時，《紅樓夢學刊》卻收到了不少未被「摘編」的《文學評論》的退稿，並在一九八二年第一輯上選刊了兩篇，作者分別是張春樹和周笑添。這一下，使論爭激烈起來，反而不容易繼續討論下去，除《紅樓夢學刊》在一九八三年第一輯又刊載一篇傅繼馥的反批評文章，不同觀點之間事實上已經休戰。至於雙方的具體紅學觀點，以及論爭中的是非曲直，就不一一介紹了，好在《文學評論》和《紅樓夢學刊》都是不難找到的刊物，文章俱在，讀者可以複按。

筆者注意到，林亦樂先生曾在香港《明報》撰文，對這次論爭連續加以報導㊻，同時做了有傾向性的評述。對此我沒有什麼話好說。但如果今天有人問我對這次論爭有何看法，我會說壓根兒就不該寫那篇文章——何必由我來回顧什麼「紅學三十年」呢！

第十四次論爭：什麼是紅學

紅學論爭中竟然有什麼是紅學這樣的題目，似乎有點奇怪；其實，任何學科都有一個如何理解該學科的對象、範圍和特性問題，紅學也不例外。周汝昌先生對紅學的學科特點注意最多，多年來一再發表自己的見解，致使不少研究者都對這方面的問題產生了興趣。

一九八二年，周汝昌在《河北師範大學學報》發表的一篇文章中，對紅學的範圍作了如下界說：

紅學顯然是關於《紅樓夢》的學問，然而我說研究《紅樓夢》的學問卻不一定都是紅學。為什麼這樣說呢？我的意思是，紅學有它自身的獨特性，不能用一般研究小說的方式、方法、眼光、態度來研究《紅樓夢》。如果研究《紅夢樓》同研究《三國演義》、《水滸傳》、《西遊記》以及《聊齋志異》、《儒林外史》等小說全然一樣，那就無須紅學這門學問了。比如說，某個人物性格如何，作家是如何寫這個人的，語言怎樣，形象怎樣，等等，這都是一般小說學研究的範圍。這當然也是非常必要的。可是，在我看來，這些並不是紅學研究的範圍。紅學研究應該有它自己的特定的意義。如果我的這種提法並不十分荒唐的話，那麼大家所接觸到的相當一部分關於《紅樓夢》的文章並不屬於紅學的範圍，而是一般的小說學的範圍。57

另外在給梁歸智的《石頭記探佚》寫的序言中，以及《紅學的藝術，藝術的紅學》和《紅學辨義》等文章中58，周汝昌也發表過類似見解。他正面主張，曹學、版本學、探佚學和脂學，應是紅學研究的基本對象和主要範圍，毫無疑問，他是把紅學和考證派紅學等而同之、合而為一了，其結果自然局限了紅學的範圍，引起爭論在所難免。

最先起來與周汝昌論辯的是應必誠，他在一九八四年第三期《文藝報》上刊出〈也談什麼是紅學〉一文，對周汝昌的主張提出了系統的批評。他說：「紅學有它的特殊性，但是，不能以此來否定對《紅樓夢》本身的思想藝術的研究。如果紅學的殿堂，只允許『曹學』、『版本學』、『探佚學』、『脂學』進去，那也可以，我們就在紅學之外，另立一門學問，叫《紅樓夢》小說學亦無不可，但是說《紅樓夢》小說學研究只是一般性研究，並用這個名義，把《紅樓夢》本身的研究開除出紅學，道理上是講不通的。《紅樓夢》本身的研究不僅不應該排除在紅學研究之外，相反，它應該是紅學的最主要的內容，而且周先生提出的四個方面的研究也不能脫離《紅樓夢》本身的研究。」還說：「把《紅樓夢》本身的研究排除在紅學之外，而排除了《紅樓夢》本身研究的『紅學』內部的分工，又搞得愈來愈細，專學林立，這樣一種拘於一隅，彼此孤立的做法，會取得怎樣的成效！」但周汝昌很快就以〈「紅學」與「紅樓夢研究」的良好關係〉為題，寫了反批評文章，刊載於一九八四年第六期《文藝報》。

周汝昌認爲應必誠批評的要「開除」別種研究，搞「拘於一隅，彼此孤立的做法」，「完全不是事實」。他說他的目的是想使紅學不一般化，所以提出「紅學」和「紅樓夢（作品）研究」兩個既有關聯又有區分的名稱和概念。如果不做這種區分，把紅學一般化，就是「取消紅學——存其名而廢其實」。他進一步解釋了紅學的定義：「所謂『紅學』者，是產生於《紅樓夢》本身的特殊情況的一種特殊的『學』；它的研究對象和目標，是專門來試行解決讀《紅樓夢》這部與眾各別的小說時所遇到的特殊困難的一門特殊學問，並不是與一般小說學無所區別、或性質全然一樣的。」

《文藝報》在刊載周汝昌的文章的同時，加了一段編者按語，寫道：「本刊今年第三期發表應必誠同志的文章〈也談什麼是「紅學」〉，對周汝昌同志有關『紅學』這一概念的解釋以及當前《紅樓夢》研究中存在的問題提出了意見。周汝昌同志寄來了答辯文章，現發表於後，供讀者參考。圍繞有關《紅樓夢》研究的基本觀點、方法等問題的爭論，已持續了很久；在新情況下，又產生了新問題。我們希望，古典文學研究工作者能在馬克思主義理論指導下，把《紅樓夢》研究推進到更加健康的科學道路上去，從而達到一個新的水平。」⑲ 按語的觀點和傾向呼之欲出。

接著，《文藝報》在一九八四年第八期又刊出了趙齊平的文章，題目是《我看紅學》，對周汝昌的觀點進一步加以駁難。文章一開始就提出：「紅學，順名思義應該是研究《紅樓夢》的學問，好比甲骨學是研究殷墟甲骨卜辭的學問，敦煌學是研究敦煌歷史文物的學問一樣，不會有人提出研究殷墟甲骨卜辭的學問『不一定』是甲骨學，研究敦煌歷史文物的學問『不一定』是敦煌學，儘管甲骨學、敦煌學要相應地研究與殷墟甲骨卜辭、敦煌歷史文物直接或間接有關的若干問題。然而被認定與甲骨學、敦煌學鼎立爲『三大顯學』的紅學，偏偏存在著『研究《紅樓夢》的學問卻又不一定都是紅學』的問題，人爲地劃分了『紅學』與『《紅樓夢》研究』的各自領域。」趙齊平說，凡是研究與《紅樓夢》有關問題的，都屬於紅學，不存在這個可以進紅學「殿堂」，那個就不可以進的問題。不贊成只用一般研究小說的方法和態度來研究《紅樓夢》，以爲那樣做就會使紅學一般化，是沒有必要的杞憂。相反，他認爲不以研究作品本身爲主，而是「不斷由內線作戰轉到外線作戰，或者說不斷擴大包圍圈」，倒是涉及「紅學向何處去」的值得憂慮的問題。

《文藝報》在發表了趙齊平的文章之後，無意就此問題進一步展開討論，周汝昌也沒有再寫文章，因此這次論爭也即隨之結束，當然問題並沒有解決，對什麼是紅學，周汝昌以及別人都不會放棄自己的看法。

第十五次論爭：潘重規與徐復觀的筆戰

紅學論爭帶有普遍性，可以說，哪裡有紅學，哪裡就有論爭。一九六六年，潘重規在香港中文大學新亞書院中文系開設「紅樓夢研究」選修課，成立了《紅樓夢》研究小組，並於次年出版《紅樓夢研究專刊》。這在當時，算得上紅學界的一件盛事，頗受港、台以及海外學術界人士矚目。一九七一年，潘重規撰寫《紅樓夢的發端》一文，刊載於《紅樓夢研究專刊》第九輯和同年出版的第十三卷《新亞書院學術年刊》。文章通過辨析甲戌本卷首的《凡例》，重申自己的觀點，即認爲《紅樓夢》的原作者不是曹雪芹，而是由「石頭所記」，也就是「石頭便是作者」，曹雪芹不過是「披閱十載，增刪五次，纂成目錄，分出章回」的改編人。

提出《紅樓夢》的原作者另有其人，在紅學史上算不得新說，對潘重規而言，也只是舊話重提。但由於潘文對甲戌本的《凡例》、底本的年代、有關的脂批，做了新的解釋，所以文章刊出不久，即遭到了徐復觀的批評。

徐復觀的文章發表在香港《明報月刊》一九七一年十一月第七十二期上，題目是《由潘重規先生〈紅樓夢的發端〉略論學問的研究態度》，署名王世祿。徐文不僅不同意潘文提出的觀點，而且對潘先生的治學態度和研究方法甚表懷疑，因此寫道：「關於《紅樓夢》，尚有許多待解決的問題，研究者可以從各個角度發揮特異的見解。結論儘管各有不同，但研究的態度及導向結論的方法，不能不要求客觀而嚴謹。尤其是研究態度的誠實不誠實，對資料的搜集、整理、解釋，有決定性的作用。要求研究者抱著一個誠實的態度，這是保證研究工作在學術的軌道上，正常進行的起碼的要求。我讀完潘先生的大文以後，最先引起我這樣的感想。」接著，便批評潘重規引用材料斷章取義，抹煞與自己相反的材料，以建立自己立說的基礎，措詞相當尖銳。如說：「對材料的斷章取義，如果是偶一爲之，這可能是一時的疏忽，或關係於對材料的了解程度，不能遽然認定這是由於態度的不誠實。但若大量的斷章取義，大量的曲解文意，這便是態度的不誠實。假使更進一步，抹煞重要的與自己的預定意見相反的材料，而只在並不足以支持自己的預定意見，卻用附會歪曲的方法強爲自己的預定結論作證明，這便是欺瞞，便是不誠實。」文章末尾更揶揄說：「潘先生在香港中文大學的中文系中，應當是一位佼佼者。但居然以紅樓夢研究小組領導者的地位，寫出這樣的文章，難怪有人發出『喪亂流離之中，人懷苟且之志，在大學裡千萬不可輕言學術』的歎息。」

徐復觀的文章發表後，很快便成爲香港學界的熱門話題，而且不久也就知道王世祿是徐復觀的化名。對此，潘重規沒有直接作答，而是由《紅樓夢》研究小組的成員汪立穎，寫出了〈誰「停留在猜謎的階段？」〉的文章，副題爲〈答「由潘重規先生紅樓夢的發端略論學問的研究態度」一文的作者〉，發表在《明報月刊》一九七二年第七十四期。文章一開始即申明：「讀完《明報月刊》第七十二期王世祿君的大文以後，我們中文大學新亞書院《紅樓夢》研究小組的同學都深覺訝異，因爲作者既力言研究態度之重要，可是他批評香港中文大學新亞書院《紅樓夢》研究小組導師潘重規先生，卻偏偏不根據事實，同時也誣衊了《紅樓夢》研究小組，筆者作爲小組一分子，自然有責任來作一解答。」

針對是否「停留在猜謎的階段」的說法，汪文列舉了《紅樓夢》研究小組成立以來所取得的成績，並公佈了一九五一年胡適寫給臧啓芳的一封信，其中談到了對潘重規的紅學觀點的看法，以證明並不如徐復觀所說，《紅樓夢新解》出來後，「潘先生挨了胡適的一頓罵」。當然也就甲戌本的年代問題進行了辯說。徐復觀同意吳世昌、趙岡的觀點，認爲甲戌本在時間上反而靠後，汪文則持潘說，堅持甲戌本最早，前面的《凡例》出自曹雪芹、脂硯以前的石頭或隱名人士之手。汪文在措詞上也是頗帶情緒色彩的，如說徐文充滿了「自欺欺人的囈說」、「觀念不清」等等。

徐復觀立即對汪立穎的反批評做出回答，以〈敬答中文大學紅樓夢研究小組汪立穎女士〉為題，在《明報月刊》一九七二年第七十六期上著文，逐條批駁汪文的指控，情緒愈益激烈。而且還牽及文字以外的活動，包括約潘重規飲咖啡，請《紅樓夢》研究小組成員汪立穎和蔣鳳吃水餃等，論爭已超出學術之外。因此蔣鳳又起來作答，寫〈吾師與真理〉一文，刊於《明報月刊》第七十七期。致使趙岡、周策縱不得不出來規勸，對研究《紅樓夢》的基本態度給予正面說明。

趙岡在〈紅學討論的幾點我見〉中寫道：「最近幾個月似乎來了一股討論《紅樓夢》的小熱潮。我個人認為這是可喜的現象，真理是愈辯愈明。不過我也覺得在討論時有幾點應該注意之處。」於是提出了四點：一是千萬避免使用侮罵的詞句；二是學術討論沒有必要化名；三是一些屬於程度性的問題，如《紅樓夢》的性質怎樣，不宜定出硬性的是非判斷標準；四是不要只限於討論現有材料，應設法發掘新材料。周策縱在《論紅樓夢研究的基本態度》一文中，則追溯《紅樓夢》研究的歷史，對許多紅學家不喜歡反面證據委婉地加以批評，提倡「自訟」式的辯難，要求「以當下之我攻當下之我」，認為「這樣的筆墨官司才不會退化成官司，這樣的辯難才算做擡學術杠」。

趙岡和周策縱的文章都發表在《明報月刊》第七十七期上，因此這次論爭基本上是在《明報月刊》上進行的，前後持續半年之久。值得注意的是，潘重規始終沒有直接出面，直到一九七四年回答陳炳良的批評時⑥⓪，才又舊案重提，說徐復觀的文章「並未提出什麼新的問題」，並說：「『王文』教訓我研究態度要誠實，引用材料要正確，他卻沾沾自喜地告訴我說：『據吳恩裕的《考稗小記》，敦誠死於乾隆五十六年辛亥一月十六日丑時，程偉元刊行《紅樓夢》時，敦誠已經死掉約十個月了。』我查吳著，敦誠是卒於乾隆五十六年辛亥十一月十六日丑時，不知王文根據何種秘本。像這種『信口開河』的寫作，辯論實在是一種浪費。」㊱ 毋寧說，這也是一種回答吧。何況，當台灣文史哲出版社一九七四年九月出版潘先生的《紅學六十年》一書時，他把徐復觀的兩篇文章以及汪立穎、蔣鳳和趙岡、周策縱的文章都附錄在書後㊲，自然也是一種論爭的辦法。

第十六次論爭：趙岡與余英時討論《紅樓夢》的「兩個世界」

六十年代下半期和七十年代上半期，香港的紅學氣氛非常濃厚，因此紅學論爭迭有發生。一九七三年秋天，以治中國思想史聞名的余英時先生，在香港中文大學舉辦的學術報告會上，以「《紅樓夢》的兩個世界」為題作了講演，然後撰寫成《近代紅學的發展與紅學革命》、《紅樓夢的兩個世界》兩篇論文，刊載於《香港中文大學學報》一九七四年第二期，《明報月刊》和《幼獅月刊》曾分別予以轉載。㊳

余英時的文章刊出之後，趙岡在《明報月刊》一九七六年六月號上發表商榷文章，題目為

〈「假作真時真亦假」——紅樓夢的兩個世界〉。

針對余英時的兩個世界論，趙岡首先提出書中真假兩個部分的主從關係是問題的關鍵。他稱余英時批評的自傳說爲舊理論，認爲舊理論判定書中真的部分是主，假的部分是從；所謂真的部分，是指曹雪芹在著書時曾大量取材於自己家庭的真實歷史，假的部分是指書中的虛構部分。而余英時的新理論，則認爲假是主，真是從，這就「不可避免地要導致研究方法與途徑的差異」。因此趙岡說對曹雪芹家事的考證，其實是「舍從攻主，去假存真的還原工作」，意義正不可低估，不同意余英時所說的「半個世紀以來的紅學其實是曹學」的觀點。他說：「這樣做是得是失，現在下結論還略嫌太早一點。這要看基本假設如何而定。如果麵包是麵粉做的，研究麵粉是有用的，如果麵包是空氣做的，研究麵粉當然是錯了。在《紅樓夢》研究上，這個最重要的基本假設就是曹雪芹的創作動機和全書主旨。他究竟是要描寫盛衰之變呢，還是要描寫理想世界呢？然後我們才能判斷研究方式的得失。」他稱舊理論爲「盛衰論」，稱余英時的新理論爲「理想世界論」。

爲了證實自己的觀點，趙岡從書中情節和結構著眼，提出如按余英時對全書主旨的看法，則無須有抄家的情節，因爲大觀園這個理想世界的幻滅，只要寫少女們或短命或出嫁就可以收到預期效果；但作者寫了抄家，說明「盛衰論」的基本假設與全書結構完全一致，而在「理想世界論」看來，抄家的情節未免有蛇足之嫌。還有，脂批中有「血淚」兩字的考語，趙岡說這只有在把自己家族的史實小說化的情況下才配得上，而且寫來感觸萬千，才需要十年的辛苦工作。否則，如果主要描寫一個虛構的、幻想的世界，應該用不了十年的長時間進行創作，也許如瓊瑤那樣的速度，一年就可以寫一部。趙岡認爲余英時的新理論破綻不少，希望將來能夠彌補起來，並在文章末尾寫道：「雪芹深知『假作真時真亦假』的心理作用，我們會不會不知不覺地走進了雪芹預設的圈套呢？在孰真孰假、孰主孰從尚無法十分肯定的階段中，研究雪芹的身世背景尚有其功用。」

余英時回答趙岡的文章，連載於一九七七年二月至五月號《明報月刊》，題目是〈「眼前無路想回頭」——再論紅樓夢的兩個世界兼答趙岡兄〉，文長近四萬字，對兩個世界的理論做了進一步的申說。

趙岡提出的真假主從問題，余英時沒有迴避，而是從文學創作的角度加以論述，寫道：「我可以承認作者在個別人物和事件方面曾經取材於他的生活經驗，但是當他在寫作的過程中，他究竟是以真實的生活材料爲『主』呢，還是以他自己虛構的創造意圖爲『主』呢？毫無可疑的，這時他的材料必須爲他的創意服務，是爲創意的需要所驅遣。換句話說，許多真實材料在《紅樓夢》中都經過了一番虛構化然後才能派得上用場。」又說：「這樣我們就看到一個極有趣的現象：以真假主從而論，曹雪芹所經歷過的現實世界和他所創造的藝術世界恰好是顛倒的。現實世界的『真』在藝術世界中都轉化爲『假』；而現實世界的眼光中所謂的『假』（虛構）在藝術世界中則是最真實的。這正是趙岡兄所引『假作真時真亦假』一語的主要涵義。《紅樓夢》一書由於種種原因引起了我們的歷史考證的強烈興趣，這是完全可以理解的，並且也是相當必要的。但是曹雪芹寫《紅樓夢》絕不是爲了要保存他的家世盛衰的一段實錄。曹家的盛衰只是給《紅樓夢》的故事發展提供了一個時間架構，文學的烏托邦往往需要一個歷史的背景以爲寄身之所。」

可以看出，余英時和趙岡所依據的紅學觀念，在取向上是不同的。所以余英時力駁趙岡的「還原」的說法，認爲這根本行不通，「剔骨肉，還父母」的結果，只能流爲穿鑿附會。他說：「紅學考證經過了無數學者的五六十年的長期努力，差不多已經翻遍了故宮檔案和康、雍、乾三朝的文集（**特別是旗人的作品**），但是我們平心靜氣地估計一下，所謂『還原』的工作究竟完成了幾分之幾呢？」針對趙岡的「麵粉」與「空氣」的比喻，余英時寫道：

> 趙岡兄用了「麵粉」和「空氣」兩個比喻，這頗使我不安。把藝術創造的構想輕蔑地斥之為空氣，至少是不十分恰當的。從我的「兩個世界論」的觀點說，我並沒有否認麵包裡面包含著麵粉。我只是要強調，麵包和麵粉之間決不能劃等號；而更重要地，我們要研究曹雪芹所製造的，究竟是哪一種麵包，或者竟不是麵包而是饅頭或其他食品？就麵包中含有麵粉這一點言，我並不覺得我必須和趙岡兄或其他紅學考證家處在敵對的地位。但趙岡兄似乎堅持一點，即任何人如果不接受《紅樓夢》是「寫曹家真實事跡」的前提，就同時必須全面否認《紅樓夢》中「含有曹家真實事跡」的論斷。抱歉得很，這個彎子我的腦筋無論如何也轉不過來。

對趙岡提出的抄家的情節和大觀園理想世界的幻滅的關係問題，以及情榜的排名次問題，余英時都一一做了回答，並有比前文更深入的闡發。因此這是一次有較高學術水平的討論，不像有的紅學論爭那樣，學者的意氣高於所探討的問題。趙岡在文章中一開始就聲明，他是站在爲朋友效忠的反對者的立場，來檢討對方的觀點和理論；余英時亦表示感謝趙岡一再誠懇指教的好意，觀點雖各不相讓，卻不失學者風度，使論爭起到了互補的作用。

第十七次論爭：唐德剛與夏志清之間的紅樓風波

紅學論爭在海外達到高潮，是一九八六年發生的唐德剛與夏志清之間的紅樓風波。美國《中報》在同年十月的一篇特稿中，對這次論爭曾加以報導，並貫以〈震動海內外的紅樓夢論戰風波〉的醒目標題。其中寫道：「數月以來，海外華人學術界爆發了一場不大不小的『紅樓』論戰，由於交火的唐德剛與夏志清兩位教授都是名重士林而且著述甚豐的學者，此事很引起學術界人士和廣大讀者的興趣。」(64)

論爭是由唐德剛的《海外讀紅樓》一文引起的，這是一九八六年他爲參加在哈爾濱召開的國際《紅樓夢》研討會撰寫的論文，刊載於在台北出版的《中國時報．人間副刊》和《傳記文學》雜誌。文章繼續發揮他在《曹雪芹的文化衝突》一文中闡述的觀點，在論諸釵腳的基礎上，對書中人物的服飾特別是賈寶玉的裝束，做了具體分析，說明文化衝突不限於滿、漢兩族，亦有古今時限之區別。由此引出運用「社會科學處理之方法」的必要，強調戲曲、小說的發展離不開社會經濟的「供需律」，這一點中外皆然，否則如「一味以文論文，則未有不緣木求魚者也」。總之，唐德剛認爲，我國明清以來白話小說得到發展，是社會經濟發展的必然結果，包括「聽的小說」向「看的小說」轉變，也是南宋以還城鎮步入都市化之所致，而《紅樓夢》則是這一轉變過程的定型之作，是中國小說走向現代化文學的一部巨著，「其格調之高亦不在同時西方，乃至現代西方任何小說之下」。

由於唐德剛對《紅樓夢》及其所產生的社會背景給予這樣的評價，必然不滿意任何對中國白話小說的藝術成就估計不足的傾向。因此行文之中提到了夏志清，說「吾友夏志清教授熟讀洋書，以夷變夏，便以中國白話小說藝術成就之低劣爲可恥，並遍引周作人、俞平伯、胡適之明言暗喻，以稱頌西洋小說態度的嚴肅與技巧的優異」。──又說：

> 志清並更進而申之，認為「除非我們把它（按指中國白話小說）與西洋小說相比，我們將無法給予中國小說完全公正的評斷……一切非西洋傳統的小說，在中國的相形之下都微不足道……我們不應指望中國的白話小說，以卑微的口述出身，能迎合現代高格調的口味……」此一論調，實為「五四」前後，我國傳統文明轉入西化的「過渡時代」，一般青年留學生，不論左右，均沈迷西學，失去自信、妄自菲薄的文化心態之延續──只是志清讀書滿箱，西學較為成熟，立論亦較當年浮薄少年，更為精湛，其言亦甚辯而已。然其基

本上不相信，由於社會經濟之變動，我國之「聽的小說」亦可向「看的小說」方向發展，如《紅樓》者，自可獨創其中國風格；而只一味堅信，非崇洋西化不為功之態度則一也。

志清昆仲在海外文學批評界之崛起，正值大陸上由「批胡（適）」、「反胡（風）」、「反右」、「四清」，而「文化大革命」，雷厲風行之時，結果「極左」成風，人頭滾滾；海外受激成變，適反其道而行之——由崇胡（適）、走資、崇洋而極右。乘此海風而治極右「時文」，適足與大陸上極左之教條相頡頏，因形成近百年來，中國文學批評史上「兩極分化」之局。

在此兩極分化之階段，夏氏昆仲（濟安、志清），以西洋觀點治中國小說，講學海外，桃李滿門；加以中英文字之掌握均屬上乘。「好風憑藉力，送我上青雲。」兄經弟及，儼然海上山頭；兩本書出，竟成圭臬，以海外極右崇洋之言論，與大陸極左普羅之教條相對抗，亦是「以一人而敵一國」，不才亦時為吾友志清之豪氣而自豪焉。

此一「兩極分化」之可悲者，則為雙方均否定傳統，爭取舶來而互相抵辱，兩不相讓。可悲之至者，則為彼此均對對方之論點與底牌，初無所知，亦不屑一顧，只是死不交通，以為抵制。因此偶有辯難，均知己而不知彼，隔靴搔癢，淺薄可笑。

吾人好讀閒書，隔山看虎鬥，旁觀者清；如今海內「極左」者，俱往矣！海外之「極右」者，亦應自知何擇何從學習進步也！

這批評得是很尖銳的，不單是對《紅樓夢》的看法，還包括學術思想和社會思潮的政治層面，因此夏志清進行反批評，自屬可以理解。但唐德剛的文章，每每以「遊戲筆墨」出之，批評得雖尖銳，卻不失忠厚。可惜這一層未爲夏志清所理解，爲文反駁時充滿了個人意氣。

夏志清的文章同時刊載在台北《聯合報》、《傳記文學》和美國《世界日報》上，題目爲《諫友篇——駁唐德剛〈海外讀紅樓〉》。全文分九節，小標題順序爲：「極右派的罪證」、「狄更斯改姓成孤兒」、「膽大心粗讀導論」、「删削譯文改原意」、「惡意類比，毫無道理」、「多少腳，昨晚夢魂中」、「評斷小說非易事」、「林黛玉與梅蘭芳」、「批夏之政治用意」。終篇的一段寫道：

> 唐德剛當年專治史學，根本算不上是文學評論家。對海內外內行來說，《海外讀紅樓》此文立論如此不通，但見大膽罵人，而無細心求證，我盡可置之不理。但文章既在《傳記文學》上發表了，大半讀者並非內行，對紅學所知亦極淺，可能為德剛所蒙蔽，不得不寫篇答辯。這，我想，是唐德剛唯一的勝利：我放下更重要的工作，去對付他無聊的挑戰，浪費了不少時間。但文章是為德剛寫的，我希望他好好靜下心來多讀幾遍，以求有所覺悟，有所悔改，在做人、治學、寫文章各方面自求長進。否則我辛辛苦苦寫了一萬八千字的諫友篇，僅為海內外讀者們製造了一個酒後飯餘的笑談資料，實在太可惜了。

由終篇可見全篇，其措詞之尖銳遠在唐德剛之上。當然文章主旨是對唐文所批評之處一一加以說明和澄清，並用很大篇幅指出唐文在引文和知識方面的疏漏，以證明自己對《紅樓夢》的評價並不低，倒是唐德剛一味研究《紅樓夢》裡的小腳、辮子之類，實在無甚意義。字裡行間還流露出：你批評我「崇洋」、「西化」，可是你抱殘守缺，說不定有「封建遺老」之嫌呢！此外還涉及一些平素交往中的細故，把這方面的原屬「文外之微旨」亦公之於眾，自然會傷相互之間的感情。

因此唐德剛回答夏志清的文章，措詞也就愈發激烈了。文章題目叫〈紅樓遺禍——對夏志清「大字報」的答覆〉，刊於《中國時報》的《人間》副刊。且看文章的小標題：「夏教授的『大字報』」、「自罵和自捧」、「瘋氣要改改」、「學問倒不妨談談」、「以『崇洋過當』觀點貶抑中國作家」、「學界姑息養奸的結果」、「崇洋自卑的心態」、「對『文學傳統』的違心之論」、「社會科學上的常識」、「從宏觀論『左翼作家』」、「宏觀下之『右翼』與『極右』」、「也談：《塊肉餘生錄》」、「『好萊塢』電影算不得學問」、「紅學會議的資格問題」、「紅學會的性質和意義」、「爲林娘喊話」、「爲梅郎除垢」、「做人總應有點良知」。共十八個小標題，意思和傾向甚爲明朗。涉及文外之處亦復不少，兩位學者真的拔筆相向了。如果說紅學已變成世界性的學問，那末紅學論爭也隨紅學而走向了世界，此次唐、夏之間的紅樓風波可以說是紅學論爭的一小高潮，因此引起海內外學術界的重視自不待言。

關於這次論爭的平息，一九八六年十月十八日的《中國時報》亦有報導：「喧騰海內外的唐（德剛）、夏（志清）之爭，數天前已告結束。據聞，十日晚上在紐約文藝協會的一次宴會上，唐、夏二人已握手言和，盡棄前嫌。唐、夏原是數十載之交；當天在眾人之前互相擁抱，合照了許多像，大有『一笑泯恩仇』之概。當日的晚宴本爲歡迎《傳記文學》的劉紹唐先生與中國大陸來的蕭乾夫婦；由於唐德剛先生是紐約文藝協會會長，夏志清先生陪同蕭乾夫婦前來，在朋友的預先疏通下，兩人終於在宴會上重修舊好。」⑥⑤但兩人的紅學觀點，由紅學引發出來的對中國古典文學、中國文化的評價問題，似無法「言和」，預料還要論爭下去，即使不在他們兩人之間。

中篇　紅學公案

公案之一：釵黛優劣

紅學論爭其實也即是紅學公案。因爲論爭往往形成公案，特別是那些聚訟無尾的論爭，假以時日，必然變成公案。所以前面敘錄的十七次論爭，視爲十七樁公案亦未嘗不可。當然紅學史上的論爭不止十七次，我是舉其要者，稍作敘錄而已。下面再敘錄幾樁紅學愛好者至爲關心的紅學公案。

紅學的第一大公案是寶釵和黛玉孰優孰劣問題，這簡直是個永遠扯不清楚的問題。早在清末，就有因對釵、黛的看法相左而「幾揮老拳」的記載。現在也是人言人殊，各有取向，無法一致起來。

「擁釵派」和「擁黛派」似乎都可以從書中找到立論的依據。寶釵圓融，黛玉孤傲；寶釵寬平，黛玉尖刻；寶釵隨分從時，黛玉目無下塵；寶釵藏，黛玉露；寶釵曲，黛玉直；寶釵冷，黛玉熱；這些性格上的分野，固然因讀者個人喜好的不同各有所取；在容貌舉止方面，寶釵豐滿，黛玉瘦削；寶釵健壯，黛玉羸弱；寶釵穩重，黛玉婀娜，也足以使不同的讀者難免情有所偏；更不要說在人際關係上，上上下下對寶釵的稱讚眾口一詞，對黛玉則口中不言，骨子裡多有保留，這在很多讀者看來，也是決定棄取的重要依憑，因爲中國人看人，向來有「打聽印象」的傳統。何況深一層去看，又不僅此。黛玉尖刻是其表，心地卻是忠厚的，甚至帶幾分傻氣；寶釵的寬平後面，則藏著險刁。要說口角有鋒芒，黛玉固然，寶釵又豈是肯讓人的？

裡面還穿插著人際關係的遠近親疏——賈母贊寶釵，或許也有人情上的考慮，因爲在宗法家庭裡，姑表親比兩姨親要近，老祖宗也許不便於當眾誇黛玉。加上作者筆如火舌，左右逢源，故意把釵、黛寫得難解難分，對寶釵褒中有貶，對黛玉抑中有揚，使你分不清優劣高下。論才能，第三十七回詠白海棠，黛玉居第二，但李紈評論說：「若論風流別致，自是這首；若論含蓄渾厚，終讓蘅稿。」似乎也難分軒輊。而第三十八回接著又寫「林瀟湘魁奪菊花詩」，黛玉分明又在寶釵之上。可是同回又有薛寶釵「諷和螃蟹詠」，被眾人推爲「食螃蟹絕唱」，兩人又一次平分秋色。論容貌，自然黛玉長得好看，《紅樓夢》裡的人物，《紅樓夢》的讀者，一般都這麼看，可是第六十三回群芳開夜宴，偏說寶釵「豔冠群芳」。這也就難怪《紅樓夢》的讀者、研究者莫不感到衡釵評黛之難了。

不光是對釵黛的性格容貌仁智互見，難分軒輊，就是對寶釵在待人接物方面，特別在和林黛玉的關係上是否藏奸，研究者也聚訟紛紜。不只是由於評論者所持的道德規範不同，因而看法相異，即便運用同一種尺規，也會得出不一樣的結論。寶釵和黛玉孰優孰劣？誰高誰下？自有《紅樓夢》以來，人們就感到不好區分。不好區分，偏要區分，爭論自不可免。因此便有「擁薛」和「擁林」兩大派，在可預見的將來，看不出有調和的餘地。只要《紅樓夢》還有讀者，此一公案便會永遠聚訟下去。

公案之二：《紅樓夢》後四十回的評價問題

程偉元、高鶚「補」上去的《紅樓夢》後四十回，究竟應該如何評價？是《紅樓夢》研究中的又一樁公案。

曹雪芹只寫了《紅樓夢》前八十回，後四十回爲別人所續，弄清楚這一點，是考證派紅學的一大功績。關於胡適提出來的續書作者爲高鶚，證據不夠充分，現在此說已發生動搖。問題是，續作者爲誰是一回事，如何評價是另一回事。無論後四十回係誰人所寫，都有一個與前八十回在情節結構上是否銜接，在思想傾向上是否一脈相承，在藝術上是否視爲一體的問題。正是在這個問題上，研究者們拔刀相向了。考證派的幾員主將，視程、高補作爲寇仇，斥爲「狗尾續貂」，貶稱爲「僞續」、「僞後四十回」，認爲續書是對雪芹原著的褻瀆，絕不能容忍，必欲一刀斬去方可一快。小說批評派的紅學家們，從文學欣賞的角度著眼，一般不取考證派的激烈態度，傾向於補作大體上還說得過去，《紅樓夢》得以廣泛流傳，程、高二氏實有功與焉。索隱派的目光集中在作品的政治和歷史的層面，斷定雪芹之前另有作者，對後四十回的真僞，反而不予重視。甚而，還認爲前八十回與後四十回均出自一人之手筆。魯迅對後四十回的評價較持平，認爲「後四十回雖數量止初本之半，而大故迭起，破敗死亡相繼，與所謂『食盡鳥飛，獨存白地』者頗符，惟結束又稍振」，「是以續書雖亦悲涼，而賈氏終於『蘭桂齊芳』，家業復起，殊不類茫茫白地，真成乾淨者矣」。但這一評價的前提，是接受胡適的觀點，假定後四十回爲高鶚所續，如果前提發生動搖，評價也必隨之而有所改變。

對《紅樓夢》後四十回評價不一的原因，固然由於與前八十回相比，補作在藝術風格上有明顯的不一致處，但主要還在於史料不足，研究者不能提出有關續書的堅強有力的證據。至今仍有一部分研究者反對前八十回和後四十回係由兩人所寫的說法。還有的雖承認後四十回係別人續作，但傾向於其中不排除有雪芹的遺稿在內。而所有這些說法，大都帶有猜測性質，缺乏實證，因而也是誰都說服不了誰，只好成爲一樁公案，聽憑紅學家們反覆聚訟。

也有因不滿意程、高補作，另起爐竈，重新撰寫一部續書者，但結果頗令人失望，不用說與雪芹原書南其轅而北其轍，去後四十回續書亦遠遠矣。相反，近年出版的不論依據何種底本整理出來的《紅樓夢》新校本，都不敢斬去程、高補作，哪怕作爲附錄也好，也要前八十回與後四十回一同發行。這個不知出自誰人之手的《紅樓夢》後四十回，真正是斬而不斷，存之難堪，棄之可惜，紅學家們爲此大傷腦筋，可以說是一樁不同於其他紅學公案的更爲棘手的公案。

公案之三：《紅樓夢》有沒有反滿思想

索隱派是認爲《紅樓夢》有反滿思想的，而且認爲不是一般的反滿，而是全書的基本出發點和最後歸宿，主旨就在於反清復明。考證派衝擊索隱派，並沒有把《紅樓夢》的反滿思想一起衝擊掉，許多在紅學考證方面做出貢獻的紅學家，都不否定這一點。如前所說，連余英時也認爲曹雪芹有向漢族認同的意識。但也有不少《紅樓夢》研究者持否定態度，認爲曹雪芹的祖上早已加入旗籍，「護從入關」，立下了汗馬功勞，實無可能還去反什麼滿。可是，如此看問題，便無法對《紅樓夢》第六十三回芳官改妝一段做出正確解釋。

第六十三回不僅描寫芳官改妝，還爲芳官改名，叫「雄奴」，猶嫌不足，又叫「耶律雄奴」。寶玉說：「雄奴二音，又與匈奴相通，都是犬戎名姓。況且這兩種人自堯舜時便爲中華之患，晉唐諸朝，深受其害。」結合《紅樓夢》產生的明清之際的具體背景，寶玉的話難道還有第二種解釋麼？作者在這裡是站在種族的立場上來驅遣他的人物甚爲明顯。更妙的是接下去芳官的反問：

> 既這樣著，你該去操習弓馬，學些武藝，挺身出去拿幾個反叛來，豈不盡忠效力了。何必借我們，你鼓唇搖舌的，自己開心作戲，卻說是稱功頌德呢！

顯然這是作者轉換角色的位置，讓寶玉站在作者的立場，接受芳官亦即讀者的反諷。「鼓唇搖舌」、「自己開心作戲」云云，不是指作者而何？難道不正是作者一面「自己開心作戲」，一面又一再聲稱他的書，「凡倫常所關之處，皆是稱功頌德，眷眷無窮」嗎？因此第六十三回這一段描寫，可以說是表現作者反滿思想的特筆。

如此說可信，則對索隱派紅學的有些觀點又當刮目相看了。筆者最近讀到一篇《悼紅四題》㊻，認爲〈好了歌注〉含有諷清弔明的意思，《嫡詞》是寫明清在山東青州的最後一役，運用史料進行具體分析，至少可備一說。總之《紅樓夢》有沒有反滿思想，是紅學的一個絕大的題目，至爲重要，作爲紅學的一樁公案，歷來爲研究者所注意，對此一問題的探討，將把對《紅樓夢》思想傾向和思想性質的研究引向深入。

公案之四：第六十四、六十七回的真偽問題

《紅樓夢》早期抄本中，庚辰本缺第六十四、第六十七兩回，八十回中，只有七十八回；己卯本存第一至第二十回、第三十一至第四十回、第六十一至第七十回，第六十四、第六十七兩回係抄配；甲戌、舒序、鄭藏本係殘本，不知道第六十四、第六十七兩回原來的有無；其他早期抄本則都有這兩回。所以程偉元、高鶚在刊行百二十回本的引言裡說：「是書沿傳既久，坊間繕本及諸家所藏秘稿，繁簡歧出，前後錯見。即如第六十七回，此有彼無，題同文異，燕石莫辨。」因此流傳下來的第六十四、第六十七兩回的真偽，即是否曹雪芹原作的問題，就成爲紅學考證的對象了。

己卯本第六十四回的回目爲：「幽淑女悲題五美吟，浪蕩子情遺九龍珮。」第六十七回的回目是：「見土儀顰卿思故里，聞秘事鳳姐訊家童。」回末有小注：「《石頭記》第六十七回終，按乾隆年間抄本，武裕庵補抄。」這兩回書，上承第六十三回，下接第六十八和第六十九回，中間有第六十五、第六十六兩個回次，共七回多的篇幅，寫的都是「紅樓二尤」的故事。如果抽出第六十四、第六十七這兩回，「紅樓二尤」的故事，在時間上是相接的，但如插入第六十四、第六十七回的情節，便使這段紀曆亂了套。所以有的研究者認爲，這兩回書中的某些故事情節簡直是攔路虎。特別是第六十七回，敍事鬆弛，寫來拉雜，有的段落如襲人在園中數說祝婆子、寶釵命鶯

兒往鳳姐處送禮，使人感到笨拙。周煦良即據此斷定第六十七回是僞作。㊲

持相反意見者則認爲，戚序本、夢覺主人序本第六十四回有脂批：「《五美吟》與後《十獨吟》對照。」這說明批者看到了書的全稿。靖藏本第六十七回前面也有批語：「末回『撒手』，乃是已悟；此雖眷念，卻破謎關。是何必削髮？青埂峰證了前緣，仍不出士隱夢中；而前引即（湘蓮）三姐。」也是從全書著眼，因而認爲這兩回不可能是僞作。對庚辰、己卯本獨缺這兩回，認爲是傳失的結果，後來又找到了，其他各本才得以保全，己卯本後來才能補齊㊳。另外的研究者，也有的認爲，第六十四、第六十七兩回與前後在時間銜接上有矛盾，是由於作者在某次增刪中增寫了第六十八、第六十九兩回，充實和發展了「紅樓二尤」故事的情節內容，致使第六十四、第六十七兩回曾經一度被作者抽出來進行改寫，這便是造成己卯、庚辰缺此兩回的原因。

當然以上種種說法，只能說是分析和推測，都不能提供出爲什麼己卯和庚辰兩種早期抄本獨缺這兩回的直接證據，因此《紅樓夢》第六十四、六十七兩回書是否雪芹原著這段公案，至今並未獲得解決。

公案之五：甲戌本《凡例》出自誰人之手

《紅樓夢》早期抄本中，惟獨甲戌本卷首有一篇《凡例》，共五條，計七百一十字，內容包括介紹《紅樓夢》各種不同書名的來歷，指出書中寫帝王所在的京都時使用的特殊稱謂，說明《紅樓夢》描寫的重點是「著意於閨中」，聲明《紅樓夢》不干涉朝廷，以及解釋第一回回目的含義，引用作者的話闡明作書緣起等；另外還有一首七律：「浮生著甚苦奔忙，盛席華筵終散場。悲喜千般同幻渺，古今一夢盡荒唐。漫言紅袖啼痕重，更有情癡抱恨長。字字看來皆是血，十年辛苦不尋常。」

《凡例》的體例很不統一，內容亦有自相矛盾之處，第五條係第一回的題解性質，其他諸脂評本也都有，只是抄寫款式不同，文字亦微有出入。因此《凡例》似不出自同一人的手筆。有的研究者主張第五條爲脂硯齋所寫，另外四條是後人補上去的。也有人認爲《凡例》是脂硯齋所寫，後來被刪去了一至四條，剩下的第五條便成爲庚辰、夢稿、戚序等本第一回的回前總評。這樣說須有一個假定，即甲戌本確爲抄本的最早者。潘重規即認爲甲戌本最早，並推斷《凡例》係曹雪芹、脂硯齋以前的人所寫。但很多紅學考證專家不贊成潘說，反而認爲甲戌本最晚，所以才有商業性質的《凡例》，因此懷疑是書商所擬作。當然也有人認爲《凡例》是曹雪芹自己所寫的。爲了這篇《凡例》，胡適、俞平伯、吳世昌、潘重規、馮其庸、趙岡、周策縱等紅學專家，都發表過意見或撰寫了專文。

然而《凡例》究竟是誰寫的？至今無法定讞，仍然是一樁有待探考的紅學公案。此一公案涉及到甲戌本底本的年代問題，對弄清楚《紅樓夢》早期抄本的版本系統大有助益。

公案之六：《紅樓夢》的版本系統

現在已發現的屬於脂評系統的抄本計有十二種，即甲戌本、庚辰本、己卯本、夢稿本、舒元煒序本、戚蓼生序本、夢覺主人序本、鄭振鐸藏本、蒙古王府本、南京圖書館藏戚序本、列寧格勒藏抄本、靖應鵾藏抄本。除靖藏本不幸「迷失」，其他諸抄本，大部分已經影印出版，連列寧格勒藏本也於去年由中華書局影印行世了。

但對這十二種抄本的研究是很不夠的，文章雖然發表過不少，專書亦時有出版，但距離理清這些版本的系統還相去甚遠。可以說，在《紅樓夢》的版本系統問題上，迄今爲止，還是言人人殊，無以定論。往往一說即出，很快就遭到反駁，而反駁者自己，也不一定堅信己說。特別是版本演變和《紅樓夢》成書過程的關係，現在還未能找到大家都基本認可的說法。更不要說不同版本中的脂批的比較和研究，仍有待於研究者做出進一步的努力。至於這些版本的時間順序，簡直是個謎。甲戌本名稱的不妥，許多研究者都指出了，因爲上面有丁亥年的批語，當然不可能是乾隆十九年甲戌的本子。但仍有不少研究者，包括胡適，堅決認定甲戌本是「海內最古的紅樓夢抄本」。己卯本和庚辰本的關係，因觀點不同，上海古籍出版社出版了馮其庸和應必誠各自一本專著。戚序本，也有很早和很晚兩種截然相反的說法。

總之，《紅樓夢》的版本系統，即使在紅學專家面前，也還是個謎，因此只能成爲聚訟不已的公案，誘發人們繼續研究下去。

公案之七：曹雪芹的籍貫

曹雪芹的籍貫，研究者中間有豐潤和遼陽兩說。豐潤說爲周汝昌所力主，《紅樓夢新證》增訂版第三章對此考論甚詳，並附有《豐潤曹氏世系表》。周汝昌之前，李玄伯於一九三一年在《故宮周刊》發表《曹雪芹家世新考》裡，已提出曹家的原籍是河北豐潤㊴。所據以立說的材料，爲尤侗的〈松茨詩稿序〉一文，其中說：「曹子荔軒，與余爲忘年交，其詩蒼涼沈鬱，自成一家。今致乃兄沖谷薄遊吳門，得讀其〈松茨詩〉，則又體氣高妙，有異人者。信乎兄弟擅場，皆鄴下之後勁也。余既交沖谷，知爲豐潤人。」沖谷即曹鈖，曹寅《楝亭詩鈔》中涉及沖谷及其二兄曹鈖的詩共六題二十二首，有「卯角」、「骨肉」、「伯氏」、「仲氏」、「夜雨床」一些遣詞用典，周汝昌認爲「無一不是兄弟行的字眼」。尤其《楝亭詩鈔》卷二的《松茨四兄，遠過西池，用少陵「可惜歡娛地，都非少壯時」十字爲韻，感今悲昔，成詩十首》一詩，第三首有「恭承骨肉惠，永奉筆墨歡」句，連閻若璩的《贈曹子猷》詩注裡也加以引用。「總不會是本有他解而被我們誤認作指兄弟的」，所以周汝昌斷言，曹寅和曹鈖絕不是「同姓聯宗」，而是有「骨肉」關係的血統兄弟。那麼，曹鈖即沖谷既然是豐潤人，曹寅當然也就非豐潤莫屬了。⑳

然而問題就出在這裡。馮其庸先生爲了弄清楚曹家的籍貫，查閱了有關曹家譜系的大量資料，包括明、清兩朝修撰的《豐潤縣誌》，發現由曹鈖的父親曹鼎望「監修」的豐潤曹譜根本不載曹雪芹祖父這一支。馮其庸寫道：

據曹寅的詩集裡可以得知曹鼎望的第二子曹鈖及第三子曹鈖，都是與曹寅有很深的交往的，曹寅的詩集裡留有涉及他們的詩多首。從這些詩句看，他們是很小的時候就在一起的。這就是說第六次重修豐潤曹譜的「監修」曹鼎望的兩個兒子都是曹寅的至交，因此曹鼎望對曹振彥、曹璽、曹寅一家是必然很了解的。這裡就產生了這樣一個問題，既然豐潤曹氏宗譜的監修者曹鼎望對曹振彥、曹璽、曹寅這一家關係很密切，如果曹寅一家確是豐潤曹分出到遼東鐵嶺去的，曹璽、曹寅的東北籍貫確是鐵嶺，曹寅與曹沖谷、賓及等確是

同一始祖分支下來的，那末曹鼎望在監修此譜時為什麼把這一支就在眼前的同宗兄弟不編修入譜而要排除在這個譜外呢？㉑

這問得確實不無道理。而且不僅如此，清康熙三十一年曹鼎望參加撰修的《豐潤縣誌》，也隻字不提曹寅。甚至連揚州儀真人曹儀也被編入這部縣誌，僅僅因爲他曾被封爲「豐潤伯」。原籍豐潤，於崇禎二年出關的曹邦一支，也列入縣誌。於是馮其庸又問道：「既然揚州的曹儀可以編入縣誌，既然由豐潤分出去的曹邦也可以編入縣誌，那麼，現任內務府江寧織造的曹寅以及他的一家，如果說他的祖籍確是『豐潤』的話，爲什麼不能編入縣誌呢？難道他的聲望、地位還不夠格嗎？」這問得同樣有理。所以馮其庸說：這種現象沒有別的解釋，就是曹雪芹的祖籍確實不是豐潤，他們這一支不是明朝永樂以後由豐潤出關的曹端廣的後人。㉒

馮其庸根據《五慶堂重修曹氏宗譜》，認定曹雪芹上祖的籍貫是遼東的遼陽和瀋陽，始祖爲曹俊，屬於宗譜上的第四房。但「曹俊其人究竟原籍何處，則是懸而未決的問題」㉓。而周汝昌稱，他所探討的並不是曹氏祖籍爲遼陽問題，因爲這是大家都知道的，而是指「遼陽的曹氏到底是土著還是移民」㉔。這樣看來，關於曹雪芹上祖的籍貫這段公案，似乎並未最後解決。何況，紅學家中對《遼東曹氏宗譜》的真僞問題還存在一些不同看法，特別宗譜中四至八世「譜失莫記」，至九世才列曹錫遠，這種「五世空白」的情形一時難以得到圓滿的解釋，更增加了問題的難度。

公案之八：曹家的旗籍問題

曹雪芹上祖的籍貫固是一紅學公案，其所隸之旗籍，也是長期聚訟不已的問題。胡適在《紅樓夢考證》中提出曹雪芹是「漢軍正白旗人」，應當說所依據的材料是充分的，因為清代的許多官書如《四庫提要》、《清史列傳》、《清史稿》，以及《雪橋詩話》，《八旗文經》、《八旗畫錄》等私家著述，都無一例外地這麼說。

可是問題也隨之而來。周汝昌說：「其實『漢軍』二字是大錯的。」他認為曹家不是漢軍，而是「滿洲旗人」，「曹寅、曹雪芹決不能再與漢人一例看待」。《紅樓夢新證》「籍貫出身」章對此申論道：

我們須切實明瞭：一、曹家先世雖是漢族人，但不同「漢軍旗」人，而是隸屬於滿洲旗。二、凡是載在《氏族通譜》的，都是「從前入於滿洲旗內，歷年久遠者」。三、曹家雖係包衣出身，但歷史悠久，世為顯宦，實際已變為「簪纓望族」。四、從曹世選六傳到雪芹，方見衰落，但看雪芹筆下反映的那種家庭，飲食衣著，禮數家法，多係滿俗，斷非漢人可以冒充。綜合而看，清朝開國後百年的曹雪芹，除了血液裡還有「漢」外，已是百分

> 之百的滿洲旗人，不但「亡國」「思明」的想法，放到他頭上，令人感覺滑稽；即是「明珠」「順治」等說法，在一個積世滿洲旗家裡生長起來的曹雪芹，中經變落，山村著書，卻專為別人家或宮廷裡「記帳」，造作無數的奇妙謎語去影射前朝的一班名士，——以他彼時的處境與心情而論，亦是萬難講通的。[75]

周汝昌對雪芹旗譜這段論述，恰好反映出此一公案不是研究者深文周納，而是與理解曹雪芹及《紅樓夢》的思想性質密切相關。他的觀點很明確——曹家「隸屬於滿洲旗」，「已是百分之百的滿洲旗人」。

但另外一些研究者不同意周說，如馮其庸原認爲曹家原是歸附後金的明朝軍官，在天命、天聰時原屬漢軍旗，後歸入滿洲正白旗[76]；李華則說曹家應是正白旗滿洲尼堪（漢人），乾隆後「屬於內務府包衣撥出者」，有撥入正白旗漢軍的可能[77]；朱南銑主張曹家是內務府滿洲旗分內的漢姓，是被滿族同化了的漢人[78]，等等。意見相當分歧。所以如此，也與清入關前的八旗制度的複雜性有關，史學界對此也常常攪擾不清。「滿洲旗」、「漢軍旗」、「包衣旗人」、「滿洲旗人」、「包衣漢人」、「包衣滿洲人」、「內務府漢姓人」，以及「內滿洲」、「內漢軍」等等，區分起來，著實不易。曹家到底是漢人還是滿族人？研究籍貫也好，旗籍也好，歸根結底是要弄清這個問題。

一九八二年《紅樓夢學刊》發表的張書才的《曹雪芹旗籍考辨》一文，頗值得注意。該文通過考辨大量史料，得出如下結論：「曹家不僅先世是漢人，而且在被虜入旗並輾轉成爲皇室家奴之後，仍然被編在包衣漢軍佐領之下，屬於正白旗包衣漢軍旗籍，一般稱爲內務府漢軍旗人，簡稱內漢軍。」⑲ 作者認爲，曹家的這種身分，使它處於旗人社會的底層，所謂「內府世僕」、「包衣下賤」，既受著皇室主子的壓迫，又爲平民旗人所「賤視」；另一方面，他們「原係漢人，並非滿人」，在滿、蒙、漢三種旗人中等級地位最低。照說他們的滿化程度較八旗漢軍更深一些，但順、康以後，恢復乃至發展漢族文化傳統的趨勢甚爲明顯，因此清朝開國百年後的曹雪芹，其滿化的程度較之他的先輩不是更深了，而是向相反的方向發展。

張書才的這一觀點與周汝昌大相徑庭，使曹雪芹的旗籍問題，陷入進一步的聚訟之中。

公案之九：靖本「迷失」

靖應鵾藏抄本《紅樓夢》，是現在已知的十二種脂評系統的抄本之一，但也是惟一未能公諸於世的抄本。一九五九年夏天，南京的毛國瑤從靖應鵾家裡看到此書，並與戚序本對照，過錄下來一百五十條戚本所沒有的批語。其中有的批語爲諸本所無，意義十分重大，如第十八回墨筆眉批：「孫策以天下爲三分，眾才一旅；項籍用江東之子弟，人惟八千。遂乃分裂山河，宰割天下。豈有百萬義師，一朝卷申（甲），芟夷斬伐，如草木焉！江淮無厓岸之阻，亭壁無藩籬之固。頭會箕斂者，合從締交；鋤耰棘矜者，因利乘便。將非江表王氣，終於三百年乎？是知併吞六合，不免軹道之災；混一車書，無救平陽之禍。嗚呼！山嶽崩頹，既履危亡之運；春秋迭代，不免去故之悲。天意人事，可以悽愴傷心者矣。」接下去又有：「大族之敗，必不致如此之速，特以子孫不肖，招接匪類，不知創業之艱難。當知『瞬息榮華，暫時歡樂』，無異於『烈火烹油，鮮花著錦』，豈得久乎！戊子孟夏，讀虞（庾）子山文集，因將數語系此。後世子孫，其毋慢忽之。」批語署年爲戊子，是乾隆三十三年（一七六八年），距雪芹甲申之逝只有四年時間，應出自畸笏一干人之手。誠如余英時所析論的那樣，此一批語似流露出一種朝代興亡之感，甚至可以「附會明代的終結」，其價值可想而知。又如第二十二回一條眉批：「前批知者聊（寥）聊（寥）。不數年，芹溪、脂硯、杏齋諸子皆相繼別去。今丁亥夏只剩朽物一枚，寧不痛殺！」

丁亥夏的批語，又自稱「朽物」，自然是畸笏的口吻；而他稱脂硯已先他而去，因此脂硯和畸笏當然不是一個人，這對解決脂硯和畸笏是兩人還是一人的問題，提供了實證。

由此可見靖藏本的重要。據毛國瑤回憶，該本分十大冊裝訂，每隔四回即有藍紙封面，並鈐有「明遠堂」、「拙生藏書」篆文圖記。一九六四年他曾將過錄下來的一百五十條批語寄給俞平伯、周汝昌、吳恩裕、吳世昌等紅學家[80]，後來周汝昌在香港《文匯報》和《文物》雜誌撰文介紹過[81]，一九七四年九月始正式刊載於南京師範學院編印的《文教資料簡報》。但靖藏本本身，除毛國瑤外，紅學家誰都無緣看到。據說是「迷失」了，而且早在一九六四年靖家就沒有找到這部舊藏。

與此相關的還有「夕葵書屋《石頭記》卷一」的批語問題，也是毛國瑤抄給俞平伯的，係靖應鵑在《袁中郎集》中找到的一張殘頁，內容爲：

夕葵書屋《石頭記》卷一

此是第一首標題詩。能解者方有辛酸之淚，哭成此書。壬午除夕。芹為淚盡而逝，余常哭芹，淚亦待盡。每思覓青埂峰，再問石兄，奈不遇癩頭和尚何，悵悵。今而後願造化主再出一脂一芹，是書有幸，余二人亦大快遂心於九泉矣。甲申八月淚筆。

這條批語，署年爲「甲申八月」，甲戌本作「甲午八日」，顯然靖本爲是，考證雪芹卒年也就不會發生是否記錯時間的問題了。但「夕葵書屋《石頭記》是否即是靖藏本？又增加了一層疑難。人們真希望已經「迷失」的靖本能夠「迷途知返」，重新回到藏主手中，然後公之於眾，以有益於紅學研究事業。

下篇　紅學之謎和紅學「死結」

其一：四條不解之謎

《紅樓夢》研究中，除上述十七次論爭、九椿公案之外，另有四條不解之謎。

第一條不解之謎是元春判詞。《紅樓夢》第五回賈寶玉夢遊太虛幻境，看到的元春判詞是：「二十年來辨是非，榴花開處照宮闈；三春爭及初春景，虎兔相逢大夢歸。」第二、三句不難解釋，主要是一、四兩句指的是哪一個「二十年來」？「辨」什麼「是非」？「虎兔相逢」似暗含干支紀年的意思，那麼作者的本意指的是哪一年與哪一年「相逢」？簡直索解莫從。續書寫元妃薨日在甲寅年十二月十九日，特注明是年十二月十八日立春，因而「已交寅年卯月」。顯然流於牽強，不足以服人。研究者或云「虎」象徵宮廷，「兔」象徵元春，雖可聊備一說，終究未得作者本意。也有的根據庚辰本第十四回「柳折卯字，彪折虎字，寅字寓焉」的批語，認為「兔」指一柳姓人，即柳湘蓮；又說「榴花」諧音「柳花」等等㉜，更屬臆測之詞。筆者曾推斷「虎兔相逢」係暗指康熙和雍正兩個政權的交替，因為康熙死於六十一年十一月十三日，按干支為壬寅即虎年，雍正於同年十一月二十日即位，已臨近癸卯即兔年。正是雍正繼位，使曹家面臨政治險境，不久就被抄家沒產，這對曹雪芹來說，無異於一場夢幻，所以判詞作「大夢歸」。當然這也是一種推測，未必盡妥。且「二十年來」，絕非虛筆，如與脂批的「屈指二十年矣」相比照，更覺大有文章。那末元春這一判詞究作何解？看來仍是個謎。

第二條不解之謎是《紅樓夢曲》中的〈好事終〉一曲，其中有兩句是：「箕裘頹墮皆從敬，家事消亡首罪寧。」曲子本身寫的是秦可卿，所以首句爲「畫樑春盡落香塵」。問題是爲什麼要說「家事消亡首罪寧」？自然也可以解釋爲，賈家之敗，是由於寧國府的子弟更其不堪，但這與書中情節完全吻合嗎？須知，「家事消亡」這四個字，在曹雪芹生活的雍、乾時期有何等分量？作者豈是隨便如此措詞？正因爲如此，才有的研究者認爲寧國府的事跡係影射蘇州織造李煦一家，新加坡的皮述民即持此說[83]。高陽的《紅樓夢斷》第一部《秣陵春》，甚至直接寫李煦逼媳婦上吊，也是認寧府的事爲李家的事了。這些看法在多大的意義上可靠，自然很難說，但都注意到了「家事消亡首罪寧」的不尋常意義則一。這確實是紅學中的一件不解之謎。

第三條不解之謎是《紅樓夢》第一回「出則既明」之前，交代故事緣起，一下列舉出四個書名，而且每一名稱都與具體的人相聯繫，即本來是《石頭記》，空空道人改爲《情僧錄》，東魯孔梅溪題爲《風月寶鑑》，曹雪芹增刪後題爲《金陵十二釵》。曹雪芹寫的《紅樓夢》，自己卻「題曰《金陵十二釵》」，這是爲什麼？空空道人是誰？東魯孔梅溪又是何人？這些人名和書名之間是什麼關係？研究《紅樓夢》的人無不想一一究其底理。但這方面的文章雖然發表不少，達到共識則差得很遠，可以說這一連串書名的底理，至今還沒有弄清楚。

第四條不解之謎是明義的二十首《題紅樓夢》絕句，似涉及到了八十回以後的《紅樓夢》的情節。明義字我齋，滿洲鑲黃旗富察氏傅恒的二兄傅清之子，大約生於乾隆初年，雪芹逝世時他二十多歲，很可能與曹家有一些關係㉔。《題紅樓夢》詩的寫作，據周汝昌考證在乾隆三十五年至乾隆四十六年之間，上距雪芹逝世只有五六年到十五六年，而下距程偉元、高鶚刊行百二十回本，則有十至二十年之多。因此，詩裡面如果涉及八十回以後的情節，就是殊可注意之事了。

研究者感到興趣的是明義題紅詩的最後四首，即第十七至二十首，分別爲：

錦衣公子茁蘭芽，紅粉佳人未破瓜；
少小不妨同室榻，夢魂多個帳兒紗。

傷心一首葬花詞，似讖成真自不知；
安得返魂香一縷，起卿沈痼續紅絲。

莫問金姻與玉緣，聚如春夢散如煙；
石歸山下無靈氣，總使能言亦枉然。

饌玉炊金未幾春，王孫瘦損骨嶙峋；
青蛾紅粉歸何處，慚愧當年石季倫。

這四首詩的內容一般都認爲涉及到了八十回以後的情節，如周汝昌說：「由於第十八首，知道黛玉的〈葬花詞〉後來『似讖成真』，則明義似已見到曹雪芹寫黛玉病死的部分；明義想以返魂香使黛玉由『沈痼』而複生，並續已斷的紅絲，則黛玉在死前紅絲應繫，亦已明白道出，這是與程本續書不同的。」㉟對第十七首，周汝昌與周祜昌反覆「相與駁難」，一致認定不是寫黛玉，而是寫寶釵，指八十回之後雖與寶玉結婚，但實未成配，所以詩中才說「紅粉佳人未破瓜」；也就是同床而又夢魂相隔，這才是「夢魂多個帳兒紗」的本意㊱。當然也有人主張是寫黛玉，也有的認爲是寫晴雯㊲，但周氏兄弟認爲「紅粉佳人」一詞不是寫幼女少女所用，一般只指「閨中少婦」，所以還是指寶釵吻合詩意。

朱淡文在《吟紅後箋——讀明義題紅樓夢組詩札記》中，全面支持周汝昌的觀點，並發揮說：「從總體看來，組詩所反映的舊稿後半部內容雖不很具體，但大致輪廓卻已顯現。透過明義組詩探視後半部的情節，似寶釵先嫁寶玉，黛玉因之抑鬱夭亡。不久賈府因政治原因被抄沒，寶玉落魄，群芳飄零，寶釵被迫改嫁，金玉姻緣徹底離散。『慚愧當年石季倫』至組詩結束方才詠及，可見舊稿以賈府被抄爲最後高潮，黛玉病逝及二寶成婚均在賈府抄沒之前，金玉結褵更在黛玉病逝之前。」㊳吳世昌的看法更爲明確，他認爲明義看到的是《紅樓夢》初稿，故事情節的安排與今本有很大不同。⑧⑨如這些推斷不誤，那末早在程、高補作問世之前，就已經存在著「全璧」，並不如後人所慨歎的「神龍無尾」，而且前八十回的情節與現在我們見到的在大同中也有大異。組詩不涉及王熙鳳，隻字不提史湘雲，也是大可詫異之處。但這個「初稿」或「舊稿」後來哪裡去了？明義在組詩的小序裡說「其書未傳」：誰「未傳」？雪芹不想傳，還是傳而「迷失」了？情節方面的不同，是後人誤改還是雪芹自己的改筆？如前所說，研究者中也有人認爲組詩的最後四首未越出前八十回的內容。那麼，到底如何解釋明義這二十首詩？確實是紅學中的一謎。

其二：三個死結

紅學研究中有三個死結：一是脂硯何人；二是芹係誰子；三爲續書作者。

脂硯齋這個人，對研究曹雪芹和《紅樓夢》的意義、價值、重要性，治紅學的人莫不深知。他的名字直接寫入甲戌本，早期抄本一律題作《脂硯齋重評石頭記》；曹雪芹寫，他評，而且一評再評，三評四評；甲戌、靖本第一回批語中，將他與雪芹並提，稱「一芹一脂」和「一脂一芹」。但脂硯何人？無論說是叔父也好，舅父也好，曹頫也好，棠村也好，曹雪芹自己也好，史湘雲也好，都不過是一種猜測，而且是證據並不充分的猜測，不僅在研究者中間達不成一致，更主要的是每一種立說本身就沒有實證的支持。畸笏叟也是這樣。因爲脂硯齋找不到歸屬，畸笏也相應探考無從，兩位批者是連帶的。

曹雪芹是誰的兒子問題，自胡適提出係曹頫之子以後，一度爲大多數研究者所接受，但後來動搖了，因爲胡適立此說完全建立在無證枉說的基礎上，依憑的是邏輯推論——既然繼曹寅織造位的曹顒短命早夭，由過繼的曹頫接替，自然雪芹就是曹頫之子了。認爲雪芹是曹顒遺腹子的說法，在相當一部分研究者中也頗流行，但同樣缺乏實證。而且需要解決一個矛盾，即必須證明曹天祐和曹雪芹是一個人。雪芹名曹霑，與曹天祐在名字上不無關合之處，王利器即舉出《詩經·小雅·谷風·信南山》「上天同雲，雨雪雰雰，益之以霢霂，既優既渥，既霑既足，然我百谷……曾孫壽考，受天之祐」，證明兩者「義取相應」。但大部分詩經版本此詩的「祐」字都作「祜」字，鄭玄箋也說：「祜，福也。」只有「明監本」、「毛本」、「閩本」的「祜」誤作「祐」。因此還須證明曹家人看到的《詩經》只能是作「祐」的本子，真是麻煩之至。而且《五慶堂曹氏宗譜》列曹天祐爲十五世，注明「顒子，官州同」。如果曹雪芹即曹天祐，能夠「官州同」，他何必「舉家食粥」呢?顯然此說的障礙也不少。

總之曹雪芹是誰的兒子，是一個根本未獲解決的問題。

續書作者也類似，原來認爲是高鶚，後來夢稿本出世，高續說土崩瓦解。其實，程偉元和高鶚在百二十回本《紅樓夢》的序言中說的話原很明確，他們只是在搜羅到的「漶漫不可收拾」的後四十回的基礎上，「截長補短，抄成全部，複爲鐫板」，我們沒有理由認爲這是在撒謊。張問陶

《船山詩草》卷十六〈贈高蘭墅鶚同年〉詩的題注：「傳奇《紅樓夢》八十回以後俱蘭墅所補。」也只是說「補」而已，完全可以理解爲是「補」齊的意思。所謂高鶚續作《紅樓夢》後四十回，實在沒有多少根據。但究竟是誰作的？只好老老實實地承認：還不知道；或者說，這個問題的解決，現在條件尚未成熟。

所以我說這是三個死結。從已經知道的材料來看，無論從哪個角度立說，對材料做怎樣的分析，都無法對脂硯何人、芹係誰子、續書作者這三個問題，做出確切的答案。除非發現新的材料，否則這三個死結就將繼續結下去，誰都休想解開。「解」《紅樓夢》之「味」，自非易事，作者已歎「解味」無人；解紅學之謎、紅學之結，難度也很大，至少不亞於「蜀道之難」——也許這正是紅學的魔力和魅力之所在？

注釋

①俞平伯：《紅樓夢討論集序》，參見《紅樓夢研究參考資料選輯》第二輯，第一五頁，人民文學出版社一九七三年版。

②余英時：《紅樓夢的兩個世界》第七一頁，聯經出版公司一九八一年版。

③參見胡文彬、周雷編：《紅學世界》第二九頁，北京出版社一九八四年版。

④蔡元培：《石頭記索隱第六版自序——對於胡適之先生「紅樓夢考證」之商榷》，參見《紅樓夢研究參考資料選輯》第三輯，第三八頁。

⑤參見《紅樓夢研究參考資料選輯》第一輯，第四八頁。

⑥壽鵬飛：《紅樓夢本事辨證》第一頁，上海商務印書館一九二七年文藝叢刻乙集本。

⑦俞平伯：《紅樓夢辨》第一一六頁。

⑧劉大傑：〈紅樓夢的地點問題〉，載《晨報》「藝林旬刊」第二號，一九二五年四月二十日出版。

⑨李玄伯：〈紅樓夢的地點問題〉，載《猛進》第八期，一九二五年四月二十日。

⑩劉大傑：〈再說紅樓的地點問題〉，載《晨報副刊》一九二五年五月十一日第一〇四號。

⑪見劉大傑〈紅樓夢裡的重要問題的討論及其藝術上的批評〉一文的「附記」，載一九二五年十二月一日出版的《晨報七周年紀念增刊》

⑫參見劉大傑和俞平伯的通信，載一九二五年五月二十六日出版的第一一六號《晨報副刊》，題目標為《通信二則》。

⑬參見周策縱編《首屆國際紅樓夢研討會論文集》第一五一頁至第一六二頁，香港中文大學出版社一九八三年版。

⑭⑮何其芳：《論紅樓夢》第一五八頁、第一六三頁，人民文學出版社一九五八年版。

⑯何其芳的《論阿Q》載於一九五六年九月的《人民日報》，李希凡的《典型新論質疑》發表在一九五六年十二月號《新港》上；何其芳的《關於詩歌形式問題的爭論》載於《文學評論》一九五九年第一期，李希凡的《對待批評應當有正確的態度》發表在一九五九年四月號的《詩刊》。

⑰何其芳：《文學藝術的春天》第十至第三三頁，作家出版社一九六四年版。

⑱李希凡：《關於阿Q、典型、共名及其他》，載《新建設》一九六五年第二期。

⑲李希凡、藍翎：《紅樓夢評論集》第三集，人民文學出版社一九七三年版。

⑳沈從文：〈「𤫩瓟斝」和「點犀䀉」——關於〈紅樓夢〉注釋一點商榷〉，載一九六一年八月六日《光明日報》。

㉑吳世昌：《紅樓夢探源外編》第十至第十二頁，上海古籍出版社一九八〇年版。

㉒吳世昌：《紅樓夢探源外編》第二〇一至第二一七頁。

㉓吳恩裕：《曹雪芹佚著淺探》第二三九至第二七八頁，天津人民出版社一九七九年版。

㉔陳毓羆、劉世德：《曹雪芹佚著辨偽》，《紅樓夢論叢》第六四至第一一四頁，上海古籍出版社一九七九年版。

㉕載《文物》一九七四年第七期。

㉖吳恩裕：《曹雪芹佚著淺探》第三七二至第三七三頁，天津人民出版社一九七九年版。

㉗伊藤漱平：〈論曹雪芹晚年的「佚著」——圍繞「廢藝齋集稿」等真偽問題的札記〉，一九八一年第七輯《紅樓夢研究集刊》譯載，上海古籍出版社版。

㉘吳世昌：〈論王岡繪曹雪芹小像〉，載香港《大公報》一九六三年四月十九至二十二日；吳恩裕：〈結合文獻和傳説來看曹雪芹〉，載《圖書館》一九六三年第三期。

㉙劉世德（署名時生蕤）：〈曹「雪芹」畫像之謎〉，載《天津晚報》一九六三年九月十四日。

㉚周汝昌：〈雪芹小像辨〉，載一九六四年四月五日香港《大公報》。

㉛周汝昌：〈紅樓夢及曹雪芹有關文物敘錄一束〉，載《文物》一九七三年第二期。

㉜史樹青：〈曹雪芹和永忠小照辨析〉，載《文物》一九七八年第五期。

㉝周汝昌：〈曹雪芹小像之新議論〉，載香港《新晚報》一九七八年五月二十六日、六月二十五日。

㉞宋謀瑒：〈陸厚信「雪芹先生小照」辨〉，《山西大學學報》一九七九年第四期。

㉟參見《紅樓夢研究集刊》第三輯，上海古籍出版社一九八〇年版。

㊱史樹青：〈再論「陸厚信繪雪芹先生小照」〉，參見《紅樓夢研究集刊》第五輯，第三二九至第三三六頁，上海古籍出版社一九八〇年版。

㊲宋謀瑒：〈「曹雪芹小像」像主非俞瀚辨〉，載《文學遺產》一九八一年第一期。

㊳馮其庸：〈夢邊集序〉，載《藝譚》一九八一年第四期。

㊴參見周汝昌《紅樓夢新證》下冊第七五〇頁。

㊵參見吳世昌《紅樓夢探源外編》第三二八頁至第三三三頁。

㊶參見吳世昌《紅樓夢探源外編》第三三六頁至第三六一頁。

㊷梅節〈曹雪芹佚詩的真偽問題〉，載香港《七十年代》一九七九年第六期。

㊸顧頡剛在一九七九年七月十八日致吳世昌的信中說：「雪芹《題琵琶行傳奇》一律，我以為兄文絕對正確，亦當秉此旨意，寫一短篇，屆時請賜正。」俞平伯的信寫於一九七九年三月十四日，告訴吳世昌：「新加坡有周穎南者頗重視文獻，托我轉請顧老寫字。及至寫好送來，則赫然此七律也。跋語中確定為雪芹遺作，以晚年得見之為幸。」他自己的看法則未明示，只說：「認真比辨偽難，良信。」意甚微婉。參見吳世昌《紅樓夢探源外編》第三七一至第三七二頁。

㊹吳恩裕：《曹雪芹佚著淺探》第二三三頁至第二三四頁，天津人民出版社一九七九年版。

㊺周汝昌：〈曹雪芹的手筆「能」假託嗎？〉，參見《獻芹集》第四二八頁至第四三〇頁，山西人民出版社一九八五年版。

㊻戴不凡：〈石兄和曹雪芹——「揭開紅樓夢作者之謎」第二篇〉，載《北方論叢》一九七九年第三期。

㊼參見《紅樓夢著作權論爭集》第二七九頁至第二八一頁、第一五六頁至第一五九頁、第三三四頁至第三三五頁、第二五七頁至二五八頁，《北方論叢》編輯部編，山西人民出版社一九八五年版。

㊽參見《紅樓夢著作權論爭集》第二七七頁。

㊾吳世昌：〈論石頭記的舊稿問題〉，參見《紅樓夢著作權論爭集》第一〇九頁。

㊿參見《紅樓夢著作權論爭集》第一一三至第一一四頁。

51陳熙中、侯忠義：〈曹雪芹的著作權不容輕易否定——就紅樓夢中的「吳語詞彙」問題與戴不凡同志商榷〉，參見《紅樓夢著作權論爭集》第二二四至第二三九頁，原載《紅樓夢學刊》一九七九年第一期。

(52) 參見拙著《紅樓夢新論》第三〇二至第三一一頁，或《紅樓夢著作權論爭集》第三一一頁至第三二〇頁。

(53) 張碧波、鄒進先：〈紅樓夢舊稿為石兄所作說駁議〉，載《北方論叢》一九七九年第五期。

(54) 參見拙著《紅樓夢新論》第三七五至第四一六頁。

(55) 拙編《紅學三十年論文選編》共三卷，百花文藝出版社一九八三至一九八四年出版。

(56) 參見香港《明報》一九八二年二月十六、十七日及八月一日所發林亦樂先生撰寫的「特稿」。

(57) 周汝昌：〈什麼是紅學〉，《河北師範大學學報》一九八二年第三期。

(58) 周汝昌：《獻芹集》第一八七頁、第二一七頁和第二二五頁至二二六頁，山西人民出版社一九八五年版。

(59) 參見《文藝報》一九八四年第六期，第六二頁。

(60) 陳炳良的〈近年的紅學述評〉一文，載香港《中華月報》一九七四年一月號。

(61) 潘重規：〈近年的紅學述評商榷〉，載《中華月報》一九七四年三月號。

(62) 潘重規：《紅學六十年》第一五八頁至二二八頁，台北文史哲出版社一九七四年九月初版。

(63) 香港《明報月刊》於一九七六年六月號轉載〈近代紅學的發展與紅學革命〉；台北的《幼獅月刊》於一九七六年出版的第四十二卷第四期轉載了〈紅樓夢的兩個世界〉。

64 美國《中報》一九八六年十月二十日特稿：〈震動海內外的紅樓夢論戰風波〉。

65 楊澤：〈紅樓風波〉，載《中國時報》一九八六年十月十八日第八版之《人間》副刊。

66 已刊於一九八八年第四輯《紅樓夢學刊》，讀者可參閱。

67 周煦良：〈紅樓夢第六十七回是偽作〉，載一九六一年九月九日《文匯報》，參閱拙編《紅學三十年論文選編》下卷，第二〇三至第二一〇頁。

68 宋浩慶：〈紅樓夢第六十四、六十七回辨〉，載《紅樓夢學刊》一九七九年第一期。

69 李玄伯的〈曹雪芹家世新考〉一文，載《故宮周刊》第八四期，一九三一年五月十六日出版。

70 周汝昌：《紅樓夢新證》（增訂本）第一一一頁至第一二一頁。

71 馮其庸：《曹雪芹家世新考》第一七一頁至第一七二頁，上海古籍出版社一九八〇年版。

72 馮其庸：《曹雪芹家世新考》第一八三頁。

73 同上，第一八九頁。

74 周汝昌：《紅樓夢新證》第一一九頁。

75 周汝昌：《紅樓夢新證》第一二九頁。

76 馮其庸：〈五慶堂重修遼東曹氏宗譜考略〉，參見拙編《紅學三十年論文選編》上卷，第二〇二頁至第二〇四頁。

77 參見《紅樓夢學刊》一九八〇年第一期，第二三二頁。

78 同上，第二八二頁。

79 參見《紅樓夢學刊》一九八二年第三輯，第二八七頁至第三一〇頁。

80 毛國瑤：〈靖應鵾藏鈔本紅樓夢發現的經過〉，載《紅樓夢研究集刊》第十二輯，上海古籍出版社一九八五年版。

81 周汝昌：〈紅樓夢及曹雪芹有關文物敘錄一束〉，載《文物》一九七三年第二期。

82 楊光漢：〈論賈元春之死〉，載《社會科學輯刊》一九八〇年第三輯。

83 皮述民：〈釋「造釁開端實在寧」——兼論曹雪芹處理蘇州李家素材的原則〉，參見《哈爾濱國際紅樓夢研討會論文選》第二二七頁至第二四一頁。

84 周汝昌：《紅樓夢新證》下卷，第一〇七一頁。

85 周汝昌：《紅樓夢新證》第一〇七三頁至第一〇七四頁。

86 同上，第九一五頁至第九一六頁。

87 楊光漢：〈明義的題紅樓夢絕句〉，載《紅樓夢研究集刊》第八輯。

88 朱淡文：〈吟紅後箋〉，載《紅樓夢學刊》一九八六年第一輯。

89 吳世昌：〈論明義所見紅樓夢初稿〉，載《紅樓夢學刊》一九八〇年第一輯。

第九章　紅學囈語

上篇　「食盡鳥投林」

我在本書第二章談到《紅樓夢》研究已成爲當代顯學的時候，曾提到研究《紅樓夢》的專刊《紅樓夢學刊》是我參加創辦的一本刊物，現在已經出版五十輯了，這可是當初我們創辦時不曾想到的。當時只覺得需要有這樣一本刊物，因此想到就做，有各方面的支持，居然辦成了。至於能出多久，可以說毫無奢望，心裡想如果堅持五年，就蠻不錯了。誰知道一出就是十二年，而且看樣子，在可預見的將來，還會出下去。

這要歸功於《紅樓夢學刊》編輯部的編輯同志和海內外廣大的作者和讀者。但還必須有作者撰稿，讀者閱讀，這三方面統一起來，才能辦好刊物。學刊開始由百花文藝出版社出版，第一期印行八萬五千冊。後來雖有所減少，有好幾年也大都在萬冊左右擺動。直到最近，穩定訂戶仍不少於七千。這可是個了不起的數字。一本純學術的專學刊物，十幾年來一直保持這麼多讀者，說是奇蹟，也不爲過。當然由此可以看出紅學的魔力。我在當時撰寫的創刊詞裡曾說：「創辦本刊的目的，就是爲專業的和業餘的《紅樓夢》研究者提供一個園地，通過彼此交流，互相切磋，共同探討，提高《紅樓夢》研究的學術水平。」事過十二年，出版五十期，發表了一千二百多萬字的各類紅學文章，創刊詞闡述的學術目標，應該說大體上已經達到了。創刊詞中還提出：「提倡創造性的科學研究，提倡實事求是的民主學風，提倡不同學派觀點相互爭鳴」，以及「反對說空話，提倡樸實、生動的文風」，這些切合當時情況的學術旨趣，在刊物中也得到了體現。八十年代前半期紅學的繁榮和發展，《紅樓夢學刊》實起到了推動和促進的作用，應是不爭之事實。

但八十年代後，特別是近兩年，紅學熱已開始冷卻；不獨大陸，台灣、香港以及海外的紅學研究，也大大降溫。

原因是多方面的。首先與紅學的學科特點有關。紅學之所以成爲紅學並引起學術界的關注，紅學索隱和紅學考證兩大派別有不可沒之功。但索隱也好，考證也好，受客觀材料的限制，到一定時期就會到達一個極限。所謂巧婦難爲無米之炊。本來米就是《紅樓夢》這部著作本身，隨各路廚子去燒飯好了。紅學小說批評就是這樣做的。只要《紅樓夢》在，小說批評就不會斷炊。紅學索隱和紅學考證不然，它需要到作品之外去找米，這便有了局限。因爲買米下鍋總是不可靠的。臨時買有個買到買不到的問題，即使買到能否放在《紅樓夢》研究的鍋裡煮成可吃的熟飯，也沒有那麼簡單。我們看近百年來有多少索隱和考證煮成的紅學飯，只能看看，而不能下咽充饑。可是沒有紅學索隱和紅學考證，只小說批評一家獨佔鰲頭，「紅樓宴」雖然可以擺成，肯賞光的賓客則大爲減少。

蔡元培說《紅樓夢》是清康熙朝政治小說，書中本事在弔明之亡，揭清之失，尤對出仕清朝的漢族諸名士寓痛惜之意。這說得不一定正確，但發人深思，使我們感到有趣。何況細按書中情節，有些描寫的確有反滿思想的流露。這說明至少蔡元培的研究思路值得重視。胡適說《紅樓夢》是曹雪芹的家世史，賈政就是曹頫，賈寶玉就是曹雪芹，只能用考證的方法來研究《紅樓夢》，索隱無疑於猜笨謎。這說得也有偏頗，但他發掘出一大堆關於曹家的材料，又有帶脂批的乾隆抄本為佐證，求之《紅樓夢》本文，也不無暗合之處。考證打開的紅學思路，其意義更不能小視。

紅學三派，每一個派別都從作品中打開一個世界。只不過小說批評所打開的世界是文學的，不一定引起人文學界的普遍關注。索隱和考證所打開的世界，則包括文獻的和歷史的、政治的因素，方法學的意義也更普遍，因此哲學、史學、社會學、政治學、文獻學等各人文社會學科的學者，都想在紅學領域一試身手。正是在這個意義上，我曾提出紅學具有超學科的特點，同時也是小小一紅學自本世紀初以來何以吸引那麼多我國第一流的文史學者躋身其中的緣故。

俞平伯先生說：「紅學之為諢名抑含實義，有關於此書性質之認識。早歲流行，原不過紛紛談論，即偶形諸筆墨固無所謂學也。及清末民初，王、蔡、胡三君，俱以師儒之身分，大談其《紅樓夢》，一向視同小道或可觀之小說遂登大雅之堂矣。」① 又說：「既關於史跡，探之索之考辨之也宜，即稱之為學亦無忝焉。所謂中含實義是也。」② 俞平伯先生這兩段話見於他的〈索隱與自傳說閑評〉一文，一九七八年初稿，一九八六年改定，是晚年之作，經過沈澱的思想，文短而分量甚重。我們從中可以看出，他怎樣評價索隱和考證在紅學成爲紅學並獲得真實含義的過程中所起的特殊作用。至於對這兩個紅學派別本身如何評價又是另一回事。

如今紅學自王、蔡、胡以師儒身分大談紅樓，已走過近百年的歷程。秦可卿給鳳姐托夢，說「我們家赫赫揚揚，已將百載」，差堪比擬。紅學的地位曾經很顯赫過，有幾次竟成爲學術界注目的中心，甚至引起全國性的波瀾。但現在最能體現紅學特殊樹義的兩個紅學派別，索隱派終結了，考證派式微了，剩下的是一個個百思不得其解的謎團，滾來滾去，都變成了死結。曹雪芹是誰的兒子?不知道。胡適說是曹頫，但沒有證據。我們說不是，也沒有證據。只能嚴守聖人遺訓，說不知道。脂硯齋是誰?不知道。《紅樓夢》後四十回是誰寫的?不知道。而這三個問題，對考證派紅學來說，實在至關重要，都是最起碼需要解決的問題。連起碼的需要解決的問題都索解無從，未免太讓研究者泄氣。索隱的出發點往往很莊嚴，以《紅樓夢》寄託家國之思，令人肅然起敬。但具體分解起來，又收穫甚微。說來說去逃不出盡人皆知的那幾條例證。偶然有人提出新說，但一查，不對了，原來是前人已經說過的舊說。時至今日，無論索隱還是考證，要想前進一步，有所突破，已經難上加難。當然不排除還會有新材料的發現。但在新材料發現之前，紅學的困局難以改變。敦煌學也由於已發現的材料處理到一定程度，再前進，感到步履維艱。而隨著漢簡的大批面世，一門新的學科——簡牘之學，已在悄然興起。

梁啓超論學術思潮的演變，把學術思潮區分爲啓蒙期、全盛期、蛻分期、衰落期四個階段，並用佛家生、住、異、滅四分流轉相作比照。他說啓蒙期是「對於舊思潮初起反動之期」，其特點是：「此期之重要人物，其精力皆用於破壞，而建設蓋有所未遑。所謂未遑者，非擱置之謂，其建設之主要精神，在此期間必已孕育，如史家所謂開國規模者然。雖然其條理未確立，其研究方法正在間錯試驗中棄取未定，故此期之著作，恒駁而不純，但在淆亂粗糙之中，自有一種元氣淋漓之象。」③ 比之紅學，本世紀初胡適向以蔡元培爲代表的索隱派宣戰，實與之相彷彿。因此當時的紅學可看做是處於啓蒙期的紅學。

學術思潮處於全盛期的特點，梁啓超做了如下概括：「破壞事業已告終，舊思潮屏息伏熠，不復能抗顔行，更無須攻擊防衛以糜精力。而經前期醞釀培灌之結果，思想內容日以充實，研究方法亦日以精密，門戶堂奧次第建樹，繼長增高，『宗廟之美，百官之富』粲然矣。一世才智之士，以此爲好尙，相與淬厲精進；闒冗者猶希聲附和，以不獲廁於其林爲恥。」這用來形容紅學的全盛期，天衣無縫，恰到好處。是有一個時期，我們的「才智之士」都願意廁身紅學，並「以此爲好尙」啊！

學術思潮進入蛻分期的特點，依任公先生的說法其表現是：「境界國土，爲前期人士開闢殆盡，然學者之聰明才力，終不能無所用也，只能取局部問題，爲窄而深的研究，或取其研究方法應用之於別方面，於是派中小派出焉。而其時之環境必有以異乎前。晚出之派，進取氣較盛，易與環境順應，故往往以附庸蔚爲大國。則新衍之別派與舊傳之正統派成對峙之形勢，或且駸駸乎奪其席。」只要看看五十年代初至六十年代上半期，周汝昌、吳恩裕、吳世昌三位考證派主將的聲勢氣象，以及他們的使紅學愈分愈細，不僅三人之間於家世考證、作者考證、版本考證各有側重，芹學、脂學、版本學、探佚學等「派中小派」亦「出焉」，就知道紅學蛻分期是存在的。

至於衰落期，梁啓超寫道：「凡一學派當全盛之後，社會中希附末光者日眾，陳陳相因，固已可厭。其時此派中精要之義，則先輩已濬發無餘，承其流者，不過捃摭末節以弄詭辯。且支派分裂，排軋隨之，益自暴露其缺點。環境既已變易，社會需要別轉一方向，而猶欲以全盛期之權威臨之，則稍有志者必不樂受，而豪傑之士，欲創新必先摧舊，遂以彼爲破壞之目標。於是入於第二思潮之啓蒙期，而此思潮遂告終焉。」我想，說紅學現已進入衰落期，應該是符合實際的。如前所說，紅學的「精要之義」確實被前輩學者「濬發」得差不多了，再想突破，談何容易。

這不是我的悲觀，學術的發展嬗變，常常如此。有盛就有衰，有熱必有冷。盛而不衰，熱而不冷，天下怎容得這樣的物事。就拿《紅樓夢學刊》來說，顧問中茅盾和王昆侖兩先生已經仙逝，編委中自創刊以來已有顧頡剛、吳恩裕、吳世昌、戴不凡四位紅學大家作古。一九七九年五月二十日學刊在四川飯店舉行首屆編委擴大會議，在京的紅學專家聚首一堂，茅盾拄杖赴會，王昆侖當場賦詩，那種盛況，恐怕不會再有了。甚至紅學史上那些迭出的公案，以擡學問杠爲特色的紅學論爭，包括胡適說蔡元培「猜笨謎」，並聲稱「朋友和真理既然都是我們心愛的東西，我們就不得不愛真理過於愛朋友」；吳世昌和周汝昌等辯論所謂「雪芹佚詩」，引來《晉書》裡阮瞻不信鬼的故事，來客辯不贏阮瞻，就說「即僕便是鬼」；以及余英時和趙岡關於「麵包」和「麵粉」關係的討論；徐復觀和潘重規論紅學，竟涉及請吃水餃問題，等等。

這一類引人入勝、令人噴飯的篇章，今後的紅學家難得譜寫出來。另一方面，現在年齡輕些的健在於世的《紅樓夢》研究者，泰半已不再致力於紅學，而轉爲研究文學史、文化史和學術史。也就是梁啓超論述學術衰落期時說的，由於社會需要，學者「別轉一方向」的特點。借用《紅樓夢》裡的話，說紅學研究的現狀「好一似食盡鳥投林」，可能與實際情形也大體上吻合。

因此曹雪芹真是偉大，他不僅用各種方式爲《紅樓夢》的結局、榮寧二府的未來，做出許多暗示和讖語，不料他做的這些暗示和預設的讖語同樣適合於紅學的命運。當然我不是說《紅樓夢》不再會有人研究。研究仍會繼續，不論再過多久，人們仍然可以找出自己心目中的賈寶玉和林黛玉。《紅樓夢》作爲優秀的古典文學名著，魅力將永存於世。小說批評派紅學還會進一步發展。用新的小說批評的觀念和方法詮釋《紅樓夢》，還大有用武之地。只是從本世紀初開始由王、蔡、胡建立的以索隱和考證爲兩大支柱的那個鬧鬧嚷嚷已近百載的我們熟悉的紅學，或者說作爲一種學術思潮的紅學，大約不容易再次復興。因爲梁任公說了，學術思潮的衰落期相當於佛所說的「滅相」。

我寫了這許多文字，還是文章開始時提出的第一個問題，即紅學的熱冷興衰與紅學作爲紅學的學科特點有關。現在談第二問題，顯學與俗學問題。

紅學是當代顯學，自無異議。但一門學問一旦成爲顯學，也很容易變爲俗學。錢鍾書先生說過：「大抵學問是荒江野老屋中二三素心人商量培養之事，朝市之顯學必成俗學。」④ 誠哉斯言，紅學可以拿來作證。就紅學的發展歷史來說，走的是愈來愈通俗普及的道路。這原沒有什麼不好。但問題也接踵而至。如果一門學問人人都能談，不顧場合，開口就談，這門學問的普及度固然可觀，其專學意義和學術價值必隨之減弱。何況紅學本來有其不確定性的一面，作品內容千頭萬緒，愛情糾葛、人際矛盾都可以往裡面套，其結果很容易把《紅樓夢》研究庸俗化。通俗化和庸俗化只有一紙之隔。按通常的看法，重視一門學問，刻意加以宣傳，總歸是這門學問的殊榮。可是宣傳過分，殊榮也會招致殊辱，尊之適足以卑之。紅學的命運就是這樣，因爲操持得太過分，反而害了紅學。梁啓超說當一個學派在全盛之後，「社會中希附末光者日眾，陳陳相因，固已可厭」。這「可厭」二字，足以說明一門顯學實已變成俗學。紅學是否已到了「可厭」的程度，聰明的紅學家冷暖自知，無須我下斷語。

還有敷演《紅樓夢》的電視系列劇和多集電影的出現，對《紅樓夢》的普及有重大作用，可以讓無閱讀能力的人也來欣賞《紅樓夢》，說來真是功德無量之事。但站在學術立場上想想，似乎也不無負面影響。

因爲人類的藝術傑作選擇何種表達形式來完成自己，不僅是藝術家本人的選擇，同時是歷史的選擇，藝術生命力的選擇。這些特定的形式有不可變易的一面。比如說離開詩歌這種特定的形式，能夠有李白和杜甫嗎?莎士比亞如果不選擇戲劇的形式，其存在對我們還有什麼意義呢?曹雪芹用長篇小說的形式來寫作《紅樓夢》，這本身就意味著其他形式的《紅樓夢》出不了寫作《紅樓夢》的曹雪芹。就這一點而言，小說《紅樓夢》有不可轉譯的特點。不用說轉譯成其他藝術形式，就是內容形式都保持不變，只是翻譯成漢語以外的其他語種，也無法保持曹雪芹《紅樓夢》的原味。更何況把《紅樓夢》的文字形象轉譯爲視覺形象，這中間不知有多少美學障礙需要克服。錢鍾書先生在論翻譯和原作的關係時說：「壞翻譯會發生一種消滅原作的功效。拙劣晦澀的譯文無形中替作者拒絕讀者；他對譯本看不下去，就連原作也不想看了。這類翻譯不是居間，而是離間，摧毀了讀者進一步和原作者直接聯繫的可能性，掃盡讀者的興趣，同時也破壞原作的名譽。」⑤ 我們電視系列劇和多集影片，作爲一種譯本，應不屬於這種情況，但成敗得失究竟如何，似值得探究。

《紅樓夢學刊》五十輯，我卻說了這樣一番話，近乎紅學囈語。如果讀者把我這番話看做「異兆發悲音」，可是事前不曾想到的。如同《紅樓夢學刊》一出十二年我當初不曾想到一樣。國際紅學會已經開過兩次，這有點像「史太君兩宴大觀園」。如果開第三次，正合「金鴛鴦三宣牙牌令」，我想也一定是一次盛會。

下篇　「這鴨頭不是那丫頭」

《紅學囈語》上篇寫好之後，恰值海峽兩岸紅樓文化懇談會在上海舉行，我隨喜著參加了此項活動。海峽那邊來了三十多人，其中不乏研究《紅樓夢》以及其他古典小說和中國文學的專家。他們是一支「紅樓夢文化之旅」，上海的活動結束後，還將揮師北上，去杭州、過蘇州、到南京、下揚州、走燕京，沿著曹雪芹的足跡尋蹤探勝。上海的活動，也是以遊覽青浦大觀園、參觀紅樓文物展覽、觀賞以《紅樓夢》爲內容的文藝演出、品嘗紅樓宴爲主，學術研討不是重心所在。台灣「紅樓夢文化之旅」領隊康來新教授問我，參加了這樣的紅樓文化活動，我堅持的學術立場是否有所改變。我說改變倒不一定，但對《紅樓夢》的詮釋，確可以有多種方式。「紅樓夢文化之旅」活動，似乎也可以看做是詮釋《紅樓夢》的一種嘗試，至少有助於古典小說《紅樓夢》的普及與傳播。走這麼一趟之後再來讀《紅樓夢》，感受會有所不同。

因此我感到有兩個《紅樓夢》，兩種紅學。一個《紅樓夢》是作爲清中葉社會生活的反映的《紅樓夢》，它屬於十八世紀；另一個是不同時期讀者心中眼中的《紅樓夢》，它屬於今天和明天。後一個《紅樓夢》隨著讀者的參與性閱讀而常在常新。兩種紅學，一種是研究《紅樓夢》本文和作者家世生平及版本流變有關問題，另一種是從《紅樓夢》和作者的世界中走出來，把《紅樓夢》描寫的內容作爲廣泛的中國傳統文化現象，特別著重從淵源和影響的角度加以研究。比如紅樓建築、紅樓服飾、紅樓茶藝、紅樓宴飲，以及以《紅樓夢》爲題材的戲劇、電影、繪畫、書法、篆刻、雕塑、陶瓷、編織、刺繡等等，已經成爲今天人們文化生活和藝術創作的組成部分，不是承認不承認的問題，而是應該怎樣評價，如何看待。光是大觀園，現在就有三處，即北京南菜園附近的大觀園、河北正定的大觀園和上海青浦大觀園。正定我沒去過，不知具體情形。北京和上海的大觀園，建築都頗見特色，開放以來，遊人絡繹不絕。

《紅樓夢》裡的大觀園，原是曹雪芹的藝術創造，雖有江南園林和北方皇家林苑的藍本，終是拼湊加工改造過的，絕不是把現實中的某一個真實的花園原封不動地搬入書中。因此研究者說是隨園也好，恭王府也好，都不過是一種假設，難免有刻舟求劍之弊。可是如今竟然把生活中並不真實存在的大觀園，在生活中複製出來，而且是三處，群眾也表示認可，不能不說是對《紅樓夢》影響研究的一種補充和創造。

《紅樓夢》裡成爲賈府貴族生活組成部分的飲饌，與其說是物質享受，不如說是一種藝術，以此我曾提出：「想按《紅樓夢》裡的菜譜進行烹調，甚至準備開一家餐館，用賈府的菜肴招徠顧客，這樣的紅學家兼實業家從來不乏其人，但成功者寥寥。原因何在？蓋由於《紅樓夢》裡的飲饌觀賞價值每多於實用價值。」⑥這話說於一九八六年，不久，「紅樓宴」就在大江南北競相擺起來了。這次上海紅樓文化懇談會，內容之一就是到上海揚州飯店品嘗豐盛的紅樓宴。劉姥姥搖頭吐舌、口念佛祖，說得「十來隻雞來配」的「茄鯗」雖沒進入席面，「姥姥鴿蛋」卻使宴席平添氣氛。只是熟讀《紅樓夢》的與會代表到底比劉姥姥聰明，很少有人夾不起鴿子蛋，至於「滑下來滾在地下」的事故，更沒有發生。當然劉姥姥的鬧劇，是鳳姐和鴛鴦一手導演的，爲的是「哄著老太太開個心兒」，鴿蛋滑落的事故，說不定是演員的「規定動作」，似乎也不便作爲昔日書中人物和今天的讀者孰愚孰明的依據。「紅樓宴」中另一道菜是「老蚌懷珠」，顯然出自前些年所傳《廢藝齋集稿》中所謂敦敏《瓶湖懋齋記盛》殘文，《集稿》真僞固不可知，其中提到的「江南佳味」卻再現於二百年後的宴席，信乎紅樓文化影響之深也。此外「雪底芹葷」、「寧榮蛟龍」、「南酒套鴨」、「粉黛眉酥」、「鴛鴦燒賣」之類，不一定樣樣都有出典，品其色香味，自是淮揚菜系無異。大觀園有主南主北的分野，「紅樓宴」則一色江南肴饌，說明《紅樓夢》的讀者，眼之於物、口之於味，各有取意焉。恰好證實屬於今天的《紅樓夢》，是隨著讀者的詮釋意向來轉移的，離開新的時代的讀者參與，談不上古典作品的新生。

但紅樓文化的研究是另外一個問題。《紅樓夢》是古典小說的典範，傳統文化的結晶，對《紅樓夢》的文化意蘊做深入探討，自是紅學發展的題中應有之意，實際上已有不少研究者做出過努力。只是包括上面提到的紅樓園林建築、紅樓飲饌在內的紅樓夢文化，現在人們注重的不是從學理上加以研究，而是用各種方法進行實施。曹雪芹把生活變成藝術，紅樓文化活動又把藝術還原爲生活。看來這種還原的努力有逐漸擴大的趨勢。

台灣電視臺的一位記者問我，生活在二十世紀末期卻大力傳播《紅樓夢》描寫的十八世紀的文化生活，是否會有負面的作用。上海懇談會後，我與另外幾位朋友赴浙江省平湖縣做《紅樓夢》演講，一名師範學校的學生也提出了類似的問題，即《紅樓夢》裡的文化能不能成爲今天的生活準則。我說當然不能以《紅樓夢》的文化內容作爲我們今天的生活準則，那樣就未免可笑了；但《紅樓夢》中描寫的眾多的文化現象，例如不識字的丫鬟卻懂得接人待物的分寸感，以及賈寶玉選擇戀愛對象不僅重視容貌，尤其重視思想追求上是否志同道合，這些即使到了今天也不無啓發意義。

第四十回鳳姐和鴛鴦導演由劉姥姥演出的鬧劇，黛玉笑岔了氣，史湘雲撐不住噴出一口茶，寶玉滾到賈母懷裡，惜春拉著奶媽叫揉揉腸子，讀到這裡，讀者恐怕也要笑倒，可能不會注意在這幅百笑圖之後，作者還有重重的收梢之筆，那就是鳳姐向劉姥姥解釋：「你可別多心，才剛不過大家取樂兒。」鴛鴦更進來道歉，說：「姥姥別惱，我給你老人家賠個不是。」以鳳姐之尊、鴛鴦之貴，竟然向一個鄉野村婦致歉賠不是，可不是一件小事，甚至比劉姥姥演鬧劇本身的分量還要重得多，實際上是對人格尊嚴的一種補充性肯定。這件事情背後的文化內涵，足可以超越時空而傳之久遠。

台灣電視記者提出的問題，比較複雜一些，不是三言兩語可以說得清楚。因爲這涉及對清王朝的文化舉措和文化生活的總體看法，也涉及對《紅樓夢》思想傾向的認識。

清朝是中國封建社會最後一個王朝，入關以後，中經順、康、雍、乾、嘉、道、咸、同、光、宣十帝，有過穩定時期、極盛時期、衰落時期、滅亡時期。當極盛時期，版圖、綜合國力在世界上是超一流大國。但在文化上，不論處於哪一時期，都表現出十足的小國心態。別的不說，在所謂「康乾盛世」，不也是文字獄最慘烈、思想統治最嚴酷的時期麼?清代樸學固然前無古人，成就巨大，可是從另一角度看，不也是學者們被擠壓得無路可走，才去匍匐在故紙堆中討生活嗎?學術的發展常依賴於學術以外的因素，倒也是學術史昭示的一個法則。只不過後世的研究者，有時難免看到了學術成果，卻忽略了這些成果取得的歷史文化背景。包括《四庫全書》以及其他大型類書的編纂，一方面毫無疑問是一種系統的文化建設，其功德足可永世；另一方面未嘗不是籠絡和控制人才，強化思想統治的一種冠冕堂皇的方式，還不要說編纂《四庫》過程中對古籍濫加刪改，毀書二千四百餘種的巧奪奇劫。

經紀昀、陸錫熊等加工潤飾的《四庫全書總目提要》，由於目列清晰、介紹簡明，爲人們了解古代各類著作提供了方便，但館臣們寫的小序和案語，同時也是在古代著作和後世讀者之間築起的一道障壁。因此我總以爲，清代文化是對中國文化傳統的一種扭曲，既不如唐代文化的恢弘博大，也沒有宋代文化那樣深邃自由，在社會生活方面，也沒有像明代市民文化生活那樣，得到前所未有的發展。就拿服飾和男女髮式而言，清代和唐、宋、明的裝束相比，美醜妍媸昭然可見。日本受中國文化的影響，主要是唐宋時期傳播的多。如果紅樓文化僅僅指的是清代文化，我想台視記者的問題不難回答，也可以說不是有無負面影響的問題，而是應不應弘揚傳播的問題。

《紅樓夢》的文化內涵其實不那麼簡單，雖說描寫的是十八世紀中葉的社會生活，卻有長期積澱起來的具有恒定因素的文化成分滲透其中，這些成分不僅屬於清朝一時一代，而是作為中華文化傳統的象徵物而被作者和讀者所感知。

古代文字作品中，沒有哪一部有《紅樓夢》這樣豐盈的文化包容量。我們從《紅樓夢》裡幾乎看到了整個中國文化。特別是我們民族的人文意識和人文傳統，可以說盡在其中了。換言之，《紅樓夢》作為一種文化現象，它所流露的文化精神，很多可以稱為整個中華民族的歷史文化精神，這方面的內容，今天當然可以而且應該傳播。何況曹雪芹的思想中殘存有反滿情緒，或者如余英時先生所說，具有「漢族認同感」⑦，因而在具體描寫中，官制歷代互用，服飾非滿非漢，甚至小姐、丫鬟的腳是小腳還是天足，紅學家都深感難辨⑧，可見《紅樓夢》作者用心之苦，亦可見處在當時歷史環境所反映的滿漢文化衝突之重。從文化學的角度研究《紅樓夢》，應該是個說不完的課題。這方面的研究論文和研究著作不是太多，而是還很不夠。

但時下人們所提倡並力圖加以實施的「紅樓文化」，偏重於實用文化和世俗文化方面，所以有人提出了「應用紅學」的概念。前面我曾說有兩個《紅樓夢》，兩種紅學。所謂「應用紅學」，應該屬於那一種?對《紅樓夢》反映的文化現象做學術研究，如前所說，是紅學的題中應有之義，不存在應用不應用的問題。但舉辦《紅樓夢》服飾展、擺「紅樓宴」、釀《紅樓夢》酒、表演《紅樓夢》茶藝，就有點應用的味道了。但這是紅樓文化的應用，是讓古典進入現代生活，不是學術研究意義上的紅學。《紅樓夢》八十回之後，有後三十回或後四十回；一百二十回之後，有各種續書。紅學研究，有紅學與曹學的分別，曹學又分芹學與脂學。歷史上，索隱派紅學、考證派紅學、小說批評派紅學，是紅學的三大學派。如今紅學衰微，「紅樓文化」出焉，隨之又有「應用紅學」之目。莫非應了「禮失，求諸野」那句古語?可是，這種發展前景是曹雪芹和他的古典文學名著的幸還是不幸?是紅學的興旺還是不興旺?

也許我不過是白居易筆下的「上陽白髮人」，當貞元、元和之際仍穿著天寶年間流行的「小頭鞋履窄衣裳」，不知時世已換「寬妝束」。但我想學術研究總有別於時裝展覽，學者無須隨時世來轉移自己的觀念和方法。如果一定認爲「應用紅學」也是紅學，可以用得上《紅樓夢》裡史大姑娘的一句話：「這鴨頭不是那丫頭，缺少二兩桂花油。」蓋缺少學術之謂也。

注釋

①②《俞平伯論紅樓夢》第一一四三頁，上海古籍出版社一九八八年版。

③參見梁啟超《清代學術概論》，上海復旦大學出版社一九八五年版《梁啟超論清學史二種》（朱維錚校注），第二頁至第三頁。下引任公先生語同此，不復注。

④轉引自《錢鍾書研究》第一輯「編委筆談」之鄭朝宗先生文第一頁，文化藝術出版社一九八九年版。

⑤錢鍾書：《林紓的翻譯》，見《七綴集》第六九頁，上海古籍出版社一九八五年版。

⑥請參閱本書第二章第四節「《紅樓夢》與民族文化傳統」。

⑦余英時的〈關於紅樓夢的作者和思想問題〉和〈曹雪芹的「漢族認同感」補論〉兩文有專門論述，參見余著《紅樓夢的兩個世界》第一八三頁至第二一〇頁，台北聯經公司一九八一年版。

⑧參見唐德剛的〈曹雪芹的文化衝突〉一文，載《首屆國際紅樓夢研討會論文集》第一五一至第一六二頁，香港中文大學出版社一九八三年版，及《本書》第二九四頁至第二九六頁。

第十章　百年紅學說索隱

我在本書初版的時候寫過下面一段話：「現在一切從學術出發，不廢百家言，毫無拘束地重新檢討紅學的歷史和現狀，分流梳脈，評短論長，固有豁然貫通之感。即便是索隱派的發呆犯傻，考證派的自結牢籠，小說批評派的自歎自賞，也不覺爲異，反而別有會心。」當時這樣說，固然是實情。但如今重新審視，發現這段話似有未安。主要是筆者對紅學三派總的來說採取的是比較超越和儘量客觀的立場，可是敘論之間，畸輕畸重的情形未能全免。我對紅學索隱派，就批評得多了一些，給予了解之同情、發遑心曲則顯得不夠。

蔡元培《石頭記索隱》的再檢討

實際上，從胡適之先生開始，就缺乏對紅學索隱一派的深諒明察。蔡元培的《石頭記索隱》被胡適指爲「猜笨謎」，我以前雖然也同情蔡先生，學術立場卻站在他的學生一邊。現在從頭細想，蔡先生是何等樣人物，他會莫名所以、隨隨便便地「猜謎」嗎？即便「猜謎」，他會「猜」得那樣「笨」嗎？「《石頭記》者，清康熙朝政治小說也。作者持民族主義甚摯，書中本事在弔明之亡，揭清之失，而尤於漢族名士仕清者寓痛惜之意。」試想這是多大的判斷。如果書中毫無此種旨趣，蔡元培能夠無指妄說嗎？至少，《紅樓夢》裡有反滿思想，是許多研究者都承認的。

我已往在文章中曾舉過這方面的例子，這裡不妨略作補論。第四十二回「蘅蕪君蘭言解疑癖」，寶釵揪住黛玉在行酒令時引用《西廂記》和《牡丹亭》的成句這根「辮子」，大施教誨說：「你當我是誰，我也是個淘氣的。從小七八歲上也夠個人纏的。我們家也算是個讀書人家，祖父手裡也愛藏書。先時人口多，姊妹弟兄都在一處，都怕看正經書。弟兄們也有愛詩的，也有愛詞的，諸如這些《西廂》、《琵琶》以及『元人百種』，無所不有。他們是偷背著我們看，我們卻也偷背著他們看。後來大人知道了，打的打，罵的罵，燒的燒，才丟開了。所以咱們女孩兒家不認得字的倒好。」教誨到這裡，照說已心明意了，不必再多所辭費。可是作者意猶未足，叫他的人物繼續施教：「男人們讀書不明理，尚且不如不讀書的好，何況你我。就連作詩寫字等事，原不是你我分內之事，究竟也不是男人分內之事。」論題開始擴大化，由「女孩兒」轉移到了「男人們」身上，內容不再局限於讀書，「作詩寫字」也包括在內了。

問題是接下去還有讓我們更不明白的話。寶釵竟然說：「男人們讀書明理，輔國治民，這便好了。只是如今並不聽見有這樣的人，讀了書倒更壞了。」這就完全超出了寶釵教誨黛玉所應該包含的內容，甚至也超出了作品人物的語言規定情境。這不是人物在說話，而是作者在說話。「讀書明理，輔國治民」的「男人們」，作者「如今」不止是見不到，連聽都沒聽說過；他聽到看到的都是「讀了書倒更壞了」的「男人們」。這樣下斷語，不能說不具有相當嚴重的性質，甚至也違背了以「溫柔敦厚」著稱的《紅樓夢》風格。因而我們禁不住要追問，究竟是出於什麼樣的原因，作者這樣發狠地罵當時的「讀書人」？在當時的背景之下，「讀書人」的什麼樣的品質，更不容易爲《紅樓夢》的作者所原諒，也就是「讀了書倒更壞」？由不得讓人想起蔡元培的《石頭記索隱》所揭示的話：「尤于漢族名士仕清者寓痛惜之意。」顧寧人有言：「士大夫之無恥，是謂國恥。」又說：「頃讀《顏氏家訓》有云：『齊朝一士夫嘗謂吾曰：我有一兒，年已十七，頗曉書疏，教其鮮卑語及彈琵琶，稍欲通解。以此服侍公卿，無不寵愛。吾時俯而不答。異哉，此人之教子也。若由此業自致卿相，亦不願汝曹爲之。』嗟乎！之推不得已而仕於亂世，猶爲此言，尙有《小宛》詩人之意，彼閹然媚於世者，能無愧哉！」① 顧炎武所痛恨的，正是那些「媚於世」的讀書人，可以說和曹雪芹同發一慨。如是，則蔡元培的《索隱》是不是並不如他的學生所說是在「猜笨謎」，而是多少也有一點耐人尋味之處呢？

還不止此。《紅樓夢》對科舉制度持否定態度，這方面的描寫、言論甚多，讀者和研究者目所共見，應無異詞。但我有時想，否定倒也罷了，何以態度那樣嚴厲、決絕，連用語都超越常格。賈寶玉把熱衷仕途經濟、走科舉考試道路的讀書人叫做「國賊祿鬼」，這罵得未免太不留餘地了。而且還發明一個新詞，稱這種人爲「祿蠹」。這顯然已經不是一般的否定，而是感情色彩極濃烈的詈罵，可以說已經罵到了刻骨銘心的地步。因此我們不禁疑惑，作者這樣做難道僅僅是對持續了一千多年的傳統社會的科舉制度發泄不滿嗎？是不是還有什麼弦外之音？我懷疑《紅樓夢》作者泰半由抽象上升到了具體，更直接的對象是清朝的籠絡知識分子的懷柔政策，正是這種政策羈縻得一些知識分子「媚於世」而貪求榮寵，特別是那些「仕清」的「名士」，其表現最具典型性。否則便不容易解釋爲什麼一定要罵到這種地步——斥爲「祿鬼」，或稱作「祿蠹」，已經很有分量了，卻還要指爲「國賊」，上升到破壞傳統社會道德與法的最高一個級次。而且「國賊」之「國」，是不是也存在一個「明」和「清」的分野問題？可否認爲蔡先生提出的「書中本事在弔明之亡，揭清之失」，從這裡也透露出一定的消息？

曹雪芹何以最惡「妾婦之道」

筆者近年頗讀陳寅恪先生之書，於義寧之學的特點偶有會心，知道其晚年所著之《柳如是別傳》，「古典」往往綰合著「今情」，通過表彰柳如是的「獨立之精神，自由之思想」，一方面鞭笞明清鼎革之際的失卻操守的士大夫階層，另一方面對現實生活中的沒有氣節的知識分子也表示了嘲諷之意。「改男造女態全新，鞠部精華舊絕倫」、「塗脂抹粉厚幾許，欲改衰翁成姹女」②，這些詩句表明，寅恪先生最不能容忍的是知識分子躬行「妾婦之道」。

《紅樓夢》的作者對「妾」似乎也沒有什麼好感。書中寫到的許多「妾」，德行言動都大成問題。最突出的是趙姨娘，作者的態度不是一般的對自己作品人物的批評、貶抑、譴責，而是充滿了情感上乃至生理上的厭惡。曹雪芹的筆墨本來很忠厚，即使是反面人物，也決不流於簡單化。王熙鳳劣跡至多，但她聰明能幹，自有可愛處。薛蟠之低俗陋劣（還有命案），人皆知曉；但他又有講義氣、不奸猾的一面。惟有趙姨娘，可以說一無是處。《紅樓夢》中沒有第二個人物被作者描寫得如此不堪。我們簡直不明白作者爲什麼要這樣做。也許只有一種解釋，那就是他特別厭惡「妾」，成心與「妾」過不去。所以對一心想獲得妾的地位的花襲人他也不具任何好感。而對不願做妾的鴛鴦姑娘，卻格外敬重。

第四十六回「鴛鴦女誓絕鴛鴦偶」，圍繞做妾和不做妾的問題，掀起一場牽動面極廣的風波，賈母、賈赦、邢夫人、王夫人、鳳姐、寶玉、襲人、平兒等賈府上下人等，都捲了進去。且不論賈府各色人物在此一事件中的不同態度和表現，只看鴛鴦的幾段說辭就頗爲出人意表。賈府的大老爺賈赦看中了「老祖宗」屋裡的丫鬟，要作爲妾來收房，這在當時的大家族裡，是再平常不過的事情。大太太邢夫人爲博「賢惠」之名，親自去說項，結果碰了釘子，又派鴛鴦的嫂子出馬，戲劇性的場面便發生了——

他嫂子笑道：「你跟我來，到那裡我告訴你，橫豎有好話兒。」鴛鴦道：「可是大太太和你說的那話？」他嫂子笑道：「姑娘既知道，還奈何我！快來，我細細地告訴你，可是天大的喜事。」鴛鴦聽說，立起身來，照他嫂子臉上死勁啐了一口，指著他罵道：「你快夾著Ｘ嘴離了這裡，好多著呢！什麼『好話』！宋徽宗的鷹，趙子昂的馬，都是好畫兒。什麼『喜事』！狀元痘兒灌的漿又滿是喜事。怪道成日家羨慕人家女兒做了小老婆，一家子都仗著他橫行霸道的，一家子都成了小老婆了！看的眼熱了，也把我送到火坑裡去。我若得臉呢，你們在外面橫行霸道，自己就封自己是舅爺了。我要不得臉敗了時，你們把王八脖子一縮，生死由我。」

鴛鴦這番話誠然是痛快淋漓，但細審話語的向度，「羨慕人家女兒做了小老婆」這一類話語，作爲情急之詞，倒也並不違乎情理，問題是還進而說「一家子都成了小老婆」，就難免有出挑之感。聯想到傳統社會向來有「家」、「國」一體的特徵，讀者禁不住會想：作者到底是在罵誰呢？更奇的是鴛鴦當著賈母的面發誓不從不嫁時，竟然提到「日頭月亮照著嗓子」，這不分明暗寓著一個明朝的「明」字嗎？而賈母就此事發出責難又說：「你們原來都是哄我的！外頭孝敬，暗地裡盤算我。有好東西也來要，有好人也要。」既要好東西，又要好人，正是當年南下清兵的行事方式。看來《紅樓夢》中有關明清史事的待發之覆不少。雖然我個人並不堅執研究《紅樓夢》一定要把書中的情節和明清史事具體聯繫起來，但如果有人這樣做了，我想也應該得到不抱偏見的學術同行的尊重。

陳寅恪先生提倡對古人之學說，「應具了解之同情」的態度。他說：「必神遊冥想，與立說之古人，處於同一境界，而對於其持論所以不得不如是之苦心孤詣，表一種之同情，始能批評其學說之是非得失，而無隔閡膚廓之論。」③《柳如是別傳》再好不過地體現了寅恪先生的這種學術精神。他固然不能諒解錢謙益等南明重臣的降清舉動，但對清初知識分子的特殊處境也給予了深在的了解與同情，嘗說：「蓋建州入關之初，凡世家子弟著聲庠序之人，若不應鄉舉，即為反清之一種表示，累及家族，或致身命之危險。」又說：「關於此點，足見清初士人處境之不易。後世未解當日情勢，往往作過酷之批評，殊非公允之論也。」④於此可見，《紅樓夢》作者對登科赴考人士採取那樣嚴厲的痛而絕之、漫而罵之的態度，似不能視為一件小事，很難說沒有政治態度和種族觀念方面的複雜因素摻與其中。

又比如第四回介紹李紈出場，作者特地標示李紈的父執李守中信奉「女子無才便有德」的信條。承《紅樓夢會心錄》的作者呂啓祥教授見告，此典出自張岱的《公祭祁夫人文》，原作「丈夫有德便是才，女子無才便是德。」而張岱也是由明入清的氣節峻潔的文學家，為了表示對清統治者的不滿，曾「披髮入山」，寧為勞人。他的關於男女「德」、「才」的議論，必不致無指空發，而是同樣綰合著當時的「今情」。曹雪芹借用這個典故，我以爲重心應在省去的上句裡面，意在突出丈夫之「德」的重要。明清易代，「甲申之變」繼之以「乙酉之變」，南下之清兵，一路上攻伐擄掠，勢如破竹，但同時也遭到了頑強的抵抗。許多州城縣府的命官和守將，常常是堅持到最後，寧可殉之以身（有的是全家自殺），也不向強敵投降。而在南都傾覆之後，仍有志士仁人通過各種方式從事抗清活動。誠如寅恪先生所說：「建州入關，明之忠臣烈士，殺身殉國者多矣。甚至北里名媛，南曲才娃，亦有心懸海外之云（指延平王），目斷月中之樹（指永曆帝），預聞復楚亡秦之事者。」⑤

我曾說晚周、晚明、晚清，是中國學術思想的歷史轉捩點，同時也是民族精神得以發甦與張揚的歷史時刻，其中尤以明末清初所激發的文化之衝突更加悲壯慘烈。可是到了清中葉，特別是到了文字獄盛行的雍正與乾隆統治時期，華夏民族的這種文化精神事實上已經耗磨得差不多了。《紅樓夢》的大可貴處，就在於他的作者不顧密布的文網，用特殊的文學表現手法，重新與清初的思想潮流作一有力的呼應。

紅學索隱派對《紅樓夢》題旨的發掘因此固不可輕視。陳寅恪撰寫《柳如是別傳》，也不是只美頌傳主河東君一個奇女子，對那一時期的可以「窺見其孤懷遺恨」的南國名姝，包括陳圓圓、董小宛、李香君、卞玉京、顧眉樓、黃皆令、林天素、王修微、楊宛叔、寇白門等，《別傳》都或詳或略地有所論列。而且在氣節上，大都是這些婉孌小婦高過「當日之士大夫」。至於《紅樓夢》的思想裡面，顯然同樣包含有女性更要勝過男性的思想傾向。「金紫萬千誰治國，裙釵一二可齊家」、「何事文武立朝綱，不及閨中林四娘」，這樣一些詩句，已將此種傾向表露得非常直接。再聯繫到清初流行的「今日衣冠愧女兒」的說法，如果有論者說生於康熙末年、直接遭遇抄家之變的曹雪芹，很可能與明清易代所引發的思想衝突存在某種歷史淵源，我們於是就說這是「猜笨謎」，恐怕不合於現在人人都在倡導的學術自由和學術民主的風尚。

《柳如是別傳》的第三章有下面一段話尤其值得引起我們的注意：「寅恪嘗謂河東君及其同時名姝，多善吟詠，工書畫，與吳越黨社勝流交遊，以男女之情兼師友之誼，記載流傳，今古樂道。推原其故，雖由於諸人天資明慧，虛心向學所使然。但亦因其非閨房之閉處，無禮法之拘牽，遂得從容與一時名士往來，受其影響，有以致之也。」⑥ 寅恪先生描述的這種情形，適可與《紅樓夢》中大觀園裡面的眾女性相比勘。只是寅恪先生在這裡沒有徵引《紅樓夢》，他用來取比的是與《紅樓夢》同時的另一部小說《聊齋志異》。他說：「清初淄川蒲留仙松齡聊齋志異所記諸狐女，大都妍質清言，風流放誕，蓋留仙以齊魯之文士，不滿其社會環境之限制，遂發遐思，聊托靈怪以寫其理想中之女性耳。實則自明季吳越勝流觀之，此輩狐女，乃真實之人，且爲籬壁間物，不待寓意遊戲之文，於夢寐中以求之也。若河東君者，工吟善謔，往來飄忽，尤與留仙所述之物語髣髴近似，雖可發笑，然亦足藉此窺見三百年前南北社會風氣歧異之點矣。」⑦《聊齋》作者的意中人恰合於明季南國名姝的性格特點，那麼明季南國名姝的生平行事爲什麼不可以通過《紅樓夢》的方式得到藝術的再現呢？

另據陳寅恪先生考證，柳如是在與錢牧齋結縭之後，有三年左右的時間都是在病中度過的。追尋其原因，則身體和精神兩方面均可有說。飲酒過量、對舊情人陳子龍的眷戀等等，都可以成為病因。錢牧齋的詩中因而有「薄病輕寒禁酒天」、「薄病如中酒」之句可證。寅恪先生寫道：「今日思之，抑可傷矣。清代曹雪芹糅合王實甫『多愁多病身』及『傾國傾城貌』，形容張崔兩方之詞，成為一理想中之林黛玉。殊不知雍乾百年之前，吳越一隅之地，實有將此理想而具體化之河東君。真如湯玉茗所寫柳春卿夢中之美人，杜麗娘夢中之書生，後來果成為南安道院之小姐，廣州學宮之秀才。居然中國老聃所謂『虛者實之』者，可與希臘柏拉圖意識形態之學說，互相證發，豈不異哉！」⑧ 寅恪先生此論無異於給我們提供一種小說解釋理論，按照這種理論，則《紅樓夢》所寫完全可以有「雍乾百年之前，吳越一隅之地」人物故事的依據，即所謂「虛者實之」之意。

注釋

① 顧炎武：《日知錄》卷之十三「廉恥」，花山文藝出版社集釋本第六〇二至六〇三頁，一九九〇年。

② 參見《陳寅恪詩集》第七五頁，清華大學出版社一九九三年版。

③ 陳寅恪：《馮友蘭〈中國哲學史上冊〉審查報告》，《金明館叢稿二編》第二四七頁，上海古

籍出版社一九八〇年版。

④陳寅恪：《柳如是別傳》下冊，第一一一八至一一一九頁，上海古籍出版社一九八〇年版。

⑤《柳如是別傳》下冊，第一一一九至一一二〇頁。

⑥《柳如是別傳》上冊，第七五頁。

⑦同上。

⑧《柳如是別傳》中冊，第五七二至五七三頁。

後記

《紅樓夢與百年中國》是我《紅學》一書的增訂版。《紅學》的寫作，是我從文學研究轉向學術史研究的一個過渡。因此我把《紅樓夢》研究當作一個學科，探討了她的學科樹義以及形成和發展的過程。實際上是從學術史的角度來解剖一個具有典範意義的現代學科。

《紅樓夢》第五回賈寶玉神遊太虛幻境，警幻仙姑向他傳達榮寧二公的口頭指示，說：「吾家自國朝定鼎以來，功名奕世，富貴流傳，雖歷百年，奈運終數盡，不可挽回。」這是說《紅樓夢》裡賈氏家族隆替興衰的故事，是以一六四四年清兵入關（順治元年）到一七四四即乾隆九年左右這一百年的歷史環境爲背景的。而一七四四年正是曹雪芹開始寫作《紅樓夢》的年分。他顯然從「百年」這個具有歷史輪迴意味的時間概念裡獲致一種「暗示」，因而產生了文學創作的靈感。因爲第十三回秦可卿托夢給鳳姐曾再致其意：「如今我們家赫赫揚揚，已將百載，一日倘或樂極生悲，若應了那句『樹倒猢猻散』的俗語，豈不虛稱了一世的詩書舊族了。」這應該是作者點題的話。晚清徐兆瑋《報館雜詠》：「說部荒唐遺睡魔，黃車掌錄恣搜羅，不談新學談紅學，誰似蝸廬考索多。」詩後有小注：「都人士喜談《石頭記》，謂之紅學。新政風行，談紅學者改談經濟；康梁事敗，談經濟者又改談紅學。戊戌報章述之，以爲笑噱。」如此說來，莫非「紅學」當產生之初，就與「新政」成一互相矛盾之對立物，兩者不可在同一時空下求同興並盛耶？康梁事敗，時在戊戌，即清光緒二十四年，西曆爲一八九八年。到如今恰好又過去了整整一百年。這一百年的紅學，情形是怎樣的呢？我們作爲《紅樓夢》的讀者、愛好者、研究者，從這個一百年裡能夠得到什麼樣的啓迪或「暗示」呢？

王國維感歎：「百年頓盡追懷裡，一夜難爲怨別人。」陳寅恪同發一慨：「遙望長安花霧隔，百年誰覆爛柯棋。」雖然，學術思潮的更替與嬗變是事物的常態。有盛必有衰。梁啓超把學術思潮類分爲啓蒙期、全盛期、兌分期、衰落期，並以佛家「流轉相」之生、住、異、滅給以概括。這些個嬗變的時期和段落紅學全都經過了。

紅學參考書目

一　有關版本

脂硯齋重評石頭記（庚辰本）　人民文學出版社一九七五年影印本

脂硯齋重評石頭記（甲戌本）　上海人民出版社一九七五年影印本

戚蓼生序本石頭記（戚序本）　人民文學出版社一九七五年影印本

乾隆抄本百二十回紅樓夢稿（夢稿本）　中華書局一九六三年影印本

增評加注全圖紅樓夢　王希廉、張新之、姚燮評，一九二五年上海石印本

紅樓夢八十回校本　俞平伯校訂，人民文學出版社一九五八年版

紅樓夢新校本　中國藝術研究院紅樓夢研究所校注，人民文學出版社一九八二年版

二　文獻資料

關於江寧織造曹家檔案史料　故宮博物院明清檔案部編，中華書局一九七五年版

李煦奏摺　故宮博物院明清檔案部編，中華書局一九七六年版
楝亭集　曹寅撰，上海古籍出版社一九七八年清人別集叢刊本
四松堂集　愛新覺羅．敦誠撰，上海古籍出版社一九八四年版
懋齋詩鈔　愛新覺羅．敦敏撰，上海古籍出版社一九八四年版
春柳堂詩稿　張宜泉撰，上海古籍出版社一九八四年版
高蘭墅集　高鶚撰，上海古籍出版社一九八四年版
綠煙瑣窗集　富察明義撰，上海古籍出版社一九八四年版
棗窗閑筆　愛新覺羅．裕瑞撰，上海古籍出版社一九八四年版
古典文學研究資料彙編．紅樓夢卷　一粟編，中華書局一九六三年版
紅樓夢書錄　一粟編，上海古籍出版社一九八一年版
脂硯齋紅樓夢輯評　俞平伯輯，中華書局一九六〇年版
新編石頭記脂硯齋評語輯校　陳慶浩編，中國友誼出版公司一九八七年版
王伯沆紅樓夢批語彙錄　江蘇古籍出版社一九八五年版
新譯紅樓夢回批　哈斯寶評批，內蒙古人民出版社一九七九年版
紅樓夢研究參考資料選輯　第一至第四輯，人民文學出版社一九七三年至一九七八年版
紅樓夢問題討論集　第一至四冊，作家出版社一九五五年出版
紅學三十年論文選編　上、中、下三卷，劉夢溪選編，百花文藝出版社一九八三年至一九八四年

出版

台灣紅學論文選　胡文彬、周雷編，百花文藝出版社一九八一年版

香港紅學論文選　胡文彬、周雷編，百花文藝出版社一九八二年版

海外紅學論集　胡文彬、周雷編，上海古籍出版社一九八二年版

紅樓夢索引　潘銘燊編，香港龍門書店一九八三年版

首屆國際紅樓夢研討會論文集　周策縱編，香港中文大學出版社一九八三年版

紅學世界　胡文彬、周雷編，北京出版社一九八四年版

三　考證派論著

紅樓夢考證　胡適著，載《胡適文存》卷三；又可參考上海書店一九八〇年印行之《中國章回小說考證》本

胡適紅樓夢研究論述全編　上海古籍出版社一九八八年版

紅樓夢辨　俞平伯著，亞東圖書館一九二三年版

紅樓夢研究　俞平伯著，上海棠棣出版社一九五二年版

紅樓夢新證　周汝昌著，一九五三年上海棠棣出版社初版，一九七六年人民文學出版社增訂再版

曹雪芹小傳　周汝昌著，一九六四年人民文學出版社初版，一九八四年百花文藝出版社重版

戲芹集　周汝昌著，山西人民出版社一九八五年版

曹雪芹叢考　吳恩裕著，上海古籍出版社一九八〇年版

曹雪芹佚著淺探　吳恩裕著，天津人民出版社一九七九年版

曹雪芹的故事　吳恩裕著，香港中華書局一九七八年版

紅樓夢探源外編　吳世昌著，上海古籍出版社一九八〇年版

曹雪芹家世新考　馮其庸著，上海古籍出版社一九八〇年初版、文化藝術出版社一九九七年增訂版

論庚辰本　馮其庸著，上海文藝出版社一九七八年版

耐雪堂集　王利器著，中國社會科學出版杜一九八六年版

紅樓夢研究論集　周紹良著，山西人民出版社一九八三年版

紅樓夢版本小考　魏紹昌著，中國社會科學出版社一九八二年版

曹雪芹江南家世考　吳新雷、黃進德著，福建人民出版社一九八三年版

紅樓夢論叢　陳毓羆、劉世德、鄧紹基著，上海古籍出版社一九七九年版

紅樓識小錄　鄧雲鄉著，山西人民出版社一九八四年版

紅樓風俗譚　鄧雲鄉著，中華書局一九八七年版

紅樓夢著作權論爭集　北方論叢編輯部編，山西人民出版社一九八五年版

大觀園　顧平旦編，文化藝術出版社一九八一年版

論紅樓夢佚稿　蔡義江著，浙江古籍出版社一九八九年版

紅學評議·外篇 戴不凡著，文化藝術出版社一九九一年版
紅樓夢研究 朱淡文著，台灣貫雅文化公司一九九一年版
恭王府與紅樓夢 周汝昌著，北京燕山出版社一九九二年版
紅樓夢論源 朱淡文著，江蘇古籍出版社一九九二年版
曹學敘論 馮其庸著，光明日報出版社一九九二年版
石頭記探佚（增訂版） 梁歸智著，山西教育出版社一九九二年版
紅樓夢新探 趙岡、陳鍾毅著，香港文藝書屋一九七〇年版
紅樓夢論集 趙岡著，台北志文出版社
紅樓一家言 高陽著，台北聯經出版事業公司一九七七年版
紅樓夢版本研究 王三慶著，台北石門圖書公司一九八一年版
高陽說曹雪芹 台北聯經出版事業公司一九八三年版
蘇州李家與紅樓夢 皮述民著，台灣新文豐出版公司一九九六年版

四 索隱派論著

石頭記索隱 蔡元培著，上海商務印書館一九一七年鉛印本
紅樓夢索隱 王夢阮、沈瓶庵著，中華書局一九一六年版

紅樓夢釋真　鄧狂言著，上海民權出版社一九一九年版
紅樓夢抉微　闞鐸著，天津大公報一九二五年版
紅樓夢本事辨正　壽鵬飛著，商務印書館一九二七年文藝叢刻乙集本
紅樓夢真諦　景梅九著，西京出版社一九三四年版
紅樓夢新解　潘重規著，新加坡青年書局一九五九年版
紅樓夢新辨　潘重規著，台北文史哲出版社一九七四年版
紅學六十年　潘重規著，台北文史哲出版社一九七四年版
紅樓猜夢　趙同著，台北三三書坊一九八〇年版
紅樓夢原理　杜世傑著，非賣品，台北印行
紅樓夢謎　李知其著，非賣品，香港印行
紅樓夢考釋　杜世傑著，台灣，作者自印，一九八九年十月發行
紅樓夢謎（二續）　李知其著，香港，作者自印，一九九〇年三月發行
紅樓夢影射雍正篡位論　邱世亮著，台灣學生書局一九九一年版
紅學論集　潘重規著，台灣三民書局一九九二年版
紅樓夢引　王以安著，台灣新陸書局一九九三年版
紅樓夢血淚史　潘重規著，台灣東大圖書公司一九九六年版

五　小說批評派論著

紅樓夢評論　王國維著，見《王國維遺書》第五冊《靜安文集》第四十至六二頁，上海古籍書店一九八三年影印版

紅樓夢研究　李辰冬著，正中書局一九四五年印行

紅樓夢人物論　王昆侖著，國際文化服務社一九四八年初版，一九八三年三聯書店重版

紅樓夢評論集　李希凡、藍翎著，作家出版社一九五七年版

紅樓夢的思想與人物　劉大傑著，上海古典文學出版社一九五六年版

論紅樓夢　何其芳著，人民文學出版社一九五八年版

紅樓夢論稿　蔣和森著，人民文學出版社一九五九年初版，一九八一年再版

漫說紅樓　張畢來著，人民文學出版社一九七八年版

紅樓夢概說　蔣和森著，上海古籍出版社一九七九年版

論鳳姐　王朝聞著，百花文藝出版社一九八〇年版

紅樓夢藝術論　徐遲著，上海文藝出版社一九八〇年版

紅樓夢問題評論集　郭豫適著，上海古籍出版社一九八一年版

紅樓夢新論　劉夢溪著，中國社會科學出版社一九八二年版

說夢錄　舒蕪著，上海古籍出版社一九八二年版

紅樓十二論　張錦池著，百花文藝出版社一九八二年版

紅樓夢的語言藝術　周中明著，灕江出版社一九八二年版

紅樓夢與金瓶梅　孫遜、陳詔著，寧夏人民出版社一九八二年版

紅學叢譚　胡文彬、周雷著，山西人民出版社一九八三年版

賈府書聲　張畢來著，上海文藝出版社一九八三年版

紅樓夢十講　邢治平著，中州書畫社一九八三年版

論曹雪芹的美學思想　蘇鴻昌著，重慶出版社一九八四年版

紅樓夢與戲曲比較研究　徐扶明著，上海古籍出版社一九八四年版

紅樓夢修辭藝術　林興仁著，福建教育出版社一九八四年版

一層樓、泣紅亭與紅樓夢　札拉嘎著，內蒙古人民出版社一九八四年版

紅樓夢藝術探　王昌定著，浙江文藝出版社一九八五年版

紅樓夢縱橫談　林冠夫著，廣西人民出版社一九八五年版

談紅樓夢　張畢來著，知識出版社一九八五年版

紅樓夢談藝錄　陳詔著，寧夏人民出版社一九八五年版

釵黛合一新論　吳曉南著，廣東人民出版社一九八五年版

紅樓夢人物衝突論　王志武著，陝西人民出版社一九八五年版

紅樓夢的背景與人物　朱眉叔著，遼寧大學出版社一九八六年版

紅樓夢藝術技巧論　傅憎享著，春風文藝出版社一九八六年版

紅樓采珠　薛瑞生著，百花文藝出版社一九八六年版

紅樓夢新評　白盾著，上海文藝出版社一九八六年版

紅樓藝境探奇　姜耕玉著，重慶出版社一九八六年版

石頭記交響曲　胡風著，湖南文藝出版社一九八六年版

語言藝術皇冠上的明珠　林興仁著，內蒙古教育出版社一九八六年版

紅樓夢新探　曾揚華著，廣東人民出版社一九八七年版

紅樓夢人物辨析　吳穎著，廣東人民出版社一九八七年版

紅學論稿　鄧遂夫著，重慶出版社一九八七年版

紅樓夢藝術管探　杜景華著，中州古籍出版社一九八七年版

紅樓夢人物塑造的辯證藝術　周書文著，江西人民出版社一九八七年版

紅樓夢開卷錄　呂啟祥著，陝西人民出版社一九八七年版

國家圖書館出版品預行編目資料

紅樓夢與百年中國 ／劉夢溪著. — 初版.—
臺北市：風雲時代，2007〔民96〕
面； 公分

ISBN 978-986-146-355-1 (平裝)
1. 紅樓夢 - 研究與考訂

857.49 96003978

紅樓夢與百年中國

作　　者：劉夢溪
出 版 者：風雲時代出版股份有限公司
出 版 所：風雲時代出版股份有限公司
地　　址：105台北市民生東路五段178號7樓之3
網　　址：http：//www.books.com.tw
信　　箱：h7560949@ms15.hinet.net
服務專線：(02)27560949
郵撥帳號：12043291
執行主編：劉宇青
美術設計：方瑜

法律顧問：永然法律事務所　　李永然律師
　　　　　北辰著作權事務所　　蕭雄淋律師
版權授權：劉夢溪
初版日期：2007年5月

ISBN：978-986-146-355-1

總經銷：成信文化事業股份有限公司
地址：台北縣中和市中山路二段366巷10號10樓
電話：(02)2249-6108

行政院新聞局局版台業字第3595號
營利事業統一編號22759935

定價：350元